순이
삼촌

현기영 중단편전집 1

순이삼촌

초판 발행 • 1979년 11월 15일
개정1판 발행 • 2006년 8월 5일
개정2판 1쇄 발행 • 2015년 3월 25일
개정2판 30쇄 발행 • 2023년 5월 17일

지은이 / 현기영
펴낸이 / 강일우
책임편집 / 김선영
펴낸곳 / (주)창비
등록 / 1986년 8월 5일 제85호
주소 / 10881 경기도 파주시 회동길 184
전화 / 031-955-3333
팩시밀리 / 영업 031-955-3399 · 편집 031-955-3400
홈페이지 / www.changbi.com
전자우편 / lit@changbi.com

ISBN 978-89-364-6034-1 04810
ISBN 978-89-364-6988-7 (세트)

* 책값은 뒤표지에 표시되어 있습니다.

순이 삼촌

현기영
중단편전집
1

창비

차례

소드방놀이

큰 흉년이던 계축년 3월, 정의고을에 진휼이 실시되어 기민에게 죽사발을 돌리던 날, 같은 시 같은 곳에서 기민창 색리 윤관영이 부형(釜刑)을 받았다.

그날 오시가 가까워져 붉은 상모 달린 창대를 치켜든 군뢰 열두 명에게 둘러싸여 옥문을 나선 윤관영은 몹시 불안스러웠다. 과연 사또가 약속을 지킬 것인가? 간밤에도 은밀히 사람을 옥으로 보내어 걱정 말라는 다짐을 준 사또였지만, 막상 일이 닥치고 보니 미심쩍은 생각이 앞서는 것이었다. 약속인즉슨 목 자르는 효수 대신 부형으로 때워주겠다는 것이었다. 부형이라면 원래 사창미를 축낸 아전을 끓는 가마솥에 집어넣어 찜 쪄 죽이는 잔혹한 증살형이었지만 요즘 와서는 말이 부형이지 그것은 참으로 요식행위에 지나지 않았다. 아궁이에다 시늉으로 불 때는 척하면 죄인 편에서 죽는 시늉 해 보이는 것인데, 그것도 요즈음은 더욱 약식화되어서 솥뚜껑 하나 달랑 갖다놓고 올라갔다 내려오는 것으로 끝나기도 했다. 죄인이 일단 부형을 받으면 사망한 것으로 치부되어 여생을 망인(亡人)으로 지내지 않으면 안된다고 하지만 어떤 골 빈 아전이 삭신이 멀쩡한데 죽은 사람 취급 당하며 산송장으로 살겠는가. 모두 가산을 정리해서 타관으로 떠나버리는 것이었다. 그것으로 그만이었다. 그렇지만 이번 사정은 도무지 다르지 않은가. 효수하라는 어명이 떨어진 판국에 장난짓거리나 다름없는 부형으로 과연 얼렁뚱땅 넘어갈 수 있을까? 혹시 처음부터 안되는 일 가지고 호도책을 쓰는 거나 아닐까 하는 의심이 더럭 치밀었다. 아니, 그럴 리가 없지. 아무리 상전과 하전 간에 맺어진 신의라 할지라도 그렇게 헌신짝처럼 저버릴 리가 없어. 바로 그 신의 때문에 자기 죄를 기꺼이 넘겨받아 대신 짊어진 심복 아전의 모가지를 어떻게 벨 수 있는가 말이다. 부형이란 소드방놀이도 따지고 보면 지방 방백이나 수령이 자기 죄를 대신 짊어진 심복 아전을 차마 죽일 수는 없고 해서 창출해낸 고육지책이 아니던가.

그는 목뼈를 짓누르는 칼머리를 양손으로 조심스럽게 떠받치고 맨발로 종종걸음을 치며 끌려갔다. 목에 걸린 칼 널판에는 큼직한 먹글씨로 '환곡미범포죄인(還穀米犯逋罪人)'이라고 쓰인 종이때기가 붙어 있고, 그 위에 상투 풀린 머리칼 끝 한모숨이 와닿고 있었다.

줄곧 칼 널판에 눈을 준 채 걸어가던 그는 별안간 이상한 예감이

들어 흠칫 고개를 쳐들었다. 대관절 형장인 비석거리로 가지 않고 어디로 가는 건가? 그는 어느새 군뢰들에게 이끌려 형장과 정반대 방향인 마을 안길 쪽으로 들어서 있었던 것이다. 이때 느닷없이 앞장선 고수가 북을 치기 시작했다. 덩덩덩덩. 이게 뭔 짓이여? 구경꾼을 불러모으다니! 진땀이 부쩍 솟고 칼머리를 붙든 양손이 부들부들 떨렸다. 마을 안길을 돌아 사람들을 모으라는 것이 사또의 지시임에 틀림없다. 그렇지 않고서야 겨우 솥뚜껑에 앉아 죽는 시늉만 하는 순전한 장난짓거리 가지고 저렇게 북까지 쳐가며 설칠 리가 없는 것이다. 기어코 사또가 날 속였나. 어명대로 목을 칠 작정인가? 그렇다. 형장에 구경꾼을 모으라는 것은 어명이었다. 대회군민(大會軍民)하라. 환곡미 이백석 이상 범포한 자를 적발하고 대회군민하여 효수하라.

유난히 붉은 철릭 자락을 펄럭거리며 고수는 신나게 북을 쳐 사람을 모았다. 먼저 부엌강아지같이 때가 꾀죄죄한 조무래기들이 졸졸 뒤따르고, 어른들도 주밋주밋 끼어들기 시작했다. 덩덩덩덩. 사람들은 점점 불어났다. 올챙이같이 배가 팅팅 부은 어린것들을 들쳐업은 아낙네들도 지팡이를 짚은 노파들도 먼발치로 따라나섰다. 그러나 개들은 따라오지 않는다. 흉년 들어 잡아먹힐까봐 사람이 두려워진 이 비쩍 야윈 짐승들은 삽짝에 꽁무니를 박은 채 힘없이 캥캥거릴 뿐 따라오지 않는다.

동네를 한바퀴 돌고 나오자 사람들의 행렬은 길을 가득 메웠다. 가뭄 타는 땅거죽은 사람들이 떼 지어 움직이자 마른 먼지가 구름같이 일어나 높이 공중에 뻗어올랐다. 부황 들어 누르께한 얼굴에

휑뎅그렁 걸린 눈망울들. 덩덩, 북소리는 그들의 허기진 배 속을 아프게 울리고 있었다.

윤관영은 비틀거리며 비석거리 복판으로 끌려갔다. 먼저 와 있던 사람들이 소리지르며 몰려들었다.

"죄인 윤관영이가 온다!"

"이놈, 윤가야!"

"이놈아, 죽어도 먹은 곡석 게워놓고 죽어라!"

"저 녀석은 세미를 안 냈다고 우리 집 정지 솥단지꺼정 떼간 놈이여!"

"우리 집은 씻나락 오쟁이꺼정 훑어갔당께."

"화살로 저놈 양 귀때기 뚫어 낯짝을 구경시켜라!"

"대강이를 난장박살혀라!"

사람들은 무섭게 숨을 헐떡거리며 바싹 죄어들었다. 자칫하다간 형 집행 받기도 전에 몰매 맞아 죽을 판이다. 겁이 덜컥 난 윤관영은 양손으로 머리를 감싸고 몸을 앞으로 꾸부렸다.

"물러서라, 물러서라!"

"훤화를 금한다, 훤화를 금한다!"

군뢰들이 창대를 가로잡고 사람들을 밀쳐댔다. 칼머리가 몹시 흔들리고 옷고름이 좌르륵 터졌다.

"물러서라, 물러서라!"

겹겹이 둘러싼 사람들이 웅성거리며 주춤주춤 뒷걸음질 치자 흙먼지 기둥이 치솟아올라 정자나무 꼭대기의 까치 둥우리를 찔렀다. 윤관영은 겁에 질린 얼굴로 주위를 살폈다. 사람들이 옆으로 물러나며 앞을 트자 다섯말들이 큰 가마솥 열개가 꺼멓게 드러났다. 가마솥을 보자 다시 가슴이 철렁 내려앉았다. 이럴 수가 있나! 솥뚜껑놀이 한다고 해놓고선 가마솥을 갖다놓다니. 어찌 된 일인가? 설마 나를 저 끓는 물에 처넣어 증살시킬 요량은 아닐 테지. 뻘겋게 웃통 벗은 관노 세명이 땀을 뻘뻘 흘리면서 아궁이에 불을 때고 있었다. 그런데 호방 임춘일은 웬일로 나와서 뒷짐 지고 부뚜막 주위를 왔다 갔다 하고 있는 것일까? 형방 관속이 아닌 호방이 미리 나와서 설치는 게 이상스럽다. 더군다나 알 수 없는 일은 증살형이라면 가마솥 하나면 충분할 텐데 솥 열개에 모두 불을 때고 있는 것이었다. 끓는 물에 찜 쪄 죽일 죄인이 나 말고 또 있는가? 윤관영이 주위를 두리번거리며 살피자 다시 욕설이 튀어나왔다.

"저놈 보게. 뻔뻔스레 언다 낯짝 돌려?"

"어찌 된 셈판이여? 저 윤가 놈을 죽인다는 거여, 안 죽인다는 거여? 칼춤 추는 망나니도 없고……"

"글씨, 저 가마솥에 집어넣어 찜 쪄 죽일랑가?"

"저건 진휼솥이랑께. 솥 열개에 모두 죽을 끓인단 말여. 자넨 죽사발 갖고 나오란 말도 못 들었당가?"

이 말에 윤관영은 귀가 번쩍 뜨였다. 죄인을 쪄 죽일 물을 끓이는 게 아니라 진휼죽을 쑨다지 않는가.

"혹시나 하고 사발은 갖고 왔지만 기민 명부에 못 올랐응께 헛일이여. 니기미, 죽 한사발 후루룩 마셔봤으면 참말로 원이 없겠는디…… 곡기를 입에 댄 지도 달포가 넘는구만."

"되레 그편이 낫제. 대관절 요렇게 무도한 진휼이 어디 있당가?

손에 사발을 들고 나오라니, 우리가 걸뱅이여, 뭐여? 진휼 그릇은 마땅히 저들이 마련해놔야지."

"돌림병이 돈다고 그런다지 않는가. 그릇 하날 여럿이서 쓰면 병이 전염된대여. 옘병, 숭년 들어서 굶기를 밥 먹듯 하는 것도 서러운디, 숭년 때마다 옘병은 돌아쌓고……"

"돌림병이 워디 그것뿐이랑가. 삼남지방에 민란이 일어나 돌림병보다 더 무섭게 퍼진대는 소문이여."

"숭시는 숭시여. 쯧쯧."

"하여튼지 죽사발은 돌림병이 무서워서 그렇다 치더라도 요 꼬라지가 뭔가? 맨땅에 덕석도 안 깔고 주저앉혀서 죽을 멕일 모양인디, 참말로 이럴 수가 있는가? 진휼이란 모름지기 사람 체모가 안 다치게 신중해야 되는 법이여."

그때까지 바싹 귀 기울여 듣고 있던 윤관영은 억눌렀던 한숨을 한꺼번에 몰아쉬었다. 내가 공연히 물색 모르고 노심초사했구나. 아무렴, 사또가 약속을 안 지킬 리가 없지. 부뚜막 한쪽 켠에 쌀을 비워낸 가마니가 대여섯장 내던져져 있는 걸 봐도 가마솥에는 진휼죽이 끓고 있음이 틀림없었다. 그리고 그 빈 가마니들 위에 마른 미역을 잔뜩 쌓아놓았는데, 관노 한 놈이 미역을 다발째 버석버석 분질러 삼태기에 옮겨 담고 있었다. 들나물 철이 아닌지라 미역을 구해온 모양이구나.

"그러면, 진휼허는디 저놈은 뭐할라고 데려다놨제?"

"글씨, 모를 일이여."

"우리가 묵을 진휼 곡석은 저놈 배야지에 들어갔응께, 저놈을 가마솥에 집어넣고 달궁달궁 삶아갖고 국물을 나눠주겠다는 거 아닌가?"

"쌀 이백가마 집어먹은 배야지가 어찌 저러콤 홀쭉하디야?"

"윤가 놈 혼자 먹었을 리도 만무여, 허긴."

"다 한통속이랑께. 보나 마나 소드방 위에 앉혀놓고 죽이는 시늉만 할 것 아녀?"

관노 석산이가 반물 두루마기를 입은 채 멍석을 허리에 끼고 휘청휘청 걸어나와 땅바닥에 털썩 부렸다. 멍석 위에 돗자리를 깔고 병풍을 둘러친다. 사또와 감영에서 파견된 감형관이 앉을 자리인가보다. 아니다. 감형관이 나타날 리가 없어. 목 베는 효수형이라면 몰라도 겨우 소드방놀이에 불과한 형 집행을 지켜보려고 삼십리 감영길을 달려올 턱이 있겠는가. 하지만 아직은 모를 일이다. 효수형 대신 솥찜질 시늉으로 끝내줄는지 어쩔는지는 그때 가봐야 안다. 과연 일이 어떻게 되어갈 것인가?

이제 석산이는 여기저기 돌아다니며 땅바닥에다 말뚝을 때려박고 있었다. 말뚝을 박으면서 이쪽을 핼끔핼끔 쳐다보는 눈치였으나 윤관영은 전혀 내색하지 않았다. 저 녀석도 이번 일 때문에 이틀 밤 꼬박 애먹었지. 한밤중에 달구지 여덟대분인 사창미 이백석을 아무도 모르게 사십리 밖 군(郡) 경계에 있는 나루터까지 운반하는 일은 결코 쉬운 일이 아니었다. 달구지 소리가 날까봐 바퀴를 새끼줄로 칭칭 동여매고 그래도 안심이 안되어 일부러 고생스러운 산길을 택하여 운반했던 것이다. 하여간 아직 나이도 어린데 무척 담이 큰 놈이다. 게다가 사근사근 붙임성도 좋고 하니, 장차 수노

(首奴) 자리 한번 할 녀석임에 틀림없으리라.

석산이는 한아름의 말뚝을 다 박은 다음 물바가지를 들고 다니며 땅바닥에 물을 부어 말뚝과 말뚝 사이를 잇는 금을 만들었다. 이렇게 비석거리 바닥을 정방형의 여러 구획으로 나눠놓자, 호방 임춘일이 앞으로 썩 나서며 고래고래 소리 질렀다.

"몬저 강 동녘 동네들버텀 나오시오! 가마솥이 모지라서 죽을 두번에 쑤기로 했응께, 몬저 동녘 동네들버텀 나오시오! 남녀유별 장유유서라. 저편엔 남자분네, 이편엔 여자분네, 어른은 앞에, 아이들은 뒤에, 방리(坊里)별로 차례차례 앉으시오!"

자리를 비켜주기 위해서 군뢰들은 윤관영을 이끌고 부뚜막 한쪽 편으로 옮아갔다. 먼저 진휼을 베풀고 형 집행은 뒤로 미룰 모양이었다. 잠시나마 뭇사람들의 시선에서 놓여나자 윤관영은 다소 안심이 되었다. 사람들은 금세 윤관영의 존재를 잊어먹은 듯 저들끼리 수군거리기 시작했다. 아직 서로 눈치만 볼 뿐 아무도 선뜻 나서지 않는다. 아마도 아이들의 사방치기 놀이판같이 줄 긋고 말뚝 박은 맨땅에 주저앉아 죽사발을 들이켤 일이 아무래도 꺼림칙한 것이리라. 사람들이 얼른 나오지 않자 다소 의외라는 듯이 엉거주춤 서 있던 임춘일이가 느닷없이 쌍욕을 해댔다.

"넨장, 빌어묵을! 싸게싸게 기어나오라니깐 그러네."

빌어먹는다는 말에 더 토심(吐心)이 치밀었던지 사람들 틈에서 당장 악다구니가 튀어나왔다.

"머시어, 빌어묵어? 저녀러 자슥 말본새 좀 보게."

"뭔 소릴 고로콤 빼락빼락 싸지른디야? 아서라, 홑바지에 생똥

쌀라."

"된급살 맞을 녀석! 이 숭년에 삼시 안 거르고 이팝 처먹더니 관격 들렸는가?"

"농사도 안 짓는 것들이 이런 숭년살년(凶年殺年)에 되레 호의호식한당께. 우리네야 맨날 저것들에게 밥 팔아 똥 사 먹는 팔자고 말이여."

"그렁께 저것들이 우릴 걸뱅이 취급 하제. 맨땅에 덕석도 안 깔고 말이여."

곤경에 몰린 임춘일은 대번에 낯빛이 핼쑥해져가지고 슬금슬금 부뚜막 뒤편으로 몸을 비켰다. 분위기가 어째 심상찮게 돌아가는 듯하더니 마침 관노들이 부뚜막에 올라 일제히 솥뚜껑을 열어젖히자 장내는 물 끼얹은 듯 숙연해졌다. 뚜껑 열린 열개의 가마솥에서 흰 증기 기둥이 뭉게구름처럼 왈칵왈칵 치밀어오르고, 물씬거리는 고소한 쌀 냄새가 사방으로 퍼져나갔다. 여기저기 땅바닥에 맥없이 주저앉는 아낙네들이 눈에 띈다. 고소한 쌀 냄새에 그만 어지럼증이 일어난 것이리라. 죽솥에다 마른미역을 세삼태기씩 쏟아넣고 간장을 부었다. 빈 삼태기와 간장 초롱을 함부로 밖에 내던지고 난 다음 관노들은 긴 작대기로 천천히 죽솥을 휘젓기 시작했다. 흡사 열척의 거룻배를 느릿느릿 노 저어가는 사공들처럼 보인다. 부뚜막의 열기로 붉어진 그들의 얼굴에 비지땀이 비 오듯 쏟아진다.

마침내 사람들이 뭣에 홀린 듯 스적스적 앞으로 걸어나와 방리별로 자리 잡고 앉기 시작했다. 그제야 제정신을 차렸던지 임춘일이 부뚜막을 올려다보며 제법 호기 있게 소리친다.

“야들아, 죽이 눋지 않게 싸게싸게 저어라!”

사또 일행이 도착하는 대로 즉시 진휼이 시작될 모양이다. 진휼이 끝나면 그때는 별수 없이 내 차례지. 윤관영은 다시금 가슴이 저릿해옴을 느꼈다. 혹시 칠성판 멜 상두꾼들이 미리 나와 있지 않나 하고 주위를 두리번거리며 살펴보았지만 아직 눈에 띄지 않는다. 간밤에 옥으로 찾아온 장남더러, 혹시 구경꾼들에게 봉변당할는지 모르니까 식구들은 일절 형장에 나타나지 말고 상두꾼 넷만 사서 보내라고 신신당부해두었던 터였다. 부형 집행에는 반드시 칠성판이 준비되어 있어야 하는 법이었다. 솥뚜껑 위에 올라갔다 내려온 죄인은 망인 취급을 받으므로 집으로 옮겨가려면 칠성판에 뉘어야 하는 것이다. 이런 설명을 해주고 죽어도 거짓 죽는 것이니 아무 걱정 말라고 타일렀지만, 아들놈은 아무래도 뭣인가 불안했던지 옥문 창살을 부여잡고 꺼이꺼이 우는 것이었다. 빌어먹을 자식, 청승맞게 울어쌓긴. 다 큰 녀석이 저리 눈물이 헤퍼서야 쓰겠나. 열여섯 나이면 좀 의젓할 줄 알아야지. 더군다나 이 흉년만 넘기면 내년 가을에 새각시 볼 놈이 말이여. 멀쩡한 아비를 앞에 두고 만상제 울음을 울다니, 불효막급한 녀석!

그러나 아들의 울음소리를 듣자니 윤관영 자신도 처연한 느낌이 드는 것을 어찌할 수 없었다. 방정맞게 운다고 아들놈을 엄하게 꾸짖고 돌려보낸 뒤에도 그는 불길한 생각에 사로잡혀 밤새도록 전전반측 잠을 이룰 수가 없었던 것이다. 아, 과연 사또는 약속을 지킬 것인가? 그는 문득 풀무망치에 얻어맞아 무참하게 깨어진 사또의 선정비가 생각나서 정자나무 그늘 쪽을 바라보았다. 사람들에게 가려서 보이지는 않지만 저 정자나무 밑에는 그 중동만 남은 비석이 부러진 이빨처럼 날카롭게 서슬져 서 있을 것이다. 아니, 벌써 치워버렸을걸. 하여간 사또가 그 일로 해서 불안한 나머지 병을 칭탁하고 이 자리에 현신하지 않으면 어떡할까?

환곡미 이백석 이상 범포한 자를 적발하고 대회군민하여 효수하라. 만약 범포자가 있음에도 불문에 부친 수령은 금부로 하여금 나문정죄(拿問定罪)토록 하여 엄중히 다스리겠노라. 삼남지방에 어사들이 출몰한다는 소문이 파다하게 나돌더니 바로 닷새 전에 이런 공문이 벼락같이 떨어진 것이었다. 예감이 어째 불길했다. 삼남지방에 민란이 속출하고 있는 때인 만큼 이번엔 아무래도 유야무야 끝날 예삿일이 아닌 것 같았다. 나야 무슨 죄가 있나, 사또가 사창미를 팔아 작전(作錢)해달라기에 그 명을 좇았을 뿐인데. 이렇게 자위해보았지만 여전히 불안감은 가시지 않았다. 그럴 수밖에 없는 것이 창고란 창고는 모두 텅텅 비어 있었던 것이다. 장부상에는 환곡 이백가마가 남아 있는 것으로 되어 있지만 그것은 이른바 허록(虛錄)일 따름이었다. 그러나 사또는 태연한 표정이었다. "이런 궁벽한 산골짝까지 어사가 찾아올 리도 없지만, 와봤대야 별거 아니야. 또 흐지부지 끝나버릴 일인데, 뭐" 하기도 하고, 또 엉뚱하게 시리 한술 더 떠서 "들은 바에는 어사가 전(前) 사간 심 아무개라는 소문이야. 그 사람이라면 내 잘 알지. 같은 해에 사마시에 등과한 동기생이고, 또 연치도 비슷하거든. 그러니 염려 말고 마을에 관패자(官牌子)를 돌려 어사 주안상에 쏘가리나 잡아 올리도록 하게"

하면서 능청을 떨었던 것이다. 그러나 사또는 다른 무엇보다도 감사를 잔뜩 믿고 있음이 틀림없었다. 하기야 이백냥을 상납받았으니 감사가 어련히 알아서 처리해줄 만도 하지만, 그도 열흘 후 이달 말이면 퇴임할 사람이었다. 게다가 감사 자신도 형식적이긴 하지만 어사의 염찰 대상인 바에야 죄인을 두둔하면서까지 일부러 오해를 살 필요가 있을까? 그러나 한편 생각하면 사또의 환곡미 횡령죄가 드러나는 날이면 감사 자신의 입장도 무척 난처해질 터인즉, 감사가 직접 나서서 손써주리라는 기대도 전혀 무망한 것은 아니었다.

따지고 보면 그 이백냥은 상납이 아니었다. 쥐오줌 얼룩진 병풍 하나를 거금 이백냥 주고 샀던 것이다. 이달 말에 경직(京職)의 요직으로 영전하는 감사는 외방직 일년 동안 들어온 값진 선물들을 은밀히 처분하고 있었다. 목민관은 모름지기 청렴해야 하는 법, 목민관의 퇴임길 행장은 초라할수록 보기 좋다. 헌 수레와 비루먹은 야윈 망아지 하나. 수레 속에 서책 이외에 패물, 은식기 따위나 그 지방 토산물이 섞여 있으면 재임 시에 토색질했다는 비난을 면치 못하는 법. 도임할 때 말채찍 하나만 들고 갔던 제주 목사 김 모는 퇴임할 때도 바로 그 말채찍 하나만 달랑 들려 있을 뿐 적수공권이었다지 않은가. 그래서 감사는 거추장스러운 선물들을 돈으로 바꿔치려고 뜻 맞는 곳에다 은밀히 사람을 놓아 흥정을 했던 것이다. 그렇지 않아도 영전하는 감사의 신임을 얻어 장차 관운을 터볼까 하고 궁리하던 몇몇 수령들과 지방 좌수들에게는 그야말로 절호의 기회가 아닐 수 없었다. 그들은 서로 다퉈가며 엄청난 값에 물건을 사들였다. 그래서 윤관영은 사또의 재촉을 받고 두번째 환곡 분급이 있고 나서 사흘 뒤, 사창에 남아 있던 이백가마를 급히 처분하여 사백냥을 마련해놓았다.

하여간 곡가가 평년보다 두배나 뛰어 가마당 두냥을 호가하는 올해 같은 흉년은 일하기에 안성맞춤의 시기였다. 이백가마를 팔아 작전한 사백냥 중에 이백냥은 쥐오줌 싼 병풍 값으로 나가고 남은 이백냥은 팔아치운 이백가마를 내년에 다시 매입하여 창고에 도로 채워놓을 밑천이었다. 내년까지 흉년 들라는 법은 없을 테니까 내년 수확이 풍작이 아니라 평년작만 되더라도 현시세의 반값인 이백냥 돈으로 횡령한 이백가마를 매입하여 빈 창고를 다시 채울 수 있는 것이다. 바로 이 점을 빌미잡아 사또는 비윗살 좋게 변명을 늘어놓는 것이었다. 창고를 다시 채우는 게 좀 시간이 걸려서 그렇지, 긴 안목으로 따져보면 사창의 재고량은 조금도 축나는 것이 아니야. 그러니 그건 횡령이랄 것도 없어. 암, 그렇고말고.

하기는 사창이 텅 비어 있는 것은 어제오늘의 작폐가 아니었다. 지방 수령이 사창의 미곡으로 톡톡히 재미를 보는 것은 이미 관례가 되다시피 해온 터이다. 사창미 중 절반은 춘궁기에 환곡으로 대여해주고 나머지 절반은 유사시에 군량미로 사용되거나 흉년 들어 진휼미로 분급될 것이므로 결코 손대어서는 안된다고 국법은 정하고 있지만 어디 그게 한번이라도 제대로 지켜진 적이 있었더냐. 창고 쌀은 일년만 지나면 냄새나는 묵은쌀이 되게 마련, 아무리 갈무리를 잘해도 쥐들이 먹어치운 양이 적지 않고, 볕 좋은 날 내다 널기도 하지만 좀벌레 뭉텅이는 여전하여 자연히 변질되고 말았다.

그러니 그걸 일년 내내 묵혀두어 썩히느니 차라리 쌀 대신 썩지 않는 돈으로 바꿔두고, 또 이왕 그럴 바에야 취급자가 다소 이익을 본다고 죄 될 것까지야 없지 않느냐, 하는 것이 수령들이 내심에 품은 변명이었다. 거기에다 사또는 한가지 더 옹색한 변명을 덧붙였다. 요사이 사창에다 곡식을 비축해두는 것 자체가 위험하다는 것이었다. 소백산맥 근처 고을들이 명화적떼가 출몰하여 사창을 털어간다고 야단인데, 난리 때를 대비해서 군량미 조로 비축해둔 곡식을 오히려 바로 그 화적떼의 손아귀에 빼앗겨서야 될 말이냐. 차라리 창고를 비워두는 게 백번 낫지, 안 그런가? 이렇게 사또는 염치 좋게 너스레를 떨었던 것이다.

그러나 사창을 파괴하는 것은 화적떼뿐만이 아니었다. 곳곳에서 민란이 꼬리 물고 일어나 사창과 옥이 파괴되고 아전들은 몰매 맞아 죽었다. 이 정의고을에도 요사이 어째 심상치 않은 기색이 엿보이기 시작했다.

작년 여름 삼남을 뒤덮은 한발에 큰 피해를 입은 정의고을은 한겨울부터 절량농가가 발생하기 시작했다. 큰 흉년이었으나 세곡이 면제된 가구는 이십여호에 불과했으니, 세곡 내고 소작료 내고 가마당 한말 닷되씩 이자를 얹어 환곡을 상환하고 나면 무엇이 남겠는가. 평년보다 한달 앞당겨 두번에 걸쳐 모두 오백석가량의 환곡미가 방출되었으나 그것은 그야말로 언 발에 오줌 누기나 매한가지였다. 사람들은 끈기 없는 우거지죽을 끓여 먹으며 양곡을 아꼈지만, 두번째 환곡 분급이 있은 지 한달 열흘도 채 못된 지금, 쌀독은 거의 바닥나 있었다. 그럴밖에 더 있는가. 어느 모로 보나 구호

대상이 될 수 없는 양반들과 그들이 거느린 가노들까지 다수가 진휼 명부에 등재되어 있었으니 말이다. 그것은 물론 평소에 뇌물을 잘 쓰는 이들에게 사또가 모처럼 생색내보려는 의도도 있겠지만 그보다는 이번 기회에 이들 지방 토호들이 민간에게 창의(唱義)를 내어 자신의 선정비를 세워주었으면 하는 것이 사또가 내심에 품은 소망이었으리라. 눈치 빠른 무리들인지라, 이들은 그날 당장 환곡 분급하는 자리에 지켜섰다가 선정비를 건립한답시고 쌀 한되씩 가로채 거두어들였던 것이다.

분급 과정에서도 차등을 두어 이들에게는 일인당 쌀 여덟말씩 넉넉하게 주었지만 일반 백성들에게는 고작 서말씩이었는데, 그것도 쌀이 아니라 수수곡이었다. 특히 영세 소작인은 더욱 박대하여 겨우 수수곡 일곱되였다. 명분인즉슨 환곡미 상환 능력이 모자라는 이들에게 함부로 양곡을 많이 나눠주었다가는 추수기에 받아내려면 골탕먹는다는 것이었다. 아닌 게 아니라, 추수기까지 갈 것도 없이 환곡 수수쌀을 얼마 받아먹자 벌써부터 밤도망 치는 사람들이 생겨났다. 사또는 동네별로 다섯가구씩 묶어 서로 감시하도록 명을 내렸지만 밤도망 치는 사람들이 그치지 않았다. 비럭질이라도 해서 흉년을 넘겨야지 어쩔 것인가. 사람들은 낯이 알려진 본고장에서 빌어먹기는 차마 어려운 일이라 남부여대하여 몰래 타관으로 흘러가는 것이었다. 이런 판국에 사창미를 처분하라니. 윤관영은, 들나물이 나와서 나물죽이라도 끓여 먹으려면 아직도 달포 반은 더 기다려야 하니, 그사이가 고비인지라 그간에 남은 사창미를 조금이라도 내놓지 않으면 반드시 큰 말썽이 생길 것이라고 아뢰었다. 그러나 사또는 오히려 화를 벌컥 내며 "하라면 할 일이지, 무슨 대거리여! 저들이 파종하고 남은 씨보리를 몰래 숨겨놓고 공연히 엄살떠는 줄을 어째 모르는가" 하면서 억지를 쓰는 것이었다.

사람들은 하루 종일 야산을 헤매고 다녔다. 경칩이 겨우 엊그제 지난 초봄이라 산나물은커녕 들나물도 안 나올 때였다. 그들은 칡뿌리, 잔대뿌리를 캐고 소나무 껍질을 벗겨 먹었다. 십년생 아래쪽 어린 소나무들은 껍질이 허옇게 벗겨져 죽어갔다. 윤관영은 송충이떼처럼 야산을 허옇게 뒤덮고 파먹고 갉아 먹으며 이산 저산 옮아다니는 사람들을 멀찍이 바라보면서 "이러다간 누가 죽어도 몰매 맞아 죽지, 아마" 하고 중얼거리는 것이었다.

이때를 당하여 사또가 기껏 한다는 일은 향청의 유생에게 의뢰하여 먹을 수 있는 구황식물 수십종을 방을 붙여 알리는 일과, 술과 떡 빚는 행위를 엄금하는 것뿐이었다. 그건 실로 어처구니없는 일이었다. 어디 먹는 풀 이름을 몰라서 사람들이 매양 굶기를 밥먹듯 하고 있단 말인가. 소루쟁이, 냉이, 고들빼기, 조릿대, 원추리, 고사리, 둥굴레…… 어디 이름 몰라서 못 캐 먹는가, 게을러서 굶는가. 숭덕산 밑에 사는 사람들이 말랑말랑한 진흙으로 흙떡을 빚어 먹는다는데, 그 사람들은 산나물 들나물 죽이 좋은 줄 몰라 토식(土食)하고 있단 말인가. 때가 일러 싹도 안 난 것들을 어떻게 캐먹는가. 거기다 한술 더 떠서 술과 떡을 빚지 말라니, 도대체 누구보고 하는 말인가. 숭덕산 밑의 저 흙떡 해 먹는 사람들 두고 떡 먹지 말란 말인가. 술쌀, 떡쌀은커녕 쌀독은 바닥난 지 오래고 솥에는 쇳녹이 뻘겋게 앉아 있었다. 양식을 축낸다고 닭, 돼지를 잡아먹은 지도 벌써 오래된 일, 요즘 들어서는 야밤중에 심지어 소 밀도살까지 성행하고 있었다. 아무리 단속하여도 막무가내였다. 사실 밀도살을 단속하기 전에 먼저 나졸들을 풀어 소도둑을 단속해야 마땅한 일이었다. 농사꾼이 왜 농우를 잡아먹으랴마는 요사이 부쩍 늘어난 소도둑들에게 빼앗길 바에야 차라리 잡아먹고 말겠다는 것이었다. 뼈가래가 앙상한 개종자들만 사람똥을 받아먹으며 그럭저럭 연명하고 있지만 그것도 이달이 그물기 전에 고깃값이나 하고 죽어갈 것이다.

사태가 이러한데 술, 떡을 해 먹지 말고 양식을 아끼라니. 어린 것들이 밥을 너무 처먹어서 저렇게 배부른가. 종아리, 팔은 밴댕이처럼 삐삐 말랐는데 어이없게도 배만 북통같이 불룩 솟아오른 아이들. 모두가 잔대뿌리나 칡뿌리, 나무껍질 따위 거친 음식 때문이었다. 거친 음식을 먹은 어른들은 뒷간에서 노루똥같이 까맣게 타고 딱딱한 똥을 누느라고 노상 기운이 빠지곤 했지만, 아이들에겐 애당초 이런 음식이 맞지 않았다. 설사를 하든가, 아니면 병이 들어 올챙이배처럼 헛배만 터무니없이 부풀어오르는 것이었다.

이런 와중에 어사가 잠행한다는 소문이 파다하게 나돌더니 드디어 환곡미 횡령 죄인을 효수하라는 어명이 덜컥 떨어진 것이었다. 이 어명이 떨어진 후 지금까지 닷새 동안 얼마나 조바심을 태우며 지내왔던가. 요 며칠 사이 사또의 등과 동기생이라던 어사는 가짜로 밝혀져 그 작자에게 양찬(糧饌)과 주육(酒肉)을 빼앗긴 삼례고을 현감은 비웃음거리가 되고 있었다. 금명간 어사가 객사에 들이닥치리라는 소문이 흉흉한 가운데, 한번은 어사가 들어옴직한 북쪽 길목의 큰 소나무 밑동에 사창미 횡령을 고변하는 방이 붙어 있어서 관아를 아연 긴장시킨 일도 있었다. 일이 이쯤 되자 사또도 불안했던지 이웃 고을에 관노들을 보내어 어사의 행적을 염탐시켰다. 그러나 어사의 행방은 아직 묘연했다.

독버섯을 잘못 캐 먹고 실성한 자가 제집에 불을 놓은 일이 발생한 나흘 전부터, 한밤중 동헌 뜰에 돌멩이가 날아들기 시작했다. 당장 수직하는 군졸의 수효를 늘려 경계하였으나 돌멩이는 여전히 날아들었다. 한밤중 기왓장에 딱 부딪친 돌멩이가 기왓골을 타고 떼굴떼굴 굴러내리는 소리에 사또는 번번이 잠을 설치는 모양이었다. 그저께는 누가 풀무망치로 때려부쉈던지 불과 닷새 전에 세워놓은 사또의 선정비가 중동이 딱 부러져 비신(碑身)이 땅바닥에 나뒹굴고 있었다. 아무래도 사태가 심상치 않았다. 사람들이 진휼미를 내놓으라고 당장 들이닥칠 기미가 역력했다.

사흘 동안 상투 끝을 흔들며 안절부절못하던 사또가 어제 감영에 갔다 오더니 윤관영을 불렀다. 기어코 올 게 오고 말았구나. 윤관영은 가슴이 철렁 내려앉았다.

"이 일을 장차 어찌한다?" 하면서 사또는 넌지시 윤관영의 눈치를 살폈다. "참, 낭패로고…… 일이 틀려도 아주 뒤틀리고 말았네."

태산같이 믿고 있던 감사가 손 털고 일어나버렸다는 것이었다. 어사는 뇌물이나 향응 따위는 일절 거절하고 나섰단다. 아무래도 예사로 끝날 일이 아니란다. 이번 어명은 흉흉한 민심을 다소나마 가라앉혀보려는 안간힘에서 취해진 것인지라, 그냥저냥 끝날 일이 아니라는 것이었다.

그렇다면 별도리가 없지 않은가. 환곡 부정 처리한 사백냥 중에 이백냥은 이미 감사에게 상납된 것이니 어찌할 수 없다고 치더라도 남은 이백냥 가지고 어사의 창고 점고가 있기 전에 한시바삐 묵은쌀이라도 사들이고 나머지 모자란 것은 빈 가마니를 구해다 쌀겨를 채워넣든지 방책을 구해야 할 것이다. 윤관영이 이렇게 진언하자 사또는 짐짓 노기를 띠고 나무랐다. "누구더러 속임수를 쓰라 이르는가! 공연히 속임수를 쓰다 들키면 그게 또 무슨 망신이여." 효수하라는 공문이 코빼기에 떨어진 판국에 고작 망신당하는 게 두렵다니 무슨 말씀인가? 대관절 어찌하자는 얘긴가? 윤관영은 가슴을 졸이며 사또를 바라보았다. 사또는 잠시 연죽만 풀썩풀썩 빨며 뜸을 들이더니 말했다. "하여간 큰일이여. 어사가 들이닥치기 전에 먼저 선수 쳐서 죄인을 다스려놔야지, 어명을 거행하지 않고 어물어물하고 있다간 큰 봉변을 당한다는구먼. 감사영감께서 한시바삐 죄인을 징치하라고 성화가 득달같으셔." 환곡미 횡령 죄인이 바로 사또 자신인데 누가 누구를 징치하란 말인가? 혹시 나한테 죄를 뒤집어씌우려는 속셈이 아닐까? 그러자 편뜻 문제의 공문 내용이 머리에 떠올랐다. 환곡미 이백석 이상 범포한 자를 적발하고 대회군민하여 효수하라. 만약 범포자가 있음에도 불문에 부친 수령은 금부로 하여금 나문정죄토록 하여 엄중히 다스리겠노라. 역시 그렇구나! 공문에는 수령 자신이 범포자가 되는 경우를 슬쩍 빠뜨리고 있는 것이었다. 다만 감독 불찰의 책임만 진다는 것이었다. 그렇다! 일이 터지면 매양 당하는 건 아전붙이들뿐이었다. 수령을 도와 일해준 댓가로 얻어먹은 잔전 부스러기 몇푼이 빌미가 되어 일이 닥칠 때마다 상전의 부정을 혼자 뒤집어쓰고 벌을 받게 마련이었다. 그렇지만 그건 어디까지나 솥찜질 시늉에 지나지 않는 부형이 아니었던가. 그런데 효수형이라니! 안될 말이다. 당치도 않은 수작이다. 수고했다고 얻어먹은 노랑전 닷푼이 둔갑해도 분수가 있지, 왜 내가 남의 사백냥의 죄를 짊어지고 효수되어야 하나. 아무리 미천한 아전붙이일망정 이토록 억울하게 죽을 수는 없다. 기어코 발명을 해놓고 말리라. 열화 같은 분노가 치밀어올라 목구멍을 태웠다.

그렇지만 어디 가서 발명하고 누구에게 고변하랴. 저들의 허물은 서로 감추어 체통을 세워주는 것이 사대부의 미덕이라던가. 심지어는 재야의 사림에서도 세도척신이나 지방 방백, 수령보다는 아전의 작폐가 더 혹심하다고 지탄의 소리가 높았다. 환정의 문란은 전적으로 실무를 담당하는 아전층의 농간 때문이고, 환정 자체는 나무랄 데 없이 훌륭한 제도라고 입을 모았다. 참 기가 찰 노릇이었다. 농민의 양곡을 가지고 도로 그 농민들을 상대로 장리놀이를 해먹는 이 조직적인 수탈 방법이 훌륭한 제도라는 것이었다. 원래 환자(還子)란 참새나 쥐가 축낸 자연 소모량을 보충한다는 명목으로 조금씩 걷던 것이 아닌가. 그런데 그게 근래에 와서 작은 참새나 쥐가 식성 좋은 사람 쥐로 둔갑하여 막대한 양의 곡식을 축내고 있는 형편이었다. 이러한 환곡 업무에 편승하여 횡령하거나 장리를 주어 부당이익을 취하며 떼돈을 만지는 수령보다 그 밑에 빌붙어 잔전 부스러기나 얻어먹는 아전의 폐막(弊瘼)이 더 크다니, 참으로 어처구니없는 일이었다. 야릇하구나, 야릇하구나. 어째서 큰 부정은 죄가 안되고 작은 것만 죄가 되나. 부정이란 그 규모가 크면 클수록 부정의 탈에서 벗어나는가? 그렇다. 도둑도 좀도둑이 훨씬 도둑답다. 그것이 대담해져서 명화적쯤 되면 이미 도둑의 탈은 벗겨지는 법. 부정이란 것도 좀스럽고 쩨쩨한 구석이 있어야 진짜 부정이지, 쥐가슴 태우며 훔쳐내는 쌀 한톨, 실 한가닥은 부정이지만 환곡미 이백석 횡령은 이미 부정이 아니었다. 그건 백성들의 상상을 훨씬 능가해버린 것, 손에 잡히지 않는 막연한 추상이었다. 그건 이미 부정이 아니라 지체 높은 권세였다. 큰 부정일수록 이렇게 모두 환골하고 탈태하여 나라 경영의 대종을 이루었던 것이다.

그러니 재야 사림 측이 이런 지방 수령들의 작폐를 몰라서 입을 다물고 있는 게 아니었다. 아무리 공리공담을 일삼는 책상물림들이라고 하지만 그 정도 세상물정을 모를 위인들이 아니었다. 그러나 작금의 사태가 지방 수령에게 그치는 일이 아닌 것을 어찌하랴. 팔도 지방 수령의 돈줄이 세도척신의 고루거각 안방까지 맥맥이 닿고 있는 줄을 왜 모르랴마는, 그들은 그야말로 유구무언이었다. 그럴밖에. 이제나저제나 관직에 부름 받는 날을 고대하여 허구한 날 세월만 낚는 저들이 아닌가. 관직은 한정되어 있는데 임용 못한 과시 합격생은 사방천지에 득실거리고 있는 판국에 세도척신의 비위를 건드려서 뭐 하나 이로울 게 없는 것이었다. 설령 어찌어찌하여 미관말직일망정 하나 굴러들어온다 한들, 그간에 쓰인 엽관 운동비가 그 얼마더냐. 그러니 저들이라고 용빼는 재주가 있겠는가. 관직에 오른 다음 그 돈을 몇배 이(利)를 붙여 회수해야 함이 정한 이치인 바에야 어떻게 저들이 남의 일처럼 수령의 부정을 들먹거리고 시비를 논하겠는가. 알고도 모르는 척, 만만한 아전 무리나 태질칠밖에.

물론 윤관영은 자신이 결백하다고 우기고 싶지는 않았다. 항산(恒産)도 없고 녹봉도 없이 고달픈 대민 업무를 맡은 아전직이라 먹고살려면 부정을 저지르는 일이 종종 있었다. 먹고살 낙정미(落庭米)를 농민으로부터 좀 넉넉하게 받아내려고 농간 칠 때도 있고 수령의 부정을 도와 잔전 몇푼 얻어먹는 일도 더러 있었다. 그렇지만 문자 그대로 뜰에 떨어진 낙정미만 주워 먹고 살라니 아전 입은 사람 입이 아니고 참새 입이던가. 농가 마당에 흘린 낟알이나 쪼아 먹고 살라니 말이다. 모름지기 이도(吏道)의 염치를 확립하려면 무엇보다도 낙정미가 아니라 호구지책이 될 만한 법적 녹봉이 있어야 하는 것이다.

그러나 죄다 소용없는 일이었다. 일이 터지면 언제나 다치는 건 아전뿐이었다. 이번 삼남지방 곳곳에서 일어난 민란에도 몰매 맞아 죽은 것은 아전뿐이었다. 원민(怨民)이 동헌으로 몰려들면 겁먹은 수령들은 으레 자기 심복 아전을 흥분한 군중 속에다 가차 없이 내던져버리는 것이었다. 심지어 어느 고을 수령은 자신의 결백을 강변하려는 듯이 몸소 매를 들어 이방을 상살했다지 않는가. 아무리 상전과 하전 사이에 맺어진 신의라고 하지만 그렇게 쉽사리 저버릴 수가 있는가. 아, 이 일을 어떡하면 좋단 말이냐. 어디 가서 누구에게 발명한단 말인가. 윤관영의 눈에서 눈물이 비 오듯 쏟아졌다.

이것은 바로 그저께 일이었다. 효수형 대신 부형을 받기로 몇번씩이나 사또로부터 다짐을 받고 난 다음 윤관영은 그날로 당장 옥에 갇히는 몸이 되었다. 일단 부형을 받으면 효수형을 면할 수 있다는 것이었다. 부형이 아무리 솥찜질 시늉에 불과한 요식행위라 한들 그것 또한 엄연히 사형의 한 방법일진대, 일단 부형 받고 죽은 사람을 다시 끌어내어 목 벨 수는 없는 게 아니냐. 그리고 명색이 살신속죄하는 것이므로 족척에게 범포 양곡을 물어내라고 하지도 않는 법이니, 자, 안심하고 솥뚜껑 위에 잠깐 올라갔다 내려오기만 하면 된다. 그러고서 몇개월만 집에서 쉬고 있거라. 집에 있기가 정 불안하거든 속 편하게 아주 타관으로 떠나버려도 좋지. 나도 어서 이 고을을 떠나야겠다. 요즘 아무래도 낌새가 심상치 않거든. 웬 빌어먹을 민란들은 돌림병처럼 시끌시끌 번져가는지. 어디 바늘방석에 앉은 것 같아 견딜 수 있나. 이대로 두었다간 저 실성한 것들이 꼭 무슨 일을 저지르고 말지, 아마. 그러니, 부탁하네. 그저 저 미친것들을 살풀이로 달래주는 셈 치고 죽는 척 시늉만 해주게. 아무려면 내가 자네의 신의를 저버리겠나. 지금 감사영감을 통해서 물산 좋은 경기지방에 줄을 놓고 있는 중이니 그때가 되면 지체 없이 불러올리겠네.

윤관영은 어쩔 도리가 없었다. 사또의 대속물로 점찍혀버린 지금 밤도망 칠 수도 없는 노릇이었다. 그렇다고 선불리 거절했다간 달리 무슨 죄로 또 옭아맬지 모를 일. 결국 사또의 처분만 바랄 수밖에 별도리가 없었다.

드디어 사또의 행차를 알리는 사령의 긴 군호 소리가 들려왔다.

땅바닥에 자리 잡고 앉아 한참 기다리던 사람들이 일제히 무릎뼈를 우두둑거리며 일어나자 또 한번 마른 먼지기둥이 하늘 높이 치솟아올랐다. 윤관영도 군뢰의 부축을 받아 일어섰다. 갑사관대 차림의 사또가 좌수별감과 육방관속을 거느리고 나타났다. 사또를 보자 금세 윤관영의 가슴은 울렁거리며 들떠올랐다. 한편 반갑기도 하고 한편 두렵기도 한 심정이었다. 설마 사또가 자기 죄를 대신 뒤집어쓴 사람을 제 손으로 잡아 죽일 그런 파렴치한은 아닐 테지. 진휼날에 형 집행을 같이 몰아서 하는 것도 어찌 생각하면 사또의 깊은 요량에서 우러나온 것 같다. 진휼을 베풀어놓고 먹을 것에 걸신들려 경황없을 때 형 집행을 슬쩍 편승시켜 얼렁뚱땅 끝내버릴 요량으로 말이다. 그렇지만 효수형이 아닌 부형이란 요식행위를 가지고 눈 가리고 아웅 할 수 있을까? 저 굶주린 무리들이 죽 한두사발 먹었다고 사또의 뜻대로 그렇게 호락호락 넘어갈까? 저 사람들 중에는 분명 동헌 뜰에 투석질하고 사또의 선정비를 박살낸 작자들이 끼어들어 있을 텐데 말이다.

그러나 사또의 위의는 예나 이제나 다름없이 당당했다. 그가 입은 갑사관대는 아무도 범접 못할 위엄을 화사하게 주위에 퍼뜨렸다. 사또가 병풍 앞에 좌정한 나음 가볍게 손짓하자 서 있던 사람들은 그제야 흡사 큰바람에 삼밭 쓰러지듯 워석버석 소리를 내며 땅바닥으로 다시 가라앉았다. 윤관영은 적이 마음이 놓였다. 사람들이 어쩌면 저렇게 금방 다소곳해질 수 있을까? 내내 저렇게 고분고분 굴어준다면 좋으련만. 그래야만 사또가 마음먹은 대로 형 집행이 수월하게 끝날 텐데 말이다. 윤관영은 초조한 심정으로 사태의 진전을 바라보았다.

이윽고 진휼 시작을 알리는 임춘일의 목청 큰 소리가 터지고 누렇게 부황 든 얼굴들이 다시 땅바닥에서 솟아올랐다. 이번엔 사또도 일어났다. 금방 자리에 앉은 사람들을 다시 일어나라니, 무슨 일일까? 그렇지, 국궁배(鞠躬拜)를 시키는구나. 그럼, 진휼이란 모름지기 엄숙해야 하는 법, 자칫 허투루 굴었다가 떼거지 취급 한다고 부글부글 불평이 끓어오르면 일이 사뭇 귀찮아진다. 애당초부터 엄중하게 다스려서 법도와 염치를 일깨워놓아야 하는 것이다. 사람들은 모두 임금이 계신 북녘을 향해 땅에 엎드려 부복했다. 국궁배. 진휼을 베풀어주신 성은에 감축함이 망극하여이다. "국궁, 배! 흥! 평신!" 하는 구령에 맞춰 사람들은 사배(四拜)하였다.

사람들이 다시 자리에 앉자마자 개다리소반에 받쳐 죽사발 하나가 사또 앞으로 올려졌다. 전에 없던 일이라 사람들은 호기심 어린 눈빛으로 사또를 바라보았다. 사또는 숟갈을 들고 사람들을 둘러보며 참으로 인자한 태깔로 웃어 보인다.

"이것은 손님들을 대접하는 주인의 예의요."

그 말을 듣자 윤관영은 절로 웃음이 피식 나왔다. 참으로 약은 꾀였다. 맨땅에 퍼질러앉아 죽사발을 들이켤 일을 부끄럽게 생각하던 사람들에게 이보다 더 좋은 약이 있을까. 윤관영은 점점 안심이 되면서 마음이 흐뭇해졌다. 사또는 오늘 일을 위하여 저렇게 하나하나 면밀하게 계획해두었음이 틀림없었다.

사또가 죽사발을 남김없이 훌훌 들이켜고 나자 맨 앞자리에 앉아 있던 한 젊은이가 발딱 일어나더니 격정에 겨워 울먹거리며 머리를 조아린다.

"사또님! 진휼이 진실로 이렇게 법도 있고 체통이 있을진대, 우리가 얻어먹는다고 어찌 부끄럽다 하겠소."

젊은이가 손등으로 눈물을 문지르며 자리에 앉자 장내는 더욱 숙연해졌다. 그러나 윤관영은 못 볼 걸 본 것처럼 낯이 화끈 붉어졌다. 도포를 벗어버리고 헐찍한 중치막으로 몸을 숨기고 있었지만, 그자는 평소에 안면 있는 향교 유생이었던 것이다. 가세가 넉넉한 사족의 자제가 어떻게 진휼부에 올라 있는가? 아니, 저자는 필시 진휼할 때 울어달라는 사또의 부탁을 받고 기민들 사이에 끼여 있는 것이리라. 하여튼 모든 일이 사또의 뜻대로 착착 아귀가 맞아떨어지는 것이 윤관영은 여간 기쁘지 않았다.

진휼이 시작되었다. 관노들이 물장군에다 김이 모락모락 피어오르는 뜨거운 죽을 퍼담고 사람들 사이를 이리저리 잰걸음으로 옮아다닌다. 운두에 걸쭉한 죽 건더기가 묻어 있는 죽통을 보자 사람들은 대번에 게걸들린 눈빛으로 변했다. 바싹 마른 목구멍으로 군침 넘기는 소리가 딸꾹질처럼 일어날 뿐 장내는 무거운 침묵이 내리깔렸다. 죽사발을 받고서도 쓰다 궂다 말이 없다. 다만 죽을 불어 식히는 소리와 달각거리는 숟갈질 소리만 한데 어울려 붕긋이 부풀어오를 따름이다. 윤관영은 다시 마음이 언짢아진다. 두꺼비 파리 잡아먹듯 눈 깜짝할 사이에 제 몫의 죽을 들이켜고 나서 남의 죽그릇을 힐끗힐끗 훔쳐보는 흰 눈이 두려웠다. 저 걸신들린 눈빛을 식곤증으로 게슴츠레해지도록 죽을 양껏 먹여주어야 하는데…… 죽 한사발 가지고는 턱도 없지. 겨우 죽 한사발로 저 열길 깊은 깜깜한 공복을 어찌 채울까. 가마솥이 차례차례 비워지고, 비워진 솥에다 새로 죽을 쑤고 있지만 그건 서서 기다리는 다음 차례의 사람들 몫이었다. 그러면 혹시 건량(乾糧)을 배급할 때 됫박질이나 좀 넉넉하게 주려나?

곧이어서 건량 배급이 뒤따랐다. 죽을 먼저 먹은 사람들부터 때 묻은 쌀자루를 들고 앞으로 나갔다. 쌀도 보리도 아닌 기장 싸라기였다. 그것도 고작 한됫박. 그러니까 사또는 범포 양곡 이백가마 중에서 기껏해야 열가마쯤 게워놓았을까 말까 한 걸 가지고 이 진휼을 베풀고 있는 셈이다.

그럭저럭 일차 진휼이 막바지에 다다랐는데 별안간 소동이 일어났다.

"하이고! 저런, 아까운 죽을……"

"저녀러 자슥, 아까운 죽을 어따 맥질치는 거여?"

뒤쪽 자리에 죽통을 나르던 관노 한 놈이 어찌 잘못하여 그만 죽을 엎지른 것이었다. 죽 한통이 질펀하게 쏟아진 땅바닥에서 더운 김이 모락모락 피어올랐다. 사발을 든 사람들이 당장 거기로 깔따구처럼 덤벼들었다. 엎질러진 죽을 퍼담으려는 것이다. 울담처럼 둘러섰던 구경꾼들도 거기로 와르르 무너지면서 덮쳐들었다. 사발 깨지는 소리, 욕지거리, 비명 소리가 낭자하게 터졌다. 이 아우성을 휘감고 황진 기둥이 공중에 뻗어올랐다. 넓은 비석거리는 온통 그 쪽으로 급경사지면서 당장 그 회오리바람 속에 휩쓸려들어갈 기세였다. 다 된 일이 엉뚱한 데서 비끗해먹은 것이다. 자칫하면 난장판이 될 판이다. 윤관영은 가슴이 후들후들 떨렸다. 사또도 당황한 빛이 역력했다. 주장(朱杖)을 거머쥔 나졸들이 급히 내달았다. 죽을 쏟은 관노가 붙들려오자 당장 형틀이 마련되고 곤장 한아름이 와르르 쏟아졌다. 곤장 십도에 댓돌에 태질친 개구리처럼 허벅지에 경련을 일으키며 까무러친 관노가 업혀나가자 장내는 다시 엉거주춤한 침묵이 도사렸다. 사람들의 거친 숨결이 손에 잡힐 듯 가깝게 들려왔다.

이제 비석거리 복판은 관노 한 놈이 쏟아진 죽을 치울 뿐 텅 비워졌다. 참으로 어중간한 어간이었다. 다음 차례인 강 서편 사람들은 엉거주춤 서 있을 뿐 선뜻 나오지 않는다. 이쪽에서 나오라고 재촉하는 사람도 없다. 어찌할 요량일까? 죽이 끓을 때까지 사람들을 저렇게 마냥 세워놓을 참인가? 이제야 가마솥에 물을 새로 넣고 불을 때기 시작했으니 어느 하세월에 죽이 끓는단 말인가. 저 사람들이 기다리다 못해 또 무슨 소란을 피울지 모를 일이다. 차라리 방리별로 질서 있게 앉혀놓고 기다리게 하는 것이 한결 다스리기에 편할 텐데.

어중간하고 불안한 침묵이 잠시 멈칫멈칫 흘러가더니 사또 앞을 얼쩡거리던 수형리 김진곤이 앞으로 썩 나서며 벼락같이 소리 질렀다.

"듣주어라! 죄인 윤관영을 끌어내려라!"

기어코 올 게 오고 말았구나! 윤관영은 숨이 막힐 지경으로 가슴이 바싹 오그라든다. 깊은 공동(空洞)처럼 텅 빈 비석거리 한복판. 벼랑 끝에서 깊은 소(沼)를 굽어보듯 심한 어지럼증이 일어났다. 두 발이 땅에 붙박여버린 듯 떨어지지 않았다. 어떡헐거나, 어떡헐

거나. 군뢰한테 우악스럽게 떠밀린 윤관영은 주춤주춤 걷기 시작하면서 사또를 바라보았다. 원님, 원님, 제발 약속대로만 거행하여 주옵소서. 문득 사또와 눈이 마주쳤다. 윤관영은 혼신을 다하여 사또의 눈길에 동동 매달렸다. 제발, 제발…… 그러자 즉시 답이 왔다. 사또는 가만히 머리를 주억거려 보이는 것이었다. 오냐, 오냐. 걱정 말라고 넌지시 전해오는 사또의 고갯짓을 보자, 윤관영은 천야만야 가라앉았던 가슴이 다시금 붕긋이 떠올랐다. 그러면 그렇지. 내가 공연히 걱정을 했구먼. 아무러면 사또가 금석의 맹약을 저버릴까. 형 집행을 앞당겨 거행하는 것도 다 나를 위해서 요량한 것이 틀림없지. 아무렴. 진휼을 다 끝낸 다음에 별도로 격식 차려서 거행하는 것은 아무래도 불안한 구석이 없지 않아. 진휼이 끝나서 더이상 얻어먹을 것도 없고 동냥자루를 더 채울 것도 없어지면 혹시 저 사람들이 그때 가서 돌변할지도 모를 일이다. 자, 매도 먼저 맞는 놈이 낫다고, 어서 가자.

윤관영은 느긋하게 마음을 먹고 한복판으로 나아가 거적때기 위에 무릎을 꿇었다. 약속대로 부형으로 집행되는가보다. 석산이가 가마솥에서 솥뚜껑 하나를 벗겨오자 형 집행을 알리는 북소리가 울려왔다. 덩덩덩덩. 그런데 웬걸, 북소리는 흡사 걸궁패의 허튼장단처럼 흥겹게 들리지 않는가. 윤관영은 피식 웃음이 나왔다. 그렇제, 요것이 소드방놀이것다. 죽이 익을라몬 아직도 멀었고 그냥 내처 기다리기도 하 심심한께, 빌어묵을, 심심풀이 삼아 소드방놀이나 한판 놀아볼거나. 요놈의 놀이 내력 들어볼라치면, 오리(汚吏)는 쓸어내도 있고 일소해도 있어. 몰아내도 있고 추방해도 있어. 뿌리

뽑아도 있고 근절해도 있어. 자, 그러니 어쩔거나? 빌어묵을, 아주 꼬르륵 증발시켜뿌려야제. 펄펄 끓는 가마솥에 달궁달궁 삶아내어 아주 씨알머리를 죽여야제. 고 생각 한번 장히 좋았으나, 허허, 누가 누굴 죽일꼬? 누가 누굴 벌줄거나? 내 죄를 대신 업은 놈을 어찌 삶아 죽여? 넨장, 별수 없네. 진퇴양난에 고육지책을 쓰는디 아궁이에 불을 빼고 식은 불을 때것다. 시늉 불을 때것다. 에라, 그것도 번거롭네. 소드방 하나 달랑 놓고 올라라 해라. 엄살 한번 되게 피우고 죽는 시늉 하라 하것다. 허허, 요렇게 솥찜질은 시늉만 남고 오리 징치(懲治)는 껍질만 남고 상징만 남아 허구한 날 아무 말씽 없이 전해 내려오는 것입니다.

덩덩 덩지 덩지.

덩덩 덩지 덩지……

다시 한번 북소리가 울리자 군뢰 두명이 달려들어 양옆에서 윤관영을 잡아일으켰다. 열댓발짝 앞에 있는 솥뚜껑을 바라보며 막 걷기 시작하는데 어디선가 이상한 소리가 야트막하게 들려왔다. 가슴이 섬뜩했다. 뭘까? 가래 끓는 소리 같기도 하고 먼 우렛소리 같기도 한 저 소리가. 그 소리는 그런데 한발짝씩 앞으로 내디딜 때마다 주춤주춤 커지는 듯싶더니, 솥뚜껑 앞에 당도하자 별안간 무섭게 커져올랐다. 우우우. 사람들의 목소리였다. 아우성 소리가 우지끈 두 발로 일어선 것이다. 형 집행을 떡 가로막고 나선 것이다. 이제 막 두루마리를 펴고 죄목을 낭독하려던 수형리 김진곤이 칼침 맞은 사람처럼 비틀거리고, 양옆에서 윤관영을 붙들고 있던 군뢰 두명도 제풀에 손을 놓고 옆으로 주춤 물러선다. 흩어졌던 나졸들이 삽시간에 병풍 속으로 몰려들어 사또의 둘레를 겹겹이 에워싸 호위한다.

복판에는 댕그렇게 윤관영 혼자뿐이었다.

사나운 짐승 목소리로 카랑카랑 울부짖던 사람들은 이제 몰이꾼같이 순갈로 빈 사발을 두들기고 발을 구르면서 복판의 윤관영을 무섭게 몰아붙였다. 장내는 온통 흙먼지에 휩싸여 뿌옇게 들떠올랐다.

문득 사기그릇 하나가 날아들어 목에 걸린 칼 밑동에 부딪쳐 박살이 났다. 윤관영이 흠칫 놀라며 두 손으로 머리를 감싸자 뒤미처 돌과 사발이 비 오듯 날아들었다. 윤관영이 외마디 비명도 없이 모로 픽 쓰러진 다음에도 돌팔매질은 한참 계속되었다. 솥뚜껑만 혼자 살아서 쩽겅쩽겅 미친 듯 비명을 올리고 있었다.

소요는 더이상 확대되지 않고 거기서 끝이 났다. 내친김에 사또에게 대들거나 아니면 뿔뿔이 흩어져 도망치거나 하지도 않고 사람들은 그 자리에 그냥 병신성스럽게 우두커니 서 있었다. 윤관영이가 너무 창졸간에 죽어서 허망스러웠던가? 맥없이 두 팔을 축 늘어뜨린 채 복판에 수북이 쌓인 돌무더기와 깨진 사금파리들을 망연히 바라보고 있던 그들은 이윽고 모두 땅에 엎드려 대죄(待罪)하였다.

어라, 이게 웬 떡이여. 숨 막히게 되우 놀라 있던 사또는 눈이 더욱 회동그래졌다. 그러면 그렇지. 무지한 것들이 감히 어느 앞이라고 대들 거냐. 제 주인을 무는 개가 어디 있어. 자, 그럼 수창자(首唱者)가 따로 있을 턱이 없는 이 우발적인 난동을 어찌 다스린다? 누가 죄인을 처벌했든지 간에 아무튼 일단 끝나버린 일, 공연히 긁어 부스럼 만들 필요 없지. 더구나 저것들이 죄를 뉘우친다고 엎드려 대죄하고 있는데…… 형 집행권이 잠시 농락당한 것이 서운하다면 서운하지만 저 실성한 것들이 그만하면 실컷 화풀이도 됐을 테니 오히려 잘된 일이다. 하여튼 죽은 놈만 불쌍하구나. 쯧쯧……

사또는 잠시 후 놀란 가슴을 진정시킨 다음, 남은 진휼을 마무리 짓기 위해 피 묻은 돌무더기와 윤관영의 시신을 치우라고 명했다.

순이 삼촌

내가 그 얻기 어려운 이틀간의 휴가를 간신히 따내가지고 고향을 찾아간 것은 음력 선달 열여드레인 할아버지 제삿날에 때를 맞춘 것이었다. 할머니 탈상 때 내려가보고 지금까지이니 그동안 팔년이란 세월이 흐른 것이었다. 바쁜 직장 핑계 대고 조부모 제사에 한번도 다녀오지 못했으니 큰아버지나 사촌 길수 형은 편지 글발에 내색하지는 않았지만 속으로 무던히도 욕을 하고 있을 터였다. 물론 일본에 있는 아버지가 제사 때가 되면 잊지 않고 제숫감 마련에 쓰고도 남아 얼마간 가용에 보탬이 될 만큼 넉넉하게 큰집으로 송금하는 모양이지만, 그렇다고 내가 선산을 못 돌아보고 기제사에 참례 못하는 죄스러움이 가벼워지는 것은 아니었다. 그러다가 요 며칠 전에 큰아버지의 부름을 받고 만 것이었다. 가족묘지 매입

문제로 상의할 일이 있으니 할아버지 제사일에 맞춰 내려오라는 편지 내용이었다. 편지투로 보아 이번엔 기어코 나를 내려오게 만들려는 당신의 속마음이 헤아려지고도 남음이 있었다.

그런데 팔년 세월에 비하면 김포공항에서 단 오십분 만에 훌쩍 날아간 고향은 참으로 가까운 곳이었다. 기내에 퍼져 틀틀거리는 엔진 폭음에 귀가 먹먹해져서 잠시 멍한 방심상태에 몸을 맡기고 있는데 별안간 기체가 덜컹하기에 눈을 떠보니 제주공항이었다는 식으로 나는 고향에 닿았다. 정말 눈 깜짝할 새에 고향땅 한복판에 뚝 떨어진 거였다. 그건 흡사 나 자신이 고향을 찾은 게 아니라 거꾸로 고향이 나를 찾아온 것처럼 어리둥절하고 낭패스러웠다. 뭐랄까, 아무 예비감정도 없이 고향과 맞닥뜨린 셈이랄까. 나는 비행기 안에서 좀 진지하게 생각하지 못하고 멍하니 허송한 오십분이 못내 후회스러웠다. 괜히 비행기를 탔다 싶었다. 기차를 타고 배를 타야 하는 건데 팔년 만의 귀향을 직장 통근시간에 불과한 단 오십분에 끝내다니.

내게 고향이란 무엇이었나. 나에게 깊은 우울증과 찌든 가난밖에 남겨준 것이 없는 곳이었다. 관광지니 어쩌니 하지만 그것도 지역 나름이어서 나의 향리인 서촌은 이렇다 할 관광자원도 없고 하늬바람이 몰아쳐 귤농사도 안되는 한촌(寒村)이었다. 적어도 내 상상 속에서 나의 향리는 예나 이제나 죽은 마을이었다. 말하자면 삼십년 전 군 소개작전에 따라 소각된 잿더미 모습 그대로 머리에 떠오르는 것이었다. 그래서 고향을 외면하여 살아오길 팔년, 그 유맹(流氓)의 십년 전으로 되찾아가려면 아무래도 조심스럽게 주저주저하며 다가가야 하리라. 기차를 타도 완행을 타서 반도 끝까지 가 거기서 다시 배를 타고 밤을 지새우며 밤 항해를 해야 하는 수륙 천오백리 길. 차멀미, 뱃멀미에 시달리며 소주에 젖고 팔년 만에 찾아가는 고향 생각에 젖어서 허위허위 찾아가야 할 고향이었다. 이것이 내가 평소에 고향을 지척에다 두고서도 지구 끝처럼 아득하게 여기던 이유였다.

그러나 휴가는 단 이틀이고 할아버지 제사가 바로 오늘인 걸 어떻게 하랴. 기차 타며 그렇게 여유작작하게 우회해서 고향에 갈 수는 없는 노릇이었다. 나는 마치 스튜어디스에게 등을 떠밀린 사람처럼 엉거주춤하며 승강구 계단을 내려왔다.

하늘은 낮은 구름에 덮여 음울해 보였고 한라산 정상은 구름떼가 잔뜩 몰려 있었다. 낯익은 제주도 특유의 겨울 날씨였다. 그건 어린 시절의 겨울 하늘을 낮게 덮고 벗겨질 줄 모르던 바로 그 음울한 구름이었다. 흐린 날씨 때문에 돌담은 더 검고 딱딱해 보이고 한라산 기슭의 질펀한 목장에 덮인 눈빛은 침침했다. 하늬바람이 불어와 귓가에 달라붙어 떨어지지 않는 바람 소리, 쉴 새 없이 고시랑거리는 앞머리칼. 나는 불현듯 가슴이 답답해왔다. 어린 시절의 그 음울한 겨울철로 돌아온 것이었다.

나는 동문 로터리에서 내 향리인 서촌을 경유하는 버스를 탔다. 시골행 차는 온통 고향 사투리로 왁자지껄했다.

"할마니, 이거 뭐우꽈?" 하고 남자 차장이 통로에 부려놓은 대구덕(바구니) 속의 옹기 허벅을 가리켰다.

"아따, 팥죽이라, 팥죽. 팥죽 쑤언 삼양 동네에 고렴(弔問) 감서."

광목수건을 쓰고 눈이 진무른 할머니가 구덕에 달린 질빵을 쥔 채 대답했다.

참으로 오랜만에 듣는 고향 사투리였다. 내 입가에도 은연중에 고향 사투리가 떠올라 뱅뱅 맴돌았다.

버스는 계속 털털거리면서 해변 따라 일주도로를 타고 달려갔다. 일상생활에 노상 모래바람이 부는 어촌들. 헌 그물로 바람에 날아가지 않게 단도리해놓은 초가집 추녀. 돌담 울타리 너머 바람에 부대끼는 빨간 열매 달린 사철나무들. 나는 내 눈이 육지서 온 관광객의 호기심 많은 눈이 안되도록 조심하면서 이것저것 눈여겨보았다.

잿빛 바다 안으로 날카롭게 먹혀들어간 시커먼 현무암의 갑(岬), 저걸 사투리로 '코지'라고 했지. 바닷가 넓은 '돌빌레〔巖盤〕'에 높직이 쌓여 있는 저 고동색 해초더미는 '듬북눌'이겠고, 겨울 바다에 포말처럼 둥둥 떠 있는 저것들은 해녀들의 '테왁'이다. 시커먼 현무암 바위 틈바구니에 붉게 타는 조짚불, 뭍에 오른 해녀들이 불을 쬐는 저곳을 '불턱'이라고 했지. 나는 잊어먹고 있던 낱말들이 심층의식 깊은 데서 하나하나 튀어나올 때마다 남모르는 쾌재를 불렀다. 이렇게 추억의 심부(深部)로 들어가면 들어갈수록 내 머릿속은 고향의 풍물과 사투리로 그들먹해지는 것이었다.

그날은 하루에 두집 제사라 큰당숙 댁에서 종조모 제사를 초저녁에 먼저 치른 다음 모두 큰집에 모였다. 나는 누구보다도 길수형을 만나는 것이 반가웠다. 나와는 겨우 한살 차이인데도 벗어진 이마 태깔이 벌써 중년티가 완연했다. 그는 요즘 귤밭을 하나 일구

느라고 중학교에서 받는 봉급의 절반이 날아간다고 했다.

생각했던 대로 인사 올릴 만한 친척 어른들은 모두 참례하고 있어서 짧은 일정에 일일이 찾아다니는 번거로움을 피할 수 있어 좋았다. 제주시에 사는 고모 식구들은 밤늦어 차편으로 도착했다. 부쩍 늙어버린 친척 어른들의 얼굴을 대하자니 그동안 찾아뵙지 못한 팔년이란 세월이 실감으로 가슴에 와닿는 것이었다. 흰 머리칼에 대조되어 얼굴에 핀 검버섯이 더욱 뚜렷하게 돋보이는 큰아버지, 주름진 눈에 항시 눈물이 질펀한 큰당숙어른. 나는 각오했던 대로 한참 고개를 숙이고 어른들의 책망을 다소곳이 들었다. 그러고 나서 서울서 아내 몰래 좀 무리해서 마련한 봉투 삼만원짜리 석장과 이만원짜리 다섯장을 내놓았다. 팔년 만에 귀향하는 서울의 큰 회사 부장에 대한 고향 친척들의 기대감을 도무지 저버릴 수가 없었던 것이다. 봉투를 내밀면서, 물건으로 사올까도 생각했지만 어떤 게 필요한 물건일지 몰라서 좀 뭣하지만 그냥 돈으로 드리니 양해해달라는 말을 덧붙이기를 잊지 않았다. 그런데 다른 분들이야 현금이 귀한 농촌생활이라 돈봉투는 충분히 생색이 나겠지만 도청 주사로 있으면서 밀감밭도 꽤 크게 갖고 있는 고모부에게마저 봉투를 내밀자니 좀 쑥스러운 느낌이 들었다. 아닌 게 아니라 고모부는 한마디 능청 떨어 내 얼굴을 화끈 달게 하기를 잊지 않았다.

“이게 뭐라? 욕을 그만해달라고 와이로 씀이라? 하이고, 나도 이런저런 와이로 다 먹어봤쥬만 처조캐한티 와이로 얻어먹긴 이거 처음인디……”

고모부는 이 지방 사투리를 수월수월 잘도 말했다. 평안도 용강 사투리를 영 못 버리던 저분이 이젠 깔축없이 제주도 사람이 되었구나. 서북청년으로 입도해서 이제 삼십년도 넘고 있으니 충분히 그럴 만도 하리라.

대개 초저녁에 잠자 버릇해서 제삿날이면 노상 꾸벅꾸벅 졸기를 잘하는 시골 어른들이었지만 그날은 나를 맞아 자정이 넘도록 이야기꽃을 피웠다.

가족장지 매입에 대한 의논을 끝내고 이 이야기 저 이야기 한담을 즐기고 있는데 불현듯 순이(順伊) 삼촌 생각이 났다. 아까부터 그분이 보이지 않는 게 이상했다. 어릴 때 보면 큰집 제삿날마다 부조로 기주떡 구덕을 들고 오던 분이었다. 촌수는 멀어도 서너집 건너 이웃에 살아서 큰집과는 서로 기제사에 왕래할 정도로 각별한 사이였던 것이다. 그래서 길수 형과 나는 어려서부터 그분을 삼촌이라고 부르면서 무척 따랐다(고향에서는 촌수 따지기 어려운 먼 친척 어른을 남녀 구별 없이 흔히 삼촌이라 불러 가까이 지내는 풍습이 있다). 어서 삼촌을 찾아뵙고 인사를 드려야 할 텐데. 더구나 삼촌은 일년 가까이 서울 우리 집에 올라와 밥을 해주며 고생하다가 불과 두달 전에 내려오셨는데 그동안 어떻게 지내고 계신지 퍽 궁금했다. 혹시 몸이 편찮으신 게 아닐까? 나는 길수 형에게 물어보았다.

"형, 순이 삼춘이 통 안 보염싱게 무슨 일이 이서?"

그런데 웬일인지 내 말에 사람들은 하던 말을 문득 멈추고 조용해졌다. 길수 형의 얼굴에 난처한 기색이 역력하게 떠올랐다. 큰아버지도 나와 시선이 마주치자 입맛을 쩝쩝 다시며 얼굴을 돌렸다.

잠시 방 안은 안쓰러운 침묵이 흘렀다. 왜들 이러실까? 나이 스물 여섯에 홀어머니 되어 삼십년이란 긴긴 세월을 수절해오던 순이 삼촌이 지금에 와서 개가라도 했단 말인가? 이윽고 큰아버지가 담뱃재를 화로 운두에 털면서 고개를 들어 나를 건너다보았다.

"겨를 없어 너한티는 못 알렸져마는 그 삼춘은 며칠 전에 죽어부러시네."

"아니, 그게 무슨 말씀이우꽈? 순이 삼춘이 돌아가셔서 마씸?"

그분이 돌아가시다니, 나는 어안이 벙벙할 따름이었다. 불과 두 달 전만 해도 잔병치레 없이 늘 정정하시던 분이 아니던가. 나는 도무지 믿기지 않아서 좌중을 휘둘러보았다. 작은당숙이 나에게 가만히 고개를 끄덕여 보였다.

"나도 몰랐는디 형님, 무사(왜) 나헌티는 기별도 안합디가?"

이렇게 고모부가 말해도 큰아버지는 담배만 풀썩풀썩 피워댈 뿐 도무지 입을 열지 않았다. 평소에 친누이같이 지내던 사이인지라 몹시 괴로운 모양이었다. 좌중은 한참 침묵이 흘렀다. 싸르락, 싸르락. 창호지창에 싸락눈 흩뿌리는 소리가 들려왔다.

이윽고 큰아버지는 지그시 감았던 눈을 뜨고 나를 이윽히 바라보았다.

"그런 죽음은 몰라 좋은 거쥬만 일단 알아시니까 내일 서울 올라가기 전에 문상이나 해영 가라. 시(市)에 딸네 집에 위패 모셨져" 하고 잠시 말을 끊었던 큰아버지는 새로 피워문 담배를 깊이 들이마시고는 다시 말을 이었다.

"허기사 이래 죽으나 저래 죽으나 죽기는 매한가지쥬만……"

이렇게 떠듬떠듬 시작한 큰아버지의 얘기는 대강 이러했다.

그분은 돌아가신 날짜도 분명치 않았다. 집을 나간 날이 곧 당신이 돌아가신 날이 되겠는데 그걸 아는 사람이 아무도 없었다. 그럴 수밖에 없는 것이, 하나 있는 딸자식을 시집보낸 후 여러해 홑몸으로 살아오던 터라 당신이 먼저 말하지 않으면 밥을 끓이는지 죽을 쑤는지 이웃에선 도무지 알 길이 없었다.

처음 며칠은 집이 덧문까지 닫혀 있는 걸 보고 딸네 집에 갔겠거니 하고 예사로 생각했었다. 그런데 딸네 집에 가도 자고 오는 법이 없이 그날로 돌아오곤 하던 분이 보름이 넘도록 보이지 않자 큰집에선 차차 불길스럽게 생각되었다. 또 서울 상수 조카네 집에 갔나? 서울 가면 간다고 말했을 텐데. 걱정된 나머지 큰집 식구들은 시에 있는 딸네 집에다 연락했다. 딸과 사위가 달려와 당신이 있을 만한 곳을 이곳저곳 찾아다녔다. 전에 신경쇠약으로 몇개월 정양했던 한라산 밑 절간에도 가보았다. 파래나 톳을 뜯으러 갔다가 무슨 횡액을 만났나 하고 바닷가 바위 틈서리도 뒤졌다.

그러다가 결국 당신은 국민학교 근처 일주도로변의 밭에서 시체로 발견되었는데 부패한 정도로 봐서 죽은 지 이십일은 좋이 넘어 보였다. 그 밭이 일주도로에서 한 밭 건너에 있었음에도 이십일이 넘도록 사람 눈에 안 띈 것은 거기가 후미지고 옴팡진 밭인데다 밭담으로 가려 있었기 때문이다. 게다가 흰옷 아닌 밤색 두루마기를 입고 있어서 더더욱 눈에 안 띄었을 것이다. 서울 우리 집에 올라올 때 입었던 밤색 두루마기에 따뜻한 토끼털 목도리까지 두르고 자는 듯 모로 누워 있었다. 머리맡에는 먹다 남은 꿩약 싸이나

가 몇알갱이 흩어져 있고…… 그렇게 발견된 것이 불과 여드레 전이라는 것이었다.

"나도 따라가 봐수다만 거참, 이상헌 일도 다 이십디다. 그사이 눈이 나련 보리밭이 사뭇 해영허게(하얗게) 눈이 덮였는디 말이우다, 참 이상허게시리 순이 삼촌 누운 자리만 눈이 녹안 있지 않애여 마씸" 하고 육촌 현모 형이 말하자 큰아버지가 맞장구쳤다.

"발복헐 땅이여. 그 동생이 죽어도 자기가 드러누울 묏자리 하나는 잘 잡았쥬."

"발복해봐사 무슨 자손이 있어야쥬. 외손편엔 몰라도…… 양자 들이라, 들이라, 경(그렇게) 말해도 노시(영) 말을 안 들엉게(듣더니만) 쯧쯧" 하고 큰당숙어른이 애석하다는 듯 혀를 찼다.

이야기를 듣고 있는 동안 내 등에는 남모르는 식은땀이 흘러내렸다. 얼마 동안 귀가 먹먹해지고 말소리가 들리지 않았다. 한평생 다 산 나이 쉰여섯에 끔찍하게도 스스로 목숨을 끊다니. 평생 일궈 먹던 밭을 찾아가 양지바른 데를 골라 드러누워버린 삼촌, 유서도 한장 없이 죽었으니 그것은 표면상 아무 뚜렷한 이유가 없는 죽음이었다. 그렇다. 정신이 잘못되어 죽었다는 큰아버지의 판단이 옳을 것이다. 평소의 지병인 신경쇠약이 원인이 되었으리라. 그런데 신경쇠약은 왜 갑자기 악화되었을까? 거기에는 어떤 계기가 있을 것이다. 무엇이 삼촌을 죽음의 궁지로까지 몰아붙였나? 혹시 항상 원만치 못했던 일년 동안의 서울 우리 집 생활에서 병이 악화된 게 아닐까? 아니, 그럴 리 없어. 여기 내려와서 무슨 충격적인 일을 당해도 당했을 테지. 그런데 친척 어른들의 얘기는 고향에 내려와서는 이렇다 할 사고가 없었다는 것이었다. 게다가 서울 우리 집에서 내려온 지 한달도 채 못되어 일어난 일이고…… 가책과 후회의 감정으로 나는 가슴이 오그라붙는 듯했다.

생각하면 순이 삼촌이 우리 집에 와 있었던 지난 일년은 당신이나 나나 내 아내나 모두 서로가 불편스럽고 원만치 못했던 게 사실이었다. 아내가 벌이도 시원찮은 옷가게를 진작 걷어치웠더라면 삼촌이 올라오지 않아도 되었을 텐데. 그러나 하루 종일 아내가 의상실에 매달려 있는 형편이니 밥해주는 사람이 따로 있지 않으면 안되었다. 재작년 일년 동안 밥하는 여자아이들이 서너차례 불나게 엇갈려 들락거리더니, 나중에는 그나마 구하기가 무척 어려워졌다. 그래서 길수 형에게 편지를 내어 고향에다 수소문해봤던 것인데, 마침 순이 삼촌이 서울 구경도 해볼 겸 우리 집에 한 일년 와 있겠다고 나섰던 것이다.

순이 삼촌이 손잡이가 망가진 옷가방을 질빵으로 짊어지고 우리 집에 온 지 열흘도 못되어 언짢은 일이 발생했다. 아내가 가게에서 아직 돌아오지 않은 저녁때였다. 당신은 잔뜩 굳은 표정으로 내 방으로 건너왔다.

"조캐, 참말 이럴 수가 이싱가?"

삼촌의 눈에선 눈물마저 글썽거리고 있었다. 무슨 일일까? 나는 영문도 모르고 가슴이 섬뜩했다.

"아니, 무슨 일이 있었어요? 여기 앉아서 자초지종을 얘기해보세요."

평소에 순이 삼촌 앞에서는 고향말을 써야지 하고 생각하던 터라 무의식중에 툭 튀어나온 서울말이 무척 민망스러웠다.

"동네 사람들이 날 숭보암서라. 새로 온 민기네 집 식모는 밥 하영(많이) 먹는 제주도 할망이엔 소문나서라."

나는 하도 말도 안되는 말이라 어이가 없었다.

"아니, 누게가 그런 쓸데없는 소릴 헙디가?"

"허기사 고향서 궂은일, 쌍일을 허멍 보리밥 한사발 고봉으로 먹던 버릇 따문에 아명(아무리) 밥을 적게 먹젱 해도 공깃밥 먹는 조캐네들보다사 하영 먹어지는 게 사실이쥬. 사실이 그렇댄 해도 밥 하영 먹는 식모엔 사방팔방에 놈(남)한티 소문내는 벱이 어디 이시니?"

나는 순간 눈망울이 확 더워지면서 눈물이 핑 돌았다. 삼촌보고 밥 많이 먹는 식모라니, 이런 모욕적인 언사가 도대체 어디 있단 말인가. 나도 분통이 터져 견딜 수 없었다.

"누게가 그런 말을 헙디가? 어디서 들읍디가?"

그러나 삼촌은 치맛귀로 눈물을 찍어낼 뿐 통 대답을 하지 않았다.

"민기 어멍이 그런 말을 헙디가? 어디 말해봅서. 요 아래 희야네 가게서 그런 말을 헙디가? 꼭 밝혀내서 혼을 내사 허쿠다. 혼저(어서) 말해봅서."

그러나 삼촌은 여전히 대답을 하지 않았다. 그래도 내가 붉으락푸르락 화를 내는 것에 다소 위안을 얻었는지는 몰라도 삼촌은 더 이상 따져들지 않고 그만 물러갔다.

아내가 그런 말을 했나? 설마하니 아내가 그런 희떠운 언동을 할

경박한 여자일까? 혹시 민기 놈이 희야네 가게에 군것질하러 갔다가 그런 못된 말을 했을지도 모른다. 아니, 다섯살짜리 숫기도 없는 녀석이 어떻게 그런 당돌한 말을 해? 그러나 '밥 많이 먹는 제주도 식모'라고 말했을 리는 없지만 밥 많이 먹는다는 말은 누가 해도 했을 것이다. 이런 의심이 좀처럼 풀리지 않은 채 저녁 늦게 돌아온 아내를 맞고 보니 자연히 말다툼이 벌어졌다. 내가 전에 없이 치를 떨며 화를 내는 꼴을 보고 놀랐던지 아내는 결혼 후 처음으로 내 앞에서 눈물을 보였다. 나는 격앙된 어조로, 시부모 없어 시집살이를 면하더니 시댁 어른을 대하는 게 도무지 버릇없다고 질타했던 것이다. 하여간 아내가 그런 말을 했고 안했고 간에, 그날밤 나는 아내가 순이 삼촌 앞에서 어떻게 처신해야 할지를 내 딴에는 톡톡히 보여준 셈이었다.

밥을 좀 많이 드신다고 해서, 누구나 건져내버리는 배춧국의 멸치를 잡수신다고 해서, 잘 통하지 않는 사투리를 쓴다고 해서 그게 어째 흉이 된단 말인가. 시골에 혼자 먹고살 만큼은 농토도 있고 남에게 빌려주고 온 오막살이이지만 집도 있는 분이었다. 말 그대로 서울 구경도 할 겸 해서 우리 집 일을 도우러 오신 분을 흉보다니. 아내의 태도가 우선 글러먹었다. 순이 삼촌이 하는 사투리를 아내는 알아듣지 못했다. 이해해보려고 애쓰는 것 같지도 않았다. 저게 무슨 말이냐는 듯이 고개를 돌려 나를 바라볼 때 나는 나 자신이 무시당한 것처럼 얼굴이 붉어지는 것을 느껴야만 했다. 그건 신혼 초에 아내가 무슨 일로 호적초본을 뗐다가 제 본적이 남편 본적인 제주도로 올라 있는 당연한 사실을 가지고 무척 놀란 표정을 지었을 때 내가 느낀 수치감과 비슷한 것이었다. 이렇게 사투리를 알아듣지 못하는 아내 앞에서 순이 삼촌의 처신은 어떻게 해야 옳은가? 그저 말수를 줄이고 시키는 말만 고분고분 따르는 수동적인 입장을 취할 도리밖에 더 있는가.

그날 이후 나는 여태 막연히 기피증 현상으로만 나타나던 고향에 대한 선입견을 대폭 수정하기로 했다. 삼촌의 존재가 나에게 늘 고향을 의식하게 해준 셈이었다. 서울생활 십오년 동안 한번도 써보지 못하고 묵혀두었던 사투리도 쓰기 시작했다. 고향말은 주로 삼촌하고 얘기할 때만 썼지만 민기 놈에게도 사투리를 꽤나 많이 가르쳐주었다. 그렇다. 나는 내 아들이 허여멀끔한 아내를 닮아 빈틈없이 서울내기가 되어가는 것이 딱 질색이었다. 에미를 닮아선지, TV를 너무 봐선지, 다섯살 나이에 벌써 안경을 써야 할 지경으로 눈이 나쁜 녀석, 아내는 피아노를 가르쳐줄 계획이지만 나는 녀석에게 투박한 고향 사투리를 가르치고 싶었다. 아들놈마저 제 애비의 고향을 외면하게 할 수는 없는 일이었다. 그렇다. 서울말 일변도의 내 언어생활이란 게 얼마나 가식적이고 억지춘향식이었던가. 그건 어디까지나 표절 인생이지 나 자신의 인생은 아니었다.

그러나 순이 삼촌은 그때 일로 퍽 상심했던지 좀처럼 밝은 표정으로 돌아오지 않았다. 거의 말도 하지 않았다. 그렇게 용서를 빌었는데도 삼촌은 삭이지 않고 내내 꼬불쳐두고 있는 모양이었다. 드디어 아내와 정면으로 맞부딪치고 말았다.

어느날 회사일로 저녁 늦게 귀가해보니 삼촌과 아내가 말다툼하고 있었다. 삼촌은 나를 보자 울면서 부엌 바닥에 주저앉아버리는 것이었다. 나는 무슨 일이냐고 아내에게 눈을 부라렸다. 그러자 이번엔 아내가 눈물을 주르륵 흘리는 게 아닌가. 빌어먹을.

아내는 순이 삼촌이 쌀이 다 떨어져서 사와야 한다는 말에 "쌀이 벌써 떨어졌어요?"라고 예사로 말을 던졌을 뿐이란다. 알았다는 뜻에서 "아, 그래요?" 하듯이 가볍게 한 말을, 서울말의 억양에 익숙지 못해서 그랬던지 "쌀이 벌써 다 떨어질 리가 있나요?" 하는 반문으로 잘못 이해했다는 것이다. 그래서 삼촌은 "내가 너무 밥을 많이 먹어서 쌀이 일찍 떨어진 줄 아느냐, 도둑년처럼 내가 쌀을 몰래 내다 팔았다는 말이냐" 하면서 우는 것이었다. 참 기가 찰 노릇이었다. 하도 어이없는 일이라 어디서 어떻게 수습해야 좋을지 몰랐다. 다만, 하잘것없는 일에 꼼짝없이 붙잡혀 상심하고 있는 삼촌을 보자 나 자신 눈시울이 뜨거워지는 것이었다.

그날 우리 내외는 오해를 풀어 안심시켜드리려고 얼마나 애를 썼던가. 그러나 그게 아무 소용도 없었음이 그뒤부터 노출된 삼촌의 야릇한 결벽증에서 판명되었다. 쌀이 일찍 떨어진 원인이 밥을 질게 하거나 눋게 한 데 있다고 그 나름대로 판단했던지 순이 삼촌은 그뒤부터 된밥을 지어내려고 무진 신경을 쓰는 눈치였다. 된밥을 만드는 일이 무슨 지독한 강박관념처럼 삼촌을 짓누르고 있었다. 때문에 위무력 증세가 있어 진밥을 좋아하는 나였지만 쓰다 궂다 한마디 말도 할 수 없었다. 게다가 쌀 사온 지 열흘도 못되어 그동안 얼마나 먹었는지 알아내려고 하루 종일 됫박질해보는 모습은 정말 애처롭다 못해 섬뜩한 느낌마저 주는 것이었다.

이렇게 비슷한 일을 두번 겪고 난 다음부터는 아내는 또 순이 삼촌의 오해를 살까봐 언동을 조심하느라고 거의 신경과민이 될 지경이었다. 내가 보기에도 아내의 삼촌에 대한 태도는 크게 달라져 있었다. 그러나 삼촌은 뚱하게 굳어진 표정이 풀릴 날이 없었다. 심지어는 나에게마저 말하기를 기피하는 눈치가 역력했다. 공원에 놀러 가서 사진을 서너장 찍어드렸는데 사진값을 내겠다고 우기지를 않나, 토마토주스를 들면서 같이 들자고 권해도 "식모는 그런 고급은 먹엉 안되는 거라" 하고 퉁명스럽게 거절하면서 자리를 피하곤 하는 것이었다.

또 하루저녁은 늦은 저녁상을 혼자 받는데 삼촌이 상을 들여다 놓고 얼른 부엌으로 쫓아가더니 석쇠를 들고 왔다. 웬일인가 했더니 삼촌은 그 생선 껍질이 눌어붙은 석쇠를 보이면서 밥상에 오른 구운 생선이 부스러진 이유를 해명하는 것이 아닌가. 생선이 석쇠에 들러붙어서 부서진 것이지 당신이 입질해서 그 모양이 된 게 아니라는 것이었다. 나는 하도 어이가 없어서 말이 안 나왔다. 왜 생선이 부서졌느냐고 누가 묻기라도 했단 말인가. 왜 묻지도 않았는데 그런 자격지심이 생겼을까? 당신의 결벽증은 정말 지독한 것이었다.

결국 나는 완전히 손들고 말았다. 오해를 풀어드리려고 얼마나 진력을 다했던가. 그러나 순이 삼촌은 완강한 패각의 껍데기를 뒤집어쓰고 꼼짝도 않고 막무가내로 우리를 오해하는 것이었다. 그 오해는 증오와 같이 이글이글 타는 강렬한 감정이었다.

그동안 시골 딸에게서 편지가 두번 온 모양인데 두번 다 아내가 몰래 훔쳐보니까, 외손주가 할머니를 찾는다고 어서 내려오라는 내용이었다. 그래서 나는 순이 삼촌이 곧 내려가리라고는 생각하고 있었지만 그새 오해가 풀리지 않아 무슨 원수처럼 헤어지게 되면 어쩌나 하고 걱정을 하게 되었다. 그러나 짐작과는 반대로 당신은 내려갈 의사를 전혀 비치지 않았다.

그러다가 시골서 사위가 올라왔다. 나보다 칠년 연하인 사위 장씨는 농촌지도원으로 수원 농촌진흥원에 출장 온 것이었다. 아니, 장모를 모셔갈 작정으로 남의 출장을 가로채가지고 올라왔다고 했다. 의지할 데라곤 딸자식 하나밖에 없는 노인을 어떻게 객지생활을 하도록 놔두겠느냐는 것이었다. 무엇보다 남부끄러워 못 견디겠다고 했다. 삼촌은 서울 올라올 때, 혹시 못 가게 막을까봐 딸네 집에 알리지 않고 몰래 올라왔던 모양이었다.

그러나 사위가 찾아와 같이 내려가재도 순이 삼촌은 웬일인지 싫다고 고집을 세웠다. 애초에 마음먹은 대로 남의집살이 일년을 다 채우고 내려가겠노라고 했다. 우리 내외와 원만치 못하게 지내온 푼수로 봐서는 미련 없이 훌훌 떠나버릴 것 같은 분이 그냥 눌러 있겠다니 우리로선 참 고마운 생각이 들었다. 사람 구하기 어려운 때라 아쉬운 생각에서가 아니라, 우리를 그토록 오해했으면서도 딱 잘라 매정하게 돌아서버리지 않는 그 마음 씀이 더없이 고맙게 여겨졌다. 아마 순이 삼촌 자신도 시간을 두고 오해를 풀고 가야지 하고 생각하고 있었는지 모를 일이었다.

그런데 모든 것은 사위 장씨의 입에서 밝혀졌다.

그날밤 장씨는 내 권유에 못 이겨 우리 집에서 자고 갔는데, 내가 삼촌이 우리를 오해하게 된 여러 사례를 들려주자 그는 그럴 줄 알았다고 하며, 아무래도 장모를 두고 가는 것이 걱정이라고 했다. 그의 속삭이는 말로는 순이 삼촌은 심한 신경쇠약 환자라는 것이었다. 게다가 환청 증세까지 있어 시골에 있을 때도, 한 적이 없는 말을 들었노라고, 보지도 않은 흉을 봤다고 따지고 들기를 잘했다는 것이었다. 그러니 '밥 많이 먹는 식모'라는 것도, 우리에게 품은 오해도 모두 환청 때문에 생긴 것이 틀림없다고 말했다. 역시 그랬었구나. 옆에서 얘기를 듣던 아내는 방정맞게 안도의 한숨까지 내쉬었다. 당신의 신경쇠약은 지독한 결벽증과도 서로 얽힌 것인데 이런 증세는 꽤나 해묵은 것이라고 했다. 그건 사오년 전 콩 두 말을 훔쳤다는 억울한 누명을 썼을 때 얻은 병이었다. 하루는 이웃집에서 길에 멍석을 펴고 내다 넌 메주콩 두말이 감쪽같이 없어졌는데 그 혐의를 평소에 사이가 안 좋던 순이 삼촌에게 씌워놓았다. 두집은 서로 했느니 안했느니 하면서 옥신각신 다투다가 그 집 여편네가 파출소에 가서 따지자고 당신의 팔을 잡아끌었던 모양인데 파출소 가자는 말에 당신은 대번에 기가 죽으면서 거기는 못 간다고 주저앉아버리더라는 것이었다. 그러니 자연히 당신이 콩을 훔친 것으로 소문나버릴밖에. 당신이 그전서부터 파출소를 피해 다니는 이상한 기피증이 있다는 걸 아는 사람은 알고 있었지만 그건 일단 씌워진 누명을 벗기는 데 별 도움이 되지 않았다. 당신은 1949년에 있었던 마을 소각 때 깊은 정신적 상처를 입어, 불에 놀란 사람 부지깽이만 봐도 놀란다는 격으로 군인이나 순경을 먼빛으로만 봐도 질겁하고 지레 피하던 신경 증세가 진작부터 있어온 터였다. 하여간 당신은 그 콩 두말 사건으로 심한 정신적 충격을 입었던 모양으로 절간에서 두어달 정양까지 해야 했다. 그때부터 당신은 심한 결벽증에 사로잡혀 혹시 누가 뒤에서 흉보지 않나 하는 생각에 붙잡혀 늘 전전긍긍하게 되고, 나중엔 환청 증세까지 겹쳐 하지 않은 말을 들었노라고 따지고 들곤 했다. 그리고 서울 우리 집에 올라올 무렵에는 상군해녀이던 당신이 갑자기 물이 무서워져서 물질마저 그만두었다는 것이었다.

순이 삼촌은 사위를 홀로 내려보낸 뒤 우리 집에서 석달 가까이 더 지냈다. 그러나 우리의 기대와는 달리 당신은 오해를 풀어주기는커녕 오히려 새로운 오해를 자꾸 만들어 보태가는 것이었다. 그러다가 당신은 끝내 일년을 다 못 채우고 고향에 내려온 것인데 내려온 지 한달도 못되어 이 일이 발생했으니, 나로서는 일말의 가책을 안 느낄 도리가 없었다. 아니, 양심의 가책이라니, 내가 무슨 잘못이 있나. 나도 골치를 썩이며 당신에게 꽤 하노라고 하지 않았던가. 당신은 한마디로 불가항력이었다. 그럼에도 결과론으로 따져 순이 삼촌의 서울생활이 여의치 못했으리라고 짐작하고 있을 친척 어른들을 마주 대하기가 참으로 면구스러웠다.

나는 이런저런 생각으로 머리가 지끈지끈 아파 바람벽에 머리를 기대고 눈을 감았다. 그래도 시원찮아 염치 불고하고 길수 형 등 뒤로 가 바람벽을 마주 보고 잠깐 누웠다. 문풍지를 푸르르 떨게 하며 창틈으로 들어오는 찬 바람이 지끈거리는 이마를 식혀주었다. 바람은 또 때때로 강하게 불어와 싸락눈을 창호지창에 훅훅 뿌려놓곤 했다. 그건 고양이가 앞발로 창을 긁어대는 소리처럼 을씨년스럽게 들렸다. 왜 고향엔 유별나게 싸락눈이 많을까? 바람 많이 부는 기상 때문일까? 아니다. 그건 언제나 고구마, 조팝을 상식하는 고향 사람들에게 내리는 산디쌀일 것이다. 모처럼 제삿날에나 먹어보던 '곤밥'. 왜 '곤밥'이라고 했을까? '곤밥'은 '고운밥'에서 왔을 것이고, 쌀밥은 빛깔이 고우니까. 어린 시절에도 파제 후 곤밥을 몇숟갈 얻어먹어보려고 길수 형과 나는 어른들 등 뒤에서 이렇게 모로 누워 새우잠을 자곤 했다. 제상마저 소각 때 태워먹고 송진내 물씬 나는 날송판때기 위에다 제물이라곤 마른생선 하나에 메밀묵 한쟁반, 고사리, 무채 각각 한보시기밖에 진설할 것이 없던 그 어려운 시절이었지만, 메는 꼭 산디쌀밥이었다. 자정이 넘어 큰아버지가 우리들을 깨워 세수하고 오라고 방 밖으로 떠밀었을 때 마당에 하얗게 깔려 있던 것도 싸락눈이었다. 그 시간이면 이집 저집에서 그 청승맞은 곡성이 터지고 거기에 맞춰 개 짖는 소리가 밤하늘로 치솟아오르곤 했다. 한날한시에 이집 저집 제사가 시작되는 것이었다. 이날 우리 집 할아버지 제사는 고모의 울음소리로부터 시작되곤 했다. 이어 큰어머니가 부엌일을 보다 말고 나와 울음을 터뜨리면 당숙모가 그뒤를 따랐다. 아, 한날한시에 이집 저집에서 터져나오던 곡소리. 음력 섣달 열여드렛날, 낮에는 이곳저곳에서 추렴 돼지가 먹구슬나무에 목매달려 죽는 소리에 온 마을이 시끌짝했고 오백위(位) 가까운 귀신들이 밥 먹으러 강신하는 한밤중이면 슬픈 곡성이 터졌다. 그러나 철부지 우리 어린것들은 이 골목 저 골목 흔해진 죽은 돼지 오줌통을 가져다가 오줌 지린내를 참으며 보릿짚대로 바람을 탱탱하게 불어넣어 축구공 삼아 신나게 차고 놀곤 했다. 우리는 한밤중의 그 지긋지긋한 곡소리가 딱 질색이었다. 자정 넘어 제사시간을 기다리며 듣던 소각 당시의 그 비참한 이야기도 싫었다. 하도 들어서 귀에 못이 박힌 이야기. 왜 어른들은 아직 아이인 우리에게 그런 끔찍한 이야기를 되풀이해서 들려주었을까?

그리고 파제 후 이집 저집 지붕 위에 던져올린 퇴줏그릇의 세숟갈 밥을 먹으러 날 새자마자 날아드는 까마귀들도 기분 나빴다. 까마귀가 죽은 귀신의 혼령이라든가 저승차사라고 하는 것 때문이 아니라, 그 광택 있는 검은 날갯빛이 마을 어른들을 잡으러 오던 서청(西靑) 순경들의 옷빛하고 너무 흡사했기 때문이었다. 사람을 얕보던 까마귀들. 사람이 다가가도, 우여우여 소리쳐도 달아날 줄 몰랐다. 그것들은 시체가 널린 보리밭을 까맣게 뒤덮고 파먹다가 심심하면 겨울 하늘로 떼 지어 날아오르며 세찬 날갯짓으로 하늬바람 타기를 잘했다. 그 당시 일주도로변에 있는 순이 삼촌네 밭처럼 옴팡진 밭 다섯개에는 죽은 시체들이 허옇게 널려 있었다. 밭담에도, 지붕에도, 듬북눌에도, 먹구슬나무에도 어디에나 앉아 있던 까마귀들. 까마귀들만이 시체를 파먹은 게 아니었다. 마을 개들도 시체를 뜯어 먹고 다리 토막을 입에 물고 다녔다. 사람 시체를 파먹어 미쳐버린 이 개들은 나중에 경찰 총에 맞아 죽었지만, 그 많던 까마귀들은 모두 어디 갔을까? 아까 낮에 까마귀가 눈에 안 띄길래 길수 형에게 물어보았지만 그도 고개를 갸우뚱할 뿐이었다. 농작물에 큰 피해가 될 정도로 그렇게 번성하던 까마귀들이 사오년 전부터는 웬일인지 별로 보이지 않는다는 것이었다.

문득 큰당숙어른의 감기 쉰 목소리가 들려왔다. 나는 뉘었던 몸을 일으키고 바로 앉았다.

"순이 아지망은 죽어도 발쎄 죽을 사람이여. 밭을 에워싸고 베락같이 총질해댔는디 그 아지망만 살 한점 안 상하고 살아나시니 참 신통한 일이랎쥬."

"아매도 사격 직전에 기절해연 쓰러진 모양입디다. 깨난 보니 자기 우에 죽은 사람이 여럿이 포개져 덮연 있었댄 허는 걸 보민…… 그때 발쎄 그 아지망은 정신이 어긋나버린 거라 마씸" 하고 작은당숙어른이 말을 받았다.

"해필 그 밭이 순이 아지망네 밭이어시니."

"그 밭이서 죽은 사름들이 몽창몽창 썩어 거름 되연 이듬해엔 감저(고구마)농사는 참 잘되어서. 감저가 목침 덩어리만씩 큼직큼직해시니까."

"그핸 숭년이라 보릿겨범벅 먹던 때랎지만 그 아지망네 밭에서 난 감저는 사름 죽은 밭엣거라고 사름들이 사 먹질 안했쥬."

"그 아지망이 필경엔 바로 그 밭이서 죽고 말아시니, 쯧쯧."

어른들의 이런 이야기를 들으며 나는 야릇한 착각에 사로잡혔다. 순이 삼촌은 한달 보름 전에 죽은 게 아니라 이미 삼십년 전 그날 그 밭에서 죽은 게 아닐까 하고.

이렇게 순이 삼촌이 단서가 되어 이야기는 시작되었다. 그 흉물스럽던 까마귀들도 사라져버리고, 세월이 삼십년이니 이제 괴로운 기억을 잊고 지낼 만도 하건만 고향 어른들은 그렇지가 않았다. 오히려 잊힐까봐 제삿날마다 모여 이렇게 이야기를 하며 그때 일을 명심해두는 것이었다.

어린 시절 제사 때마다 귀에 못이 박힐 정도로 들었던 그 이야기들이 다시 머릿속에 무성하게 피어올랐다.

그 사건은 당시 일곱살 나이던 내게도 큰 충격을 주었다. 사건 바로 전해에 폐병으로 시름시름 앓던 어머니가 돌아가시고 도피자라는 낙인을 받고 노상 마룻장 밑에 숨어 살던 아버지마저 일본으로 밀항해 가버려 졸지에 고아가 되어버린 나는 큰집에 얹혀살고 있었다. 죽은 어머니 생각에 걸핏하면 남몰래 눈물짓던 내가 그 울음을 졸업한 것은 음력 섣달 열여드렛날의 그 사건이 내 어린 가슴팍을 짓밟고 지나간 뒤였다. 말하자면 너무 놀란 나머지 울음이 뚝 떨어진 거였다. 그리고 일주도로변 옴팡진 밭마다 흔전만전 허옇게 널려 있던 시체를 직접 내 눈으로 보고 나자 나는 어머니의 죽음이 유독 나에게만 닥쳐온 불행이 아니고 그 숱한 죽음 중의 하나일 뿐이라고 생각되었다. 사실 어머니가 폐병으로 죽지 않고 살아 있었다 하더라도 그날 그 사건에 말려 어차피 죽고 말았을 것이다.

"그날 헛간에 앉안 멕(멱서리)을 잣고 있는디 군인들이 완(와서) 연설 들으레 오랜 하지 안해여." 큰당숙어른이 먼저 말을 꺼냈다.

음력 섣달 열여드렛날, 그날은 유달리 바람 끝이 맵고 시린 날씨였다. 그래서 여편네들은 돈지코지 미역밭에 나가 물질할 엄두를 못 내고 집에서 물레로 양말 짤 실을 잣거나, 텃밭의 배추 포기에 오줌거름을 주든지, 시아버지를 도와 지붕 이엉이 바람에 날아가지 않게 동여맬 동아줄을 띠풀로 꼬고 있었다. 그 무렵 젊은 축들은 공연히 도피자로 몰려 낮에는 마을에서 사오리 한라산 쪽으로 올라간 큰냇가 자연동굴에 숨어 있다가 밤에나 내려오는 박쥐생활을 계속하고 있었다.

그날 아침나절에 길수 형과 나는 큰아버지를 도와 밭거름으로 쓰려고 밤사이 갯가에 올라온 듬부기나 감태 따위 해초를 한군데 모아놓는 일을 했다. 그러고는 집에 돌아와서 점심 요기로 할머니가 내준 식은 고구마 한자루씩 받아먹고 있노라니까 별안간 밖에서 호루라기 소리가 요란하고 고함 소리가 들렸다.

"연설 들으러 나오시오! 한사람도 빠짐없이 국민학교 운동장으로 모이시오!"

보통 때 같으면 순경이나 대동청년단원 몇사람이 다니면서 사람들을 불러모았는데 이번엔 어쩐 일인지 철모에 총까지 든 군인들이 수십명 퍼져다니면서 득달같이 재촉하는 것이 뭔가 심상치 않았다. 심지어는 총검으로 창문을 열어젖히면서 병든 노인까지 내몰았다. 좀 불안한 생각이 없지도 않았지만, 그 전해 5·10선거 무렵에도 그렇게 득달같이 사람들을 불러모은 적이 있어서 그때처럼 무슨 중요한 연설이 있는가보다라고만 생각했다.

길수 형과 나는 할머니와 큰아버지 뒤를 따라 국민학교로 갔다. 먼저 온 동네 아이들 여남은명이 벌써 조회대 밑에 진을 치고 있었다. 시국강연회는 아이들에게 퍽 인기가 있었다. 그 당시 연사들에게 유행하던 신파조의 웅변이 퍽 재미있고 맨 끝 순서로 부르는 "역적의 남로당을 때려부숴라"라는 씩씩한 노래와 우렁찬 만세삼창은 정말 가슴 뛰게 하는 것이었다. 길수 형과 나는 할머니 곁을 떠나 아이들 있는 데로 가 쪼그리고 앉았다. 운동장 흙은 진눈깨비가 녹은 다음이라 몹시 질척거렸는데 밑창 터진 고무신에 물이 새어들었다. 나는 발이 젖어 시렸지만 참고 기다렸다.

"그때 운동장에 뫼인 사람 수가 대강 얼매나 되어시까 마씸?" 하고 육촌 현모 형이 물었다. 형은 당시 열댓살 나이에 도피자로 몰려 피해 다녔으므로 요행히 그날 사건 현장에는 없었다.

"겔쎄, 마을 호수가 삼백호가 넘어시니까 한 천명쯤 안돼시까? 병든 할망들까장 부축해연 나와시니까" 하고 큰당숙어른이 말하자 큰아버지가 참견했다.

"아니, 그보다 많을 거여. 선흘리와 논흘리 쪽에서 소개해연 온 사람들도 건줌(거의) 백명은 되어시니까."

잠시 후 돌과 흙으로 쌓아올린 조회대 위로 권총 찬 장교가 올라섰다. 그 장교의 지시에 따라 모두 질척거리는 땅에 쪼그리고 앉았다. 강연이 시작되나보다 했는데 웬걸, 장교는 지서 박 주임과 이장 강씨를 단 위로 불러 세우더니 지금부터 군인 가족을 골라내겠다고 큰 소리로 언명하지 않는가.

"군인 가족들은 앞으로 나오시오. 사돈에 팔촌까장 덮어놓고 나오디 말구 직계가족만 나오라요. 만일 군인 직계가족도 아닌데 나온 사람은 당장 엄벌에 터하가시오."

단 밑에는 입산자 색출 때문에 종종 마을에 나타나던 함덕지서 순경 두명과 창끝이 검게 그을린 대창을 든 대동청년단 청년 예닐곱명이 빳빳한 자세로 서 있고 그뒤로 스무명쯤 되어 보이는 무장 군인들이 이열횡대로 늘어서 있었다. 그들의 한결같이 굳은 표정을 보자 사람들은 적이 불안을 느끼기 시작했다. 영문 모르는 그들은 옆사람을 바라보며 수군거리고 주위를 둘러보았다. 별안간에 무슨 일일까? 군인 가족들에게 보리쌀 배급이라도 주려나? 막상 군인 가족 당사자들도 나가야 좋을지 몰라 우물쭈물하고 있자, 장교는 빨리 나오라고 빽 고함을 질렀다. 군인 가족들은 주뼛주뼛 눈치 보면서 앞으로 나갔다. 그들은 단 앞으로 가 이장과 순경과 대동청년단 사람들의 심사를 받고 나서 단 뒤로 인솔되어 따로 앉혀졌다.

"아명해도(아무래도) 낌새가 이상해연 나도 어머님을 찾안 뫼시고 군인 가족들 틈에 섞연 나갔쥬. 매부가 군인이니 직계가족은 아니지만 다행히 이장 강씨가 눈감아주언 넘어갔쥬." 큰아버지의 말이었다.

"형님, 그것 봅서. 누이동생을 나한티 팔아 무신 손핼 봅디까? 이북 것한티 시집간다고 결사반대허더니" 하고 고모부가 너털웃음을 웃었다.

그다음에 순경 가족이 나가고 이어서 공무원 가족이 나갈 즈음 뭔가 좋지 않은 낌새를 눈치챈 군중은 동요하기 시작했다. 공무원 가족에 이어 마지막으로 대동청년단과 국민회 간부 차례가 왔을 때 사람들은 너도나도 앞을 다투어 나아가 이장과 청년단 사람들에게 매달렸다.

"정숙이 아버지, 우리 친정 오래비가 작년에 병정 간 거 무사 알지 않우꽈?"

"이장님 마씸, 우리 사촌동상이 금녕지서에 순경으로 이수다. 김갑재라고 마씸."

"뒤로 물러갑서. 다들 직계가족이 아니라 아니됩니다. 물러갑서.”

이장은 손을 내저었다.

“직계가족이 뭐우꽈?”

“이장님, 날 좀 내보내줍서.”

이런 북새통에 별안간 군중 속에서 날카로운 부르짖음 소리가 났다.

“불났져! 마을에 불났져!”

화들짝 놀란 사람들이 우르르 몰려가 학교 돌담 울타리를 기어올랐다.

“불이여, 불!” “불났져, 불났져!” “아이고, 아이고!” 운동장 사방에서 울부짖는 소리가 회오리바람처럼 일어나 하늘을 찔렀다. 울타리까지 갈 것 없이 마을 동편 하늘에 까맣게 불티가 날고 있는 게 내 눈에도 역력히 보였다. 매캐한 연기 냄새도 차츰 바람에 밀려왔다. 그때 서편 울타리 돌담이 여기저기서 매달린 사람들의 체중에 못 이겨 와르르 무너졌다. 사람들이 그 울타리 터진 데로 몰려 밖으로 나가려고 하자 지체 없이 총소리가 울렸다. 사람들은 다시 운동장 복판으로 우르르 몰려들었다. 무너진 돌담 위에 흰 무명 적삼에 갈중이를 입은 노인이 한사람 엎어져 죽은 모양인지 꼼짝하지 않았다. 군인 여남은명이 빠른 동작으로 돌담 위로 뛰어오르더니 아래를 향해 총을 겨누었다. 그러자 조회대 뒤에 늘어서 있던 이십여명의 군인들도 앞에총 자세로 잽싸게 뛰어나오더니 정면에서 사람들을 포위했다. 단상의 그 장교는 권총을 어깨 위로 빼들고 으름장을 놓았다. 그가 강하게 턱을 올려젖히자 철모가 햇빛에 번짝 빛났다.

"잘 들으라요. 우리레 지금 작전 수행 둥에 있소. 여러분의 집은 작전명령에 따라 소각되는 거이오. 우리의 다음 임무는 여러분을 모두 제주읍으로 소개하는 거니끼니 소개 둥 만약 질서를 안 지키는 자가 있으문 아까와 같이 가차 없이 총살할 거이니 명심하라우요."

장교의 귀 선 이북 사투리가 겁 집어먹은 부락민들의 머리 위에 카랑카랑 울려퍼졌다. 사람들은 제주읍으로 소개시킨다는 말에 반신반의하면서 군인들의 눈치를 살폈다. 지금 당장은 자기 집이 불타고 있다는 생각에만 완전히 넋 잃고 절망해야 할 사람들이 다른 무엇을 예감하고 두려워하는가? 마을 쪽에서 해풍을 타고 매캐한 연기 냄새가 더욱 심하게 밀려오고 불티가 까맣게 뜬 하늘에 불아지랑이가 어른거렸다. 게다가 이따금 총소리가 탕탕 울렸다.

"난 그날 서(西)동네에 쇠(소) 홍정하레 갔다 오던 참이라수다. 마악 빌레동산 잔솔밭에 당도해연 내려다보난 묵은 구장네 집허구 종주네 집이 불붙어 이십디다. 잔솔밭이 숨어서 보난 군인들이 조짚뭇을 빼어다 불붙여 들고 이집 저집 옮겨댕기멍 추녀 끝뎅이에 다 불을 댕기고 이십디다."

군인들의 지시에 따라 사람들이 교문을 향해 늘어서기 시작했을 때 별안간 "군인들이 우리를 죽이레 데려감져" 하는 말이 전류처럼 군중 속을 꿰뚫었다. 그러자 교문 가까이 선두에 섰던 사람들이 흩어지며 뒤로 우르르 몰려갔다. 단상의 장교가 권총을 휘두르며 뒤로 물러가는 자는 가차 없이 총살하겠다고 고래고래 소리 질렀다. 이 말에 사람들은 잠시 주춤했을 뿐 다시 뒷걸음치기 시작했다.

그때 큰아버지가 길게 한숨을 내쉬며 말했다.

"하이고, 난 그때 저 길수 놈하고 상수 녀석을 얼마나 찾았는지 모를로고. 어머님하고 아명 큰 소리로 불러도 이노무 새끼들이 어디 가 박혀신지……"

할머니와 큰아버지가 번갈아 악쓰며 부르는 소리를 우리는 듣고 있었지만 갈팡질팡하는 사람들 틈에 섞여서 도무지 헤어나갈 수가 없었다. 우리는 둘 다 고무신이 벗겨진 채 사람들에게 이리 쏠리고 저리 쏠리면서 울고 있었다.

우리들은 서로 손을 꼭 붙잡고 놓지 않았다. 서로 이름 부르며 가족을 찾는 소리와 군인들의 악에 받친 욕 소리로 운동장은 온통 수라장이었다.

머리 위에서 한발의 총성이 벼락같이 터진 것은 바로 그때였다. 사람들은 일제히 "아이고!" 소리를 지르며 서편 울타리 쪽으로 우르르 몰려가 붙었다. 운동장은 순식간에 물 끼얹은 듯 조용해졌다. 사람들이 몰려가고 난 빈자리에 한 여편네가 앞으로 엎어져 있고 옆에는 젖먹이 아기가 내팽개쳐져 있었다. 조용한 가운데 그 아기만 바락바락 악을 쓰며 울고 있었다.

"영배 각시 총 맞았저." 누군가 이렇게 속삭였다.

흰 적삼에 번진 붉은 선혈이 역력했다.

"두살 난 그 아기가 바로 방앳간 허는 장식이여. 후제 외할망이 키웠쥬. 이젠 결혼도 하고 씨멸족할 뻔한 집이서 아들 둘까지 낳아시니 죽은 어멍 복을 입은 것일 거라, 아매도." 작은당숙의 말이었다.

죽은 사람을 보자 나는 더럭 겁이 났다. 사람들이 뒤로 물러나 앞이 트였지만 길수 형과 나는 장교가 권총을 빼들고 서 있는 조회대 뒤로 달려갈 엄두가 도무지 나지 않았다. 저쪽으로 가다간 저 사람이 틀림없이 총을 쏠 테지. 우리는 어찌할 바를 모르고 발을 동동 구르기만 했다.

사람들이 서편 울타리에 붙어 나올 생각을 하지 않자 군인들은 긴 장대 두개를 들고 나왔다. 그건 교무실 앞 추녀 끝에 매달아두었던 것으로 학교 운동회 때마다 비둘기들을 넣는 대바구니 두개를 맞붙여 얇은 종이를 발라 만든 큰 공을 높이 매달아놓는 데 사용되던 거였다. 그것은 얼마나 신나는 경기였던가. 청백으로 나뉜 우리들이 모래 넣어 꿰맨 헝겊공(오자미)을 던져 상대편 바구니를 먼저 터뜨리는 순간 비둘기들이 날고 머리 위로 오색 테이프가 흘러내리고 색종이가 나부낄 때 기분이란. 그런데 바구니공을 매달아놓던 장대가 이런 엉뚱한 데 쓰일 줄이야. 장대 두개는 이제 한쪽에 몰려 있는 사람을 울타리에서 떼어내서 내모는 구실을 했다. 장대 양끝에 군인 한사람씩 붙어서 군중 속으로 끌고 들어가 장대로 오십명쯤을 뚝 떼어내어 교문 있는 데로 끌고 갔다. 그러면 집총한 군인들이 기다렸다가 에워싸고 교문 밖으로 내몰아가는 것이었다.

이런 와중을 틈타 길수 형과 나는 사람들 사이로 빠져나와 할머니가 있는 조회대 뒤편으로 냅다 뛰어갔다. 청년단원들이 우리 다리를 겨냥해서 대창을 아래로 휘둘렀다. 그러나 용케 맞지 않았다. 우리가 쫓기며 조회대 뒤로 가자 거기 모인 우익인사 가족들이 얼른 우리를 안으로 끌어넣어주었다. 할머니가 달려들어 치마를 벌리고 닭이 병아리 품듯이 우리를 싸서 숨겼다. 뒤를 쫓던 청년단원 두명이 우리를 포기한 것은 마침 우리 뒤미처 달려드는 다른 사람들 때문이었으리라. 아이들과 아낙네 열명쯤이 달려들었다가 마구 내지르는 대창에 쫓겨갔다.

장대 두개가 서로 번갈아가며 사람들을 몰아갔다. 장대가 머리 위로 떨어질 때마다 사람들은 비명을 지르며 뒤로 나자빠지고 장대에 걸린 사람들은 빠져나오려고 허우적거렸다. 장대 뒤에서 빠져나오려는 사람들에게 몽둥이를 휘두르고 공포를 쏘아대자 사람들은 장대에 떠밀려 주춤주춤 교문 밖으로 걸어나갔다. 교문 밖에 맞바로 잇닿은 일주도로에 내몰린 사람들은 모두 한결같이 길바닥에 주저앉아 울며불며 살려달라고 애걸했다. 군인들의 바짓가랑이를 붙잡고 울부짖는 할머니들, 총부리에 등을 찔려 앞으로 곤두박질치는 아낙네들. 군인들은 총구로 찌르고 개머리판을 사정없이 휘둘렀다. 사람들은 휘둘러대는 개머리판이 무서워 엉금엉금 기어갔다. 가면 죽는 줄 번연히 알면서 어떻게 제 발로 서서 걸어가겠는가. 뒤처지는 사람들에게는 뒤꿈치에다 대고 총을 쏘아댔다.

군인들이 이렇게 돼지 몰듯 사람들을 몰고 우리 시야 밖으로 사라지고 나면 얼마 없어 일제사격 총소리가 콩 볶듯이 일어나곤 했다. 통곡 소리가 천지를 진동했다. 할머니도 큰아버지도 길수 형도 나도 울었다. 우익인사 가족들도 넋 놓고 엉엉 울고 있었다. 우는 것은 사람만이 아니었다. 마을에서 외양간에 매인 채 불에 타 죽는 소 울음소리와 말 울음소리도 처절하게 들려왔다. 중낮부터 시작된 이런 아수라장은 저물녘까지 지긋지긋하게 계속되었다. 길수 형이 말했다.

"그때 혼자 살아난 순이 삼촌 허는 말을 들으난, 군인들이 일주도로변 옴팡진 밭에다가 사름들을 밀어붙였는디, 사름마다 밭이 안 들어가젠 밭담 우엔 엎디어젼 이마빡을 쪼사 피를 찰찰 흘리멍 살려달렌 하던 모양입디다."

"쯧쯧쯧, 운동장에 벳겨져 널려진 임자 없는 고무신을 다 모아놓으민 아매도 가매니로 하나는 실히 되었을 거여. 죽은 사람 몇백명이나 되까?" 하고 작은당숙이 말하자 길수 형은 낯을 모질게 찌푸리며 말을 씹어뱉었다.

"면에서는 이 집에 고구마 멫가마 내고 저 집에 유채 멫가마 소출 냈는지는 알아가도 그날 죽은 사람 수효는 이날 이때 한번도 통계 잡아보지 않으니, 내에 참. 내 생각엔 오백명은 넘은 것 같은디, 한 육백명 안되까 마씸? 한번에 오륙십명씩 열한번에 몰아가시니까."

열한번째로 끌려가던 사람들은 그야말로 운수 대통한 사람들이었다. 때마침 대대장 차가 도착하여 총살 중지 명령을 내렸던 것이다. 이 불행한 사건에도 예외 없이 '만약'이란 가정이 따라왔다. 만약 대대장이 읍에서부터 타고 오던 지프차가 도중에 고장만 나지 않았더라면 한시간 더 일찍 도착했을 터이고, 그렇게 되면 삼백명이나 사백명은 더 살렸을 것이다. 따라서 희생자는 백명 내외로 줄어들 것이고, 또 적에게 오염됐다고 판단된 부락을 토벌해서 백명 정도의 이적행위자를 사살했다면 그건 수긍할 만한 일이었을지 모른다. 그러나 피살자 육백명이란 수효는 옥석을 가리지 않은 무차별 사격을 의미했다.

"고모부님, 대대장이 말한 차 고장은 핑계가 아니까 마씸? 일개 중대장이 대대장도 모르게 어떻게 그런 엄청난 일을 저지를 수가 이서 마씸?"

고모부는 그 당시 토벌군으로 애월면에 가 있었기 때문에 자세한 것은 알지 못할 터였다. 고모부는 한때 인근 부락인 함덕리에 주둔했던 서북청년으로만 구성된 중대에 소속되어 있었는데 마침 사건 수개월 전에 애월로 이동해갔던 것이었다. 신혼 초라 고모도 따라갔었다.

"그 당시엔 중대장 즉결처분권이란 것이 있을 때랐쥬. 또 갸들이 전투사령부의 작전명령에 따라 행동했댄 해도 작전명령을 잘못 해석하였을 공산이 커. 난 졸병생활 해서 잘은 모르지만 아마 그것도 견벽청야(堅壁淸野) 작전의 일부일 거라. 쉬운 말로 소개작전이란 거쥬. 견벽청야 작전이란 것이 뭐냐믄 손자병법에서 따온 것이라는데, 공비를 소탕할 때 먼저 토벌군으로 벽을 쌓아 병풍을 만들고 그후 들을 말끔히 청소하는 거라. 산간벽촌을 일일이 다 보호할 수 없는 것 아니냔 말이여. 그러니 일정한 거점만 확보하고 나머지 지역은 인원과 물자를 비워버려 공비가 발붙일 여지가 없게 하자는 궁리였쥬. 그런디 인원과 물자를 비워버리라는 대목에서 그만 잘못 일이 글러진 거라. 작전지역 내의 인원과 물자를 안전지역으로 후송하라는 뜻이 인원을 전원 총살하고 물자를 전부 소각하라는 것으로 둔갑하고 말아시니 말이여."

"아니, 고모부님도 참, 그 말을 곧이들엄수꽈? 그건 웃대가리들이 책임을 모면해보젠 둘러대는 핑계라 마씸. 우리 부락처럼 떼죽음당한 곳이 한둘이 아니고 이 섬을 뺑 돌아가멍 수없이 많은데 그게 다 작전명령을 잘못 해석해서 일어난 사건이란 말이우꽈? 말도 안되는 소리우다. 이 작전명령 자체가 작전지역의 민간인을 전부 총살하라는 게 틀림없어 마씸."

"겔쎄, 나도 중산간 부락민들을 해안지방으로 소개시키는 데 참가했었쥬마는…… 겔쎄 말이여, 일단 몇날 몇시까지 소개하라고 포고령이 내린 후제도 계속 작전지역에 남아 있는 자는 공비나 공비 동조자로 간주해서 노인 아이 할 거 없이 전부 사살하라는 명령은 있었쥬. 사실 작전지역 내의 어떤 부락에 들어서민, 바로 전날에 두집 건너서 하나씩 붙여놔둔 소개하라는 포고문이 발기발기 찢어전 바람에 펄럭펄럭하는디, 이건 틀림없이 공비 소굴이구나 하는 생각이 팍 들어라. 그런디 이 부락 사건은 소개하라고 사전에 포고령도 없어시니……"

그러나 작전명령에 의해 소탕된 것은 거개가 노인과 아녀자들이었다. 그러니 군경 쪽에서 찾던 소위 도피자들도 못되는 사람들이었다. 그런 사람들에게 총질을 하다니! 또 도피생활을 하느라고 마침 마을을 떠나 있어서 화를 면했던 남정네들이 군경을 피해 다녔으니까 도피자가 틀림없겠지만 그들도 공비는 아니었다. 사실 그들은 문자 그대로, 공비에게도 쫓기고 군경에게도 쫓겨 할 수 없이 이리저리 피해 도망 다니는 도피자일 따름이었다.

그런데도 군경 측에서는 왜 도피자를 공비와 동일시했던가? 아마 그건 한때 무식한 부락민들이 저지른 선부른 과오 때문이었나 보다. 5·10선거 때 부락 출신 몇몇 공산주의 골수분자의 선동에 부화뇌동하여 선거를 보이콧한 사건이 화근이 된 것이었다. 그것이 두고두고 군경 측에 부락을 적색시하는 빌미가 될 줄이야. 부락민들이 아무리 개과천선하여 결백을 내보여도 소용이 없었다. 부락민들이 5·10선거 보이콧을 선동했던 주모자 한라산 입산 공비 김진배의 아내를 부락에서 추방하고, 그의 밭 한가운데를 파헤쳐 비오면 물 차는 못을 만들면서까지 결백을 주장했으나 군경의 오해는 막무가내였다.

밤에는 부락 출신 공비들이 나타나 입산하지 않는 자는 반동이라고 대창으로 찔러 죽이고, 낮에는 함덕리의 순경들이 스리쿼터를 타고 와 도피자 검속을 하니, 결국 마을 남정들은 낮이나 밤이나 숨어 지낼 수밖에 없는 처지였다. 순경들이 도피자라고 찾던 폐병쟁이 종철이 형은 공비가 습격해온 밤에 궤 뒤에 숨어 있다가 기침을 몹시 하는 바람에 발각되어 대창에 찔려 죽었고, 헛간 멍석 세워둔 틈에 숨어 있다가 역시 공비의 대창 맞고 죽은 완식이 아버지도 순경들이 찾던 도피자였다. 우리 종조부님도 사건 석달 전에 부락 출신 공비의 대창에 찔려 돌아가셨다. 당시 1구 구장이던 종조부님은 밤중에 내려온 마을 출신 폭도들로부터 식량을 모아달라는 요구에 고개를 흔들었던 것이다.

"그렇게는 못해여. 쌀을 모아도랜 허지 말앙 차라리 빼앗앙가게. 자진해서 쌀 모아주었다가 냉중에 경찰에서 알민 우린 어떵 되는가. 숭시가 나고말고. 그러니 제발 부탁햄시메 쌀을 모아도랜 말앙 억지로 빼앗앙가게."

이렇게 협조 못하겠다는 말에 화가 난 폭도들은 그 자리에서 가슴팍에 대창을 내질렀던 것이었다. 같은 날 밤 용케 약탈을 면했던 철동이네 집은, 약탈당하지 않은 것으로 보아 필시 공비와 내통함에 틀림없다는 엉뚱한 오해를 받아 이튿날 경찰에게 화를 당했다.

나는 한밤중 밖에서 대창으로 창호지창을 퍽 찌르며 "모두 잠 깨라. 우리가 왔다!" 하고 무섭게 속삭이던 목소리와 뒤미처 아버지의 겁먹은 얼굴 위에 쏟아지던 덴찌(電池)불을 생각하면 지금도 몸이 오싹해진다.

이렇게 안팎으로 혹독하게 부대낀 마을 남정들 중에는 아버지처럼 여러달 전에 밤중에 통통배를 타고 일본으로 밀항해버린 사람도 있고 육지 전라도 땅으로 피신하는 사람도 있었다. 어떤 집에서는 아무래도 불길한 예감이 들었던지 사내아이들을 다른 마을로 보내기도 했다. 그것도 큰놈은 읍내 이모네 집에, 샛놈(가운데 아들)은 함덕 외삼촌한테, 막내놈은 또 어디에 하는 식으로 사방에 뿔뿔이 흩어놓았다. 그건 아마도 한군데 모여 있다가 몰살되어 씨멸족하면 종자 하나 추리지 못할까봐 생각해낸 궁리였으리라.

그러나 대부분의 남정네들은 마을에 그대로 눌러 있었는데, 이들은 폭도에 쫓기고 군경에 쫓겨 갈팡질팡하다가 결국은 할 수 없이 한라산 아래의 목장으로 올라가 마른 냇가의 굴속에 피난했다. 행방을 알 길 없는 남편 때문에 모진 고문을 당하던 순이 삼촌도 따라 올라갔다. 이 섬은 워낙 화산지대라 곳곳에 동굴이 뚫려 있어서, 우리 부락처럼 폭도에도 쫓기고 군경에도 쫓긴 양민들이 몰래 숨어 있기 안성맞춤이었다.

솥도 져 나르고 이불도 가져갔다. 밥을 지을 때 연기가 나면 발각될까봐 연기 안 나는 청미래덩굴로 불을 땠다. 청미래덩굴은 비에도 젖지 않아 땔감으로는 십상이었다. 잠은 밥 짓고 난 잉걸불 위에 굵은 나무때기를 얼기설기 얹어 침상처럼 만들고 그 위에서 잤다. 쌀은 아끼고 들판에 널려 까마귀밥이나 되고 있는 썩은 말고기를 주워다 먹었다. 겨울이 되어도 난리 때문에 미처 내리지 못한 소와 말이 목장에는 좀 남아 있었는데 그냥 놔두면 한라산 공비들의 양식이 된다고 토벌군이 총으로 쏘아 죽여 쇠고기만 운반해가고 말고기는 그대로 내버려두었던 것이다.

그러나 천장에서 물이 뚝뚝 떨어지는 혈거생활은 고생이 말이 아니었다. 이불이 점점 젖어들고 얼어 죽는 사람이 생겼다. 삼년 뒤온 섬이 평정되어 할머니를 따라 목장에 고사리 꺾으러 갔다가 비를 만나 어느 동굴로 피해 들어갔을 때, 굴속에 사람의 흰 뼈다귀와 흰 고무신을 보고 얼마나 놀랐는지 모른다.

하여튼 이렇게 남정네들이 마을을 비우자 군경 측에서는 자연히 입산한 것으로 오해하게 되고 그러한 오해가 저 섣달 열여드레의 끔찍한 사건의 소지가 되었음은 말할 것도 없다. 그 사건은 마을 남정들이 그 냇가 동굴에서 혈거생활을 시작한 지 아흐레 만에 일어난 것이었다. 그런데 하필 그날 순이 삼촌은 우리 할머니에게 맡겨두었던 오누이 자식을 데리러 내려와 있다가 그만 화를 당하고 만 것이었다.

문득 길수 형의 열띤 목소리가 방 안을 울렸다.

"하여간에 이 사건은 그냥 넘어갈 수 없수다. 아명해도 밝혀놔야 됩니다. 두번 다시 이런 일이 안 생기도록 경종을 울리는 뜻에서라도 꼭 밝혀두어야 합니다. 그 학살이 상부의 작전명령이었는지 그 중대장의 독자적 행동이었는지 누구의 잘잘못인지 하여간 밝혀내야 합니다. 우린 그 중대장 이름도 모르는 형편 아니우꽈?"

이 말에 큰당숙어른이 고개를 절레절레 흔들었다.

"거 무신 쓸데없는 소리고! 이름은 알아 무싱거(무엇)허젠? 다 시국 탓이엔 생각하고 말지 공연시리 긁엉 부스럼 맹글 거 없져."

고모부도 맞장구쳤다.

"하여간 그 작자들이 아직 퍼렇게 살아 있는 동안은 아마 어려울 거여. 그것들이 우리가 그 문제를 들고나오게 가만 놔둠직해여? 또 삼십년 묵은 일이니 형법상 범죄 구성도 안될 터이고."

그러나 길수 형은 자기주장을 꺾지 않았다.

"아니우다. 이대로 그냥 놔두민 이 사건은 영영 매장되고 말 거우다. 앞으로 일이십년만 더 이서봅서. 그땐 심판받을 당사자도 죽고 없고, 아버님이나 당숙님같이 증언할 분도 돌아가시고 나민 다 허사가 아니우꽈? 마을 전설로는 남을지 몰라도."

길수 형의 말에 갑자기 짜증이 났던지 고모부의 입에서 느닷없이 평안도 사투리가 튀어나왔다.

"기쎄, 조캐, 지나간 걸 개지구 자꾸 들춰내선 멀하간? 전쟁이란 다 기런 거이 아니가서?"

순간 오십줄 나이의 고모부 얼굴에서 삼십년 전의 새파란 서북청년의 모습을 힐끗 엿본 느낌이 들었다. 가슴이 섬뜩했다. 야릇한 반발감이 뾰족하게 일어났다.

내 아래 또래의 아이들에게 몰래 양과자를 주어 아버지나 형이 숨은 곳을 가르쳐달라고 꾀어내던 서청 출신의 순경들. 철모르는 아이들은 대밭에서, 마루 밑에서, 외양간 밑이나 조짚가리 밑을 판 굴에서 여러번 제 아버지와 형을 가리켜냈다. 도피자 아들을 찾아내라고 여든살 노인을 닦달하던 어떤 서청 순경은 대답 안한다고 어린 손자를 총으로 위협해서 무릎 꿇고 앉은 제 할아버지의 따귀를 때리도록 강요했다. 닭 잡아내라고 공포를 빵빵 쏘아대기도 했다. 그들은 또 여맹(女盟)이 뭣 하는지도 모르는 무식한 촌처녀들을 붙잡아다가 공연히 여맹에 가입했다는 혐의를 뒤집어씌우고 발가벗겨놓고 눈요기를 일삼았다. 순이 삼촌도 그런 식으로 당했다. 지서에 붙들어다놓고 남편의 행방을 대라는 닦달 끝에 옷을 벗겼다는 것이었다. 어이없게도 그건 간밤에 남편이 왔다 갔는지 알아본다는 핑계였는데, 남편이 왔다 갔으면 분명 그짓을 했을 것이고, 아직 거기엔 분명 그 흔적이 남아 있을 테니 들여다보자는 것이었다. 나는 어느날 마당에서 도리깨질하던 순이 삼촌이 남편의 행방을 안 댄다고 빼앗긴 도리깨로 머리가 깨어지도록 얻어맞는 광경을 내 눈으로 직접 본 적이 있었다.

거기다가 이들은 밭에서 혼자 김매는 젊은 여자만 보면 무조건 냅다 덮친다는 소문이었으니 나이 찬 딸을 둔 집에서는 이래저래 여간 불안한 게 아니었다. 그러니 딸이 겁탈당하기를 기다리느니 미리 선수를 써서 서청 출신 군인에게 시집보낸 우리 할아버지의 처사는 백번 잘한 일이었다. 아직 스무살 어린 나이에 별 분수를 모르던 고모부는 할아버지가 꾀로 어르는 바람에 얼떨결에 결혼하고 만 것이었는데, 고모는 고모부보다 두살이 더 많았다.

하여간 그 당시 도피자 가족들 중에는 목숨을 부지해보려는 방편으로 이런 정략결혼이 성행했는데, 그것은 연대가 교체되어 육지로 떠남에 따라 거의 파경에 이르고 애비 없는 자식들만 서럽게 자라고 있었음은 물론이다. 그러나 우리 고모부는 역시 할아버지가 잘 보아 고른 사람이라 그랬는지 휴전과 더불어 처가를 다시 찾아 입도한 후 지금까지 삼십년간 이 고장 사람이 되어 살아온 것이었다. 이러한 고모부가 방정맞게 갑자기 이북 사투리를 쓰다니. 고모부의 느닷없는 이북 사투리는 좌중의 다른 분들에게도 이런 것들을 일깨워주었는지 잠시 침묵이 흘렀다.

벌써 멧밥을 짓는지 부엌에서 마른 솔가지 태우는 매운 냄새가 마루를 건너 흘러들어왔다. 고샅길로 지나다니는 사람들의 말소리가 두런두런 들려왔다. 아마 한집 제사를 끝내고 다른 집으로 옮아가는 사람들이리라.

고모부는 다른 사람들 귀에 거슬리는 줄도 모르고 다시 이북 사투리로 말을 꺼냈다.

"도민들이 아직두 서청을 안 좋게 생각하구 있디만, 조캐네들 생각해보라마. 서청이 와 부모형제들 니북에 놔둔 채 월남해왔가서? 하도 빨갱이 등쌀에 못 니겨서 삼팔선을 넘은 거이야. 우린 빨갱이라문 무조건 이를 갈았디. 서청의 존재 이유는 앳세 반공이 아니가서. 우리레 무데기로 엘에스티(LST) 타구 입도한 건 남로당 천지인 이 섬에 반공전선을 구축하재는 목적이었디. 우리레 현지에서 입대해설라무니 순경두 되구 군인두 되었다. 기린디 말이야, 우리가 입대해보니끼니 경찰이나 군대나 영 엉망이드랬어. 군기두 문란하구 남로당 빨갱이들이 득실거리구 말이야. 전국적으로 안 그랜 향토부대가 없댔디만 특히 이 섬이 심하단 평판이 나 있드랬다. 이 섬 출신 젊은이를 주축으로 창설된 향토부대에 연대장 암살이 생기디 않나, 반란이 일어나 백여명이 한꺼번에 입산해설라무니 공비들과 합세해버리디 않나…… 그 백여명 빠져나간 공백을 우리 서청이 들어가 메꾸었디. 기래서 우린 첨버텀 섬사람에 대해서 아주 나쁜 선입견을 개지구 있댔어. 서청뿐만이가서? 야, 그땐 다 기랬어. 후에 교체해개지구 들어온 다른 눅지 향토부대두 매한가지래서. 사실 그때 눅지 사람치구 이 섬 사람들을 도매금으로 몰아쳐 빨갱이루다 보지 않는 사람이 없댔디. 4·3폭동이 일어나디, 5·10선거를 방해해설라무니 남한에서 유일하게 이 섬만 선거를 못 치렀디, 군대는 반란이 일어나디. 하이간 이런 북새통이었으니끼니……"

이때 큰아버지가 끙 앓는 소릴 내며 고개를 돌려 외면해버렸다. 눈썹이 발에 밟힌 송충이처럼 꿈틀거리는 것으로 보아 몹시 심기가 뒤틀린 모양이었다. 고모부는 그제야 이북 사투리를 쓰고 있는 자신을 깨달았던지 흠칫 놀라며 말을 멈췄다. 큰당숙, 작은당숙 어른도 못마땅한 표정으로 담배만 풀썩풀썩 빨아댔다. 잠시 거북살스러운 침묵이 흘렀다. 그러나 언제나 반죽 좋은 고모부는 곧 섬사투리로 돌아와 다시 말을 꺼냈다.

"성님, 서청이 잘했다는 말이 절대 아니우다. 서청도 참말 욕먹을 건 먹어야 헙쥬. 그런디 이 섬 사람을 나쁘게 본 건 서청만이 아니라수다. 육지 사람치고 그 당시 그런 생각 안 가진 사람이 없어서 마씸. 그렇지 않아도 육지 사람들이 이 섬 사람이랜 허민 얕이 보는 편견이 있는디다가 이런 오해가 생겨부러시니…… 내에 참."

"맞는 말이라. 그땐 왼 섬이 육지것들 독판이랐쥬" 하고 큰당숙 어른이 혀를 찼다.

"그때 함덕지서 주임이 본도 사람이랐는디 부하들한티 명령 없이 도피자를 총살 말렌 당부했는디도 그 육지것들이 자기 주임이 제주 사람이라고 얕이보안 함부로 총질했쥬."

이 말에 작은당숙이 한 손을 내저으며 이의를 달았다.

"박 주임이 참말 그런 말을 해서까 마씸? 아매도 죄 없는 사람 죽인 책임을 조금이라도 벗어보젠 변명허는 걸 거우다."

현모 형도 한마디 거들었다.

"난 들으니까 박 주임 그 사람이 서청보다 되리어 더 악독하게 놀았댄 헙디다."

고모부가 다시 말을 받았다.

"그것도 그럼직한 말이쥬. 그 당시 본도 출신 순경 중에는 자기네들이 서청헌티 빨갱이로 몰리카부댄 되리어 한술 더 떠서 과격한 행동으로 나간 사람들이 더러 있어시니까."

"아니라. 나도 잡혀가 취조받고 풀려나온 인수 아방한티 들은 이야기쥬만, 박 주임은 잡아온 도피자를 여러사람 몰래 놓아주었댄 해여라. 악독한 것은 그 밑에 있는 육지것들이라."

사건 후 이년쯤 뒤에 박 주임은 한번 부락에 왔다가 치도곤을 당한 일이 있었다. 마침 휴가 중이라 군복 입고 있던 그 감나무집 청년은 "죽은 우리 아방, 우리 성을 살려내라, 이 사람백정 놈아, 고리백정 놈아!" 하고 부르짖으며 작대기를 휘둘렀던 것이다. 그 인구라는 청년은 현모 형과 한날한시에 입대한 해병대였다.

그 무렵 뒤늦게 초토작전을 반성하게 된 전투사령부는 선무공작을 펴서 한라산 밑 동굴에 숨은 도피자들을 상당수 귀순시켰는데 현모 형도 그중에 끼여 있었던 것이다. 때마침 6·25가 터져 해병대 모병이 있자 이 귀순자들은 너도나도 입대를 자원했다. 그야말로 빨갱이 누명을 벗을 수 있는 더없이 좋은 기회였다. 그래서 그들은 그대로 눌러 있다간 언제 개죽음당할지도 모르는 이 지긋지긋한 고향을 빠져나갈 수 있었던 것이다. 그러니까 현모 형은 인천상륙작전에 참가한 해병대 3기였다. '귀신 잡는 해병'이라고 용맹을 떨쳤던 초창기 해병대는 이렇게 이 섬 출신 청년 삼만명을 주축으로 이룩된 것이었다. 그러나 그 용맹이란 과연 무엇일까? 그건 따지고 보면 결국 반대급부적인 행위가 아니었을까? 빨갱이란 누명을 뒤집어쓰고 몇번씩이나 죽을 고비를 넘긴 그들인지라 한번 여봐란 듯이 용맹을 떨쳐 누명을 벗어 보이고 싶었으리라. 아니, 그것만이 아니다. 어쩌면 거기엔 보복적인 감정이 짙게 깔려 있지 않았을까? 이북 사람에게 당한 것을 이북 사람에게 돌려준다는 식으로 말이다. 섬 청년들이 6·25동란 때 보인 전사에 빛나는 그 용맹은 한때 군경 측에서 섬 주민이라면 무조건 좌익시해서 때려잡던 단세포적인 사고방식이 얼마나 큰 오류를 저질렀나를 반증하는 것이 된다.

이런 생각을 하자니 속에서 울화가 불끈 치밀어올랐다. 기분 같아선 은연중에 서청을 변호하는 고모부를 면박 주고 싶었지만 꾹 눌러 참았다. 그래도 내 말은 약간 서슬져서 나왔다.

"고모부님, 고모분 당시 삼십만 도민 중에 진짜 빨갱이가 얼마나 된다고 생각햄수꽈?"

"그것사 만명쯤 되는 비무장공비 빼부리면 얼마 되여? 무장공비 한 삼백명쯤 되까?"

이 말에 나도 모르게 발끈 성미가 났다.

"도대체 비무장공비란 것이 뭐우꽈? 무장도 안한 사람을 공비라고 할 수 이서 마씸? 그 사람들은 중산간 부락 소각으로 갈 곳 잃어 한라산 밑 여기저기 동굴에 숨어 살던 피난민이우다."

나의 반박하는 말에 고모부는 의외라는 듯이 흠칫 나를 바라보았다.

"그건 서울 조캐 말이 맞아. 나도 직접 내 눈으로 봤쥬. 목장지대서 작전 중인디 아기 울음소리가 들리길래 덤불 속을 헤쳐 수색해보난 동굴이 나왔는디 그 속에 비무장공비 스무남은명이 들어 있지 않애여."

"비무장공비가 아니라 피난민이라 마씸."

나는 다시 한번 단호하게 고모부의 말을 수정했다.

"맞아, 내가 말을 자꾸 실수해졈져. 그땐 산에 올라간 사람은 무조건 폭도로 봐시니까. 하이간 굴속에 있는 사람은 영 행색이 말이 아니라서. 굶언 피골이 상접헌디다가 한겨울에 젖은 미녕옷 한 벌로 몸을 가리고 떨고 있는디, 동상 걸려 발구락 모지라진 사람도 더러 있었쥬. 소위 비무장공비란 것이 이 모냥으로 동굴 속에서 비참한 꼴로 발견되니까 냉중엔 상부에서도 생각을 달리 쓰게 되어서. 구호물자를 준비한 갱생원 차려놓고 선무공작을 썼쥬. 엘파이브(L-5) 연락기로 한라산 일대에 전단을 뿌련 투항을 권고하난 하루에도 수십명씩 떼 지어 귀순자들이 내려와서라."

"바로 그것입쥬. 선무공작은 왜 진작에 쓰지 못했느냐는 말이우다. 처음부터 선무공작을 했으면 인명피해가 그렇게 많이 나지 않아실 거라 마씸. 폭도도 무섭고 군경도 무서워서 산으로 피난 간 양민들을 폭도로 간주해시니……"

"겔쎄 말이여. 대유격전이란 것이 본디 정치 칠에 군사 삼인데…… 이건 정치는 쥐뿔도 없고 무작정 군사행동만 해시니…… 창설 일년도 못된 군대니 오죽할 것고……"

아, 떼죽음당한 마을이 어디 우리 마을뿐이던가. 이 섬 출신이거든 아무라도 붙잡고 물어보라. 필시 그의 가족 중에 누구 한사람이, 아니면 적어도 사촌까지 중에 누구 한사람이 그 북새통에 죽었다고 말하리라. 군경 전사자 몇백과 무장공비 몇백을 빼고도 삼만명에 이르는 그 막대한 주검은 도대체 무엇인가? 대사를 치르려면 사기그릇 좀 깨지게 마련이라는 속담은 이 경우에도 적용되는가. 아니다. 어디 그게 사기그릇 좀 깨진 정도냐. 아, 멀리 육지에서 바다 건너와 그 자신 적잖은 희생을 치러가면서 폭동을 진압해준 장본인들에게 오히려 원한을 품어야 하다니, 이 무슨 해괴한 인연인가.

그러나 누가 뭐래도 그건 명백한 죄악이었다. 그런데도 그 죄악은 삼십년 동안 여태 단 한번도 고발되어본 적이 없었다. 도대체가 그건 엄두도 안 나는 일이었다. 왜냐하면 당시의 군 지휘관이나 경찰 간부가 아직도 권력 주변에 머문 채 떨어져나가지 않았으리라 고 섬사람들은 믿고 있기 때문이었다. 선불리 들고나왔다간 빨갱이로 몰릴 것이 두려웠다. 고발할 용기는커녕 합동위령제 한번 떳떳이 지낼 뱃심조차 없었다. 하도 무섭게 당했던 그들인지라 지레 겁을 먹고 있는 것이었다. 그렇다. 그들이 원하는 것은 결코 고발이나 보복이 아니었다. 다만 합동위령제를 한번 떳떳하게 올리고 위령비를 세워 억울한 죽음들을 진혼하자는 것이었다. 그들은 가해자가 쉬쉬해서 삼십년 동안 각자의 어두운 가슴속에서만 갇힌 채 한번도 떳떳하게 햇빛을 못 본 원혼들이 해코지할까봐 두려웠다.

선달 열여드레 그날 해 질 녘이 다 되어서 군인들이 두대의 스리쿼터에 분승해서 떠난 다음에도 마을 사람들은 그대로 운동장에 남아 있었다. 그들은 조회대 뒤 우익 가족이 있는 데로 몰려 살아남은 가족끼리 서로 붙안고서 마을에서 들려오는 타 죽는 소 울음보다 더 질긴 울음을 입에 물고 있었다. 내 입에서도 겁먹은 울음은 그치지 않았다. 땅거미가 내리기 시작한 운동장의 진창흙은 함부로 내달린 스리쿼터 바퀴자국으로 여기저기 무섭게 패어 있고, 벗겨진 만월표 고무신짝들이 수없이 널려 있었다. 그 위로 불타는 마을의 불빛이 밀려와 땅거죽이 붉게 물들었다. 교실 창이 이내 벌게졌다. 그러나 마을 사람들은 하늘 가득히 붉은 노을처럼 번져가는 불기운에 압도되어 더욱 서럽게 곡성을 올릴 뿐 누구 하나 울타리께로 가서 불타는 마을을 직접 내려다보려는 사람은 없었다.

날이 어두워짐에 따라 마을을 태우는 불빛은 어둠을 사르며 점점 사방으로 퍼져나갔다. 이것이 일시적으로 확 붉었다가 꺼져버리는 저녁놀이라면 얼마나 좋을까? 그러나 불빛은 오히려 어두워질수록 더욱더 큼직하게 군림하여갔다. 낮게 드리운 구름떼는 불빛에 물들어 붉은 내장처럼 꿈틀거리고, 바다는 멀리 달려도섬(다려도)까지 불빛이 벌겋게 번져나가 마치 들불이 타오르는 형국이었다. 운동장에 모인 사람들의 얼굴에도 더러운 피에 얼룩진 듯 불그림자가 너울거렸다. 마을 쪽에서는 집집마다 불붙은 고방의 쌀독들이 펑펑 터지는 소리가 계속 들려왔다.

할아버지 때문에 안절부절못하던 큰아버지는 군인들이 마을에서 완전히 철수했다 싶자 변소 가는 척하고 몰래 학교를 빠져나갔다. 할아버지는 며칠 전 남의 집 소뿔에 찔린 허벅지 상처 때문에 기동 못하고 집에 남아 있었던 것이다. 큰아버지는 한참 후에야 맥없이 돌아왔는데 그의 축 늘어진 적삼 소매에서는 연기 냄새가 지독하게 났다. 할머니가 먼저 울음을 터뜨리고 우리도 따라 울었다. 할아버지는 짐작대로 총 맞고 죽어 있었다. 그래도 다행스러운 것은 시신에 화기가 미치지 않은 것이다. 할아버지는 아픈 몸을 이끌고 문짝들을 떼어 텃밭으로 내던지고 난 다음 마지막으로 병풍을 들고 나오다가 감나무 밑에서 총을 맞은 모양이었다.

그날밤 사람들은 한기를 피해 모두 한 교실로 몰려들어가 서로 붙안고 밤을 지새웠는데, 밤중에 우리들은 두번 호되게 놀랐었다. 한번은 마을에서 대밭이 타면서 마구 터지는 폭죽 소리를 총소리로 잘못 알고 놀랐고, 또 한번은 죽은 줄만 알았던 순이 삼촌이 살아 돌아와 밖에서 유리창을 두드렸을 때였다. 삼촌은 밤이 이슥해진 그때까지 시체 무더기 속에 파묻혀 까무러쳐 있었던 것이다. 교실 안에 들어선 당신은 이상하게도 사람들에게 접근하려 들지 않았다. 길수 형이 가서 소매를 잡고 끌어도 막무가내로 뿌리치고 저만치 홀로 떨어져 웅크리고 있었다. 다른 사람들처럼 울지도 않았다. 두 아이를 잃고도 울음이 나오지 않은 것은 공포로 완전히 오관이 봉쇄되어버린 때문이 아니었을까? 아마 울음은 공포가 물러가는 며칠 후에야 둑이 터지듯 밀려나올 것이었다.

불은 이튿날 아침까지 탔다. 밤새 울음으로 탈진했던 사람들이 날이 새자 아연 활기를 띠었다. 해가 채 떠오르기도 전인데 우리들은 마을로 한꺼번에 몰려갔다. 갯바람에 밀려오는 자욱한 연기 때문에 맞바로 들어갈 수 없어서 멀찍이 바닷가로 우회해서 마을로 들어갔다. 사람들의 눈은 밤새 뜬눈으로 새우며 운데다 독한 연기를 쐬어서 토끼눈처럼 빨개 있었다. 아니, 살려고 눈이 벌게 있었다는 표현이 더 옳으리라. 불타고 있는 집이 아직도 많아서 사람들은 불 꺼진 해변 쪽에 하얗게 몰렸다. 네 집 내 집이 따로 없었다. 불타버린 집터 아무 데나 들어가 타다 남은 좁쌀, 고구마를 퍼담았다. 고구마 중에도 탄 숯같이 되어버린 것도 있었지만 먹기 좋게 익은 것도 있어서 사람들은 그것으로 전날 점심과 저녁을 거른 고픈 배를 달랬다. 타 죽은 소, 돼지도 각을 내어 나누어 가졌다.

이렇게 사람마다 등짐 하나씩 만들어 지고 함덕으로 소개하였다. 밤새 울음으로 탈진했던 사람들이 어디서 그런 기운이 났을까? 모두가 보통 때 두배나 되는 짐을 지어 날랐다. 순이 삼촌은 멱서리 하나를 지고도 부족했던지 몸뻬 가랑이에다 탄 좁쌀을 채워넣어가지고 함덕까지 시오리 길을 걸어갔던 것이었다. 수용소 시설도 없이 그냥 함덕에 내팽개쳐진 우리 부락 사람들은 우선 잠잘 곳이 문제였다. 용케 빈방이나 온 가족이 다 떠나버린 도피자 집이 얻어걸린 경우는 다행이었지만, 그렇지 못한 식구들은 말방앗간이나 남의 집 헛간, 외양간을 빌려 써야만 했다. 하기는 빈방을 구한 사람도 이불 없기는 매한가지라 방에다 보릿짚을 잔뜩 넣고 살았으니 헛간이나 외양간과 별로 다를 게 없었다.

도피자 가족들은 함덕국민학교에 수용되어 취조를 받고 닷새 만에 풀려나왔는데 순이 삼촌도 그중에 끼여 있었다. 그 닷새 동안 할머니 심부름으로 길수 형과 내가 번갈아가며 차좁쌀 주먹밥을 매일 한덩어리씩 차입해주었다. 마지막 날엔 내가 주먹밥을 가지고 가다가 도중에 풀려나오는 순이 삼촌을 만났는데 그 몰골은 차마 끔찍한 것이었다. 비녀가 빠져나가 쪽이 풀리고 진흙으로 뒤발한 검정 몸뻬에다 발은 맨발이었는데, 길가 돌담을 짚고 간신히 발짝을 떼며 허위허위 걸어오고 있었다.

삼촌은 서울 우리 집에 있을 적에 궂은 날이면 허리뼈가 쑤셔 뜨거운 장판에 지져대곤 했는데, 생각하면 그게 다 그때 얻은 골병임에 틀림없었다.

함덕으로 온 지 두달도 못되어 양식이 떨어진 피난민들은 들나물과 갯가의 파래나 톳을 삶아 멸치젓 국물에 찍어 먹으면서 간신히 두달을 버텼는데 그제야 소개령이 해제되어 향리로 돌아갈 수 있었다.

부락민들이 마을에 돌아와서 맨 먼저 한 일은 시체를 처리하는 일이었다. 일주도로변의 순이 삼촌네 밭을 비롯한 네개의 옴팡밭에 늘비하게 널린 시체를 제각기 찾아다가 토롱(土壟)을 만들어 가매장했다. 석달 가까이 방치되었던 시체들이라 까마귀밥이 되고 풍우에 썩어 흐물흐물 문드러져 탈골되었으니, 누구의 시체인지 알아내기가 쉽지 않았다. 겨우 옷가지를 보고 구별했는데 동(東)동네 누구는 제 아버지 시신을 찾아놓고 지고 갈 지게를 가지러 간 사이에 다른 사람이 잘못 알고 가져가버린 일도 있었다. 애어머니들은 대개 제 자식의 몸 위에 엎어져 죽어 있었는데 그건 죽는 순간에도 몸으로 총알을 막아 자식을 보호해보려는 처절한 몸짓이었다.

그럭저럭 시체를 가매장하고 나서 밭에 나가 보리를 거둬들였는데, 거둬들일 시기를 놓친 뒤라 대궁이 썩은 보리들이 온 밭에 늘비하게 쓰러져 몽창몽창 썩고 있었다. 썩어가는 보리이삭들은 퍼렇게 싹이 트고 들쥐들이 마구 설쳐댔다. 게다가 난리 때문에 한번도 김을 못 매어 범이 새끼 치게 잡초가 무성했으니 그해 보리농사란 게 한집에 멱서리로 하나가 고작이었다.

그다음에 급히 서둘러 한 일은 움막 짓는 일이었다. 들에서 소나무와 억새를 베어다가 하루 이틀 새에 움막을 세웠다. 칡덩굴로 서까래를 얽어매고 지붕도 벽도 억새를 엮어 둘러쳤다. 게다가 이불과 요를 태워먹고 없어 보릿짚을 잔뜩 움막 속에 처넣었으니 그건 영락없이 돼지우리였다. 집 말고도 돼지와 똑같은 게 하나 더 있었는데 그건 똥이었다. 양식이 모자라 돼지 사료로 쓰는 밀기울로 범벅 해 먹고 파래밥, 톳밥을 해 먹었으니 돼지똥과 사람똥이 구별될 리가 없었다.

밀기울밥도 양껏 먹어본 적이 없었다. 작은 놋쇠 양푼 하나에 밥을 펴놓고 네 식구가 둘러앉으면 밥 위에다 숟갈로 금을 그어 제 몫을 표시해놓고 먹었다. 달려도섬 건너편 갈치밭에 배를 띄우면 그래도 국거리로 살진 갈치가 꽤 잡힐 텐데, 곧 시작된 성 쌓는 일 때문에 주낙질은 물론 잠녀의 물질도 일절 허락되지 않았다.

부락민들은 순경들의 감독을 받으며 아침부터 저녁까지 한눈팔 새 없이 허기진 배를 안고 성을 쌓지 않으면 안되었다. 말하자면 전략촌 건설이었다. 불탄 집터의 울담도 허물고 밭담도 허물어다가 성을 쌓았다. 그것도 모자라 묘지를 두른 산담까지 허물어다 날랐나. 순이 삼촌도 임신한 몸으로 돌을 져 날랐다.

남정들이 출정해버린 부락에 남은 건 노인과 아녀자들뿐이라 그 역사는 거의 두달 가까이나 걸렸다. 전략촌을 두바퀴 두르는 겹성이었다. 두 성 사이에는 실거리나무, 엄나무 따위 가시 많은 나무를 베어다 넣었다. 길수 형과 나 같은 어린애도 동원된 그 일은 참으로 고되었다. 우선 배가 고파 견딜 수 없었다. 허기진 뱃심으로 돌덩이를 들다가 힘에 부쳐 놓치는 바람에 발등을 찍히는 사람도 많았다. 겨우 성이 완성되자 낮이나마 주낙질과 물질이 허락되었다. 밤이 되면 성문이 닫혀 사람들은 일절 성밖 출입이 금지되고 순번제로 초소막 지키러 나가지 않으면 안되었다.

국민학교 3, 4학년에서 일년째 쉬고 있던 나와 길수 형도 대창을 하나씩 들고 막을 지키러 나가곤 했다. 순이 삼촌도 만삭의 몸인데도 우리 초소에 대창 들고 막 지키러 나왔다. 사건 날의 그 무서운 공포를 겪었는데도 아기는 떨어지지 않고 살아 있었던 것이다. 사건 날 오누이를 한꺼번에 잃은 삼촌에게는 배 속의 아기가 유일한 씨앗이었다.

어려운 시절에 아기를 가진 삼촌은 먹을 것을 구하느라고 그야말로 눈이 벌게 있었다. 만삭의 몸이라 물질은 못하고 하루 종일 땡볕에 갯가를 기어다니며 굴, 성게를 까먹고 게, 보말(갯우렁이) 따위를 잡았다. 밤에 초소막에 나올 때는 보말 삶은 것 한 채롱 가득 담아가지고 와서는 우리에게 먹어보라는 말 한마디 없이 밤새도록 혼자서 걸귀처럼 까먹어대곤 했다. 여자가 아기를 배면 사정없이 먹어댄다는 걸 몰랐던 나는 순이 삼촌이 걸신들려 실성하지 않았나 생각할 지경이었다.

이런 전략촌 생활은 거의 일년 넘게 계속되었지만 그동안 한번도 공비의 습격을 당한 적이 없었다. 한번은 밤중에 성문께에서 무언가 부스럭거리는 소리가 나서 모두 혼비백산했는데, 나중에 알고 보니 낮에 들에서 놓친 누구 집 소가 밤에 제 발로 성까지 걸어와서 부스럭거렸던 것이었다. 결국 해안지방의 축성은 과잉조치라는 게 판명된 셈이었다. 이미 몇십명으로 전력이 크게 줄어든 입산폭도들은 해안지방을 약탈할 능력이 전혀 없었다.

부락민들은 일년이 넘도록 한번도 써먹어본 일이 없는 무용지물의 성을 다시 허물고 제각기 제 집터로 돌아갔다. 성을 허문 돌을 날라다가 다시 울담과 벽을 쌓고 새로 집을 지었다. 집이라고 해야 방 하나에 부엌 딸린 두칸짜리 함바집이었다. 못이 없어서 대신 굵은 철사를 잘라 썼으니 오죽한 집이었을까? 순이 삼촌도 우리 큰집에서 몸을 풀고 큰아버지의 도움을 받아 불탄 집터에다 조그만 오두막집을 지어올렸다. 그러나 일가족이 전부 몰살되어 집을 세우지 못한 채 그대로 방치된 집터도 더러 있었다.

그 무렵 내 또래 아이들은 사람 죽은 일주도로변의 옴팡밭에서 탄피를 주워다 화약총을 만들기가 유행이었다. 아이들은 이제 옴팡밭의 비극을 까맣게 잊고 사람 죽인 탄피를 주워 모았다. 그렇다. 무럭무럭 자라는 데 도움 안되는 것은 무엇이든 편리하게 잊어버리는 게 아이들의 특성이 아닌가. 그러나 어른들은 도무지 잊을 수 없었다. 아이들이 장난으로 팡팡 쏘아대는 화약총 소리에도 매번 가슴이 철렁 내려앉는 그들이었다. 어떤 아이는 어디서 났는지 불에 타서 엿가락처럼 휘이진 총신만 남은 구구식 총을 끌고 다니다가 제 아버지한테 얻어맞고 빼앗겼는데, 총의 그 푸르딩딩한 탄 쇠빛은 꼭 죽은 피 빛깔을 연상시켜주었다.

그러나 그 누구도 순이 삼촌만큼 후유증이 깊은 사람은 없었으리라. 삼촌네 그 옴팡진 돌짝밭에는 끝까지 찾아가지 않은 시체가 둘 있었는데 큰아버지의 손을 빌려 치운 다음에야 고구마를 갈았다. 그해 고구마농사는 풍작이었다. 송장거름을 먹은 고구마는 목침 덩어리만큼 큼직큼직했다.

더운 여름날 당신은 그 고구마밭에 아기구덕을 지고 가 김을 매었다. 옴팡진 밭이라 바람이 넘나들지 않았다. 고구마 잎줄기는 후줄근하게 늘어진 채 꼼짝도 하지 않았다. 바람 한점 없는 대낮, 사위는 언제나 조용했다. 오누이가 묻힌 봉분의 뗏장이 더위 먹어 독한 풀 냄새를 내뿜었다. 돌담 그늘에는 구덕에 아기가 자고 있었다. 당신은 아기구덕에 까마귀가 날아들까봐 힐끗힐끗 눈을 주면서 김을 매었다. 이랑을 타고 아기구덕에서 아득히 멀어졌다가 다시 이랑을 타고 돌아오곤 했다. 호미 끝에 때때로 흰 잔뼈가 튕겨나오고 녹슨 납탄환이 부딪쳤다. 조용한 대낮일수록 콩 볶는 듯한 총소리의 환청은 자주 일어났다. 눈에 띄는 대로 주워냈건만 잔뼈와 납탄환은 삼십년 동안 끊임없이 출토되었다. 그것들을 밭담 밖의 자갈더미 속에다 묻었다.

그 옴팡밭에 붙박인 인고의 삼십년, 삼십년이라면 그럭저럭 잊고 지낼 만한 세월이건만 순이 삼촌은 그러지를 못했다. 흰 뼈와 총알이 출토되는 그 옴팡밭에 발이 묶여 도무지 벗어날 수가 없었다. 당신이 딸네 모르게 서울 우리 집에 올라온 것도 당신을 붙잡고 놓지 않는 그 옴팡밭을 팽개쳐보려는 마지막 안간힘이 아니었을까?

그러나 오누이가 묻혀 있는 그 옴팡밭은 당신의 숙명이었다. 깊은 소(沼) 물귀신에게 채여가듯 당신은 머리끄덩이를 잡혀 다시 그 밭으로 끌리어갔다. 그렇다. 그 죽음은 한달 전의 죽음이 아니라 이미 삼십년 전의 해묵은 죽음이었다. 당신은 그때 이미 죽은 사람이었다. 다만 삼십년 전 그 옴팡밭에서 구구식 총구에서 나간 총알이 삼십년의 우여곡절한 유예를 보내고 오늘에야 당신의 가슴 한복판을 꿰뚫었을 뿐이었다.

이렇게 생각을 마무리 짓고 나자 나는 문득 담배 피우고 싶은 충동이 조바심치듯 일어났다. 좌중은 어느 틈에 나만 빼놓고 농사 얘기로 동아리져 있었다.

"올해는 제발 작년모냥 감저 시세가 폭락하지 말아시면 좋을로고…… 빌어먹을, 그눔의 가을장마는 뜬금없이 터져가지고는 썰어 말리던 감저에 곰팽이 피어부러시니……"

나는 밖으로 나와 마당귀에 있는 조짚가리에 등을 기대고 담배를 피워물었다. 마당에 얇게 깔린 싸락눈이 바람에 이리저리 쏠리고 있었다. 음력 열여드레 달은 구름 속에 가려 있었지만 주위는 희끄무레 밝았다. 고샅길로 지나가는 사람들의 기척이 들려왔다. 아마 두어집째 제사를 끝내고 마지막 집으로 옮아가는 사람들이리라.

도령마루의 까마귀

서호부락 밖, 모래바람 부는 일주도로에 사람들이 작업반별로 무더기무더기 모여 앉아 인원 점호를 받는다. 서호 본고장 부락민들과 이곳에 정처를 둔 노형 피난민들로 된 성담 쌓는 울력꾼들이다.

세찬 갯바람이 굵은 생소금을 낯에다 뿌리는 듯 얼얼하다. 민보단 사람 넷이 죽창을 옆구리에 낀 채 바람에 종잇장 펄럭대는 손때 묻은 공책을 들여다보며 이름을 부르기도 하고 또 턱짓으로 대가리 수를 헤아리기도 한다. 까마귀 오(烏) 순경은 저만치 떨어져서 길가 밭담 위에 엉거주춤 엉덩이를 대고 앉아 점호가 끝나기를 기다린다.

저 순경이 먼빛으로 설핏 보이기만 해도 가슴이 덜컹 내려앉고 뒷목에 칼날이 닿는 듯 썰렁한 한기가 일어나는 귀리집〔貴日宅〕이다. 저번날 소까이(疏開) 지역에 들어갔다 오다가 들켰을 때 저 작자는 지서로 끌고 가 닛뽄도 칼날을 뒷목에다 대고 무섭게 닦달해 댔다. “이 에미나이야! 바른대로 정 대지 못하가서? 너이 서방이 있는 산이 어드메야?”

길가 밭의 푸릇푸릇 싹 난 청보리를 쪼아 먹는 까마귀 한마리가 순경이 앉은 밭담 위로 푸릉 날아올라 아그작아그작 방정맞게 걸어다닌다. 저 순경 옷이 어쩌면 저렇게 까마귀 날갯죽지 색을 닮았을까. 게다가 바람에 날아갈세라 턱끈까지 내려 매고 눈썹 위로 푹 눌러쓴 모자 차양도 까마귀 부리처럼 뾰족하다. 그러니 서호 본고장 사람들이나 노형 피난민들이 저 오(吳) 순경을 까마귀 오가라고 부르는 것도 무리가 아니다.

까마귀 오 순경이 메고 있는 총대엔 어서 점호를 끝내라고 태극기가 조급하게 펄럭인다. 흰 광목천 바탕에 청홍 색깔이 아주 뚜렷하다. 새것인 모양이다. 며칠 전만 해도 일본기 히노마루 붉은 원의 반쪽에다 검은 먹칠 바르고 네 귀엔 윷짝을 그려넣어 만든 헐어빠진 기를 달고 나오더니 어느새 새걸로 개비했나? 진작 그럴 거지. 섬사람들이 뒷전에서 얼마나 쑤군쑤군 욕을 했는데. “물건 아낄 게 따로 있지, 발쎄 갈기갈기 찢어발기든가 불태워 없애부려야 마땅헌 일본기를 가지고 대한민국 기를 맹글다니, 저것들은 밸도 소가지도 없는가?” “아이고, 쟈이들이 어떤 것들이라고 속창지를 차릴 것고. 일본놈 치질 똥고망 핥으며 해먹던 것들인디. 같은 섬 동포 갑죽 벗기기를 흉년에 송깃대 벗기듯 하던 것들이 새 나라 경관 노릇을 하고 있으니 오죽헐 거여? 일본기로 태극기를 맹그는 거나 일본 순사 출신을 대한민국 경찰로 맹그는 거나 매한가지가 아니냔 말이여!"

닛뽄도로 멀쩡한 사람 모가지를 겨누고 혼겁하게 으름장 놓던 저 작자도 같은 무리다. 일본 순사가 조센징 목 치던 그 끔찍한 닛뽄도를 새 나라 새 경관이 써먹다니! 저 까마귀 오는 삼팔따라지 이북 출신이다. 그것도 "쉿, 육지 순경 오람져(온다)?" 하면 울던 젖먹이도 경풍 들리게 화들짝 놀라며 울음을 뚝 끊는 무서운 서청 사람이란다. 어찌나 무서운지 같은 순경이면서도 섬것들은 도무지 기를 못 편다. 무섭기가 섬 출신 순경 몇곱절 더 무섭다. 저것 봐라. 오 순경이 얼마나 무서우면 저리도 쩔쩔맬까? 민보단 사람들이 점호가 먼저 끝나는 대로 까마귀 오 순경한테 보고하느라고 앞서거니 뒤서거니 뛰어가며 들쭉날쭉하는 꼴이 가련하구나.

이제 점호가 다 끝난 모양이다. 까마귀 오가 길 복판으로 나와 서서 기세 좋게 호각을 휘휘 불어댄다. 밭담 위의 까마귀가 훌쩍 날아오른다. 출발이다. 귀리집도 잠시 부려두었던 억새뭇 짐을 지고 일어난다. 오백 넘는 울력꾼들은 대충 네댓줄로 떼를 지어 걸어간다. 오늘따라 외도리 울력꾼패가 좀 지체되는지 한길 저편 끝으로 아직 나타나지 않는다.

칼칼한 모래바람에 휩싸인 채 잠시 길을 따라 걷다가 보리밭으로 들어선다. 말이 보리밭이지 한달 넘게 하루에 두번씩 울력꾼들이 왔다 갔다 하는 통에 밭 한가운데로 아주 번듯한 신작로가 나버렸다. 가슴 높이로 둘러쳐져 있던 밭담이란 밭담은 죄다 허물어다 성 쌓는 데 써버려서 이 신작로는 아무 거칠 것 없이 쭉 뻗어나가 있다.

울력꾼들은 이제 성담을 끼고 도령마루 쪽으로 걸어간다. 어른 키의 두배 높이는 실히 됨직한 성담을 올려다보고, 또 성담 따라 끝 간 데까지 눈길을 보내어, 성이 멀리 도령마루 위로 가물가물 기어오르는 모양을 바라보면서 귀리집은 새삼 놀란다. 한달 새에 저렇게 많이 일을 했나? 고생도 되게 하긴 했지. 손끝이 닳아 조막손이 되는가 싶었지. 특히 왼손은 흉측하기가 말이 아니다. 한번 찍힌 돌에 검지는 손톱이 빠지고 중지는 가운데 뼈마디에 흉한 혹이 생겼다. 그러나 내일이면 이 지긋지긋한 역사가 모두 끝난단다. 이제는 설마 울력 나오라는 말이 다시는 없겠지.

바람결이 꽤 차다. 밭 경계선마다 둘러쳐져 바람막이가 되던 밭담이 죄다 없어졌으니 바람은 아무 거칠 것 없이 마구 휙휙 불어젖힌다. 귀리집은 바람이 불어오는 왼편 귀뺨을 머릿수건으로 잘 단도리한다. 등에 진 억새뭇 짐이 바람에 부스럭거린다.

울력꾼들은 여편네들과 열두서너살짜리 어린것들이 대부분이고 어른 남자라곤 벌초한 봉분처럼 머리가 민둥한 중늙은이들이고 젊은 축들은 별반 보이지 않는다. 개중에는 파뿌리 머리칼을 정수리에 옹쳐맨 상투짜리 일흔 넘어 뵈는 노인네도 드문드문 눈에 띈다. 별안간 쌀쌀해진 날씨에 빡빡 깎은 머리빡이 시렸던지 낡은 중절모나 도리우찌, 개가죽 감투, 또 하도 헐어서 죽은 까마귀 날갯죽지같이 몰골이 흉한 남바위를 쓰고 나온 노인들도 더러 있는데, 이들은 묻지 않아도 서호 본고장 사람들이 틀림없으리라. 불탄 우리 노형마을에서 소까이되어 온 사람들이 어느 경황에 저런 방한모를 챙겨 가져올까 말이다.

오도롱만 남겨놓고 다섯 부락 모두가 한날한시에 불타던 노형리 소까이. 저번날 읍내에서 선무공작대가 성담 쌓는 데까지 찾아 올라와서 한시간 동안 말자랑뿐인 시국연설을 늘어놓다 갔는데, 그때 노형 사람들이 제일로 원통해하는 소까이 문제를 놓고 반죽 좋게 너스레 떠는 것을 귀리집은 들은 적이 있다. 산폭도가 양민 가운데 숨어 살기를 머릿니가 걸버시 헌 머리에 서캐 슬듯 하니 어느 하세월에 챙빗으로 굵은니며 가랑니며 서캐를 훑어내 잡을 것이냐. 아예 석유기름 붓고 머리칼을 홀랑 태워버리는 것만 같지 못하다는 거였다. 그래서 마을을 불태운단다. 생사람 대가리에 석유를 부어 불태우다니, 머릿니 잡는다고 생사람 잡는 게 소까이란 말인가. 집과 양식이 불타고, 소개민 중에는 폭도 가족이라고 지목된 여편네들이 여럿 죽고 심지어는 할망, 하르방마저 더러 죽었다.

울력꾼들의 입은 입성 꼴도 모두 말이 아니다. 여편네들은 검은 몸뻬나 흙빛 갈중이에다 갈적삼을 걸쳤고, 남자도 어른 아이 할 것 없이 역시 갈옷 차림이 대부분이다. 모두 몰골사납게 옷이 헐어서 굴왕신같다. 무명에다 감을 먹여 입는 갈옷이 아무리 질기다 해도 한달 남짓 돌을 날랐으니 여태 성할 리가 없는 것이다. 갈적삼 앞섶이 모지라지고, 갈중이는 무릎과 궁둥이가 터져 손바닥만 한 헝겊으로 누덕누덕 기워졌다.

아이들은 헌 갈옷 차림에다 까마귀 똥 내깔긴 듯 허옇게 색 바랜 학교 모자를 쓴 녀석들이 꽤 많다. 모자는 비록 색이 바래고 차양의 이음매 실밥이 터져 아가리가 벌릴 지경으로 헐었지만, 놋쇠 모표는 항상 재로 닦아서 노랗게 반짝거린다. 모자에다 심지어 교복까지 입은 아이들이 더러 눈에 띄는데, 갈아입을 옷이 따로 없어 줄창 교복을 입고 울력 나오는 이 아이들 역시 물어보지 않아도 노형서 소까이하여 온 것들이리라. 난리 때문에 벌써 아홉달이 넘도록 학교가 쉬고 있는 중이지만 이 애들은 통 모자를 벗지 않는다. 오늘 만날 순원이 놈도 저런 옷차림일 테지. 석달 만에 만나는 아들 생각에 가슴이 뭉클해진다. 아서라, 너무 좋아하다간 부정 탈지 모르지.

귀리집은 거세게 머리를 도리질 치며 아까부터 자꾸만 뾰족뾰족 일어나는 아들 생각을 애써 뿌리친다. 자, 그럼 아까 무슨 생각을 하고 있었더라? 옳지, 옳지. 저 소학교 아이들 모자 말이다. 저 아이들이 통 모자를 안 벗으니 무슨 영문일까? 꼭 추워서 쓰고 다니는 것도 아닌 모양이다. 유별나게 덥던 저번 여름에도 항시 쓰고 다녔으니까.

저 아이들은 심지어 뜨거운 땡볕에 밭일 나가도 밀짚 패랭이 대신에 그 후덥지근한 담요천으로 된 모자를 쓰고 다녔다. 4·3사건이 터져 학교 문을 닫은 4월부터 서호부락으로 소까이 내린 10월까지 그사이 예닐곱달은 아직 산폭도 토벌도 지금처럼 좁은 골목에 돼지 몰듯 그렇게 다그치지 않던 때라 아이들은 들에 나가 조밭도 매고, 소도 먹이고, 땔감으로 억새뭇도 지어 나를 수 있었다.

마을 남정네들이 한녘으론 폭도에게 쫓기고 한녘으론 경찰에게 쫓겨 노상 좌불안석으로 피해 다니는 바람에 농사 일손이 달리던 터라, 아이들은 설사 학교 문이 열린다손 치더라도 아마 학교에 다니지 못했으리라. 이 긴 방학은 아이들에게 가위눌린 꿈자리같이 괴로운 세월이다. 항시 일이 손에서 떠나지 않고 오싹거리는 무서움이 닭살 난 피부에 눌어붙어 있다. 그러니까 아이들이 평소에 하도 애지중지해서 학교 갈 때 말고는 쓰지 않던 모자를 밭일, 들일 같은 상일을 하는 데까지 막무가내로 쓰고 다닌 데는 그럴 만한 이유가 있는 것이다. 혹시 난리 때문에 학교를 영영 못 다니게 되지나 않을까, 다시는 학교 모자를 아주 못 쓰게 되는 거나 아닐까, 어서 난리가 끝나고 학교를 다시 다녀야 할 텐데…… 아마 아이들은 이런 걱정에 보채여 무심중에 모자를 쓰고 다니는지 모른다.

순원이도 읍내에 있지 않고 여기 있었더라면 소학교 4학년짜리니까 저렇게 날마다 울력 나오느라고 죽을 고생일 텐데. 온 섬이 난리 북새질이지만, 읍내만은 안전하여 문 닫은 학교가 없다. 아이들은 학교에만 다니면 되고, 성담 울력은 어른들이 나간단다.

그런데 어제 만난 필주 어멍 말이 우리 순원이는 밥 빌어먹느라고 학교에 못 다닌다지 않는가. 그 어린것이 사나끼(새끼)는 언제 꼬아봤다고, 매일 사나끼 타래를 어깨에 둘러메고 이집 저집 다니면서 곡식과 바꾼다더냐. 금세 뜨거운 눈물이 솟아오른다. 아서, 아직 순원이 생각할 때가 아니다. 귀리집은 얼른 두 눈을 슴뻑슴뻑해서 눈물을 나온 구멍으로 다시 길어넣는다.

저 소학교 모자를 쓴 아이들 중엔 오현중학이나 농업학교 아래 학년짜리들이 더러 끼여 있는 모양이다. 머리 피가 채 마르지도 않은 어린것들인데도 나이를 속이느라고 저렇게 소학교 모표를 붙이고 다닌다. 열네댓 어린 나이가 무슨 분수를 알아 폭도 노릇을 하랴. 그러나 올봄에 저희 상급생인 중학 4, 5학년 중에 몇십명이 집단으로 입산하여 산폭도가 된 불상사가 생긴 다음부터는 중학생이라면 모두 한데 싸잡아 의심하게 되어버린 것이다. 개중에는 벌써 코밑이 뜬숯 검댕 묻은 것처럼 거뭇거뭇한 숙성한 놈들도 이따금 눈에 띄는데 그런 아이를 보면 귀리집은 걱정스러워진다. 저러다가 걸리면 어쩌려고…… 카미소리(면도칼)로 슬쩍 밀어버리라고 귀띔해주고 싶어진다. 그러나 이 난리 통에 카미소리는 또 어디 가서 구하나. 저번날 푸지게로 돌을 져 나르던 한 아이가 바람에 모자를 휘딱 날렸는데, 귀리집이 그 모자를 집어서 돌을 진 채 엉거주춤 서 있는 그 아이 머리에 얹어준 일이 있었다. 그때 무심코 모자 속을 들여다보고 얼마나 놀랐던지! 모자 안감에다 헝겊을 대어 몰래 담배쌈지를 만들어놓고 있었다. 저러다가 담배 피운다고 어른 취급 받으면 어찌하려고…… 나이가 원수인 세상에 어른 되려고 하다니. 이 난세엔 아이는 자라서는 안된다. 나이 먹어서도 안되어. 젊은 나이가 죄요 원수인지라 반드시 총 맞거나 죽창 맞아 죽는 날이 오는 법이다.

어떤 아이들은 모자 안에다 철사테를 넣어 순경 모자같이 춤을 높이고 테두리를 팽팽하게 해서 쓰고 있는 게 보인다. 무척 순경이나 병정이 부러운 아이들이다. 아마 커서 그렇게 되고 싶은 게다. 참 꾀가 약다. 그럴 수밖에 더 있겠나. 군경 가족이나 공무원 가족을 빼고는 모조리 산폭도 가족으로 몰아붙이는 세상이니까. 순원이 놈도 면서기가 어려우면 그렇게 만들고 싶구나.

다시 아들 생각이 북받쳐오른다. 오늘도 만나고 내일도 만나게 된다! 내일 끝나기로 된 축성이 하루 늦어진다는 말이 있는데, 제발 그렇게만 되어라. 모레도 만날 수 있게 말이여. 순원이 놈만 더 만날 수 있다면야, 그 고달픈 성 쌓는 울력을 한달 더 하면 어떠랴. 기꺼운 마음에, 가슴이 주체 못할 지경으로 왈랑왈랑 달떠오른다. 콧날이 새큰거리더니 눈망울이 더워진다. 아이고, 내가 방정맞게 시리 이게 무슨 꼴이고.

그러나 울력은 내일이면 끝난다. 서호로부터 돌성을 쌓기 시작한 지 딱 한달 닷새 만인 바로 어제야 비로소 도두·서호·외도리 사람들은 읍내에서 쌓아 올라온 울력꾼들과 도령마루에서 만났던 것이다. 거기 나온 읍내패들 중에서 한동네 살다가 이 난리 전인 작년에 읍내로 이사 간 필주 어멍을 만나 순원의 소식을 들을 줄이야! 오늘 꼭 순원이를 데리고 나온다고 했지. 이제 이삼일만 있으면 성담 축성은 마무리된다. 축성이 끝나면 계엄령 해제는 아니라도 읍내와 도두·서호·외도리 간에 주간 통행이 허락된다고 했지. 오늘 당장 순원이를 만나는 대로 데려오고 싶지만 며칠만 더 참자. 통행허가도 없이 함부로 데려오다간 큰 말썽이 생길지 몰라. 하여간 석달 보름 동안 못 본 사이에 키도 퍽 자랐을 테지. 이때 별안간 참았던 눈물이 한가닥 주르륵 흘러내린다.

귀리집은 얼른 갈적삼 소매 끝으로 코밑을 훔치고 입술을 모질게 깨물면서 부쩍 솟구치는 뜨거운 희열을 참아보려고 용을 쓴다. 석달 반 만에 만나는 이 생시 같지 않은 모자 상봉. 난리 통 속에서 노상 무섬증에 찌들 대로 찌들어온 귀리집에게는 이 벅찬 감동이 오히려 걱정스럽다. 내색을 말아야지. 누가 훼사를 놓을까 두렵다.

호사다마라고, 좋은 일일수록 동티가 잘 나는 법이라는데, 너무 턱 놓고 좋아하지 말아야지. 그래서 귀리집은 아까부터 조심하느라고 자꾸 북받치는 아들 생각을 꾹 눌러 참고 있던 터이다.

해는 꽤 높이 떠오른 모양이지만, 하늘이 묵은 솜같이 꾀죄죄하고 더뎅이 진 구름층으로 켜켜이 덮여 있어서 주위는 아직 둔한 흐린 빛이다.

흐린 날씨로 성담의 돌들이 더욱 거무칙칙해져 구멍이 비룽비룽 뚫린 누룩돌마저 단단히 여물어 보인다. 성담 쌓는 데 쓸 수 없어 그대로 밭에 놔둔 잔돌 무더기 돌담불도 두엄더미처럼 시커멓게 보인다. 걸어가는 사람들의 뒷모습에도 거무끄름한 어스름이 눌어붙어 있다.

귀리집은 자기처럼 땔감 짐을 진 사람을 찾아본다. 그런 사람이 두엇쯤 있을 텐데 훨씬 앞에 나갔는지 뒤에 처졌는지 근처 사람들 중에는 보이지 않는다. 보지 않아도 그 사람들이 진 땔감은 억새뭇이 아니라 화력 좋은 마른 솔가지나 섶나무이리라. 그건 다름 아닌 감독 순경과 민보단 사람들이 오늘 하루 종일 쪼일 화톳불 피울 땔감이다. 그러나 귀리집 것은 다르다. 오늘 도령마루에서 만나기로 된 아들놈에게 갖다줄 땔거리다. 열살짜리가 지고 갈 만큼 조그맣고 가볍다.

그런데 순원이를 데리고 올 필주 어멍에게는 빈손으로 참 미안하게 됐다. 마음 같으면, 한짐 잔뜩 짊어지고 가서 필주 어멍한테도 나눠주고 싶지만, 그렇게 하면 성담 울력이 끝나는 내일모레까지 귀리집이 당장 땔거리가 떨어질 판이다. 성담 울력이 끝나면야 낫에 보리 갈지 않은 밭을 다니며 조그루 일궈다 때기도 하고, 길섶의 마른 푸새나 하다못해 가시 많은 찔레라도 베어다 땔 수 있으련만.

필주 어멍 말이, 중산간 위쪽 오리 밖부터 통행이 금지되어 삭정이, 섶나무, 억새를 못하게 된 후로는 읍내에서도 땔감난으로 생난리라고 한다. 심지어는 말방앗간 지붕 이엉까지 몰래 벗겨다 불 땐다는 것이다. 그런데 순원이는 나무땔감도 아니고 겨우 이 억새 닷뭇으로 몇끼니나 끓여 먹을까? 아니, 끓여 먹을 것이 있기는 하고? 어린것이 사나끼 꼬아 메고 다니며 밥과 바꿔 먹는 반동냥질을 한다는데, 집에 무슨 불 지펴 끓여 먹을 곡기가 있을 말이고.

이런 생각에 가슴이 미어질 듯 답답하다. 다리맥이 풀려 풀썩 주저앉고 싶다. 땔거리보다는 한됫박일망정 곡기를 얻어다주어야 하는 건데. 이 억새뭇 속에 좁쌀 자루가 숨겨 있다면 순원이는 얼마나 좋아할까. 어디서 좁쌀 한됫박도 못 얻고, 고작 억새 닷뭇을 등때기에 달랑 매달고 가는 자신이 죽이고 싶도록 밉다.

그러나 집구석엔 어쩌다 흘린 좁쌀 한톨도 없었다. 있는 거라곤 말린 고구마 무거리 서너줌과 불면 날아갈 밀기울 여남은됫박과 고구마 꽁댕이 한 소쿠리 정도가 고작이었다. 석달 전 소까이 내릴 적에 등짐 지고 온 한말가웃 좁쌀이 여태 남아 있을 리가 없는 것이다. 소까이가 이다지 오래 계속될 줄을 누가 알았으며 또 설사 알았더라도 뒤에서 팡팡 공포를 쏘면서 피난길을 달음질로 가게 재촉하던 판국에, 가슴에 젖먹이를 안고 무슨 짐을 더 질 수 있었으랴. 얼떨결에 빈손으로 내린 사람도 꽤 많았는데……

하여간 서호에 좁쌀 한줌 꾸어볼 연고가 없는 귀리집으로서는 참으로 살길이 막막했다. 어린것에게 젖을 먹이려니 삼시 곡기로 밥을 안해 먹을 수 없어, 그러다보니 한말가웃이 한달 보름이 채 못되어 바닥나고 말았다. 들나물이 없는 겨울철이라 귀리집은 매일 갯바닥을 훑어다니며 보말, 게, 굼벗 따위를 잡아먹었다. 그러나 피난민 생활 처음 두달은 아직 성 쌓는 울력 동원이 없던 때라, 갯바닥은 양식을 조금이라도 아껴보려는 노형 피난민들로 버글거려서, 하루 종일 잡아도 한끼니 때울 만한 양이 못되었다. 기어코 젖샘은 말라붙고 아기는 점점 시들어갔다.

불탄 집터에 가면 그래도 타다 남은 양식이 있을 텐데…… 마을엔 아직도 양식이 있었다. 산폭도에게 빼앗기지 않으려고 땅속이나 작박(돌무더기) 속에다 숨겨놓은 고구마며 좁쌀 섬이 있는 것이다. 귀리집도 정지 바닥에 땅을 파고 쌀독을 묻어놓고 있었다. 지척이 천리라던가, 오리 밖에 고향을 두고도 못 가는 신세가 원통하기 그지없었다. 내 것을 내가 못 먹다니! 안으면 미어질 듯 뼈가래가 앙상한 젖아기를 볼 때마다 당장이라도 노형 집터로 달려가고 싶은 생각이 불같이 일어나 온몸이 덜덜 떨리곤 했다. 밀기울범벅 먹고 젖이 나올 리가 없었다. 풀주머니 쥐어짜듯 두 손으로 아프게 젖을 쥐어짜도 그저 젖꼭지 끝에 이슬 슴슴 맺히듯 할 뿐이었다. 젖배 곯은 아기는 노상 칭얼거렸다. 맥없이 칭얼거릴 뿐 한번 되바라지게 소리 내어 울지도 못했다. 울 힘이 없는 거였다. 거멓게 죽어가는 젖꼭지를 빨아댈 힘도 없었다. 모진 목숨 딸깍딸깍 딸꾹질처럼 이어가다 끝내 죽어버린 아기…… 아기가 죽은 후부터는 단

한번도 온전히 조밥을 해 먹어본 적이 없었다. 돼지 사료인 밀기울에다 고구마를 쑹덩쑹덩 썰어넣어 범벅을 만들어 먹는다. 범벅도 소금이 귀해 바닷물로 간을 맞춘다.

이런 난리 통엔 귀신도 굶기가 일쑤다. 먹어도 밀기울범벅이나 먹는다. 잘해야 낱알이 오글오글 살아 사발 운두 밖으로 도망가려는 조밥이 고작이다. 귀리집은 그끄저께 시아버지 삭제(朔祭)에 명심해서 여투어두었던 딱 한줌 좁쌀로 멧밥을 지어 올렸다. (순원이 아방이 산폭도에게 잡혀간 것이 삭젯날이었으니 이제 생사를 모른 지가 꼭 두달이 되는 셈이다!)

이렇게 돼지 먹이를 사람이 먹으니 똥도 돼지똥 닮아 퍼석퍼석 마른 게 도무지 찰기가 없다. 낮에 성담 쌓는 울력이나 없었으면 서호 사람들한테 맷돌질 품을 팔든지 사나끼 꼬아 팔든지 하면(여자가 결초하면 안된다지만 이런 난리 통에 이런 것 저런 것 따지랴) 곡기도 좀 얻어볼 수 있으련만. 그게 아니더라도 갯가에 나가 우렁이, 게, 성게, 굼벗 따위를 잡아먹어 허기를 메울 수도 있겠지만 울력에 매인 몸이니 어찌하랴. 한달 나흘 중에 겨울비로 울력을 쉰 날이 딱 이틀이었는데, 그때는 물때도 맞지 않는 조금물이었지만 사람들이 까맣게 몰려들어 갯가를 덮었었다. 곡기를 못 먹으니 담가(들것)에 돌 나르는 상일이 힘에 부칠 수밖에 없다. 허기진 뱃심으로 담가를 들자니 자연 허리가 새우등 모양으로 휘고 발이 허청허청 헛논다. 그러다가 담가 속의 돌이 굴러떨어지는 바람에 발등을 찍힐 뻔한 적도 여러번 있었다.

어떻게든 순원이에게 서숙쌀 됫박이라도 마련해주어야 할 텐데.

소까이 내릴 제 가지고 온 병풍을 내다 팔까? 아서라, 그건 안된다. 노형 함박이굴 동네 어떤 여편네가 경황 중에 병풍 하나만 달랑 들고 소까이 내렸는데 식구들이 먹을 게 없이 다 굶게 되자 그 병풍을 팔아 밀기울 한가마니와 바꿔 먹었다고 소문난 적이 있었다. 조상 제사를 어찌 지내자고 병풍을 팔다니. 지방은 써서 손바닥에 붙일 셈이냐고 뒷전에서 입방아를 찧는 사람이 꽤나 많았다. 신주 모시듯 한다는 말이 있지만, 지방이 곧 신주요, 신주를 모시려면 꼭 병풍이 있어야 되는 걸로 알고, 그야말로 병풍을 신주 모시듯 해온 사람들이니 그런 욕을 할 만도 하다.

그렇지만 사람이 굶어 죽는 이 판국에 설사 제상을 가마니때기로 둘러치면 또 어떠랴. 그 여편네가 오죽이나 굶었으면 신주 모시듯 하는 병풍을 팔았을까. 사람이 살아 있어야 귀신도 밥 먹이지, 죽어서 무슨 소용이 있나. 그러나 몇대에 걸쳐 제사, 명절 때나 꺼내 쓰고 평소엔 헝겊 자루에 고이 간수해오던 귀중한 물건을 겨우 두엄 한삽 값에 다름없는 밀기울 한가마니와 바꾼 처사는 참말 어이깔없는 거였다. 그야말로 밥 팔아 똥 사 먹는 격이 아니고 뭣이랴. 무슨 일이 있어도 병풍일랑 팔지 말아야지. 어찌어찌 사정사정해서 좁쌀 몇됫박 꾸어봐야지.

그래서 귀리집은 어제저녁 울력에서 돌아오는 길에 고된 하루일로 축 늘어져 터덜터덜 걷는 사람들 사이를 부산히 비집고 다니면서 알 만한 사람이면 아무라도 붙잡고 애걸해보았다. 그러나 모두 헛일이었다. 아는 사람이라야 뻔한 것으로 노형리 중에서도 다랑굿 사람들뿐이니, 똑같이 밀기울 따위 돼지 먹이를 상식하고 있는 형편에 누가 누굴 도와준단 말인가. 절간 가서 멸치젓 구하는 편이 더 쉬우리라.

귀리집은 어젯밤 집에 돌아와서도 내내 걱정이 그 걱정이었다. 여느 때처럼 바닷물에 절인 배추 줄기를 씹으며 식은 밀기울범벅 몇술 떠먹고는 썩은 나무토막같이 보릿짚 북데기 위에 픽 쓰러졌다. 잠이나 자자. 안될 일을 생각하면 무엇해. 울력으로 지친 몸뚱어리는 천근 무게로 보릿짚 속을 파고들었으나 잠은 좀체 오지 않았다. 귀리집이 노형 다랑굿에서 서로 이웃 간에 살던 영순이 어멍과 함께 들게 된 이 집은 식구들까지 입산해서 텅 빈 도피자 집으로, 동짓달 시린 장판 냉기를 막아낼 요 한장 없어 보릿짚을 잔뜩 집어넣은 것인데, 이불이란 것도 소까이 내릴 적에 좁쌀 자루 위에다 병풍과 함께 얹어 가져온 얇은 누비이불 하나다. 그래서 노상 오슬오슬 한기가 가시지 않는다. 한 철 넘겨 묵은 보릿짚이라 두엄 삭는 것 비슷한 냄새가 났다. 안쪽에 누워 보릿짚 바스락거리던 영순이 모녀는 벌써 잠들었는지 기척이 없었다. 문득 보릿짚 속에 들어 있는 손끝에 깔끄러운 보리 까스라기가 만져졌다. 쭉정이 이삭이지만 반가웠다. 귀리집은 손톱으로 이삭 모가지를 잘라 손바닥으로 까스라기를 비벼 없애고, 앞니로 정성스레 껍질을 벗겼다. 쭉정이 보리알 세낱이 입안에 떨어졌다. 앞니로 씹어봤다. 금방 끈적거리는 침이 한입 가득해지고 배에선 쪼르륵 소리가 났다. 새삼 원통한 생각에 가슴이 울울했다. 아이고, 오리 밖에 섬양식을 놔두고 이것이 무슨 꼴이고. 제 양식 제가 못 먹으면 누가 먹나. 고향 집터엘 다녀와야지! 그렇지만 성 쌓기 전에도 무서워 못 다녔는데 어른

키로 둘 되는 높은 성담을 어찌 넘으며, 성담 밖은 또 키 잠기게 깊이 파놓은 함정에다 실거리나무, 엄나무, 볼레나무 같은 가시나무를 베어다 집어넣었으니 어떻게 그 위를 건너가랴. 더욱이 마을을 쉰발 간격으로 둘러싸고 있는 청년단 초소막에서 "제1막 전달!" "제2막 전달!" 하고 밤새도록 외치는 군호 소리에 지레 오금이 저릴 판이었다. 하지만 총 맞아 죽으나 굶어 죽으나 죽기는 매일반인데, 오금 한번 옴싹 못해보고 앉은뱅이로 앉아 죽기는 싫구나. 창호지창이 먹물 먹은 듯 저리 어두우니 밖은 두억시니 귀신 나오게 캄캄한 모양이다. 잘됐다, 물때를 맞춰 나가자. 썰물이 어느 때쯤일까? 해변까지 내려온 성담은 밀물이 닿지 않는 언덕바지에서 끝나고, 그 성담 끝에 의지해서 감태눌(보리밭 거름으로 쌓아놓은 해초더미)로 눈가림한 초소막이 있다. 밀물 때면 성담 밑 언덕 허리춤까지 물이 덩실 추어올라 초소막 곁으로 들쥐 한마리 얼씬 못하지만, 썰물 때면 물끝이 많이 내려가 험상궂은 바위가 삐죽삐죽 솟은 갯바닥이 드러난다. 그 바위들 뒤로 몸을 숨기고 엉금엉금 기어가면 초소막에서 안 보이겠지. 그런데 문제는 자갈 밟히는 소리다. 물풀 붙은 돌막들이 자꾸 발에 미끄덩거려 부딪칠 텐데 어찌하나? 아무래도 안되겠구나. 이번엔 들키면 용서없겠지. 그 까마귀 오가가 기어코 날 죽이고 말 게다. 저번엔 혼겁 주느라고 닛뽄도 칼등으로 어깨를 후려쳤지만, 이번엔 정말 칼날을 세우고 모가질 내려칠 것이다. 결국 귀리집은 어젯밤은 이렇게 갈까 말까 망설이다가 뜬눈으로 밝히고 말았던 것이다.

밤불이 아니었더라면, 아마 한달 전 그날 일이 들키지 않았을 게다. 그날은 오도롱 소까이날이었다. 귀리집이 피난 내린 것은 석달 전 너븐드르, 진중이, 다랑굿, 함박이굴 같은 부락이 소각되던 노형 1차 소까이 때이고, 그 두달 후인 그날은 2차 소까이로서 노형리 중 마지막으로 남아 있던 오도롱부락이 불에 탈 때였다. 그 2차 소까이날 중낮이 좀 지나서 귀리집은 서호지서 순경들과 청년단이 군인을 따라 오도롱 소까이에 몰려간 빈틈을 잡아 다랑굿 집터로 올라갔다.

집터에 서 있는 거라곤 화기를 먹어 붉어진 돌담벽과 붉게 녹슨 솥 두개가 걸린 부뚜막뿐이었다. 불에 타지 않게 헛간에서 울타리 돌담까지 옮겨다 세워놓은 멍석 세닢과 항나무 제상이 온데간데없었다. 서호 것들이 지서와 짜고 노형 집터에 들어가 가재도구와 양식을 실어내온다는 소문이 있더니 그게 사실인 모양이었다. 풀썩거리는 재 위에는 숯등걸이 된 서까래들과 깨어진 독이 뒹굴고 붉은 못들이 지렁이떼처럼 우글거리고 있었다. 귀리집은 재를 파헤쳐 좁쌀을 찾았다.

그런데 순경과 민보단들이 미처 오도롱에서 돌아오기 전에 후딱 내려왔더라면 괜찮았으련만 저물녘까지 지체한 것이 탈이었다. 처음엔 그럴 양으로 부랴부랴 서둘렀다. 어서 바삐 서둘자. 영순이 어멍에게 맡기고 온 아기 젖 보채는 소리가 귀에 쟁쟁했다. 어서 가서 좁쌀미음을 쒀 먹여야지. 찐고구마는 입에서 아무리 침을 반죽해서 녹여도 백일 갓 넘은 젖먹이는 제대로 삭이지 못했다. 노상 배탈이었다. 고작 오리밖에 안 떨어진 곳이라 오도롱 위 하늘엔 불티가 까맣게 날고 불아지랑이가 너울너울하는 게 다 보였다.

억새뭇 속에 좁쌀 자루를 파묻고 잘 단도리해서 짊어지고 구루마 길을 피해 마소 다니는 밭과 밭 사이 밭담으로 에워진 소롯길을 잰걸음으로 내려오는데 별안간 오도롱부락에서 팡팡 총소리가 여러발 터졌다. 막상 총소리를 듣자 귀리집은 그만 오금이 저리고 말았다. 작전 중엔 아무라도 눈에 띄는 대로 총 맞힌다고 않던가. 내려가는 도중에 다행히 총 가진 사람들한테 안 걸려든다 해도 서호부락 사람들 눈에 띌 게 또 두려웠다.

그래서 들키지 않게 날이 저물어 어두운 다음에 내려가기로 맘먹고 솔수펑에 몸을 숨기고 기다린 것인데 그게 불찰이었던 거다. 오도롱부락을 태우는 불이 오리 바깥 어둠까지 살라먹을 줄이야. 날빛에 바래어 몰랐던 불빛이 밤 되자 큼직하게 되살아나 하늘을 찌르고 구름을 붉게 물들여서 오리 밖까지 훤하게 밝혀놓았다. 불빛에 몸이 드러나지 않게 불그죽죽 불빛에 물든 밭담에 바싹 붙어 초소막과 초소막 사이를 조심해서 지나는데 그만 등짐에 잘못 부딪친 밭담 돌막 두어개가 굴러떨어지는 바람에 들키고 만 거였다.

지서로 끌려갔다. 그 앞을 지나노라면 가끔 울부짖는 비명 소리가 나고 불에 달군 삽으로 엉덩이를 지글지글 지지는 냄새가 고약하게 풍긴다는 곳이었다. 까마귀 오가가 닛뽄도 칼끝으로 동냥자루같이 때 묻고 누덕누덕 기운 쌀자루를 북 찢어발기자 추렴돝 배 갈라 더운 내장 쏟아낸 듯 탄 좁쌀이 꾸역꾸역 밖으로 밀려나왔다. "이 에미나이야, 고개를 들라." 푹 숙이고 있는 턱밑으로 칼끝이 파고들었다. 순간 턱살이 베이는 찌릿한 고통으로 온몸에 소름이 무섭게 쫙 끼쳤다. 꿇린 무르팍 위에 얹힌 손등에 핏방울 하나가 뚝 떨어졌다. 까마귀 오는 모질게 옥다문 이빨 새로 무섭게 말을 뱉었다. “칵 죽이기 전에 바른대로 불라. 네레 이 양식 개지구 산에 오르려구 기랬디?” 양식 구하러 집터에 다녀오는 줄 번연히 알면서 그걸 거꾸로 양식 지고 산에 오르다 잡힌 걸로 둔갑시키는 걸 보니 살아서 나가기는 글렀구나 하는 절망적인 생각이 가슴을 쳤다. 소까이 지역에 들어간 것만도 죽을죄라는데 양식 지고 산에 오르다 들켰다면 더 말할 나위가 없다. 게다가 소까이 전 노형에 있을 때 귀리집네가 반동 가족이라고 산폭도에게 당한 사실도 인계받아서 알고 있을 텐데 시침을 뚝 떼고 있는 것이다. “아니우다, 아니우다. 젖 못 먹어 다 죽게 된 물애기(젖먹이)를 놔두엉 이년이 어디라고 산엘 올라갈 말이우꽈? 먹을 것 가지레 집터에 갔다 오는 길이라 마씸. 어린것 따문에…… 죄짓는 줄 알멍서도…… 다시는 안하커매, 한번만 용서해줍서, 한번만 용서해줍서게.” 겁에 질려 목이 꽉 쉬고 눈물이 다급하게 한번 좌르르 흘러내렸다. 이번엔 칼끝이 섬뜩 목에 와닿았다. 움찔, 전신이 긴장으로 빳빳하게 굳어졌다. “이 에미나이가 죽어도 옳게 죽구 싶디 않는 게로구만. 정 바른대로 대지 못하가서, 엉? 어드런 산으로 올라갈 작정이었디? 눈오름이야, 민오름이야, 남주봉이야, 엉? 말 못하가서? 너이 서방 있는 산이 어드메야?” 하고 당장 칼끝으로 간을 낼 듯이 설치더니 까마귀 오는 갑자기 히죽해죽 음산하게 웃으면서 난로 곁에 앉은 다른 순경 쪽을 바라봤다. “어이, 박 순경, 요 불여우 같은 에미나이가 거짓말하는 걸 좀 보라우. 불두덩이 슬슬 근지러워 저이 서방 찾아가던 중이라고 솔직히 말 못하고설라무니.” “흣흣, 슬슬 또 시작하누만.” 박 순경은 심드렁하게 대꾸했다. 책상 위 사기 물컵을 톡톡 치던 칼끝이 다시 들어왔다. 지체 없이 갈적삼 옷고름을 끊고 앞섶을 헤치고 들었다. "옷 벗으라우!" 올 게 왔구나. 가슴이 철렁 내려앉았다. 다음 순간 가랑이 사이로 알 수 없는 호된 아픔이 왔다. 젊은 여자는 죽일 때 언제나 벌거벗긴다잖는가. 닛뽄도로 젖퉁이를 도려내고 가랑이 사이를 칼자루까지 깊숙이 찌른다는 소문이다. 벗은 채 무릎 세우고 엎드리게 하여 항문 밑을 겨냥해 총 쏘기도 한단다. 그렇지만 그건 다 여자 폭도나 폭도 가족일 게다. 설마 나 같은 무죄한 여자야 어쩌지 않겠지. 너븐드르 어떤 여편네도 밭에서 당장 뽑은 무를 대검으로 말뚝같이 깎은 것으로 쑤셔넣어 자궁을 다쳤지만 죄 없으니까 죽이진 않았다는데…… 무 말뚝에 벌겋게 배어든 피가 눈에 선하게 보이는 듯하여 귀리집은 다시 가랑이 새를 흠칫 움츠렸다. 귀리집은 부들부들 떨리는 손으로 갈적삼을 벗었다. 몸뻬 안에 입은 검정 깡동치마 말기가 젖가슴을 단단히 처매고 있었다. 그러나 칼끝은 치마끈을 익숙하게 다룬다. 치마끈이 끊어진다. 귀리집은 눈을 감은 채 사시나무 떨듯 와들와들 떨었다. 치마는 허리께에서 몸뻬 위로 내려뜨려졌다. 박 순경이 참견하는 소리가 들려왔다. "얼굴 밴밴하다구 너무 뎀비지 말라. 씻도 않고 똥째 먹을랜? 이 섬 에미나이들은 생긴 거이 밴밴할수레 몸에서 냄새가 지독하더라야!" "섬것들이라 아주 미개해. 사시장철 밑물질도 안하는 것들이야. 그 구녕에다 썩은 조기로 젓 담그는지 냄새가 원……" "걸 몰라서? 다 일부러 기러는 거이야. 몸때건 아니건 나들이할 때면 일부러 빨지 않은 냄새 지독한 월경 서답 차고 다닌다구. 밭고랑이건 신작로 바닥이건 보기만 하문 아무 데서나 딥다 덮티니끼니 노래기처럼 일부러 고약한 냄새를 피우는 거이야. 기래서 저넌들이 갈중이 갈적삼을 매일 입다시피 허는 거디. 데걸 입고 들에 가면 흙색하고 똑같아 눈에 안 띈단 말이야." "이년두 보나 마나 썩은 피걸레 찼을 거야. 그런데 이것 좀 보라. 젖퉁이에 때가 까맣게 눌어붙었는데 젖꼭지 둘레만 달무리같이 허연 걸 보라. 어젯밤 데넌 남편이 산에서 내려와 빨고 간 거이 아니가?" 아기가 젖 빨아 그렇다고 미처 변명하기도 전에 갑자기 솥뚜껑 같은 손바닥이 오른쪽 젖통에 덮쳐들어 억세게 움켜쥐었다. 아프게 비튼다. 다음 순간 까마귀 오는 질겁하면서 손을 놓았다. 젖줄기가 얼굴에 찍 뿜어져나온 모양이다. "이년이!" "헛헛헛, 그것 보라우야. 내레 너무 뎀비디 말라구 안 그랜?" 까마귀 오는 손등으로 얼굴을 닦으면서 욕지기난 듯 두어번 진저리를 치더니 쌍욕을 고래고래 내지르면서 닛뽄도를 휘둘렀다. 그때 그녀는 칼등으로 때리는 걸 칼날로 치는 줄 알고 얼마나 혼겁했던가.

귀리집은 그날 다행히 더이상 추궁당하지 않고 놓여났지만 금싸라기 같던 서말 좁쌀은 그만 빼앗기고 말았다. 서말 좁쌀이라면 윽박지르지 않더라도, 귀리집 같은 애기어멍이 아닌 반반한 처녀를 데려다가 사타구니에 움집 짓고 살 만하다.

하여간 곡기를 못 먹으니 자연 젖이 말라붙어 수세미가 될밖에 없었다. 좁쌀미음도 없어 찐고구마로 시름시름 보름을 더 연명하던 아기는 생후 넉달 만에 밴댕이같이 말라비틀어져 시들고 말았다. 노래기라도 회쳐 먹을 식성으로 걸귀처럼 이것저것 주워 먹으며 젖 만들려고 안달복달하던 때와는 달리 막상 아기가 죽고 보니 그냥 덤덤한 심정이었다. 모진 목숨, 살아 더 고생하느니 차라리 잘 죽었다는 안도감마저 들었다. 아마도 이런 심정은 그게 유독 자기에게만 닥친 불행이 아니고, 노형서 소까이 온 여편네 중에 젖아기를 가진 사람이라면 대개 당하는 일이라 그랬을 것이다. 그러나 지금 귀리집은 이름 석자 지어주지 못한 채 죽은 그 어린것 생각에 새삼 가슴이 뭉클해진다.

귀리집은 흰 눈 덮인 한라산 목장지대에 눈을 준다. 아방이 곁에 있었더라면 벌써 아기 이름을 지어주었을 텐데. 아니, 그이는 지금 저 목장 어느 굴속엔가 숨어 살면서 아기 이름을 벌써 생각해두고 있는지 몰라. 아기가 죽은 걸 알면 얼마나 애통해할까? 그끄러께 다섯살배기 순구를 호열자로 잃고, 이틀 낮 이틀 밤을 꼬박 먹지도 자지도 않고 울기만 하는 자기에게 "자식새끼사 다시 낳으면 되는 거여" 하고 위로해주던 남편이지만, 또 아기를 죽여놨으니 무슨 낯으로 그이를 대할까? 이제 남은 혈육이라곤 순원이 하나뿐이다. 그놈은 무슨 일이 있어도 무사하게 키워야지. 그런데 당장 오늘 만나는데 먹을 것 한줌 갖다줄 게 없구나. 집터엔 잿더미 속에서 양식이 썩고 있는데 굶어야 하다니, 무슨 이런 놈의 세상이 있는가? 제것 제가 못 먹고 누가 먹는가. 아이고, 먹긴 누가 먹어, 도두, 서호 것들이 먹지. 도두, 서호 것들이 지서와 짜고 훔쳐 먹는다지 않는가. 귀리집은 노여움이 불끈 치밀어올랐다. 우리 것을 왜 저들에게 빼앗겨? 왜? 계엄령만 해제되면 되를 말로 갚겠다고 그렇게 애걸복걸했건만 저들이 언제 고구마 한 꽁댕이라도 꿔어주던가.

하기야 서호가 물질하는 사람이 많은 해변부락인데 바다에 못 들어가게 법으로 떡 금해놓고 있고, 또 농사라야 물질하는 짬짬이 지어놓은 섬곡식도 못되는 것으로 제 앞가리기도 벅찬 형편에 어떻게 남을 도와줄 여유가 있으랴. 그렇지만 서호 사람들 중에는, 없기도 하지만 있어도 노형 사람 꿔어줄 것은 없다고 아주 드러내놓고 냉대하는 데는 정말 기가 막힐 노릇이었다. 그 까닭이란 게 어처구니없는 것으로, 노형이 한때 유림촌이었던 시절에 서호부락은 물질하는 보제기(어부), 해녀가 많은 곳이라고 하대한 데 대한 품앗이란 거였다. 그렇지만 그게 어느 하세월 얘긴가. 그걸 여태 고깝게 여기다니. 그건 그렇다 치고 민보단에서 행세깨나 하는 작자들이 지서와 짜고 제 식구들을 남의 고장, 노형 집터에 보내어 비장된 양식을 파내고 가재도구를 실어나른다니 분통이 터질 노릇이다. 그 작자들은 제 집터에서 제 양식을 가지고 오는 귀리집을 오히려 죄인 취급 하여 지서에 넘겼던 것들이다. 다리(교래리)·송당(송당리) 말피쟁이(말백정)보다 더한 것들! 왜 우리 것을 느이들이 먹느냐. 우린 양식 먹고 삭일 오장육부가 없다더냐. 이런 억울할 데가 어디 있나. 안된다, 안되어. 내가 먹어야겠다. 느이들이 도둑질한 것을 내가 도로 뺏어먹어야겠다. 그래! 털자! 내가 진작 왜 이 생각을 못했나. 초소막을 지나서 고향 집터에 다녀오기보다야 수월할 테지. 그러나 저것들은 잠귀가 빠르다. 지서의 이북 것들과 노상 똥창을 맞붙이고 다니며 행세하는 작자들이라 제 식구를 성담 울력에서 빼놓고 있는 것이다. 낮에 성담 울력 없이 지내니 피곤할 턱이 없고, 피곤하지 않으니 밤에 잠귀가 밝을밖에. 그건 안되겠구나.

역시 만만한 데 말뚝을 박는다고 안됐지만 성담 울력 다니는 집을 택해야겠다. 지쳐서 초지녁부터 곯아떨어지는 집, 양식도 좀 있는 집 말이다. 너무 욕심내지 말고 딱 한말만. 너무 무거우면 울담을 넘길 수 없다. 또 쌀자루도 터진 구멍이 있는지 없는지 날이 저물기 전에 찬찬히 살펴둘 일이다. 바늘구멍만큼이라도 터진 데가 있으면 좁쌀이 새어나와 도망가는 꽁무니를 졸졸 따라올 테니까. 내일엔 무슨 일이 있어도 순원이한테 양식을 갖다주어야지. 내일 석되, 모레 석되, 전대 속에 넣어 몸뻬 속 허리에 차고 몰래 갖다주어야지. 어서 밤만 되어라.

높하늬인가보다. 몹시 맵고 아린 고추알바람이다. 무명수건으로 얼굴을 싸맸건만 퍼렇게 서슬진 바람 끝이 볼따구니를 홱홱 할퀴고 갈적삼 앞섶을 파고들어 속가슴을 냉하게 만들었다. 걸음을 옮길 때마다 몸속에 넣은 부대종이가 맨살에 비벼대는 소리가 서걱서걱 일어난다. 속에 껴입을 옷이 없어 무명 갈옷 홑벌 속에다 양회부대 종이때기를 가슴팍과 등판에 끼워놓고 있는 형편이라 귀리집은 전신이 오그라붙듯 추웠다. 정이월 바람에 검은 암소 뿔 굽는다더니…… 귀리집은 바람 불어오는 바다 쪽으로 힐끗 눈을 준다. 방금 가로질러 건너온 일주도로에는 모래바람이 뽀얗게 일고 있고, 그 너머 해변가의 도두봉 양옆으로 뽕그랗게 부풀어올라 있는 바닷물마루(수평선)는 높하늬바람에 부대껴 험상궂게 울퉁불퉁하고 흰 거품을 일으키는 물이랑들이 수없이 바다들판을 뒹굴고 있다. 깔축없이 갈치떼가 허옇게 뜬 격이로고. 참말 저것들이 몽땅 갈치떼라면 얼마나 좋을거나. 하룻밤 배 띄워 흔전만전 잡아다가, 빈

몸으로 이 해변에 소개해 와서 굶기를 밥 먹듯 하는 우리 노형마을 사람들 곯은 배를 한번 양껏 채워나봤으면…… 노란 햇조밥에 구운 갈치. 구울 때 들러붙은 검정 조짚불 재도 털지 않고 먹는 그 살진 맛이라니. 조바심 철이면 해변가 도두 서호 아지망들이 대구덕에 갈치를 지고 올라와 팔았었지. 생각이 여기에 미치자 당장 배속에서 꼬르륵 소리가 나고 오목가슴이 쓰려왔다. 점심을 안 먹은 귀리집은 오늘만은 아들놈을 만나 점심을 같이할 요량으로 조반을 굶고 있는 터이다. 몇발짝 못 걸어가 이번엔 얼핏 어지럼증이 일어나 희뜩희뜩 헛것이 보인다. 다리맥살이 빠져 주저앉고 싶은 것을 겨우 참고 계속 걸어간다.

하지만 저 바다에는 주낙배를 띄울 수 없다. 온 섬 포구의 배란 배는, 심지어 자리테우(뗏목배)마저 모두 뭍에 끌어올려져 배 밑굽이 이끼와 잡초에 싸인 채 몽창몽창 썩어가고 있다. 고기 잡던 보제기 남정네들이 폭도로 의심받아 산으로 들로 굴을 찾아 도망쳐 버려서 배 부릴 사람이 없기 때문만은 아니다. 그래도 해변부락들은 중산간보다는 덜 의심받아서 남정네들이 더러 남아 있는 편이다. 그러나 그네들도 배를 탈 수 없는 것은 마찬가지다. 그물, 닻, 삿대, 돛 등 마을의 모든 선구가 민보단 단장 집에 압수되어 들어가 있기 때문이란다. 폭도들의 해상 탈출을 막기 위해 입어(入漁)금지령이 떨어져 있는 터라, 뭍 가까운 얕은 물에서 하는 해녀들의 물질마저 허락되지 않는다. 해녀들의 궁둥짝같이 넓적둥글한 테왁도, 그물 망시리도 좀먹어 구멍 쑹쑹한 추녀 기둥에 걸린 채 하늬바람에 덜그럭덜그럭 흔들리고 있을 뿐이다.

계엄령이 떨어져 있는 저 제주바다에는 배가 뜨지 않는다. 항시 감시 군함 두엇이 앞바다를 오락가락할 뿐 쪽박 하나 뜨지 않는다. 귀리집은 다시 바다로 눈길을 돌린다. 그러나 흐린 바다 물빛에 어울려 잿빛 군함들은 얼른 눈에 띄지 않는다. 잠시 두리번거리며 찾아보니 하나는 한림 쪽을 향해 막 시야 밖으로 사라지는 중이고 다른 하나는 멀리 수평선까지 흘러가 파도에 가려졌다 보였다 하고 있다. 이렇게 사방이 바다로 꽉 막혔으니, 산에 오른 사람들은 모두 독 안에 든 쥐일 수밖에. 바다를 막아놓고 군경 합동 토벌군은 섬을 뺑 둘러 해변에서부터 쭉 훑어올라간단다. 폭도들이 해변을 습격해올 때 숨을 만한 해변가 일주도로 근처 밭담이란 밭담은 죄다 허물고, 솔수펑, 수리대(구릿대)밭도 태우고, 폭도들이 죽창 만들지 모른다고 왕대밭도 태우고, 핑계 김에 마을 정자나무, 늙은 팽나무 신목도 잘라 팔아먹고, 당도하는 중산간 부락마다 모조리 불태워 그 불기에 몸을 녹이고, 한라산을 중심으로 포위망을 점점 좁혀간다. 이젠 뛰어봐야 그 풀밭이 그 풀밭인 메뚜기 꼴이다. 이건 몰이사냥이다. 옛날 육지서 들어온 제주 목사(牧使)들이 농사일에 바쁜 섬 백성을 온통 몰이꾼으로 내몰던 노루 사냥이 그랬듯이 이 잡듯이 샅샅이 훑어올라간단다. 몰이사냥엔 노루 말고도 지다리(오소리), 산토끼같이 작고 변변치 못한 것들도 몰이꾼 몽둥이에 맞아 죽게 마련이다. 산폭도 사냥이야 백번 옳지만, 혹시 멀쩡한 양민은 어찌 되나? 순원이 아방처럼 다만 남자로 태어난 것이 유죄라 산에 오르지도 해변에 내리지도 못해 중산간의 동굴 속에 숨어 썩은 말고기를 먹고 산다는 남정네들은 어찌 되나? 불구의 몸이라 미처 피난 못 가고 불탄 집터에 타다 남은 조짚가리 속에 숨어 사는 할망하르방들은 어찌 되나? 혹시 폭도 가족으로 몰려 애매하게 죽게 될까봐 두려워서 차마 해변으로 내리지 못하고 마른 냇가 동굴로 숨어든 아녀자들은 또 어찌 되며……

게다가 요사이 들어서 토벌군도 육지 부대로 바뀌었다고 사람마다 걱정이다. 그전 토벌군은 이 고장에서 창설된 부대로 삼분의 일가량이 섬 출신이라 같은 섬 출신의 폭도를 처벌하는 데 적당하지 못하단다. 좁은 섬바닥이라 서로 알음알음해서 따져보면, 구정물 튀어간 사돈의 팔촌일망정 연결되게 마련인데 어떻게 호락호락 총질할 수 있겠느냐는 판단이었던가보다. 사실 계엄령이 뭔지, 소까이가 뭔지도 모르고 불탄 집터에 그대로 남아 있다가 붙잡힌 할망하르방들이 산폭도로 몰려 다 죽게 된 것을 섬 출신 병정들이 들어서 더러 살려주기도 했던 모양이다. 그렇지만 그게 처음 몇번은 통할지 몰라도 내내 먹혀들어갈 수 있는 것이 아니었나보다. 항상 씨원씨원하게 즉결처분을 좋아하는 육지 병정들이 이런 간섭을 달가워할 리가 없지. 그렇고말고. 게다가 이런 늙은이들 중에는 사실 마소 찾으러 다닌다는 핑계로 산폭도와 연락을 취하는 하르방이 없지 않았고, 오줌허벅 지고 마늘밭에 오줌거름 주러 갑네 핑계하고 실은 허벅에다 오줌 아닌 간장을 담고 산에 오르는 할망도 있었다 하니 자연히 두둔하는 말문이 막힐 수밖에. 그래서 육지 병정들은 섬 출신 병정들이 폭도를 두둔하는 걸 보니 역시 가재는 게 편이라고 마구 닦아세웠다. 아무리 애걸복걸 그렇지 않다고 변명하여도 이들은 무작정 오해하기로 작정한 사람들이었다. 섬 백성이라면 모두 한통속으로 싸잡아 생각하길 좋아하는 그 육지것들은 병정이나 순경이라도 섬 출신이라면 으레 검은자위 곯은 흰창 눈으로 흘겨보며 못 미더워 한단다. 그래서 자칫 잘못하다간 숫제 빨갱이로 몰릴까 두려운 섬 출신 병정 중에는 의심받음직한 행동거지는 물론 안할뿐더러 심지어는 한술 더 떠서 포악한 짓을 먼저 저지르고 다니는 축도 더러 있던 모양이다.

이렇게 개밥에 도토리처럼 괄시받아 처신이 곤란하던 섬 출신들은 이제 육지로 쫓겨나고 새 토벌군이 입도하였단다. 섬 출신이 끼여 있어도 그토록 두렵던 토벌군인데, 섬 출신은 폭도 토벌에 맞지 않다고 죄다 육지 병정으로 바꾸었으니 이젠 정말 큰일 났다고 사람마다 걱정이 태산 같다. 그러나 아무리 포악하다 해도 설마 서청만큼이야 않겠지. 서청이 득시글한 경찰은 안 바꾸고 국방군만 바꾸다니. 미친개 눈엔 성한 사람 없다더니, 섬사람이라면 모조리 폭도로 보는 서청의 미친 백정은 왜 안 바꿔주나. 바꾸기는커녕 서장자리까지 서청이 차지했고, 섬에 하나 있는 신문사도 빼앗았단다.

순원이 아방은 벌써 죽었을지도 모른다. 차라리 죽더라도 까마귀 모르게 죽었으면. 아무 날 아무 시에 죽었다는 기별이 제발 오지 말았으면. 그러면 어디엔가 살아 있겠거니 하는 미련이 남게 되고 이 실낱같은 미련에 매달려 사노라면 차츰차츰 체념을 배워 제풀에 포기하게 되리라. 귀리집은 아마 죽었다는 기별을 받은 그 당장에 자기가 실성하고 말 거라고 생각한다. 귀리집은 남편 생각에 가슴팍이 맷돌짝으로 짓눌린 것처럼 저릿저릿하고 답답하다. 순원이 아방이 폭도에게 붙잡혀간 것은 두달 전 시아버지 삭젯날이었다.

시아버지는 그 두달 전인 6월에 고소몰동산 솔밭에서 생솔가지 친 것을 말에다 한바리 싣고 당신도 한짐 지고 내려오다가 어찌 잘못 넘어져 등짐이 머리 위로 휘딱 넘어와 가슴 앞에 떨어지는 바람에 숨 막혀 돌아간 거였다. 초상 때 조문 온 사람들은 한결같이 잔병치레 한번 없이 정정하던 양반이 하필이면 등짐 넘어가 죽다니 너무 어처구니없는 일이라고 혀를 찼다. 그러나 죽어도 총이나 대창 맞고 죽는 이 막된 세상에 이런 허무한 죽음이 차라리 복된 것이 아닐까 하고 생각하는 귀리집이다.

그 무렵만 해도 경찰과 사이가 나빠 국방군이 폭도 토벌에 발 벗고 나서지 않던 때라 아직은 초상을 못 지낼 지경으로 마을이 결딴나 있지는 않았다. 심지어 동네 출신 산사람도 두엇이 몰래 내려와서 조문할 정도로 경계가 한산했다. 그런데 결국 그게 화근이 되고 말았다. 그들은 사람들 눈에 띌까봐 직접 초상집으로 들어오지 못하고 울담 너머 영순네 집에 몰래 와 있으면서 사람을 보내 상주를 만나자고 했다. 상주와 맞절하며 예를 차리긴 했지만 그건 조문이 아니었다. 조문을 핑계로 와서 이젠 더이상 차일피일 미루지 말고 삼우제가 끝나거든 지체 없이 입산하도록 하라고 강요한 거였다. 그 작자들이 삼우제 끝날 때를 맞춰 다시 찾아올 것이 틀림없으므로 남편은 삼우제를 치르지 않고 이튿날 장례를 끝내자마자 밤중에 읍내로 피신할 작정이었다. 그런데 그날로 그만 일이 벌어지고 말았다. 동네 사람 누군가가 그날 조문 온 산사람들을 보았던 모양이다. 지서에서 들이닥쳤을 때는 폭도들이 이미 고소몰동산을 넘어간 뒤였다. 이튿날 장례가 끝나는 걸 기다렸다가 지서에서 와서 남편을 붙잡아갔다. 장례를 치르느라고 이틀 밤을 꼬박 뜬눈으로 새우고 부친을 불의에 여읜 슬픔에다 손님 치다꺼리로 기진맥진해진 몸뚱어리를 그들은 물 축인 짚을 덩드렁마께(나무메)로 북데기나게 두들기듯 밤새도록 자근자근 조져놓더란다. 그러면서 산폭도가 일부러 산에서 내려와 조문할 정도면 보통 사이가 아닌 모양인데 그들과 한패가 아니냐? 왜 그들을 만나고도 신고하지 않고 있었느냐? 하고 다그치더란다. 그러나 아무리 산폭도라 하지만 일년 전만 해도 친구로 지낸 처지인데다 명색이 조문이라고 찾아온 사람을 어떻게 신고할 수 있겠는가. 다른 때라면 몰라도 무사히 장례를 치러야 할 상주로서는 주위에서 신고하겠다고 날뛰어도 쉬쉬하고 말려야 할 입장이었다. 아니, 뭐니 뭐니 해도 나중 보복이 두려워서도 신고한다는 건 엄두가 안 나는 노릇이었다.

아침이 되어 앞집 영순이 아방 등에 업혀나온 그이는 꼬박 열흘을 몸져누웠다. 생각했던 대로 삼우제 끝나는 날 그이를 데리러 산에서 내려왔지만 그 꼴을 보고는 그냥 돌아갔다. 그들은 혹시 꾀병이 아닌가 하고 직접 옷을 들쳐보기까지 했는데 온 데가 푸릿푸릿 멍들고 부어 있으니까 제법 호기롭게 결기를 내며 어쩌구 지서를 욕했지만, 고양이 쥐 생각해주는 격으로 조금도 달갑지 않았다. 언제 또, 바로 그 이튿날로 데리러 올지 몰라 마음이 불안한 남편은 아직 부기도 제대로 빠지지 않은 몸을 자전거에 실었다. 출근하던 여느 때처럼 핸들에다 흰 보자기에 싼 도시락 둘을 매달고 짐받이에는 책보를 허리에 맨 순원이를 태웠다.

주정공장 서무일 보는 남편과 읍내 소학교 다니는 순원이는 아침마다 그렇게 같이 자전거를 타고 두참 길을 다녔던 것이다. 작년에 아방이, 읍내 학교가 잘 가르치니 순원이를 거기로 전학시키자고 했을 때 귀리집은 처음 아직 종아리가 여물지 않은 3학년짜리 어린것이 어떻게 두참 길을 걸어다닐 것이냐고 반대했었다. 아침엔 출근하면서 아방이 자전거를 태워다주면 되지만 돌아올 때가 문제였다. 저녁 늦어야 퇴근하는 아방과 자전거를 같이 타고 오려고 반나절 시간을 동동 기다릴 수는 없는 일이었다.

그러나 순원이는 아무 불평 없이 걸어서 집에 돌아오곤 했다. 노형서 같이 통학하는 두세살 위 5, 6학년짜리 대여섯명과 길동무로 재미있게 어울려다니는 모양이었다. 걷는 게 싫증나면 밭담 위에 엎드려 흐드러지게 열린 먹딸기를 입술이 검도록 따먹고 남의 밭 무도 뽑아 먹었다. 도령마루에 오면 숫제 책보를 팽개치고 잔디 좋은 쌍무덤 위에서 날이 저물도록 씨름하다가 자전거 타고 지나가는 아방 꽁무니에 매달려 집으로 돌아올 때도 있었다.

그날 아방, 아들이 자전거 타고 피신 간 십리 길을 귀리집은 너말 보리쌀 짐을 지고 쉬엄쉬엄 뒤쫓아갔다 왔다. 지금 생각하면 그때 양식을 두어번 더 날라다주지 못한 것이 참말 한스럽다. 그랬으면 지금 순원이가 밥 빌어먹으려고 사나끼 꼬지 않아도 될 것인데…… 아방이 월급 타니까 먹고살기야 걱정 없겠지 한 것이 잘못 생각이었다. 팔자에 없는 호래비 생활 한달 만에 8월 삭젯날 순원이만 읍내에 남겨놓은 채 마을에 왔다가 폭도들에게 붙잡히고 말았으니…… 읍내로 피신해갈 때 마을 땅에 다시는 발 디디지 말라고 시어머니랑 둘이서 얼마나 신신당부했던가. 상주 된 몸으로 삭망제에 자주 빠지는 게 아무리 괴롭다 해도 마을 폭도가 기다리는, 또 이제 막 계엄령이 내려 길이 차단되고 사람 왕래가 금지된 위험한 곳을 어디라고 기어왔더란 말인가. 밤중에 밭담에 몸을 숨겨 기다시피 고생고생해서 왔건만, 그놈들이 어찌 알았는지 아침 삭제를 지내는데 세명이 들이닥쳤다. 두명은 구구식 총을 메고 한명은 철창을 들고 있었다. 아마 삭제 지내러 온 친척 중에 폭도와 내통하는 자가 있었던 모양이다. 이왕 일이 그렇게 된 바에야 공연히 의심을 살 필요가 없다고 생각한 남편은 갑시다, 하고 선선히 일어섰다. 그리고 한달 동안 읍내에 가 있었던 것도, 고문으로 다친 어깨뼈를 고치러 병원 있는 읍내에 한 열흘쯤 머물 생각이었는데 그만 계엄령이 떨어지는 바람에 발이 묶이고 만 것이라고 거짓말을 둘러댔다. 그러나 놈들의 시무룩한 낯색은 조금도 고쳐지지 않았다. 그걸 보자 귀리집은 왈칵 불길한 생각이 치밀었다. 혹시 피해 도망 다녔다고 끌고 가 죽이려는 게 아닐까? 순원이 아방이 그 작자들 뒤를 따라 대문을 나서자 시어머니는 여러 친척이 보는 앞에서 제상 위의 위패를 방 안 상청에다 모셔놓더니 안에서 문고리를 걸고 드러누워버렸다. 노인은 실성한 사람처럼 기진한 목소리로 "아이고, 아이고, 이 일을 어떵허리, 이 일을 어떵허리" 하는 장탄식을 되풀이 되풀이했다.

이튿날은 지서에서 왔다. 귀리집이 자초지종 얘기를 했건만 그들은 도무지 막무가내였다. 초상 때 폭도들이 조문 올 때부터 벌써 알아봤다는 거였다. 그날은 말닦달만 당하고 끝났지만, 이제 입산한 폭도 가족으로 낙인찍히고 말았으니 어찌 살겠는가. 죽는 건 시간문제였다. 이젠 한시바삐 산으로 피해 올라가는 도리밖엔 없었다. 그렇지만 저 넓은 목장 어디에 도피자들이 숨어 있다는 굴이 있는지 찾아갈 길이 막막하기만 했다.

그런데 바로 그날밤에 순원이 아방이 살아 돌아올 줄이야. 밤이 이슥하도록 같이 있어주던 앞집 영순이 어멍을 보내고 대문 빗장을 지르고 들어오니까 문득 정지에서 낮은 기침 소리가 들렸던 것이다. 어찌나 놀랐던지! 방금 감나무 있는 쪽 뒷담으로 숨어들었노라고 했다. 온몸에서 더운 땀 냄새가 훅 끼쳤다. 걸쇠오름까지 끌려갔다가 밤을 도와 도망쳐왔단다. 지체할 시간이 없다고 깜깜한 정지 바닥에 선 채 낮고 다급한 목소리로 말했다. 놈들이 자기를 잡으러 뒤쫓아오고 있을지 모르니 당장 떠나야 한다. 지서로 곧바로 가서 자수하고 싶어도 저들이 곧이곧대로 들어줄 리가 만무다. 아버지 초상 때부터 핑계 없어 날 못 잡아먹어 안달하던 놈들이 아니냐. 등줄기에서 누린내 나게 저들한테 타작 맞은 걸 생각하면 몸서리가 난다. 읍내에 혼자 두고 온 순원이도 걱정이다. 그러니 읍내에 몰래 숨어들어가 먼저 주정공장 전무님을 만나서 그분을 앞세워 본서로 직접 자수하면 아무 탈이 없을 것이다. 자수하는 즉시 무슨 수를 써서라도 여기 식구를 읍내로 데려가겠다. 재산 지키겠다고 남아 있다간 이젠 재산은커녕 목숨 하나 지탱하기 어렵게 됐다. 어둠속에서 초조하게 빼끔거리는 담뱃불에 땀 흐르는 얼굴이 불그스레 드러나곤 했다.

순원이 아방이 그날밤 지까다비도 벗지 않은 채 정지마루 끝에 걸터앉아 식은 보리밥을 물에 말아 얼른 먹고 갓난애를 받아 한번 안아보고는 서둘러 떠난 뒤 열흘쯤 되었을까? 이번엔 폭도들이 밤중에 내려와서 앙갚음으로 불을 질렀다. 쿵 하는 울담 뛰어넘는 소리에 화들짝 잠에서 깬 귀리집은 옆에 뉜 아기 너머로 손을 뻗어 시어머니를 더듬었다. 노인은 벌써 깨어 일어나 앉아 있었다. 사람 두엇이 마당을 질러 뛰어다니는 발소리가 어지럽게 일어나더니 이어서 웬 불빛이 창호지창을 확 밝히며 지나갔다. "아이고, 이거 무슨 불이고?" 시어머니가 얼결에 지게문을 발칵 열고 툇마루 아래로 곤두박질치듯 내려갔다. 열린 문으로 정지 쪽 추녀 귀퉁이에 누런 불덩어리가 하나 달라붙어 있는 게 눈에 확 들어왔다. 아기를 포대기에 싸안고 황급히 뒤따라나갔다. 시어머니가 바지랑대를 들고 쫓아가 불을 두들기며 미친 듯 소리 질렀다. "불이여! 불이여!" 소스라쳐 우는 아기를 감나무 아래 양하숲에다 던져두고 두엄 곁에 세워둔 쇠스랑을 들고 달려갔다. 시어머니를 밀치고 쇠스랑으로 불붙은 이엉을 찍어내렸다. 그래봐야 소용없는 일이었다. 불은 삽시간에 동편 추녀를 휘감고 지붕 위로 기어오르기 시작했다. 노인네는, 불붙은 촐(건초)뭇을 들고 다른 추녀귀에 불 댕기려는 폭도에게 달려가 매달려 있었다. "아이고, 자네 동카름(동동네) 송 서방 아들 아닌가, 무사 우리 집 불 지르는 것고? 우리가 무신 죄가 있다고…… 아이고, 제발 불 지르지 말게." "이 늙젱이 할망이 죽젠(죽고 싶어) 환장했구나. 반동새끼를 강알(사타구니)로 싸놓은 주제꼴에 뭣이 죄가 없어?" 폭도가 불붙은 촐뭇을 와락 노인네 얼굴에다 들이댔다. "아이고!" 노인네가 기겁하며 뒤로 나자빠지자 폭도는 촐뭇의 불을 추녀 끝에 댕겼다. "불이여! 불, 불! 불났져! 어서들 왕(와서) 우리 집 불 꺼도라." 노인네는 이 울담으로 저 울담으로 내달으며 이웃집을 향해 소리소리 질렀다. 그러나 다 소용없는 일이다. 폭도들이 와 있는 줄 아는데 누구 한사람 얼씬할 것이냐. 이젠 불길 잡기는 틀렸다. 귀리집은 몰래 정지 안으로 숨어들었다. 집 안은 벌써 연기로 꽉 차 있었다. 먼저 안방으로 가 시아버지 위패를 가슴에 품은 다음 집 안 물건을 닥치는 대로 뒷문 밖으로 내던졌다. 병풍, 제상, 이불, 밥상, 옷, 심지어는 벽에 걸린 키, 얼개미까지 마구 내던졌다.

얼마 후 연기에 숨 막혀 밖으로 쫓겨나왔을 때는 폭도 두 놈은 간곳없고 시어머니가 보릿짚가리 밑에 허옇게 누워 있었다. 오목가슴에 죽창을 맞고서. 흰옷 위에 불티가 까맣게 내려앉아 있었다.

폭도들이 태우고 도망간 것은 안거리(안채)였다. 그놈들은 한달 후인 10월 보름날 국방군들이 와서 불태울 몫으로 밖거리(바깥채)와 대문간을 남겨둔 셈이었다. 온 부락이 불타 화광이 충천하던 토벌군의 소까이. 순원이 아방이 그때 살아 있었더라면 이 섬 어딜 가 있어도 그 질펀하게 넓은 불바다를 보았으리라. 걸쇠오름에 앉아 불구경을 했을까? 민오름에 앉아 보았을까? 아니, 해변에 내렸어도, 한라산 너머 서귀포에 가 있어도 10월 보름날 붉게 물들여진 하늘 한 귀퉁이를 쳐다보았으리라. 그 무렵 밤하늘은 거의 보름 동안이나 토벌군의 소까이로 중산간 부락들이 타는 불빛으로 노상 붉게 물들여져 있었다.

시어머니가 폭도한테 죽창 맞아 죽은 다음에야 비로소 폭도 가족이라는 누명이 벗겨졌다. 서호로 소까이 내려와서 병정들이 폭도 가족을 가릴 때 귀리집은 무사했다. 사람마다 살려달라고 도수장 소 울듯 울부짖고 심지어는 행여 아기 핑계로 동정을 얻을 수 있을까 하고 팔을 꼬집어 젖먹이 아기까지 울려놓은 그 생지옥에서 살아나올 수 있었던 건 오직 죽은 시어머니 덕분이었다. 그런데 그이는 어머니 죽은 댓가로 폭도 누명을 벗었는데 어디서 무얼 하기에 여태 돌아오지 않나? 정말 어디서 비명에 죽어버린 거나 아닐까? 아니, 무슨 불길한 생각이냐. 그이는 어딘가에 살아 있을 거다. 혹시 시동생처럼 일본으로 튀었는지도 모르지. 시동생이 밀항한 작년 12월과는 달리 요즘은 바다를 막아놔서 배 구하기가 힘들다는데……

이제 조금만 더 가면 도령마루다. 도령마루 위 흐린 하늘에는 오늘도 까마귀들이 떼 지어 까맣게 떠 있다. 요 며칠 사이에 까마귀 수가 부쩍 늘었다. 아마 저기 어딘가에 말 죽은 사체가 서넛 있는 모양인데 대엿새 전부터 저렇게 까마귀들이 몰려들기 시작한 것이다. 귀리집은 문득 집이 불에 탈 때 고삐를 풀어 놓아준 말 생각이 났다. 한쪽 눈에 백태가 낀 그 눈곯이는 지금 어떻게 됐을까? 고소몰동산에서 등짐 넘어가 숨 끊어진 주인을 뒤에 둔 채 길마 위의 솔가리 짐을 천연덕스레 꺼덕꺼덕하며 혼자 집을 찾아들어오던 그 말이 눈에 선하다. 시아버지 돌아가신 그날부터 그 말은 귀리집이 맡아 부리고 먹이고 했던 거였다. 죽었을까, 살았을까? 죽어서 저렇게 까마귀밥이나 되고 있지나 않을까? 소까이날 불에 혼겁한 그 놈은 아마 곧바로 산으로 도망쳤으리라. 산 목장에는 용케 불에 그

슬리지 않고 살아 도망친 마소가 꽤나 많단다. 산 목장에 오른 눈곪이는 다른 말들처럼 벌써 죽었을지 모른다. 폭도들의 전화줄 올가미 덫에 걸려 살코기는 육포가 되고 가죽은 천막이 되어버렸을지도. 설령 여태 살아 있더라도 그놈이 죽는 건 시간문제이리라.

그녀는 버릇처럼 한숨을 내쉬고 한라산 쪽을 바라본다. 흐린 하늘이 가직이 내려앉은 한라산 밑 목장은 눈에 덮여 있다. 눈빛은 멀어서 희뿌윰하게 보인다. 저렇게 목장이 눈에 덮였으니 마소들이 하산하지 않을 수 없다. 그러나 이 짐승들은 제 주인인 중산간 부락민들이 소까이하여 내려간 해변까지는 결코 내려오지 않는다. 사람이 두려워져서 먼빛으로라도 사람만 보이면 혼쭐나게 도망치는 이것들은 산에 오르지도 해변에 내리지도 못한 채 어중간한 곳에서 야산을 헤매다닌다. 순원이 아방이 살아 있다면 바로 그런 신세이리라. 이 짐승들이 산폭도의 전화줄 올가미가 무서운 목장에서 내려오면 이번엔 또 군경의 사격 표적이 되어야 한다. 그대로 놔두면 산폭도들의 겨울 양식이 된다고 하나하나 쏘아 죽였다. 소를 쏘면 그 자리에서 당장 각을 내어 운반해가지만 말 사체는 풀 같은 것으로 살짝 위장하고 그냥 들에 그대로 방치했으니 저렇게 까마귀밥이나 되고 있는 것이다. 그들은 또 사격훈련을 따로 받는 법 없이 얼렁뚱땅 병정 되고 순경 된 사람들이라, 들판의 마소를 쏘아 맞히는 걸로 훈련을 벌충한다니, 참말 꿩 먹고 알 먹는 격이다.

이제 도령마루로 다 올라왔다. 먼저 도착한 도두패들이 성담을 의지해 찬 바람을 가리고 옹기중기 모여 있다. 저기 쌍소나무 서 있는 언덕 아래의 일터에 사람들이 없는 걸로 보아 순원이가 같이 온다는 읍내 울력꾼들은 아직 도착하지 않은 모양이다. 읍내 사람 일터가 저렇게 떨어져 있으니 점심때 전에 순원이를 보기는 글렀구나. 떨어졌대야 소리치면 들릴 거리지만 읍내패와 서호패 사이에 도두패가 가운데 끼여 일하고 작업 감시가 심하니 아침나절에 만나기는 글렀다. 아무래도 점심참에나 만나게 되나보다.

서호 울력꾼들은 연장을 모아 보관하는 큰바위 아래로 내려간다. 귀리집은 영순이 어멍에게 부탁하고 억새뭇 짐을 부릴 마땅한 데를 찾는다. 땔감 구하기 어려울 때니 누가 가지고 가버릴지 모르는 것이다. 키가 나직한 꽝꽝나무와 찔레덩굴이 엉켜 있는 좀 으슥한 데다 짐을 부리고 나왔다. 귀리집은 담가 가지러 간 영순이 어멍을 기다리며 고개에서 서편으로 나 있는 노형길을 물끄러미 바라본다. 이 고개 위로 난 한길 따라 서편으로 오리를 가면 노형리요, 동편으로 오리 가면 읍내가 나온다. 노형 사람들은 읍내 오일장에 나무땔감이나 곡식을 팔러 등짐 지고 갈 때면 꼭 이 고개에서 쉬고 넘었다.

그런데 이 한길이 도령마루에서 차단되기 시작한 것은 언제부터냐? 이년 전 해방 이듬해 호열자가 창궐했을 때부터다. 노형에 생긴 호열자가 다른 지방으로 전염될까봐 이 고개에다 돌을 쌓고 가시나무를 베어다 길을 차단하고 사람 왕래를 막았다. 호열자는 순구 또래의 어린것들을 무더기로 죽이고 물러갔다. 좌익사상인가 뭔가 하는 것도 딱 호열자병을 닮았다. 그건 호열자처럼 무섭게 번지고 일단 거기에 걸리면 꼭 죽게 마련인 무서운 전염병이다. 호열자 때문에 돌을 쌓아 두달 동안이나 길을 차단하던 이 도령마루에 한동안 좌익 사람들이 읍내 토벌군 차가 못 오게 여러차례 돌을 쌓더니, 이제는 토벌군 쪽에서 계엄령까지 내리고 성을 쌓아놓았구나. 이제 읍내와 연결되는 성을 쌓아놓았으니, 곧 서호와 읍내가 서로 왕래가 되리라 한다. 순원아, 그때까지 조금만 참아라.

고갯마루 북쪽으로 내려다보니 아래 있을 땐 보이지 않던 검은 해변이 길쭉하게 드러나 보인다. 바다 안으로 삐죽삐죽 먹어들어가 있는 현무암의 해변은 소까이 때 타버린 노형마을같이 아주 새까맣다. 그리고 그 검은 해변 위로 푸릇푸릇 보리싹이 난 밭들이 쫙 펼쳐져 올라오는데, 성 쌓는다고 밭담을 허물어다 썼기 때문에 숫제 허허벌판처럼 되어버렸다. 군데군데 밭머리에 있는 묘지도 네모반듯 모양 좋게 둘러쳤던 산담이 모두 헐려 알묘지만 댕그랗게 남았다. 그런데 보리를 갈지 않고 조그루가 삐죽삐죽한 채 그대로 버려져 있는 밭이 꽤나 많다. 저 밭 임자들은 폭도 가족이나 폭도 가족으로 잘못 몰린 사람들이란다. 죽거나 도망 다니느라고 폐농한 것이다.

그런데 저 까마귀떼 좀 보아라! 온 섬의 까마귀가 다 모여들었는지 도령마루 남쪽 하늘이 어둑신할 지경이다. 까악까악 우짖는 소리가 시끄럽다. 저것들이 솟아올랐다 가라앉았다 하면서 바람을 타는 게 꼭 바다 물결 타는 넓은 듬부기(모자반)떼 같다. 어떤 것들은 바람을 타고 높이 치솟아올랐다가 휘딱 뒤로 젖혀지면서 바람에 몸을 맡긴 채 저편 베드리오름까지 불려갔다가는 다시 바람을 거슬러 날아온다. 말이 죽어도 한둘 죽은 게 아닌 모양이다.

출역 감시 순경들이 쬘 화톳불이 타오르고 작업 시작 호각이 날카롭게 울린다. 읍내 패거리가 아직 도착하지 않았는데 작업을 시작하는구나. 목도를 어깨에 멘 사람, 푸지게를 진 사람, 가마니때기에 작대기를 찔러 만든 담가나 삼태기를 든 사람들이 천천히 한길가 밭담 있는 쪽으로 흩어져 걸어간다. 푸지게도 담가도 삼태기도 이젠 더할 나위 없이 헐었다. 지난 한달 동안에 두번이나 새것으로 갈았건만 모진 돌에 헐어빠져서 짚부스러기가 다 되어버렸다. 귀리집도 영순이 어멍과 함께 담가를 맞들고 따라간다. 한길가 밭담 큰 돌에는 군데군데 삐라 종이가 붙어 펄럭거린다. 빗물에 씻겨 무슨 말이 씌어 있는지 전혀 알아볼 수 없게 오래된 것들이다. 토벌군이 붙였나? 폭도들이 붙였나?

귀리집이 영순이 어멍과 함께 담가로 두번째 돌을 날라다 붓고 막 돌아서려는데 뒷전에서 "당가 개진 사람들 이켠으루 다 모이시오" 하는 소리가 들린다. 돌아다보니까 가랑이를 쩍 벌리고 화톳불을 쬐고 있던 서호지서 까마귀 오가 앞으로 뒤뚝뒤뚝 걸어나오면서 또 한번 소리친다.

"아이들은 안되고 어른 당가만 오라우요. 다른 일을 시킬 거이니끼니."

까마귀 오는 귀리집네까지 담가 여섯을 고르더니 자기를 따라오라고 손짓한다. 무슨 일 시키려고 어딜 데려가나? 너무 멀리 갔다가 순원이를 못 만나면 큰 탈인데…… 도령마루에서 남쪽으로 내려가서 돌옷이 흰 버짐같이 데작데작 달라붙은 평평한 빌레(암반) 위를 걸어간다. 빌레밭을 벗어나 밭과 밭 사이 깊숙하게 파인 돌투성이 소롯길로 들어서자 말 죽은 밭이 가까워졌는지 까마귀 우짖는 소리가 귀에 따갑다. 아니다! 말 죽은 밭이 아니다! 귀리집은 무섭게 속으로 외친다. 까마귀 오가 구둣발로 밭담을 허물고 그 까마귀 우짖는 밭으로 먼저 들어간다.

짐작대로 사람 죽은 밭이다! 동편 밭담 아래 송장들이 서로 포개져서 늘비하게 널브러져 있다. 그 위를 까맣게 내려앉은 까마귀들이 사람들을 보자 까악까악 요란하게 우짖는다. 저렇게 많이! 아마도 서른명은 넘으리라. 담가를 든 여편네들은 무서워 오금이 떨어지지 않는다. 몇몇 여편네는 끅끅 헛구역질까지 한다. 먼저 온 노인네들이 밭 가운데 구덩이를 파면서 이쪽을 힐끗거린다. 까마귀 오도 기분 나쁜지 침을 퉤퉤 뱉으며 혼자 뭐라고 투덜거리더니 담가꾼들을 돌아다보고 눈을 부라린다.

"뭣들 허는 거이야. 앞으로 십분, 앞으로 단 십분 내에 저 송장들을 날라다 구뎅이에 처넣으라."

여편네 열둘은 담가를 들고 주춤주춤 앞으로 걸어간다. 사람이 가까이 다가가도 까마귀들은 좀처럼 날지 않는다. 오히려 까악까악 더 기승부리며 마치 사람들에게 대들듯이 보인다. 저것들이 사람을 어떻게 보고…… 귀리집은 느닷없이 화가 불끈 치밀어오른다. 영순이 어멍으로부터 담가를 빼앗아 들고 마구 휘두르며 까마귀들에게 달려든다.

"우여! 우여!"

그제야 까마귀들이 일제히 요란하게 날개를 치면서 까맣게 날아오른다. 그러나 그놈들은 멀리 날아가지 않고 공중을 한바퀴 뻥 돌더니 밭담 위에 내려앉아 여전히 까악까악하면서 이쪽 눈치를 살핀다. 까마귀 오가 십분 내에 마치라고도 했지만 어서 이 지긋지긋한 곳을 벗어나고 싶은 생각에 여편네들은 분주히 움직인다. 그들은 맨손으로 송장을 잡아끌어 담가에 얹고 종종걸음 치면서 들고 가 밭 가운데 구덩이에다 처넣는다. 귀리집은 까마귀 부리에 쪼인 시체 얼굴들이 차마 끔찍하여 고개를 돌려 외면하고 싶은데, 웬일인지 자꾸 눈길이 눈망울 파먹힌 그 흉측한 얼굴들에게 간다. 이런, 내가 몹쓸 년이다, 빌어먹을 년이다. 여기서 순원이 아방을 찾다니. 그이가 이렇게 쉽사리 죽었을 리가 없지. 그러나 그게 아니다. 포개진 시체를 끌어내다가 "저걸 보게" 하고 영순이 어멍이 가리키는 곳을 보았다. 다행히 다른 시체 밑에 들어가 있어서 까마귀 부리에 쪼이지 않은 채 온전한 얼굴, 구레나룻이 사뭇 자라 얼굴을 반쯤 덮고 있지만, 그건 깔축없이 순원이 아방이다. 가슴이 터질 듯 뛴다. 어찌할까? 어찌할까?

"저 구뎅이에 들어가면 후제 시첼 영영 못 찾앙(찾고) 말아……"

영순이 어멍도 초조한 목소리로 걱정한다.

"저 밭담 뒤에 숨겨야 하키여."

귀리집은 얼른 머릿수건을 풀어 시체의 얼굴을 싼다. 영순이 어멍도 자기 머릿수건을 풀어서 내준다.

"까마귀가 얼굴 못 해치게 하젠 허민 더 많이 싸야 헐 거여."

둘은 시체를 맞들고 담가에 얹어놓은 다음 주위를 살핀다. 마침 까마귀 오는 이쪽을 등진 채 돌막을 깔고 앉아 도령마루 쪽을 바라보고 있다. 다른 여편네들도 모두 제 일에 열중이다. 두사람은 담가를 들고 일부러 천천히 서두르지 않고 밭담으로 향한다. 밭담 밑에 담가를 잠시 놓고 다시 주위를 살핀다. 까마귀 오는 여전히 등을 돌리고 앉은 채 이번엔 모자를 벗고 속을 들여다보고 있는 모양이다. 귀리집이 눈짓한다. 둘은 힘껏 담가를 쳐올려 시체를 담 밖으로 내던진다.

해룡 이야기

문중호는 출근하자마자 어머니 일로 마음이 뒤숭숭했다. 자꾸만 전화기 쪽으로 신경이 가고 도무지 일이 손에 잡히지 않았다. 전화벨이 울릴 때마다 그는 흠칫흠칫 놀라며 조바심을 태우는 것이었다. 혹시 어머니가 아닐까? 지금 내게 전화가 걸려온다면 그건 분명 파출소 순경이 대신 걸어주는 전화이리라. 어머니가 짤막한 편지는 쓸 정도로 글자를 깨치고 있기는 하지만, 전화라곤 난생 한번도 걸어본 적이 없는 분이다. 게다가 전에 알려드린 집 전화번호는 이사 관계로 보름 전에 반납해놓은 처지이니, 당신이 역전 공중전화 부스에서 전화번호책을 끌어내가지고 기억이 어렴풋한 아들 직장 이름을 떠올리고 번호를 찾아낸다는 것은 전혀 무망한 노릇이었다. 그러니 전화가 걸려온다면, 역전 파출소에서 걸려올 공산이 큰 것이다. “여보, 노친네를 이렇게 함부로 길바닥에 내버리는 법이 어딨소! 당장 모셔가시오.” 일이 이쯤 되면 노친네를 학대했다는 오해를 모면할 도리가 없으리라. 그러나 제발 그렇게라도 어머니를 얼른 찾을 수 있으면 좋으련만, 혹시 이 넓은 서울 바닥에서 감쪽같이 행방불명이 되면 어쩌나? 아니, 혼자 표 끊고 기차를 타고 다닐 줄 아는 분이니까, 한 이틀 아들을 찾아보다 못 찾으면 도로 고향으로 내려가시겠지. 열한시가 되도록 어머니 전화는 걸려오지 않았다. 다만 이사실에서 한시간 내에 데이터 보고를 마감해달라는 전화가 한번 왔을 뿐이었다. 시간이 흘러갈수록 일은 손에 잡히지 않고 자꾸만 불길한 생각이 들었다. 설마 무슨 사고가 생긴 건 아니겠지……

어머니가 둘째 놈 돌에 상경하신다는 전보를 받은 것은 바로 엊저녁이었다. 그래서 오늘 아침 신새벽부터 서울역으로 마중 나가서 기다렸다. 출찰구 앞의 쇠창살을 잡고 무려 세시간 동안이나 기대어 서 있는 동안 목포발 열차는 두번이나 도착하고 그때마다 많은 승객들이 꾸역꾸역 몰려나왔건만 어머니는 그림자도 비치지 않았다. 어머니가 타고 온다는 아침 열차는 이미 둘 다 도착한 셈이고 다음 열차는 저녁에나 있었다. 그는 어안이 벙벙했다. 이게 도대체 무슨 곡절일까? 혹시 워낙 키가 작은 분이라 사람들 틈에 묻혀 지나가버린 게 아닐까? 그래서 한참 대합실과 역 광장 여기저기를 뛰어다니며 둘러봤으나 역시 허탕이었다. 역 광장 구석과 대합실 벤치에는 뒷모습이 어머니 비슷하게 초라해 보이는 노인들이 더러 있긴 했지만 어머니는 아니었다.

한참 이렇게 허둥거리다가 중호는 출근시간에 쫓겨 회사로 나와 버린 것이다. 지금도 중호의 뇌리에는 역 광장 어느 모퉁이에 보따리를 깔고 앉아 이제나저제나 하고 아들을 기다리는 초라한 어머니의 모습이 자꾸만 어른거리는 것이었다. 뱃멀미 차멀미에 시달려 핼쑥해진 얼굴이……

그때 불현듯 중호는 전보 내용을 잘못 읽었을지도 모른다는 생각이 언뜻 들었다. 주머니를 뒤져서 전보 쪽지를 펴들었다. '3일 아침 목포발 열차 모'. 시골 누이 명자가 제주 부두에서 어머니를 배태워 보내고 나서 즉시 우체국에 들러 때린 전보임에 틀림없었다. 혹시 그 배가 무슨 일로 목포항에 두어시간 연착되고 그 결과 예정된 서울행 아침 열차를 놓치고 만 것이나 아닐까?

전보 문안을 뚫어지게 바라보던 중호는 그때 갑자기 화들짝 놀란다. 이게 뭐야? 아니나 다르랴, 이 전보는 두가지 해독이 가능하지 않은가. 아이고, 살았구나! '3일 아침 도착하는 목포발 열차'와 '3일 아침 출발하는 목포발 열차'. 그렇지, 아침에 목포를 출발하면 오늘 저녁 아홉시쯤에 서울역에 도착한다. 아침에 도착하는 게 아니라 저녁에 도착하는 것이 분명하다.

이때 전화벨이 호들갑스럽게 울렸다.

"부장님, 전홥니다. 거 누군지 되게 딱딱거리네요, 참."

미스터 박이 투덜거리며 전화를 내민다. 누굴까? 혹시 파출소에서 어머니 찾아가라는 전화가 아닐까? 전화를 바꿔들자마자 대뜸 칼칼한 음성이 귀청을 때린다. 그는 흠칫 목을 움츠렸다.

"아, 문중호 씬가요? 여기가 지방검찰청인데, 당신 왜 예비군 기피로 영장을 발부했는데 여태 출두 않는 거요?"

"예? 아니……"

어찌나 놀랐던지 목청까지 탁 쉬어서 다음 말을 잇지 못하고 떠듬거린다. 당장 이마빡에 진땀이 부쩍 솟아올랐다. 훈련 기피라니, 이거 멀쩡한 사람 가지고 무슨 날벼락인가. 순간 뭔가 펀뜻 짚이는 게 있다. 아무래도 말낌새가 어수룩해 보인다. 혹시……

그러나 교활하게도 상대방이 더 빠르다. 이쪽에서 알아맞히기 전에 먼저 목소리는 제 본색을 드러내며 낄낄거린다.

"야, 야, 나여, 나, 춘호. 놀래기는, 쩌석허군."

중호는 울컥 화가 치민다. 재수없는 녀석. 장난쳐도 분수가 있지. 이런 무지막지한 놈이 있나. 은행 대리로 있는 제나 내나 하루 종일 전화 앞에 호출되어 연신 머리를 조아리며 쩔쩔매기는 마찬가지일 텐데, 그걸 악용해서 이따위로 사람 기죽이다니.

그러나 중호는 입술을 한번 잴근 씹고 화를 참아버린다. 무슨 일에나 참아 버릇해온 그로서는 도대체 노골적으로 화낸다는 것 자체가 낯선 감정이었다.

"야, 중호. 오늘이 무사(왜) 마지막 금요일 아니가? 우리 고향 촌놈들 만나는 날 말이여. 혹시 잊어부러시카 하고 전화허는 거쥬."

제주도 차조떡에 묻은 팥고물같이 제주도 사투리가 덕지덕지 묻어 있는 저 촌놈의 말투를 들어봐라. 중호는 어린 시절에 먹은 그 질기디질긴 제주도 차조떡과 뭉뚝뭉뚝 말뚝 박듯 고구마를 박아넣은 차조밥이 당장 목구멍 너머로 껄떡 치밀어올 것만 같아 침을 삼키며 꾹 눌러놓았다. 녀석의 방약무인한 사투리를 들으면 위태로운 곡예를 보는 것처럼 언제나 마음이 조마조마해지는 그였다. 자신이 섬놈임을 노출시켜 뭐 이로울 게 있나, 처신에 지장을 주면 주었지.

"야, 그런디 아까 전화 받는 치, 거 누게라? 웃놈가, 아랫놈가? 그 치 말여, 꼭 선잠 깬 놈모냥 푸시시 해여가지고 떨떠름허게 전화 받는 꼴이라니! 대갈일성 베락쳐불까 허다가 참았지. 하이간에 오늘 저녁 꼭 나와사 헌다이."

춘호는 이렇게 속사포를 내쏘더니 이쪽에서 쓰다 궂다 하기도 전에 먼저 전화를 뚝 끊어버렸다.

하여튼 목소리만 들어도 재수없는 놈이다. 오늘이 마지막 금요일이니 나와라. 오늘이 아무개 아들 돌날이니 나와라. 그렇지만 자질구레하고 푼돈만 녹녹잖게 까질 뿐인 그따위 모임엔 뭐하러 나가나. 이렇게 생각하고 그동안 통 얼굴을 내밀지 않다가 결국 춘호의 등쌀에 못 이겨 지지난달 처음으로 동창들이 모이는 데를 찾아갔었다. 하기야 마침 막 부장으로 승급된 흥분이 채 가라앉기도 전이라 동창들 앞에서 새로 박은 명함을 돌리면서 은근히 뻐기고 싶은 생각도 실은 없지 않았다. 세상이 다 알아주는 대종합상사의 판매부장이라면 누가 봐도 부러워할 출세가 아닌가. 거기에 따른 월봉 오십만원에 보너스 팔백 퍼센트.

그러나 동창들은 생각처럼 눈을 똥그랗게 뜨고 선망의 눈초리로 보아주지를 않았다. 그러기는커녕 오히려 입에 바늘쌈지를 물고 재벌회사의 횡포가 어떻고, 회장님의 존함을 마치 제집 똥개 부르듯 함부로 불러대는 데는 아연실색하지 않을 수 없었다. 저희들도 마찬가지 신세인 주제에. 괜히 왔다 싶었다. 게다가 동창 여남은명이 좁은 골방에 틀어박혀 곤죽이 되도록 소주를 퍼마시고 서로 뒤엉혀 제주도 사투리를 고래고래 질러대는 꼴이라니. 원, 평소에 제주 사투리를 맘대로 못 써서 울화가 맺혔나. 저렇게 악을 바락바락 쓰게.

이런 반발감을 느끼면서도, 한편 야릇하게도 그 분방한 분위기에 은근히 마음이 쏠리는 중호였다. 참 희한한 녀석들이다. 저런 식으로 스트레스를 해소하다니. 오죽 서울말이 답답하면 저렇게 한 달에 한번씩 만나서 사투리로 푸닥거리를 할까? 녀석들이 부럽다. 옆자리 손님들이 힐끗힐끗 쳐다보건만 전혀 개의치 않고 방약무인으로 고래고래 사투리를 내지르는 걸 보니 속이 다 후련하다. 중호도 한참 벼르고 벼르다가 사투리 한마디 중얼거려본다는 게 그만 혀가 고드래떡같이 굳는 바람에 낭패를 보았다. 전자회사 다니는 고창석이보고 "어디 살암서?" 할 것을 "어디 사니?" 하는 서울말과 섞갈려서 그만 "어디 살암니?" 하는 우스꽝스러운 말이 되어 나와 주위를 온통 웃겨놨던 거였다. "어디 살암니?" "어디 살암니?" 하면서 녀석들은 나를 잘도 놀려댔지.

그날 중호는 이렇게 좀 당해가지고 돌아온 편이었지만 불쾌한 기분은 전혀 없고 자꾸만 혼자 웃음이 쿡쿡 새나는 것이었다. "어디 살암니?" "어디 살암니?" 역시 촌놈들이 좋긴 좋구나. 정말 신나는 놈들이야. 하여간 다음 달에 나가서 이번 낭패를 만회해야지.

그래서 지난달 모임엔 일부러 술을 주는 대로 다 받아먹어 혀를 꼬부라뜨린 다음에 사투리를 씨부리니 그렇게 술술 잘 나올 수가 없었다. 하도 재미 좋아서 눈물이 글썽거릴 지경이었다. 그런데 그날 중호가 정작 충격을 받은 것은 헤어질 무렵에 부른 명국의 노래였다. 그 노래는 느닷없이 중호에게 삼십년 전의 아픈 기억을 확 되돌려주었던 것이다.

바닷물이 철썩철썩 타고 남은 제주도
불사르던 폭도들은 어디로 갔나
국방군도 그리워라 경찰관도 그리워
제주도 사백리에 양민이 운다

본래 가사는, 바닷물이 철썩철썩 파도치는 서귀포, 진주 캐는 아가씨는 어디로 갔나……로 시작되는 유행가인데 삼십년 전 당시 섬사람들이 토벌군의 비위를 맞추기 위해 이렇게 가사를 바꿔 불렀다. 그러나 불사르던 것은 폭도들만이 아니었다.

중호는 손 위에 턱을 괸 채 생각에 잠겨들었다. 눈앞에 놓인 서류의 촘촘히 박힌 까만 숫자들이 점점 희미해졌다.

중호에게 고향이란 무엇인가? 그건 찌든 가난과 불행의 대명사일 뿐, 그 이상도 그 이하도 아니었다. 무슨 흉년은 그렇게 잦던지 한해 걸러 한번씩 하늘에서 큰 가뭄이 내리덮쳤다. 보리철이면 보리 여물기 전에 누렇게 황이 들기 일쑤요, 조갈이 들 때는 뼘 크기도 못 자란 어린 조들이 빨갛게 타들어 죽곤 했다. 그러다가 큰 난리가 들이닥쳐 많은 사람들이 한날한시에 떼죽음을 당하고 마을은 잿더미가 되어버렸다. 그 마을이 나중에 재건되었다지만 한번도 찾아가본 적이 없는 중호의 상상 속에서는 여전히 군 소개작전에 따라 소각되었던 폐허 그대로 남아 있을 뿐이었다. 꺼먼 먹칠로 지워진, 지금도 여전히 사람이 살지 않는 폐촌, 총소리와 불에 미쳐버린 동네 개들만이 아직도 주인 떠난 집터에 남아 소막이나 말막에 고삐 매인 채 타 죽은 가축들 사체나 소개 내리지 않고 몰래 남아 있다가 총 맞아 죽은 사람 송장들을 뜯어 먹으며 살고 있는 것처럼 느껴지곤 했다.

그 무섭던 소까이(疏開). 온 섬을 빙 돌아가며 중산간 부락이란 부락은 죄다 불태워 열흘이 넘도록 섬의 밤하늘을 훤히 밝혀놓던 소까이. 통틀어 이백도 안되는 무장폭도를 진압한다고 온 섬을 불지르다니, 그야말로 모기를 향해 칼을 빼어든 격이었다. 그래서 이백을 훨씬 넘어 삼만이 죽었다. 대부분 육지서 들어온 토벌군들의 혈기는 그렇게 철철 넘쳐흘렀다. 특히 서북군은 섬을 바닷속으로 가라앉힐 만큼 혈기방장하였고 군화 뒤축으로 짓뭉개어 이 섬을 지도상에서 아주 없애버릴 만큼 냉혹했다.

월남 파병 소대장이었던 중호는 그것이 말이 소개이지 실은 초토작전임을 익히 알고 있었다. 소개란 취약지구의 인원과 물자를 후방 안전지대로 후송시킴을 뜻하는데, 이건 숫제 마을에 불을 놓아 물자를 모조리 태워버리고, 거기다가 폭도들이 섞여 있을지 모른다고 인원마저 파괴했으니, 초토작전보다 더 가혹한 것이었다. 게릴라란 물고기와 같아서 인민이라는 물을 떠나서 살 수 없는 존재라고 월남에서 배웠지만, 교본대로라면, 인민이란 물을 퍼내서 게릴라가 서식처를 잃고 자멸하도록 해야 옳지 않았던가. 누구는 편리하게 이렇게 말할지 모른다. 전쟁이란 으레 그런 거다, 그게 전쟁의 메커니즘이라는 것이다, 전쟁이 그렇게 시킨다, 그 사람들이 특히 잔인해서 그런 게 아니다, 죽이지 않으면 죽는 전쟁 통에선 어느 때 어디서든 얼마든지 일어날 수가 있는 일이다, 월남 땅 밀라이 사건을 보라, 하고 말할지 모른다. 그러나 그건 전쟁 중에 일어난 게 아니었다. 6·25 터지기 두해 전 일, 그러니까 그건 전쟁이 아니라 좌익폭동 진압이었다. 폭동 진압에서 삼만이 죽었다니!

불현듯 그의 뇌리에 어머니의 흰 저고리 앞섶을 붉게 물들이던 삼십년 전의 그 핏빛이 생생하게 되살아났다. 그 위로 반쪽이 피투성이인 얼굴이 덩두렷이 떠오르고 이어서 어머니의 처절한 절규가 높아진다. "아이고, 중호야, 날 살려도라. 날 버려두엉 어딜 감시니(가니)?" 가슴이 몹시 뛰고 숨이 가빠진다. 지금 이 감정은 도대체 무얼까? 겁일까, 분노일까?

소까이날에 피해 입은 것은 대부분 아녀자나 노인들이었는데 중호네 마을도 마찬가지였다. 젊은 남정네는 미리 피하고 없었다. 단지 젊다는 이유 때문에 폭도로 몰려 공연히 죽기 쉬운 그들인지라 벌써 한두달 전에 산과 들로 도망가 굴속에서 피신생활을 하고 있었다. 중호 아버지도 소까이 보름 전 어느날 마루에서 아침밥 먹다가 문득 마당가의 수리대숲이 바람에 한쪽으로 쏠리면서 저편 고샅길로 올라오는 토벌군들 한떼가 보이자 기겁해 일어나 뒷담 넘어 도망쳤던 거였다.

음력 10월 20일, 그 소까이날에 마을 위 푸른 하늘은 온통 검은 연기에 그슬리고 불아지랑이가 무섭게 너울거리고 있었다. 우리에 갇힌 채 타 죽는 돼지 울음소리, 매인 고삐를 끊어보려고 부질없이 버르적거리다가 타 죽는 소 울음소리, 말 울음소리가 처절하게 들려왔다. 불타는 참대밭, 수리대밭에서 꽈당꽈당 연속으로 터지는 폭죽 소리와 떵, 떵, 떵, 하고 항아리, 독 터지는 소리가 진짜 총소리처럼 무서웠다. 그러다가 얼마 있다가 작전 마친 토벌군들이 뒤쫓아와 공포를 팡팡 쏘면서 피난길을 득달같이 재촉해댔다. 사람들은 반달음질로 구루마 길로 우르르 몰려내려갔다. 부득부득 우겨서 거의 한 멱서리 좁쌀을 짊어지고 나섰던 어머니는 어기적어기적 몇 발짝 걸어보다가 아무래도 안되겠어서 길바닥에 좁쌀을 반나마 쏟아버리고 걷다가 그래도 걸음이 더디니까 다시 한번 쏟았다. 열살 먹은 중호가 세살짜리 동생 명자를 업고 자꾸만 걸음이 뒤처지자 그때마다 어머니는 사정없이 머리빡을 쥐어박으면서 앞으로 떠밀었다. "요녀러 자석아! 총 맞아 죽젠 햄시냐? 혼저 도르라(빨리 뛰라)!"

해변부락에 당도한 소개민들은 마을 안으로 얼마쯤 걸어가다가 양 갈림길에 부딪쳤다. 하나는 동카름(동동네)으로 가는 길이요, 다른 하나는 서카름(서동네)길이었다. 그 세거리 가운데 잎 털린 담쟁이덩굴이 올라붙어 줄기에 그물 친 해묵은 팽나무가 서 있고 그 밑에 그 작자가 무섭게 버티고 서 있었다. 핫바지 위에 낡은 가다마이를 걸친 주제꼴로. 구롬보. 그래, 낯이 검다고 구롬보라고 불렀지.

구롬보라면 중호 또래 어린아이들까지 모르는 사람이 없었다. 원수 인간 외나무다리에서 만난다더니 그게 바로 그런 막다른 궁지였다. 그 작자는 일정 말기 한창 공출이 심할 때, 이 집은 양식을 텃밭의 작박(돌무더기) 속에 묻어놓고, 저 집은 보릿짚가리 속에 숨겨놓았다고 고자질하고 다니던 일본놈 끄나풀이었다. 구롬보 때문에 집식구가 먹을 양식마저 빼앗긴 사람이 적지 않았다. 중호네는 양식을 빼앗겼을 뿐 아니라, 숨겨놓고 공출에 응하지 않았다고 아버지가 주재소에 끌려가 궁둥이가 헌 짚신바닥이 되게 두들겨맞았다. 해방이 되어 세상이 뒤바뀌자 동네 젊은 축들이 구롬보 집에 몰려들어 개 패듯 패고 질퍽한 두엄에다 거꾸로 메다꽂아 앙갚음했다. 아버지도 그 축에 끼여 있었다. 그후 이년 동안 종적을 감추었던 구롬보가 이제 토벌군의 정보원이 되어 세거리 길로 나타날 줄이야.

그 작자 곁에는 철모에 흰 띠를 두른 토벌군 댓명이 총을 메고 진을 치고 있었다. 그중 권총 차고 세가닥 붉은 줄이 그려진 멜띠를 두른 토벌군이(그게 지금 생각하면 당직사관이었나보다) 검은 안경을 쓰고 사뭇 거드럭거리고 있었다. 구롬보가 혹시 그 작자의 검은 안경이라도 빌려 쓰고 그 짓거리를 했다면 사람들은 그가 누군지 몰랐을 것이다. 아니다. 아무리 제가 검은 안경을 썼더라도 송장같이 푸르딩딩한 그 낯빛은 속이지 못했으리라. 훗날 난리가 평정되고 불탄 마을이 재건되었을 때 마을 사람들은 아무도 구롬보네 식구하고 상종하지 않았다. 그 집과 밭일 품앗이하려 드는 사람이 없었다. 심지어 길에서 만나도 모른 척 지나쳤다. 뭐니 뭐니 해도 구롬보가 제일 지겨웠던 것은, 아마도 자기가 손가락질해서 죽은 사람들의 제사를 위해서 마을 사람들이 떡방앗간에 줄을 서고, 먹구슬나무에 목 달아맨 추렴돼지들이 꽥꽥 울부짖는 소리가 여러 곳에서 터져나오는 음력 시월 스무날이었을 것이다.

구롬보는 세거리 길 가운데 버티고 서서 맞은편에서 오는 제 고향 사람들을 손짓 하나로 동카름길과 서카름길로 나누어 보내기 시작했다.

사람들은 무슨 일인지 금방 눈치채고 뒤로 주춤 물러섰다. 도수장 문턱에 앞발로 앙버티고 고삐를 잡아채는 소처럼 필사적이었다. 토벌군들이 앞뒤, 옆에서 개머리판을 휘두르며 볶아쳤다.

“이 네펜네들이 덩말 둑고 싶어 환당했구나야.”

“폭도 가족두 따루 고를 거이 없다. 보라우야, 데것들이 폭도 가족이 아니라문 뭐이 무서워 더리 야단이가서.”

마을 어귀 돌담길을 꽉 메운 피난민들은 개머리판을 피해 이리 쏠리고 저리 쏠리면서 울부짖었다. 개골창에 빠진 사람, 넘어져 돌담 위에 엎어진 사람, 에미가 아이들 부르는 소리, 아이들이 에미 찾는 소리…… 이런 아수라장 속에서 공포 두발이 벼락 치듯 터지자 사람들은 순간 물 끼얹은 듯 조용해지고 이어서 주춤주춤 앞으로 움직이기 시작했다.

폭도 가족이랍시고 어른 다섯에 한명꼴로 골라내어도, 수가 적다고 옆에서 멜띠 두른 당직사관이 을박지르는 판국에 구롬보가 자기를 몰매 때렸던 자의 가족을 몰라볼 리가 없었다. 중호는 어머니와 갈림길에서 떼어졌다. 어머니가 등에 진 좁쌀 멱서리를 얼른 부리고, 우느라고 정신없는 중호에게 아기를 달라고 손을 내밀었다. 아기는 금방 까무러칠 듯 얼굴 꺼멓게 악악 울어댔다. 등에 업힌 아기를 어머니 쪽으로 돌리고 처네끈을 푸는데 토벌군 한명이 둘 사이로 달려들더니 어머니를 힘껏 동카름 길로 밀쳤다. 팽그르르 한바퀴 돌고 넘어진 어머니는 돌멩이를 주워들고 다시 일어나더니 이마빡을 짓찧으며 울부짖었다.

"아이고, 중호야, 날 살려도라. 날 버려두엉 어딜 감시니? 아길랑 나한테 주라, 아길랑 나한테 주라. 아이고, 중호야."

돌에 찍힌 이마에서 피가 흘러내려 한쪽 뺨을 적시고 흰 저고리를 붉게 물들였다.

생각이 여기에 미치자 중호는 갑자기 가슴이 오그라들었다. 얼른 책상 위의 담배를 피워물고 뛰는 가슴을 진정시킨다. 방심할 때면 문득문득 떠오르는 저 피 젖은 흰 저고리, 그때마다 숨 가빠 헐떡거리는 이 감정은 도대체 뭐냐? 겁이냐, 분노냐? 아니, 내가 언제 한번이라도 분노를 느껴봤더냐? 이건 두말할 것 없이 겁이다. 백주에 가위눌림이다. 더위 먹은 소 달 보고 헐떡거림이다.

왜 어머니는 그날 죽는 길에 나서며 구태여 아기를 데려가겠다고 그렇게 아등바등 애를 썼던가? 에미 없어 굶어 죽을 바에야 차라리 에미 품에서 죽어라, 하는 생각이었을까? 아니다, 어머니는 끝까지 어떻게든 살아날 궁리를 했던 모양이다. 물에 빠진 사람 지푸라기 잡듯 어머니는 당장 숨넘어갈 듯 울어대는 아기를 안고 토벌군의 동정을 사보려고 했으리라. 돌로 이마를 쪼아 일부러 피를 흘린 것도 역시 그런 생각에서였으리라. 그러나 어머니가 살아 돌아온 것은 그 때문이 아니었다.

그날 중호는 명자를 업고 울며불며 당숙 식구를 따라 서카름길로 내려갔다. 좁쌀이 든 멱서리는 당숙모가 자기 등짐 위에다 얹어 날랐다. 서카름길로 들어선 사람들은 얼마 안 가 좀 옴팡지고 밭담 높은 길가밭에 수용되었다. 처음 그 밭으로 들어가라고 호령했을 때, 고향마을 한길가 옴팡밭에서 떼송장을 본 적이 있는 그들이라 얼마나 혼겁했던가. 그러나 실은 최종적인 소개민 성분조사를 위해서 그렇게 집단수용했던 모양이다. 다른 해변으로 내린 사람들을 제외하고도 사오백이나 되는 소개민들이었으니, 그 수를 수용할 만한 시설이 있을 턱이 없었다. 그래서 돌담으로 에워진 밭 세 개를 노천수용소로 사용한 것이었다. 밭 하나에 병정 두사람씩 감시했다. 중호네가 든 밭은 보리를 갈지 않은 빈 밭이었다. 낫으로 서슬지게 벤 조그루가 죽창 끝같이 삐죽삐죽 솟아 있는 그 밭은 아마 폭도 가족의 밭이거나 아니면 아버지처럼 공연히 폭도로 몰릴까봐 두려워 피신생활을 하는 사람의 밭이었을 것이다. 소개민들은 저녁이 되어 그 부락 주민이 날라다준 조짚뭇을 밭을 빵 둘러가며 밭담에다 비스듬히 잇대어 세워놓고 밤을 지내기 위해서 그 속에 들어갔다.

밤이 되자 오리 밖에서 타는 고향마을의 불빛은 온 섬 하늘을 불살라먹을 듯이 큼직하게 구름떼 위를 번져갔다. 불빛은 그 옴팡밭까지 밀려와 사람들의 겁먹은 얼굴을 불그림자로 얼룩지게 했다. 중호는 별로 슬픈 것 같지도 않은데 밤새도록 울음이 그쳐지지가 않았다. 아기는 당숙모의 품에서 딸꾹질하면서 잠자고 있었다.

그 이튿날 밤이 되어, 타던 불이 완전히 꺼진 탄 숲같이 깜깜한 고향 하늘을 바라보았을 때 얼마나 추위를 느꼈던가! 한겨울에도 얼음 어는 일이 드문 남녘 땅이지만, 조짚뭇을 지붕 삼아 밭고랑에 드러누워 초겨울의 쌀쌀한 야기를 견디기란 참으로 힘들었다. 그래서 밭의 조그루를 일궈다 흙덩이를 털고 밤새도록 조그만 모닥

불을 피웠다.

세번째 날에는 그 밭에서 젊은이라고는 딱 혼자였던 돌챙이(석수)집 아들이 붙잡혀갔다. 본디 귀가 아흔 난 할망만큼이나 어두워 '귀막쉬' 별명이 붙은 반병신이라고 주위에서 말을 해주었지만 그대로 끌고 가고 말았다. 바로 그날 이웃 밭에서는 부치은(夫致恩) 각시 나오라는 걸, 귀도 어둡지 않은데 잘못 듣고 나간 구치은(具致恩) 각시가 붙잡혀갔다가 나중에 뒤바뀌는 촌극이 벌어졌단다.

그러나 육촌 형이 토벌군인 당숙네는 무사했다. 당숙어른은 아들의 군복 차림의 독사진을 항상 품속 깊숙이 간직하고 다녔다. 사진 뒷면에는 소속, 계급, 군번, 성명뿐 아니라 가족상황까지 적혀 있어서 양민증 나오기 전 때에 훌륭한 신분증 노릇을 해주었다. 계급은 갈매기 세개, 중사였다. 그러나 어머니가 살아 돌아온 것은 육촌 형 덕분도 아니었다.

옴팡밭에 수용된 지 일주일이 넘어, 측간으로 사용한 옆 밭이 똥무더기로 덮여 똥밭이 다 되어갈 때, 어느날 한림을 습격한 폭도를 토벌하고 읍내로 돌아가던 육촌 형이 중도에 차를 내려서 찾아왔다. 당숙어른이, 중호 어멍이 죽었는지 살았는지 알아보고, 살았거든 어떻게 빼낼 방도를 생각해보라고 종용해봤지만, 그는 고개를 설레설레 흔들어버리는 것이었다. "알아보는 것사 어렵지 않수다만, 빼내는 건 우리 관할 구역이 아니라 안되쿠다. 그 육지것들이 같은 토벌군이면서도 섬 출신이렌 허면 괄시허는 게 말이 아니라마씸. 이 섬 사람이라면 늙은이 어린것 할 것 없이 모두 한데 싸잡아 폭도로 몰아치길 좋아하는 그것들이 토벌군이렌 달리 생각해주는 중 알암수꽈? 이런 마당에 내가 남편이 폭도라고 의심받은 여자를 빼어달라고 말을 놓았다간 아명해도 내가 거꿀로 폭도로 몰릴 거우다, 틀림없이."

그래도 지서 순경 중에 육촌 형이 아는 사람이 있어서, 당숙네와 중호는 그날 당장 지서 숙직실로 잠자리를 옮길 수 있었다. 그런데 형이, 살았는지 죽었는지 알아보기나 한다면서 토벌군이 주둔한 분교로 떠난 지 한식경도 못되어서 뜻밖에 어머니가 살아 돌아올 줄이야. 잡히면 보통 길어야 이틀밖에 못 사는데 이레 동안 살아 있다 풀려나온 것은 정말 기적이라고 모두 놀라워했다. 어머니는 먼저, 기저귀가 단 한장뿐이라 갈아채울 것 없어 일주일 동안 내내 척척하고 지린내가 가실 날이 없던 중호의 등에서 아기를 받아안았다. 그러고서 이틀 후 그 지서 숙직실로 서북 사투리가 억센 토벌군 하나가 무장한 채 찾아왔는데 어머니는 곧 아기를 들쳐업고 종종걸음 치며 그를 따라나섰다. 어머니를 살려준 그 병정이었다. 계급은 갈매기 세개에 작대기 두개, 이등상사였다. 당숙어른은 도무지 못마땅하다는 표정을 짓고 혀를 끌끌 찼다.

둘은 그날 즉시로 중대장 지프차인지 무슨 차인지를 빌려 타고 화북에 있는 친정을 찾아가 아기를 맡기고 나와 살림에 들어갔던 모양이다. 그들은 나오다가 지서에 들러 말을 해놓고 갔던지 그후부터는 일절 순경이 와서 도피 중인 외삼촌 행방을 추궁한다고 외갓집을 못살게 굴지 않더란다. 그러나 그 대신 세살짜리 외손주를 키워야 하는 치욕은 어떻게 견뎌냈을까? 하여간 이렇게 어머니가 죽지 않고 살아난 것은 당신의 반반한 용모 때문이라고들 말했다.

졸지에 고아가 된 중호는 당숙의 소개로 읍내 고아원에 들어갔다. 읍내로 들어가는 길목에 기다랗게 놓인 한천교 다리, 난생처음 보는 다리라 어찌나 두렵던지 오금이 붙어 떨어지지 않던 기억, 어떤 아이는 벌벌 기어서 다리를 건넜지. 한달에 두번 외할아버지는 나무를 읍내 장에 등짐 져다 판 날은 꼭 고아원으로 손자를 찾아왔다. 고아원 밥이 부족해서 노상 배곯는 줄 잘 아는 할아버지는 집에서 쪄 가져온 고구마를 먹이고, 나무 판 돈에서 몇푼을 손에 쥐여주곤 했다. 그러면서 "널랑 크거든 꼭 군인이나 순경이 돼라, 이?" 하고 다짐을 주는 것이었다.

어머니의 그 뜨내기살림은 예상했던 대로 상대가 부대 따라 육지로 떠나버림으로써 일년 몇달 만에 파탄나고 말았다. 그동안 씨다른 동생 하나 생기지 않은 것만도 다행이라고 할까? 어머니는 친정으로 돌아갔다. 그때는 이미 불탄 고향마을이 재건된 때였지만 당신은 거기로 돌아갈 낯이 없었다. 섬이 평정되어도 아버지는, 다른 남정들이 그랬듯이, 종내 돌아오지 않았다. 아마 산에서 굶어 죽었든지 총 맞아 죽었든지 했으리라. 중호가 지금도 아버지에 대해서는 그저 무덤덤하게만 느껴지는 것은 그 죽음이 아버지에게만 닥친 특별난 것이 아니라, 이렇게 흔하디흔한 젊은 죽음들 중 하나라는 생각 때문이리라.

어머니가 돌아왔지만 중호는 고아원을 나오지 않았다. 고아원이 배고픈 곳이긴 해도 그때 집안 형편에 학교를 보내줄 만한 곳은 거기밖에 없었다. 어머니에게 돌아가지 않은 이유는 단지 그뿐이었을까? 아니다. 그 이면엔 일년 몇달 동안의 어머니 행적에 대한 철

없는 반발심도 섞여 있었으리라.

그 악몽의 현장, 그 가위눌림의 세월, 그게 그의 고향이었다. 그러니 고향은 한마디로 잊고 싶고 버리고 싶은 것의 전부였고, 행복이나 출세와는 정반대의 개념으로 이해되었다. 중호는 고향의 모든 것을 미워했다. 측간에서 똥 먹고 사는 도새기(돼지)가 싫고, 한겨울에도 반나체로 잠수질해야 하는 여편네들이 싫고, '말은 나면 제주도로 보내고 사람은 나면 서울로 보내라' 하는 속담이 싫고, 육지 사람이 통 알아들을 수 없는 고향 사투리가 싫고, 석다(石多)도 풍다(風多)도 싫고, 삼십년 전 그 난리로 홀어멍이 많은 여다(女多)도 싫고, 숱한 부락들이 불타 잿더미가 되고 곳곳에 까마귀 파먹은 떼송장이 늘비하게 널려 있던 고향 특유의 난리가 싫고, 그 불행이 그의 가슴속에 못 파놓은 깊은 우울증이 싫었다. 걸핏하면 버릇처럼 꺼질 듯한 숨을 내쉬는 어머니도 싫었다. 육지 중앙정부가 돌보지 않던 머나먼 벽지, 귀양을 떠난 적객(謫客)들이 수륙 이천리를 가며 천신만고 끝에 도착하던 유배지. 목민(牧民)에는 뜻이 전혀 없고 오로지 국마(國馬)를 살찌우는 목마(牧馬)에만 신경 썼던 역대 육지 목사(牧使)들. 가뭄이 들어 목장의 초지가 마르면 지체 없이 말을 보리밭으로 몰아 백성의 일년 양식을 먹어치우게 하던 마정(馬政). 백성을 위한 행정은 없고 말을 위한 행정만이 있던 천더기의 땅. 저주받은 땅, 천형의 땅을 버리고 싶었다. 찌든 가난과 심한 우울증밖에는 가르쳐준 것이 없는 고향, 그것은 비상하려는 그의 두 발을 잡아끌어당기는 깊은 함정이었다. 그 섬사람이 아니고 싶었다. 그래서 그는 적수공권으로 서울에 올라와 대학을 다

냈는데 입지전 속의 인물처럼 별의별 고생을 다 겪었다.

그가 대학에 갓 입학해서 고향 선배들로부터 들은 충고 중에는 고향을 밝혀 이익 될 게 없더라는 말이 들어 있었다. 이름을 대면 누구나 알 만한 정부 고위관리 누구누구, 학계의 누구누구도 원래는 고향 사람인데 본적까지 옮겨놓고 숨기고 있다 했다. 고학하느라고 대학을 육년 다니는 동안에 중호는 차츰차츰 사람이 서울식으로 닮고 닮아져갔다. 재학 중에 군대 갔다 온 후로는 주로 입주 가정교사를 했는데 서울 말씨를 배우는 데 이보다 더 나은 방법이 없었다.

그는 촌스러운 고향 사투리를 훌훌 떨쳐버리고 남다른 정열로 열심히 서울말을 익혔다. 수년 동안 가정교사라는 남의 집 고용살이를 하면서 서울말만 배운 게 아니라 눈칫밥 먹으며 서울말로 비굴하게 아첨하는 법까지 터득했다. 대학 졸업 후 직장을 가진 다음에도 얼마간 그 집에 눌러 있었는데, 그것은 소원대로 그 집 맏딸과 결혼했기 때문이었다. 남편의 본적을 따르기를 싫어하는 아내의 비위를 맞추려고 선선히 본적까지 옮기고 나니 그는 깔축없는 서울 사람이 되어버렸다. 그러나 메뚜기가 제아무리 뛰어봐야 고작 풀밭이라던가. 아무리 고치려고 해도 여전히 자기가 사는 동네 '모래내'를 '모레네'라고 하고 전에 살던 '갈현동'을 '갈년동'이라 하고 '확실히'를 '확실니'라고 발음하고 있는 한 고향의 올가미에서 벗어난다는 것은 가당치 않은 일이었다. 하물며 아내가 아는 이만원 돈 말고도 따로 만원을 몰래 부쳐드리는 어머니가 고향에 계신데야 더 말해 무엇하랴.

어머니를 생각하면 노상 체한 듯 가슴이 답답해지는 중호였다. 부쳐드리는 돈 삼만원 중 이만원은 꼭 초기(버섯)나 말린 옥도미로 바꾸어 반환해오는 어머니. 작년 여름 서울 오셨을 때, 그런 소포를 제발 보내지 말라고 애걸하다시피 했는데도 "아이고, 야야. 너가 객지에서 공부한다고 고생할 적에 어멍이라고 무신 거 보태준 것이 있어야지" 하며 고집 세우셨다. 그러나 보태준 것이 없다니, 그건 당치 않은 말이었다. 어머니가 잠수질해서 매달 꼬박꼬박 부쳐주던 그 돈을 내가 얼마나 요긴하게 썼던지! 절약하면 한달 용돈은 충분히 될 만한 돈이었다.

중호는 어머니의 그 해묵은 자격지심을 익히 알고 있었다. 당신의 말은, 도움을 적게 주었으니 도움을 받는 것도 적게 받겠다,라는 그런 뜻이 아니었다. 다만 막무가내로 아들이 어렵고, 육지 며느리에게 미안한 것이다. 당신은 아직도 삼십년 전 그 일을 가슴 갈피에다 꼬불치고 있는 것이다. 일년 몇달 동안 딴살림 차렸던 그 일 말이다. 그 일로 여태 나를 어려워하는 거다! 어머니가 그 해묵은 자격지심에 집착하면 집착할수록 상대적으로 중호 편에서도 그것은 도무지 잊을 수 없는 기억으로 못박혀버렸다. 잠재의식 속에 복병처럼 숨어 있는 아픈 기억이 되어버렸다. 아무리 심상히 여기고 유야무야 없었던 것처럼 낙천적으로 생각하려고 해도 도무지 그렇게 안된다. 그런 자격지심에 시달리는 어머니가 살아 계신 한.

중호는 바삐 사무 보는 중에도 문득 붉은 선혈이 뚜렷한 그 흰 저고리와 어머니를 데리러 왔던 서북 토벌군의 시푸른 군복이 서로 엇갈리며 떠오르는 수가 있는데, 그때마다 순간적으로 숨이 막혀 헐떡거리다가는 제풀에 맥이 풀려 늘어지는 버릇이 있다. 이 순간적인 호흡장애와 탈진상태는 과연 무엇을 뜻하나? 이 두루뭉수리 모호한 감정은 구체적으로 무엇일까? 수치감일까, 겁일까, 분노일까. 아마 이 셋이 뭉뚱그려진 복합된 감정이 맞을 것이다. 그러나 수치감이라니! 그럼 목숨을 살릴 수 있는 기회를 모질게 뿌리치고 죽어야 옳았단 말인가. 말도 안되는 소리. 비록 살림 차린 상대가 원수 같은 서북군이지만, 그것이 그후 서른해 동안의 홀어멍 생활로도 지울 수 없는 그리 더러운 얼룩이란 말인가? 밭일만 하는 중산간 부락으로 시집올 때 그만두었던 잠녀 물질을 다시 시작하여, 청춘과수의 더운 몸을 바다 물결에 식히고, 간장 썩는 한숨을 호이호이 숨비질 소리에 날려보내며, 죽을 목숨을 삼십년 더 버텨온 당신을 누구라 더럽다 할 것이냐! 남의 얘기 하기 좋다고 입방아 찧는 당숙네라면 몰라도 자식새끼라고 하는 나까지 그런 생각을 품어서야 될 말인가. 내가 불효막심한 자식이다! 중호는 사무치는 자괴감에 몸이 부르르 떨렸다.

피해자일 뿐인 어머니에 대한 이 가당찮은 반감은, 실은 마땅히 가해자한테로 향해야 할 분노가 차단된 데서 생긴 엉뚱한 부작용임을 그는 잘 알고 있었다. 응당 가해자의 멱살을 붙잡고 떳떳이 분노를 터뜨려야 하는데, 도무지 그렇게 할 수가 없었다. 지금도 그렇게 할 수 없다. 빨갱이로 몰릴까봐 두려운 것이다. 피해자인 섬사람들은 삼만이 죽은 그 엄청난 비극을 이렇게 천재지변으로 치부해버린다. 어쩔 수 없는 운명적인 것, 자신이 박복해서, 아무래도 전생에 무슨 죄가 있어서 당했거니 하고 체념해버린다. 허울 좋은 이념 때문에 폭동을 일으켜 살인, 방화를 일삼던 장본인들의 죽음이야 자업자득이라 하겠지만, 어째서 양민의 숱한 죽음들마저 자업자득이란 말인가. 그것을 자기 박복한 탓으로, 전생에 무슨 죄가 있는 탓으로 돌리다니.

어머니의 자격지심은 바로 그런 것이었다. 모든 것을 당신 탓으로만 여겼다. 천재지변과 같이 막강한 가해자들, 그들에게 분노나 증오를 품는다는 것은 마치 천둥벼락에 적개심을 품는 것과 다를 바 없이 허망한 노릇이었다. 고향 섬 해변을 수시로 침범하여 섬 여자를 약탈, 겁간, 살인을 자행하던 왜구들이 전설 속에서는 해룡(海龍)으로 묘사된 것도 바로 이러한 연유가 아니었을까? 인력으로 어찌할 수 없는 초월적인 존재인 해룡. 해룡에게 먹히는 사람들은 다 팔자소관일 뿐, 해룡에 대한 적개심은 털끝만큼도 없다. 오직 덜덜 떨리게 두려울 따름이다. 피 묻은 흰 저고리와 시푸른 군복이 문득 머리에 떠오를 때마다 숨이 가빠지는 것은, 그러니까 분노도 증오도 아닌 바로 겁이었다.

중호는 입술을 피 나게 깨물고 양미간을 찌푸렸다. 안된다. 왜 겁을 내! 꿈적꿈적 잘 놀라는 어릴 적 소아병을 이젠 청산해야지. 겁낼 게 아니라 불같이 노여워하고 무섭게 증오해야 한다. 그래야 나의 주눅 든 피해의식을 극복할 수 있다. 해룡의 탈을 벗기고 그 흉측한 정체를 알아봐야겠다. 막연히 육지 토벌군이니 서북군이니 할 게 아니라 구체적인 인명과 사례를 알아보자. 오늘 당장 고향 녀석들 모이는 데 이 이야기를 꺼내야겠다. 해룡에 대해서 얘기하고 듣고 되새기자. 다음부터는 모일 때마다 각자 사례를 한가지씩 취재해가지고 나오도록 하면 어떨까? 각자 가슴속에 묵혀둔 피해의식을 떳떳한 증오로 바꾸기 위해서, 그러나 증오가 보복이 되지 않도록 하기 위해서, 용서하기 위해서, '용서하지만 잊지 않기 위해서', 집 나가신 날을 기일로 제사 올리는 아버지의 억울한 혼백, 항상 자학의 채찍질에 시달리는 어머니의 자격지심, 나의 육지 콤플렉스를 위하여. 그 육지 콤플렉스라는 것은, 삼십년 전 그 세거리 길에서 어린 나의 뇌리에다 화인(火印)으로 뿌지직 태워놓은 상흔이었다. 그래서 나는 아부를 배운다. 육지 사람의 환심을 사려고 알랑방귀를 뿡뿡 뀐다. 아니, 섬사람의 허울을 벗고 육지 사람으로 탈바꿈하려고 안달복달한다. 육지 여자와 결혼한다. 심지어는 본적까지 옮긴다. 그래서 과연 나는 육지 사람이 되었나?

중호는 자기도 모르게 쓰거운 자조의 웃음이 새어나왔다. 홈드레스가 철철이 세벌 있는 곱상한 아내…… 시어머니의 사투리를 알아듣지도 못하고 알아들으려고 애쓰지도 않는 아내…… 큰놈 영조도 제 할머니의 말을 알아듣지 못한다. 둘째 놈 돌날이라고 마지못해 올라오시는 어머니, 또 사나흘 며느리 눈치만 살피며 서먹서먹 지내다가 내려가시겠지. 비행기 타고 가시라고 해도 막무가내로 밤기차를 타시겠지. 중호는 자신의 무력함에 새삼 화가 치밀었다. 시어머니보고 어머니라고 부르기 힘들어 쩔쩔매는 며느리. 몇해 전 결혼식에 올라왔을 때 처음 만나보고 여태 서로 못 만나고 있는 시누이와 올케. 머구리배 탄다는 매부와는 한번도 만난 일이 없는 아내였다. 재작년 외할아버지 돌아가셨을 때도 임신 육개월밖에 안된 몸 가지고 그걸 핑계 삼아 안 내려간 아내, 그러니까 아내에겐 시집이 없다. 시집온 여자가 시집이 없다니! 어쩌다 일이 이 지경이 되고 말았나? 모든 게 고향을 외면한 나 자신의 허물이구나! 아무래도 본적을 물러야 할까보다. 그래, 당돌하지만 본적을 다시 고향으로 옮기자! 먼저 그렇게 해놓으면 모든 게 기정사실이 되어 척척 따라올 게다. 내가 서울 사람이 되고 싶어 본적을 옮길 적엔 나 자신에 대해서 호적이나 병적 관계 서류 떼기가 불편하다는 옹색한 변명을 달았었지만, 이젠 주민등록제가 생겨서 아내가 그런 핑계를 들고나올 수 없게 되었다. 아내가 받는 충격은 아마 클 것이다. 잘 달래야지. 우선 리허설로 몰래 돌날에 고향 친구들을 초대해야지. 어머니 외에는 십년이 넘도록 고향 사람이 드나들어 본 적이 없는 성역—기름보일러 난방의 이층집에다 홈드레스가 철철이 세벌 있는 아내, 토끼 같은 아들이 둘, 부장 전용차, 일요 테니스가 포함되어 있는 중류생활을, 고향 촌놈들을 떼거지로 끌고 들어와 여지없이 유린하고 말리라. 춘호야, 연락연락해서 무지막지한 놈들 한 서른명만 데리고 오너라. 대낮부터 끌어들여 밤늦게까지 고향 사투리로 시끌덤벙 북새통을 벌여놔야지. 망할 놈의 집구석, 마구 소리지르며 푸닥거리를 해대는 거야. 나도 억병으로 취해가지고 겔겔거리다가 마누라 대신 밤늦어 집에 못 간 동창 녀석 한놈 껴안고 곯아떨어져버려야지.

그때 전화벨 소리가 또 울렸다. 중호는 또 반사적으로 흠칫 놀랐다. 혹시 어머니가 아닐까? 아니지, 어머니는 저녁차로 오시는데. 과연 그것은 역전 파출소에서 걸려온 것이 아니라, 이사실에서 데이터 보고가 더디다는 득달같은 독촉 전화였다.

아내와 개오동

석규는 혼자서 빈집을 지키며 외출한 아내를 기다렸다. 마루 쪽 문지방을 베고 누워 바라보니까 마당 풍경은 마루 안쪽으로 비스듬히 기울어져 보였다. 밖은 오동나무의 넓적넓적한 잎사귀들이 빼곡 들어차 있어서 햇빛은 좀처럼 새어들지 않는다. 이따금 바람이 불어와 잎사귀들이 서걱거리며 술렁일 때만 잎 틈새로 찢어진 햇빛이 섬광처럼 번쩍번쩍 파열했다가 사라질 뿐이다. 햇빛을 받은 잎사귀들은 얼핏 보면 5월의 신록처럼 반투명의 엷은 초록색으로 변하고 그물처럼 뻗어 있는 엽맥이 선명하게 드러나 보인다.

서향 창이라 여름마다 오후가 되면 해가 들어 방을 후끈 덥혀놓던 것이 올여름에는 무성하게 자란 오동나무 가지들이 추녀 밑으로 뻗어와 이렇게 그늘을 드리워주는 것이다. 그러나 초복이 가까워져 날씨가 더워지자 이 그늘도 이젠 서늘한 맛이 조금도 없다. 후줄근하게 늘어지도록 뜨거운 햇볕을 쏘인 나뭇잎들은 독하고 쓰거운 냄새를 방 안으로 물컥물컥 토해놓았다. 이 냄새는 시멘트 덮인 마당에서 훅훅 끼쳐오는 뜨거운 반사열과 뒤섞여 숨을 헉헉 막히게 만드는 것이었다. 게다가 나뭇잎들은 온통 벌레투성이였다. 그중에 두잎은 벌레들이 엽록소를 죄다 파먹어 앙상한 엽맥만 남았다. 자디잔 털북숭이 벌레들이 한움큼씩 덩어리져서 뿌연 거미집 같은 것을 뒤집어쓰고 무수히 꼬물거리고 있는 것이 눈에 띄었다. 보나 마나 창틀에는 이 벌레들이 싼 똥이 석탄가루같이 까맣게 떨어져 있으리라. 어제 아내는 드디어 비명을 질렀다.

"이젠 당신이 좀 어떻게 해봐요. 벌레를 잡든지 나뭇가지를 치든지…… 벌레들이 온 데 다 기어다녀요. 방 안에도 들어오고……"

그러나 석규는 제 방에 틀어박힌 채 들은 척도 하지 않았다. 그게 어디 벌레 잡고 나뭇가지를 친다고 될 일인가. 저놈의 나무를 아주 베어넘겨야 해. 이렇게 중얼거리면서도 그는 누운 채 꼼짝도 하지 않았다. 그는 여태 단 한번도 아내를 도와 벌레를 잡아본 적이 없었다. 그가 방 안에 틀어박혀 하도 꿈쩍 안하니까 별수 없이 아내 혼자서 벌레를 잡았다. 마당의 시멘트 바닥에 뻴뻴 기어다니는 털북숭이 벌레들을 보면 질겁해가지고 발을 동동 구르며 어찌할 바를 모르던 그녀가 나중엔 이력이 붙었는지 아무 거리낌 없이 벌레를 발로 밟아 뭉개고 태질쳤다.

아내는 블루진 핫팬츠를 입은 다리를 의자 위에 올려놓고 기다란 작대기로 벌레 앉은 잎사귀를 따냈다. 아내가 더 높은 가지에 달린 잎사귀를 따내려고 무용수처럼 뒤꿈치를 들고 팡팡한 궁둥이를 얄기죽거리는 모양을 창 너머로 바라볼 때마다 석규는 가슴이 조마조마해지는 것이었다. 가슴에 안으면 뼈마디가 아프게 느껴질 정도로 깡마르던 몸이 어느새 저렇게 살이 붙었나? 허리에, 허벅지에 살집이 투덕투덕 붙어 핫팬츠 밖으로 탱탱해진 아내의 몸매에 석규는 적이 놀라는 것이었다. 눈부시게 희디흰 허벅지의 살빛은 여차하면 당장 불타오를 휘발유처럼 위태위태해 보일 지경이었다.

큰 바가지 둘 엎어놓은 것같이 양쪽으로 짜개져 얄기죽거리는 궁둥이. 아내는 바로 창밖에 있었다. 손을 내밀면 금방 닿을 수 있는 거리였다. 일에 열중한 나머지 작대기를 쿡쿡 내지르며 끙끙 안간힘 쓰는 소리까지 다 들려왔다. 흡사 그것이 방사 치를 때 아내의 입에서 단 입김에 섞여 새어나오던 그 앓는 소리 같아서 기분이 묘해지는 것이었다. 아내는 분명 손을 내밀면 닿을 수 있는 아주 가까운 거리에 있었다. 손을 잡아 낚아채기만 하면 아내는 나긋나긋 끌려오리라. 그러나 석규는 그만 고개를 살래살래 흔들고 마는 것이었다. 도무지 자신이 없었다. 아내의 도발적인 핫팬츠는 그에게 더 심한 좌절감만 안겨줄 뿐 불끈 충동을 치솟게 해주지는 못했다.

석규가 늪에 빠진 듯 이러한 무력감에 사로잡혀 옴짝달싹 못한 지가 벌써 한달이 넘어 된다. 처음엔 일시적인 심적 현상이겠거니 하고 대수롭지 않게 여겼으나 시간이 가도 도무지 호전될 기미가 없었다. 한밤중에 그 몇번이나 아내 앞에서 수치스러운 꼴을 당했던가. 아무리 진땀을 삘삘 흘리면서 애썼지만 도무지 일을 치를 수가 없었다. 아무리 구슬리고 달래고 꼬집어도 그놈은 껍질 속에서

통 기어나오지 않았다. 노상 오뉴월의 가래엿처럼 휘늘어져 있을 뿐이었다.

그래서 아내가 일주일에 두세번씩 밤중에 그의 방으로 건너오던 오래된 관행은 깨어지고 말았다. 그러니까 무력증에 시달리는 석규의 의사에 따라 아내가 마루를 건너오지 않은 지도 벌써 한달이 되어가는 것이다. 그러거나 말거나 아내는 의자 위에 올라서서 핫팬츠로 싸인 궁둥이를 얄깃거리며 열심히 오동나무 벌레를 잡아냈다. 그러나 벌레는 잡아도 줄어들기는커녕 오히려 왕성한 번식력으로 자꾸만 사방에 번져갔다.

어찌 보면 오동나무는 충해에 시달린다기보다는 벌레가 들끓는 게 오히려 살맛 나는지 우쭐우쭐 잘도 자라는 것이었다. 오동나무의 번식력은 결코 벌레들에게 뒤지지 않았다. 하기는 아내도 이에 못지않게 싱싱하고 활기찼다. 벌레들이 창궐하면 할수록, 아내가 잎을 따내면 따낼수록, 초복 더위가 기승을 부리면 부릴수록, 오히려 오동나무는 더 기세 좋게 휘휘한 가지를 쭉쭉 내뻗고 넓적넓적한 잎사귀를 마구 피워올렸다. 그건 식물이라기보다는 차라리 진드기가 온몸에 잔뜩 달라붙은 공룡같이 기분 나쁜 원시동물로 느껴졌다. 이렇게 징그러운 수컷같이 생겨먹은 나무에 핫팬츠 바람으로 매달려 있는 아내를 바라보는 일은 결코 마음 편한 일이 아니었다. 어찌 보면 아내는 이 이상한 동물과 썩 죽이 맞는 써커스단의 발랄한 조련사처럼 보이기도 했다. 심지어 어떤 때는 아내의 흰 허벅지가 굵은 나무줄기에 칭칭 감겨 있는 환각에 사로잡힐 때도 있었다.

하여튼 나무는 집의 모든 것을 석권하기 시작했다. 거의 온 마당이 이 나무 그늘 밑에 들어갔다. 장독대를 뒤덮고 추녀 끝을 찌르고 역한 냄새 나는 가지 끝을 석규 방으로 빼짓이 들이밀기도 했다. 화단에도 그늘이 들어 분꽃도 백일홍도 맨드라미도 미처 꽃을 피우지 못한 채 노랗게 이울어갔다. 게다가 개털까지 날아들어 곰팡이처럼 화단을 허옇게 덮었다. 아내는 죽은 화단을 모조리 파헤쳐, 따낸 벌레 붙은 오동잎을 파묻었다. 그러나 이슥고 온 화단이 벌레 무덤으로 가득 차버리자 벌레를 잡아도 처치 곤란이었다. 벌레 붙은 잎들을 쓰레기통에 버렸다가는 사방 벽에 벌레가 기어다닐 판이고, 또 청소부가 벌레투성이 나뭇잎들을 치워가줄지도 의문이었다. 그렇다고 그 징그러운 것들을 일일이 발로 짓밟아 죽이기는 더더욱 못할 짓이었다. 그래서 아내는 결국 손을 들고 만 것인데, 이제 와서 벌레를 없애는 유일한 방법이 있다면 그건 나무를 밑동에서 싹둑 베어내버리는 것뿐이었다.

저 나무는 사년 전, 오랜 전세생활 끝에 이 두칸짜리 집을 사서 이사 올 때 몸소 사다 심은 것이었다. 밑동이 종아리 굵기만 한 게 다른 나무에 비해 퍽 실팍하고 값도 싸 보여서 사다 심었는데 그게 알고 보니 개오동이었다. 단지 오동나무라고만 알고 있었는데 나중에 놀러 왔던 장모가 그렇게 일러주었다. 그러면서 개오동은 집 안에 심는 것이 아니니 어서 뽑아버리라는 것이었다.

그러나 석규는 미신이 많은 장모의 말을 믿지 않았다. 고급 농도 만들고 악기도 만드는 좋은 나무인데 왜 흉물스럽다고 하시는가. 게다가 여름날 비가 올 때 저 넓은 잎사귀에 후둑후둑 비 떨어지는 소리는 참 듣기 좋았다.

그러나 결국 장모의 말이 옳았다. 오동나무는 이제 도무지 주체 못할 지경으로 커져버린 것이다. 집 위를 온통 뒤덮고 하루하루가 다르게 무섭게 번식해가는 저 나무를 보면 불현듯 가슴이 섬뜩해지곤 했다. 징그러운 촉수 같은 오동나무 가지는 사방에 뻗어나가 집을 마구 옭아맸다. 꽃밭이 죽고 장독대가 그늘졌다. 바람 부는 밤이면 지붕 위에 올라간 나뭇가지들이 기왓장을 스치는 을씨년스러운 소리에 곧잘 잠을 설치곤 했다. 거기다가 털북숭이 징그러운 벌레들이 사방에 기어다녔다. 마당의 시멘트 바닥에는 밤 동안 연탄광에 들락거린 아내의 슬리퍼 신은 발에 밟힌 벌레들이 푸르죽죽한 물을 토하고 죽어 있었다.

어떻게 저놈을 해치워야 할 텐데. 몸소 사다 심은 나무라 애착이 가서 못 베어넘기는 게 아니었다. 그러면 톱질 한번 제대로 해본 적이 없는지라 저렇게 덩치 큰 나무를 베어넘길 엄두가 안 나서 그런가? 하기는 저 나무가 그의 서투른 톱질에 호락호락 넘어갈지 의문이긴 했다. 톱질을 해본 적이 없으니 집에 톱이 있을 리도 없었다. 어디 가서 톱을 사와야 하는데 저 나무에 톱질을 먹이려면 아무래도 근처 철물점에서 파는 따위 회초리같이 휘휘한 작은 톱 가지고는 어림도 없으리라. 그렇다고 순전히 나무 하나를 베기 위해 청계천까지 진출해서 큰톱을 사와야 하는 일이 도무지 엄두가 안 났다. 그러니까 결국 나무 베기를 차일피일 미뤄온 것도 말하자면 그의 무력감 때문이었다. 아내의 핫팬츠에 손이 가닿지 않은 것처럼 그의 손아귀엔 톱을 쥘 매가리가 없었다. 그건 또 뭐랄까, 셋방살이할 적 언젠가 당했던 연탄가스 중독처럼, 의식은 또렷하여 어서 방문을 열고 공기 맑은 밖으로 나가야지 나가야지 하고 애를 바득바득 쓰면서도 몸이 달싹하지 않는 무력감과 같은 것이었다.

도대체 손가락 하나 까딱하기가 싫었다. 모로 쓰러진 보릿자루처럼 장판에서 등을 떼기가 참으로 어려웠다. 흡사 독약이 온몸에 퍼져 있는 것처럼 노상 살덩어리는 맥없이 느슨하게 풀어져 장판에 눌어붙어 있고 손아귀에 쥐이는 것은 오직 무력감뿐이었다. 이게 실직자가 앓는 병인가? 하기는 십년 가까이 몸담고 있던 바쁜 기자생활을 홀연 집어치우고 놀고 있으니, 다소 생활에 리듬이 어긋나고 실조(失調) 현상이 오는 것은 당연한 일이리라. 그러나 석규의 경우에는 증세가 너무 중증이었다.

한달 서른날 중 열흘 남짓은 하기 싫은 일이지만 그래도 일거리가 있어서 바쁘게 지나갔다. 그것은 기독교 관계 출판사의 청탁으로 영문 설교집이나 신학 저술을 번역하는 일이었는데 크리스천이 아닌 그로서는 그게 여간 고역이 아니었다. 상상력이 개재할 틈이 없는 무미건조한 작업이라 도무지 몰두가 안되었다. 영어사전보다는 성경을 더 많이 뒤적거려봐야 했다. 그래서 본의 아니게 갈수록 성경 지식만 쓰잘데없이 늘어가는데, 석규는 그것이 공연히 억울하고 짜증이 나는 것이었다. 그러나 달리 돈 나올 구멍이라곤 없는 석규로서는 그 일이 쓰다 궂다 할 계제가 아니었다. 한달 번역료 십몇만원에 세 식구가 전적으로 밥줄을 매달고 있는 지금, 그나마도 일감이 적은 게 오히려 아쉬운 판이었다.

실직한 처음 두달은 그런대로 손에 일감이 떨어지지 않았었다.

신학 저술 번역 외에도 한국인 2세 미국 교수의 소련 기행이니, 쏠제니찐의 연설문 같은 시사성 있는 번역거리가 심심찮게 걸려들었다. 무미건조한 신학 저술과는 달리 시사성 있는 이런 번역거리들은 생생한 현장감과 새로운 정보로 그를 항시 일에 몰두시켜주었다. 직장에서 기사를 쓸 때처럼 손아귀에 땀이 배고 등뻐가 꼿꼿하게 일어서는 것이었다. 하도 몰두한 나머지 밤을 새울 때도 있었다. 그러나 이런 생활의 긴장감은 오래 지속되지 않았다. 일거리가 점점 줄어들더니 이제는 그 지겨운 신학 저술 번역 일만이 남은 것이다. 그것도 언제 출판사 쪽에서 그만하겠다고 일방적으로 통고해올지 모를 일이었다.

아침에 번역 원고를 싸들고 출판사에 갖다준다고 나간 아내가 여태 돌아오지 않으니 무슨 일일까? 설마 새 일감을 얻지 못하고 그냥 돌아오는 것은 아닐 테지.

하기는 신학 저술 번역 외에도 다른 번역 일을 하고 있기는 했다. 그건 마르쿠제를 번역하는 일이었다. 청탁받아서 하는 일도 아니고 그렇다고 나중에 출판해볼 포부로 시작한 일도 아니었다. 그건 단지 석규 나름대로 생각해낸 독서 방법일 따름이었다. 처음 신문사를 그만둘 때 생각이 실직 기간이 얼마나 계속될지 모르지만, 그동안 독서나 열심히 해두자는 것이었다. 바쁜 기자생활이라 독서할 짬을 통 낼 수 없는 것이 얼마나 아쉬웠던지! 술 마시며 허송할 시간은 있어도 막상 독서할 시간은 없는 게 기자생활이었다. 요즘 해설기사라는 것들이 하나같이 그 이론 전개가 일반 상식의 범위를 벗어나지 못하는 졸작이 많다는 소리가 들려올 때마다 얼마나 낯 뜨거웠던가. 모든 것이 빈약한 독서량 때문이었다. 그렇다고 신문사에 복귀할 것을 꼭 전제로 해놓고 권토중래의 준비 작업으로서 독서를 시작한 것은 아니고 책 읽을 틈 없이 바쁘던 기자생활에 대한 앙갚음으로 시작한 것이었다. (아니다. 솔직히 말해서 석규는 스스로 박차고 나온 회사에서 자기를 불러주기를 은연중에 바라고 있는 게 사실이었다!)

그러나 독서는 뜻대로 되지 않았다. 책을 펼치기만 하면 책장에서 마취성 기체가 피어오르는지 으레 눈이 스르르 감겼다. 눈을 아무리 부릅뜨고 책장을 노려봐도 활자들은 그저 생뚱생뚱하고 터진 데로 물 새듯 졸음이 새어들어오는 것이었다. 그래서 결국 적극적인 독서 방법으로 마르쿠제 번역을 해보는 것인데 그것 역시 별 효과가 없었다. 책은 안 읽히고 신문사에 복직되리라는 희망은 점점 멀어져갔다.

그야말로 실직 칠개월은 수마(睡魔)와 싸운 세월이었다. 몰두할 일이 없어지자 두개골은 텅 비어버리고, 대신 그 텅 빈 공간에 수마가 똬리 틀고 들어박혀 있었던 것이다. 졸음이 그렇게 고통스러울 줄이야. 아무리 자도 노상 졸립기만 했다. 허구한 날 하품을 벅벅 해대고 눈물을 글썽거렸다. 졸음을 쫓아내려고 벽에다 머리를 짓찧고 손등을 물어뜯기를 얼마나 했던가. 석규 생각엔, 졸음이 머릿속에 똬리 튼 황구렁이로만 여겨지는 게 아니라, 사정없이 덤벼드는 쉬파리떼로 느껴지기도 했다. 몸을 흔들면 잠시 붕 날아올랐다가는 이내 새까맣게 내리덮는 쉬파리떼. 성한 몸뚱어리는 쉬파리떼의 공격을 받아 점점 썩어갔다. 점점 허물어져갔다.

모자라는 생활비를 충당하려면 번역 일감을 더 얻어야 할 텐데. 어서 완혁을 만나고 출판사들을 돌아다녀봐야지. 늘 이렇게 생각하면서도 그는 외출은커녕 전화질조차 하지 않았다. 탈고한 원고를 갖다주고 새 일감을 받아오는 것도 아내에게 맡겼다. 기분전환으로 이따금 바깥출입도 할 만한데 내가 왜 이렇게 두문불출일까? 돈 쓰는 게 무서워서? 하기는 생활비에서 그가 용돈으로 축낼 여유는 없는 게 사실이었다. 한달 생활비 십일이만원이란 가장의 용돈 없음을 의미했으니까. 그 때문에 술담배를 끊은 석규였다.

그러면 혹시 이 무력증은 술담배를 끊은 데서 오는 부작용이 아닐까? 금주 금연자들이 처음 팔개월 동안은 상당히 애먹는다고 하는데 이것도 바로 그 현상이 아닐까? 뭔가 잃어버린 듯 허전하고 이유 없이 노곤한 증세. 십여년 동안 니코틴과 알코올에 절어온 세포들이니 그 해묵은 습관에서 벗어나려면 아무래도 심리적으로 다소 실조가 오게 마련이리라. 목마른 세포들이 헐떡거리는데 심리적으로 온전할 턱이 없는 것이다. 그렇지만 이건 전적으로 술담배 후유증이라고 말하기에는 증세가 너무 중증이었다. 술담배 하고 싶은 유혹을 견뎌내는 데 모든 힘을 탈진해버려 다른 일에 쏟을 여력이 없어졌다는 것은 도무지 말이 안되지 않는가. 하여간 생활비 축내는 게 아깝다는 것이 외출 못하는 사유는 될 수 없었다. 생활비가 모자라니 일감을 더 구하기 위해서라도 부지런히 밖을 싸돌아다녀야 할 것이다.

이때 한줄기 더운 바람이 훅 불어왔다. 오동나무 잎사귀들이 흔들려 서걱거리고 마당에 떨어진 개털이 뿌옇게 날아올랐다. 석규는 화단 쪽에다 힐끗 눈길을 주었다. 개는 여느 때처럼 거기에 엎드려 있었다. 그 자리에 붙박인 정물처럼 꼼짝도 않는다. 언제 보아도 저놈은 저 자리를 한치라도 벗어난 일이 없다. 짧은 끈에 매여 있으니 그럴 수밖에.

개는 양 귀를 맥없이 내리고 눈을 감은 채 바람이 지나가도 귀 하나 달싹하지 않았다. 저놈이 도대체 지금 자고 있을까? 아니, 그냥 눈 감고 참고 있는 걸 테지. 뭔가를 견뎌내고 있는 거야. 글쎄, 정말 그럴까? 석규는 의심스럽다. 석규의 생각에 저 개는 끈을 풀어줘도 저 자리를 떠날 것 같지가 않다. 오랫동안 저 좁은 공간에 붙박여, 먹고 싸고 뭉개며 살아왔으니 이젠 아주 타성이 되어버렸으리라. 그게 얼마나 오래됐더라. 아내는 개가 똥을 아무 데나 함부로 싸고 다닌다고 처음 친정에서 가져올 때부터 매어서 길렀다. 그러니까 몇달이 됐나? 직장에 나갈 때는 저 개가 있는지 없는지 존재조차 느껴지지 않을 정도로 관심이 없었던 석규인지라, 언제 아내가 저 개를 데려왔는지 기억날 리가 없었다. 아마 일년은 될 테지. 하여간 석규가 개의 존재를 구체적으로 의식한 것은 실직 후 집에 붙어 있게 되고서부터였다. 보니까 개는 노상 매여 있는 것이었다. 아직 구속에 길들여지지 않았던지 죽을힘을 쓰며 몸에 매인 자기 집을 이리저리 끌고 다니는 개를 보면 몹시 안쓰러운 생각이 들었다. 그래서 걸핏하면 끈을 풀어놓기를 잘했는데 그 때문에 아내와 다툴 때가 여러번이었다. 개에게 '봉봉'이라는 예쁜 이름까지 몸소 지어준 아내가 저렇게 매정한 구석이 있었던가? 그러나 아내는 아내대로 억울하다는 듯이 울먹거리기까지 했다.

“당신 기분은 다 알아요. 그렇지만 나까지 억압자로 몰진 마세요. 누군 개를 학대하고 싶어서 하나요? 온 집안이 더러워지니까 그렇지. 아무 데나 똥을 싸고 개털이 온통 부엌에 날아드는데……”

“좋아, 그러면 똥은 내가 뉘지.”

그래서 아침 산보가 시작되었다. 아침마다 규칙적으로 똥 누일 요량으로 산보길에 데리고 나갔다. 진돗개와 스피츠의 잡종인 이 개는 무척 석규를 따라서, 산보에 데려가려고 끈을 풀면 어떻게나 반색을 하는지 낑낑 앓는 소리를 내며 오줌을 질끔거리는 것이었다.

봉봉 말고도 석규가 늘 집에 붙어 있게 됨으로 해서 신이 난 것은 다섯살짜리 아들놈이었다. 술 취해서 자정이 가까워야 귀가하기 일쑤이던 아빠를 늘 마주 대할 수 있는 것이 진철이 놈은 철없이 좋았던 것이다. 그러나 녀석의 관심은 퍽 일시적이었다. 한달도 못 가 아빠에 대한 관심과 호기심으로 반짝거리던 눈빛은 시들하게 죽어버렸다. 이제 녀석은 제 아빠와 놀려고 들지 않는다. 아니, 방에만 틀어박혀 있고 수염도 깎지 않은 제 애비가 오히려 두렵기까지 한 모양이었다. 엄마가 외출할 때면(하다못해 시장에 갈 때라도) 녀석이 기를 쓰고 따라나서는 것은 아마 제 애비와 단둘이 있기가 싫기 때문이리라.

석규를 따르는 것은 오직 봉봉뿐이었다. 그는 아침마다 개를 데리고 강가로 나가 똥을 뉘었다. 아내는 이제 더이상 개를 붙잡아맬 구실이 없었다. 새벽마다 석규는 자리에서 벌떡 일어나 단숨에 강가로 달려갔다. 봉봉도 옆에서 바싹 붙어 달렸다. 아직 어둑어둑한 골목길을 댓바람에 내달려 강변도로의 철책 위를 휘딱 뛰어넘고 차도를 횡단해서 급경사의 강둑 밑으로 곤두박질치듯 뛰어내려가 폐유를 뒤집어쓴 더러운 자갈밭에 나둥그러지는 것이었다. 온몸에 땀이 솟구치고 심호흡에 물컥물컥 맡아지는 썩은 강물 냄새도 싫지가 않았다. 이렇게 시작된 아침 산보는 한편 석규의 정신건강에도 좋은 영향을 주어서 쇠락하기 쉬운 실직생활에 미미할망정 생활 리듬의 명맥을 이어가게 했다.

이 새벽의 눈부신 질주는 그러나 몇달 계속되지 못했다. 어느날 아침 석규를 따라 강변도로를 횡단하던 봉봉이 트럭에 치이고 말았던 것이다. 개는 물 젖은 걸레뭉치처럼 아스팔트 위에 내던져져 맥없이 깽깽거리고 있었다. 털가죽을 뚫고 흰 뼈가 튀어나오고 아스팔트의 황색 차선 위에 선혈이 번졌다. 죽지 않은 것만도 다행이랄까. 개는 뒷다리 하나가 으깨져 아주 못쓰게 되어버렸다. 그뒤부터 개는 아무리 잡아끌어도 산보길에 따라나서지 않았다. 따라나서기는커녕 사고 당시 정신적 충격이 얼마나 컸던지, 먼 데서 차 소리만 들려와도 꼬리를 사리며 으르렁거리는 것이었다. 사실 석규로서도 남 보기 창피하게 절뚝거리는 개를 데리고 다니고 싶은 심정은 아니었다.

결국 개는 다시 아내의 손에 붙잡혀 녹슨 쇠사슬 끈에 묶여 제집 문설주에 매였다. 전 같으면 붙잡아매도 집달팽이처럼 제집을 질질 끌고 다니던 놈이 이번엔 아주 다소곳이 오라를 받아 묶이는 것이었다. 그걸 보자 석규는 이상스럽게도 온몸에서 맥이 쑥 빠져나가는 것이었다. 안간힘으로 지탱해주던 그 무엇이 빠져나간 느낌이었다. 그러니까 나의 무력증은 혹시 이렇게 해서 시작된 것이 아닐까?

이젠 아침 산보도 하기 싫었다. 실직한 뒤 문밖출입이라곤 아침 산보뿐이었는데 그것마저 그만두었으니 문자 그대로 두문불출이었다. 다리몽둥이가 부러진 앉은뱅이가 되어버린 것이다. 오로지 책상에 붙어앉아 번역 일만 했다. 석규는 번역 일에 몰두하다가도 문득, 자신의 목이 개끈으로 책상 다리에 붙들어매여 있는 게 아닌가 하는 엉뚱한 망상에 사로잡혀 슬그머니 목을 쓸어보곤 했다. 어떤 때는 번역 원고지를 한칸 한칸 메꾸어가는 자신이 양계장의 닭과 동일시되기도 했다. 협소한 칸막이에 갇혀 열나게 알만 낳는 닭, 아내는 알을 낳자마자 거둬가는 양계장 주인이고…… 그러나 이젠 알도 처음만큼 많이 낳지 못한다. 번역 일거리가 많이 줄어든 것이다. 알을 별반 못 낳는 닭은 주인의 눈 밖에 나 살코기로 팔려나간다고 하던가? 어쩌다 드문드문 알을 낳을 뿐, 허구한 날 꾸벅꾸벅 졸기가 일쑤인 병든 닭. 아내가 요즘 참다못해 무슨 부업을 해보려고 돌아다니는 모양이지만, 석규는 그저 모른 척할밖에 속수무책이었다.

바람이 다시 불어와 오동나무 잎새들을 흔들어놓았다. 그 소리에 개가 설핏 눈을 떴다. 귀를 세우고 잠시 지나가는 바람 소리를 듣다가 이윽고 석규와 눈이 마주쳤다. 개 꼬리가 보일 듯 말 듯 두어번 맥없이 흔들렸다. 아마 반갑다는 모양이다. 그러나 개는 석규가 채 눈을 돌리기도 전에 먼저 눈을 도로 감고 앞발에다 턱을 묻어버리는 것이다. 개가 석규를 닮아가는 것일까, 석규가 개를 닮아가는 것일까? 개도 분명히 제 주인처럼 병들어 있었다.

그는 이따금 자기 몸뚱이가 푸석한 연탄재같이 비슬비슬 부스러져내리는 착각에 사로잡힐 때가 있는데, 얼마 전부터 이런 생각은 곧잘 이 집의 기초가 조금씩 주춤주춤 내려앉아 허물어져간다는 망상과 연결되곤 했다. 이 집 어딘가에 수도가 새는지도 모른다고 석규는 생각하고 있는 것이다. 보름 전에 이달 치 수도요금 납부고지서를 받았는데 요금이 평소보다 두배나 많이 기재되어 있었다. 전화 걸어 항의를 했지만 수도국에서는 집 어딘가에 누수처가 있음이 분명하다고 단정적으로 말하면서, 검침원이 계수를 잘못했을 가능성은 전혀 인정하려고 들지 않았다. 수도요금을 내기 전에 수도국을 직접 찾아가 따져야지 하고 다짐해보지만, 허구한 날 장판에 드러누워 생병을 앓고 있는 석규로서는 그것도 역시 무리였다. 결국 수도국을 찾아가기 싫은 핑계로, 정말 수도가 새고 있을지도 모른다는 생각이 은연중에 그의 머리에 사실로서 자리 잡기 시작했다. 그런 생각은 특히 밤에 더했다. 요즘 불면증으로 고생하는 그는 밤중에 어디서 쫄쫄 물 새는 소리가 들려오는 듯한 착각에 사로잡혀 더더욱 잠을 이룰 수가 없었다. 쉬지 않고 새어나온 물은 사방에 새어들었다. 기둥뿌리를 썩히고 집을 앉힌 단단한 지반을 묵처럼 짓무르게 했다. 점점 지렁이가 득실거리는 물구덩이가 되고 집은 주춤주춤 가라앉았다. 어떤 때는 그 물이 턱밑까지 차올라 기겁하면서 잠을 깨는 일도 여러번 있었다. 그저께는 밤중에 고함까지 질렀는지, 놀라 잠이 깬 아내가 마루를 건너왔다. 아내는 가위에 눌린 채 옴짝달싹 못하는 석규의 얼굴에다 경기 들린 아기에게 하듯이 찬물을 찍어 발라주었다. 그 섬뜩섬뜩한 냉기가 차츰 제정신나게 해주었다. 아내는 식은땀이 솟은 맨가슴팍과 등허리를 수건으로 닦으면서 말했다.

"안되겠어요, 불면증까지 생기고. 이 방에 당신 혼자 내버려둬선 정말 안되겠어요. 그러다간 정말 더 큰 병을 얻고 말아요. 이 방은 썩은 늪 같애요. 그리고 나도 따로 자니깐 선머슴 닮아가는 것 같고…… 그래서 생각한 건데요, 이러면 어때요? 마침 생활비가 모자라 쩔쩔매는 처지이기도 하니, 방 하나 세놓기로 하죠. 이 방은 세줘버리고 당신은 안방으로 건너오고…… 좋잖아요?"

석규는 아무런 대꾸도 하지 않았다. 생활비가 모자라 방을 세놓겠다는데 벌이가 시원찮은 가장으로서 무슨 할 말이 있겠는가. 그렇지만 어쩌다 해보는 말이 그렇겠지. 설마 남편의 서재마저 세놓을 지경으로 생활비가 달린다는 말은 아니리라. 단지 잠자리를 같이하고 싶다는 것일 게다. 그러나 잠자리를 같이하자는 제의는, 서재를 세놓겠다는 말 못지않게 석규를 기죽이는 말이었다. 말 그대로 아내의 슬하로 들어가는 것이다. 아내가 말하는 불면증 치료 방법이란 묻지 않아도 뻔했다. 아내가 어느 여성 잡지 부록에서 읽었다는 것인데, 잠이 안 올 때는 방사가 약이라는 것이다. 아내의 합사 제의는 남편의 불면증을 위한다는 핑계를 세워 제 욕심을 채우려는 심사로 여겨졌다. 두어달 돌보지 않는 사이에 아내의 성(性)은 근지러워 참을 수 없을 지경으로 통통 부어오른 것이 아닐까? 석규는 은근히 걱정이 되었다. 허구한 날 무력증에 빠져 있는 내가 과연 아내의 분방한 성을 감당할 수 있을까?

그때 별안간 안방에서 전화벨이 자지러지게 울었다. 습관처럼 가슴이 철렁 내려앉았다. 온몸이 바싹 긴장된다. 혹시…… 그러나 전화는 두번 더 진저리를 치더니 석규가 몸을 일으키기 전에 뚝 끊어졌다. 빳빳하게 긴장했던 몸이 다시 축 늘어졌다. 전화벨 소리에 흠칫흠칫 놀라는 것은 그의 오랜 버릇이다. 제 발로 기어나온 신문사지만 그래도 미련이 남아 혹시 무슨 연락이 있지 않을까 하고 은연중 기다리는 동안에 어느덧 이렇게 조건반사의 포로가 되어버린 것이다. 결국 전화는 안 오고 전화벨 소리만 들으면 꿈적꿈적 놀라는 버릇만 붙고 말았다. 특히 처음 한달 동안은 공연히 사표를 냈다 싶고 혹시 사표가 반려되어오지 않을까 하는 기대에 무척 마음을 졸였었다. 한달이 지나 결국 연락이 오긴 왔지만 그것은 퇴직금 수령하라는 통지였다. 습관이란 이토록 지겨운 것인가. 퇴직금도 타버리고 아무 미련도 없어진 지금도 전화만 걸려오면 이렇게 가슴이 철렁 내려앉는 자신이 미워 견딜 수 없었다. 개 발에 똥 털듯 왜 이 더러운 미련을 털어버릴 수 없는가. 석규가 실직 칠개월 동안 투쟁하여 이긴 게 있다면 그건 술담배 끊은 것과 신문을 끊은 것이었다.

백해무익한 중독성의 기호물로서 요새 신문은 결코 술담배에 뒤지지 않는다. 저속한 주간지 스타일의 선정주의로 전락한 지 오랜 일간지들, 여론을 선도하고 우둔한 독자를 준열히 꾸짖어야 할 언론이 오히려 독자의 천박한 기호에 영합하여 갖은 교언영색을 쓰며 구걸하는 꼴이라니! 석규는 퇴직금 받아가라는 통지를 받은 날, 분연히 신문을 끊어버린 것인데, 그것으로 그가 다니던 신문사와의 마지막 연줄은 잘린 셈이었다.

그러나 신문은 생각처럼 쉽게 끊어지지가 않았다. 신문 배달하는 아이를 붙잡아 미리 한달 치 구독료를 주면서까지 그만 넣으라고 신신당부했건만 신문은 여전히 들어왔다. 대문에다 '신문 사절'이라고 써붙여놔도 이튿날이면 지체 없이 뜯겼다. 떼어내기 어렵게 된풀을 먹여서 찰싹 붙여놔도 그애는 칼끝으로 용의주도하게 긁어내버리는 것이었다. 아이의 행실이 괘씸했다. 보급소에다 전화를 걸어 신경질도 부렸지만 죄송하고 어쩌고 하면서 시늉으로 쩔쩔매는 소리만 할 뿐 신문은 계속 들어왔다.

보급소에서 하는 말이, 배달하는 아이가 요즘 공사장 일을 하다가 낙상으로 몸져누운 아버지의 약값을 마련한다고 동분서주하는 형편이니 도와주는 셈 치고 신문은 계속 구독해달라고 사정조로 나왔다. 한 집이라도 구독자를 더 확보하면 그만큼 응분의 수당이 지급된다는 것이었다. 그러나 보급소 직원의 거침없는 말투에는 금방 허위가 느껴졌다. 닳고 닳은 말투. 그것은 구독자들의 항의 전화에 하도 여러번 이런 식으로 대답해서 이미 이골이 난 말투였다. 문득 왕초의 끄나풀에 매인 아이들이 육교에서, 지하도 계단에서, 버스에서 아물어가는 상처의 피딱지를 뜯어 피 흘려 보이며 구걸하는 광경이 떠올랐다.

다른 일이라면 그 어린 소년을 동정해줄 수도 있겠지만 이것은 어디까지나 석규 자신의 이데올로기에 관한 문제였다. 그가 신문사를 박차고 나온 것도 바로 그 잘난 이념 때문이 아니었던가.

결국 배달 소년은 석규의 완강한 고집에 굴복하고 말았다. 소년은 신문을 구독료도 안 받고 석달 더 넣다가 어느날 불쑥 수금하러 나타났는데, 석규가 그동안 빠짐없이 모아놓은 신문지 다발을 한아름 안겨주자 그만 샐쭉해져가지고 돌아섰던 것이다. 그 무렵 석규 이름이 적힌 나무 문패를 누가 떼어갔는데 아마 그 소년의 짓궂은 소행임에 틀림없으리라. 하여간 그 석달 동안 얼마나 신경 썼던지 석규는 현재 자신의 무력증이 그때 배달 소년과 승강이하느라고 너무 애를 바득바득 써서 탈진해버린 결과가 아닌가 하고 의심이 될 지경이었다.

부장은 그날도 여느 때처럼 정확히 이십분 전 아홉시에 출근했을 것이다. 아홉시라면 물걸레로 책상을 훔치는 명숙이만 나와 있을 뿐, 아직 다른 사람들은 출근 않은 이른 시간이었다. 취재 감각이 무디고 머리가 잘 안 돌아가는 기자일수록 몸으로 때우는 처세술은 있는 법. 그러니까 남보다 일찍 출근하는 것도 아마 부장의 처세술 중에 하나이리라. 하여간 그날 아침 몸이 비대한 편인 그는 편집실 계단을 오르느라고 좀 숨이 가빴을 뿐, 별달리 이상한 낌새는 느끼지 못했을 것이다. 오른손 끝엔 합승 택시에서 내릴 때 피워문 담배가 예사롭게 타고 있었을 테고…… 그는 당장 목전에 나타날 참혹한 폐허를 전혀 눈치채지 못한 채 편집실 안으로 썩 들어섰을 것이다. 그러나 자기 책상으로 몇발짝 걸어가다 말고 그는 주춤 멈춰 선다. 겁에 질린 눈이 휘둥그레진다. 자기 책상이 두동강으로 쪼개져 양편으로 발랑 나자빠져 있지 않은가. 그건 도살칼로 각을 낸 암소 몸통처럼 차마 끔찍한 광경이었다. 사방에 도끼날에 맞아 팍팍 무섭게 파인 자국들. 그 찍힌 단면의 흰 속살이 생생하게 모두 보였다.

그건 단순히 술김에 일어난 사고가 아니었다. 그날 당직인 석규는 밖에 나가 저녁밥으로 해장국을 먹고 들어왔는데 그때 국에 곁들여 소주 반병을 비웠을 뿐, 실성하게 취한 것이 아니었다. 그럼 술 탓이 아니면 뭔가? 내가 발작이라도 했단 말인가? 도대체 스스로도 알 수 없는 일이었다. 도끼를 휘두른 그 몇십초 동안은 석규의 의식에 완전히 구멍이 뚫려 있었다. 의식의 공백상태. 그 미쳐 날뛴 순간을 의식 위로 떠올려보려고 무진 애를 써봤지만, 가위질로 잘린 영사 필름처럼 자꾸 헛돌기만 하는 것이었다. 도무지 사고의 전후 맥락을 종잡을 수가 없었다. 어떻게 해서 내가 그 사고를 저지르게 되었나? 아무리 생각해도 자신을 그런 광포한 행동으로 갑자기 몰아붙인 논리적 필연성을 발견할 수 없었다.

사고 전까지 그가 한 일이라곤 다만 두시간쯤 기사를 쓴 일과 그러고 나서 삼십분쯤 책상에 엎드려 잠을 잔 것뿐이었다. 여느 때처럼 쓰기 싫은 기사를 부장이 시켜서 억지로 썼다면 화가 치밀 법도 하겠지만, 이번 것은 석규 자신이 기획해서 퍽 애착이 가는 것이었다. 그건 일반 공무원 생활에 얽힌 희로애락을 취재하여 엮은 연재물로서 반응이 그런대로 괜찮아 사내 동료들 중에는 대작이라고까지 추어주는 사람도 있었다.

아무튼 석규는 기분 좋게 기사를 써내려갔다. 이렇게 아무런 감정의 기복이 없이 순탄하게 써내려가다가 슬며시 잠이 왔다. 그는 책상에 엎드린 채 잠이 들었다. 한 삼십분쯤 잤을까? 머리통에 짓눌린 오른 팔뚝이 저릿저릿해서 잠이 깨졌다. 알 수 없는 절망감이 돌연 엄습해온 것은 그때였다. 그것은 아무 이유도 없이 칼침처럼 가슴 한복판 깊숙이 와 박혀 진저리 쳤다. 그러자 가슴이 한번 크게 뭉클하더니 천야만야 아득하게 가라앉는 것이었다. 그건 어떤 고무장갑 낀 손이 들어와 펄럭거리는 심장을 꽉 움켜쥐고 있는 느낌 같기도 했다.

텅 빈 편집실. 그림자가 얼룩진 책상과 의자들. 쓰다 만 기사 원고는 자다가 흘린 침으로 더럽혀져 있었다. 석규는 가슴이 답답하여 숨을 가쁘게 몰아쉬었다. 숨이 점점 가빠지고 온몸이 부풀린 듯 팽창하는 느낌이더니 별안간 저돌적인 충동이 목울대로 치밀어올랐다.

그다음 순간 석규는 그 광기의 거센 폭풍 속에 휘말리고 만 것인데, 그 대목은 전혀 기억에 없었다. 다만 출입구 쪽 소화기가 비치된 코너로 달려가 벽에 붙은 소화용 붉은 도끼를 떼어낸 것만이 생각날 따름이었다. 의식이 싹 지워진 그 시간은 얼마 동안이었을까? 일분? 아니, 단 몇십초였을지 모른다.

잠시 후 제정신이 돌아왔을 때 그는 눈앞에 벌어진 끔찍한 폐허를 도무지 믿을 수가 없었다. 부장의 책상은 처참하게 부서졌고 도끼는 뭉뚱한 뒤통수를 보이며 의자 등받이에 깊숙이 꽂혀 있었다. 전신에 땀이 비 오듯 했다.

혼신을 다하여 무섭게 도끼를 내리친 뒤 몇십초 동안의 무의식 상태를 생각하면 석규는 지금도 몸에 소름이 돋았다. 그날 생긴 오른쪽 눈 흰자위의 붉은 핏발은 오랫동안 삭지 않았고, 급격하게 몸을 혹사해서 생긴 어깨 근육통으로 그는 대엿새 동안 몸살을 앓아야 했다.

부장과 평소에 알력이 있었던 게 사실이었지만 그게 이런 식으로 폭발될 줄이야. 그건 자폭행위 이외에 아무것도 아니었다. 파괴된 것은 책상이라는 물질이지, 전제적(專制的) 데스크는 아니었다. 부장은 내심 간 떨어지게 놀랐을 테지만, 겉으로는 태연자약을 가장하였으리라. 그는 "젊은 친구가 안됐어. 틀림없이 머리가 어떻게 되고 만 게야" 하고 짐짓 동정하는 투로 나왔으리라. 결국 석규는 조울증 환자일 뿐이고, 부서진 책상은 새 책상으로 대치해버리면 그만이었다. 파괴된 것은 책상 하나와 석규 자신뿐이었다.

아니, 그게 정말 조울증 발작이라면 차라리 동정을 살 수도 있었으리라. 석규는 이튿날, 그 부서진 책상 앞으로 사표를 우송해놓고 전전긍긍하였다. 자기 행동을 아무 뜻도 없는, 우발적인 발작으로 평가해주기를 간절히 바랐다. 기껏해야 부장과 사적 감정으로 다툰 정도로만 주위에서 여겨주기를 바랐다. 그러나 등기가 아닌 보통우편으로 보냈건만, 사표는 어김없이 접수되고 또 지체 없이 수리되었던 모양이었다. 그런 줄도 모르고 혹시 사표가 반려되어오지 않을까 하는 기대감에 마음을 졸였으니…… 기다리는 전화는 안 오고 달갑지 않게 완혁이가 어떻게 알고 전화를 걸어왔다. 그는 삼년 전 사주에 대한 집단항의에 가담하여 신문사를 떠나면서 잔류자 석규의 귀빰을 후려갈기고 일방적으로 결별을 고했던 녀석이다. 흥분한 목소리로 당장 집으로 찾아오겠다는 그를 석규는 냉정히 거절했다.

회사 안 사람은 누구 하나 거간꾼으로 나서주는 이가 없었다. 같은 동료들도 모른 체했다. 그들은 빈말일망정 위로의 전화도 한통

없었다. 그 흔한 송별회조차 열어주지 않았다. 그럴 수밖에. 말로 시작된 일이라면 말로 거들어 끝낼 수도 있었으리라. 이 말 저 말로 화해도 시키고 위로도 해줄 수 있으리라. 그러나 석규는 입을 굳게 다문 채 도끼를 내리쳐 그 폭거를 감행했던 것이다. 완전무결하게 파괴된 부장의 책상, 석규의 행동은 그 자체로서 의연히 독립적이고 완벽했다. 거기에는 말이 비집고 들어갈 여지가 전혀 없었다. 폭력은 말을 훨씬 앞질러버리는 법이었다. 게다가 이념 문제라면 석규의 동료들은 언제나 입을 다물었다. 모두들 아무 일도 없었던 것처럼 쉬쉬하고 넘어갔다. 결국 석규가 파괴한 것은 자기 자신뿐이었다. 자신의 이데올로기가 자신을 파괴했다. 실세(失勢)한 이념을 가슴에 품은 자는 언젠가 그것이 시한폭탄처럼 폭발하여 가슴을 발기발기 찢고 만다. 아, 그토록 외면해오던 자신이 다시 이념의 포로가 될 줄이야. 몇년 전 3월 제작거부 농성을 풀고 투항하는 무리에 끼여 회사로 복귀했을 때, 그때 벌써 이념이나 대의명분 따위는 포기해버리지 않았던가.

의자와 책상으로 편집실 출입구를 막고 바리케이드를 치고 닷새를 버티다가 결국 경비원들에게 쫓겨나 여관으로 옮겨갔다가, 이번엔 여관 주인에게 쫓겨 전전하는 동안, 세월이 약이라던가 세월이 좀먹는다던가, 그럭저럭 스무날이 넘어가고, 뜨겁던 최초의 흥분은 식어 슬며시 맥이 빠지고, 그렇게 단단히 결속되었던 농성 덩어리는 조금씩 와해되기 시작했다. 부장들이 적극적으로 파괴공작에 나섰다. 싸워도 들어와서 싸워라. 우선 윤전기를 돌려야 할 게 아냐. 내 얼굴을 봐서라도 자네 정말 그럴 수 있어? 그들의 각개격

파 작전은 집요한 것이었다. 집에 있는 아내들은 그들대로 남편의 부장으로부터 걸려오는 전화에 전전긍긍하고 있었다. 드디어 누구누구가 부장을 만났더라는 소문이 나돌고, 누구누구는 건강 핑계대고 빠져나가고, 누구는 집에 잠깐 들렀다가 아내가 말리는 바람에 그냥 눌러앉아버렸다. 드디어 사주로부터 최후의 통첩이 오자 투항자가 일시에 무더기로 생겨났다. 석규도 그 무리에 끼여 손들고 나갔다.

견습 시절부터 단짝이던 송완혁과 헤어지던 날, 석규는 손찌검을 당했다. 우리가 펜대를 잃어버리면 그만이잖아. 우리의 주장을 세우기 위해서라도 박차고 나갈 게 아니라 남아서 펜을 붙잡고 있어야 돼. 그러나 이 말은 말하는 석규 자신이 생각해도 공소한 변명처럼 느껴져 맥이 빠졌다. 이 궁색한 변명에 대해 완혁은 아무런 대꾸도 하지 않았다. 안쓰러운 침묵이 반시간 넘어 계속되었다. 그런데 어느 순간이었을까, 소주잔을 꼴짝이며 말없이 한숨만 내쉬던 완혁이 갑자기 울부짖으며 대든 것은. 불시에 술상 너머로 주먹이 날아와 코에 맞았다. 이 자식아, 이 자식아, 이 자식아! 송완혁은 외마디 소리만 내지르더니 술상 모서리를 잡고 흔들면서 목 놓아 울부짖는 것이었다. 석규의 코에선 코피가 터져 와이셔츠 가슴팍을 붉게 적셨다. 술청 안 손님들이 모두 그들 쪽을 보고 있었다. 그 손찌검은 결국 석규에게 궁색한 변명으로나마 남아 있던 최소한의 명분마저 빼앗아갔다. 밖으로 나간 완혁이네는 안에 남아 있는 석규네를 도무지 용서할 수 없었던 것이다. 최소한의 명분도 허락하려 하지 않았다. 이념과 명분은 오직 그들만의 독점물이었다. 석규가 먼저 일어나 술값을 치르고 나와버렸다. 완혁이, 나보고 어쩌란 말이냐. 넌 학교 선생 하는 여편네라도 있지만, 우리 식군 나 아니면 굶어 죽어. 매달 생활비를 보내드려야 하는 부모가 시골에 있고 앞으로도 이년 동안 더 학비를 대줘야 할 대학 다니는 여동생도 있어. 석규는 양품점에 들러 피 묻은 와이셔츠를 벗고 새것으로 갈아입었다.

회사로 복귀하여 제작에 참여한다는 것은 문자 그대로 투항이었다. 사주는 석규네를 모두 무장해제시켰다. 거추장스러운 이념과 명분은 모두 주섬주섬 거둬가버렸다. 기자로부터 이념과 명분을 빼버리니까 결국 홀가분한 봉급자만이 남았다.

완혁은 그후 두번 열띤 목소리로 석규에게 전화를 걸어왔다. 두 번 다 지금 공단에 이러이러한 일이 한창 벌어지고 있는 중이니 와서 취재하라는 것이었다. 수화기를 통해 노총가를 부르는 여공들의 목소리가 생생하게 들려왔다. 석규의 자격지심으로선, 그건 제보라기보다는 일종의 야유로 느껴졌다. 그래서, 기사화도 될 수 없는 여공들의 집단항의를 취재하라니, 누굴 놀리는 거냐고 말했다. 그러자 완혁은 신문에 실리고 못 실리고 간에 이런 중요한 현장에 기자새끼 한마리 얼씬 안하다니 말이 되느냐고 역정을 냈다. 수화기를 댄 귀청이 따갑도록 언성이 높았다. 그러나 석규도 지지 않고 대거리를 했다. 그런 일이라면 전직 기자 한사람이면 충분하지 않느냐고, 어차피 지면에 실리지도 못할 것, 전직 기자인 네가 가 있으나 현직 기자인 내가 가 있으나 마찬가지가 아니냐고 빈정거려 주었다.

석규는 이렇게 월급쟁이로서의 제 분수를 결코 넘어본 적이 없었다. 아니, 한술 더 떠서 자기합리화가 은연중에 생겼다. 그건 다분히 나간 완혁이네들에 대한 반감으로 생긴 것인데, 완혁이가 취재하라고 전화한 저임금 문제만 해도 고도성장을 꾀하기 위해서는 당분간 불가피하다는 주장 쪽에 석규는 가담하고 있었다.

그러다가 작년 10월에 부장 데스크로부터 남도 어느 해안지방의 공업단지를 취재하여 르뽀 기사를 쓰라는 지시를 받았다. 데스크의 의도는 물론 저임금 실태를 문제 삼으려는 것이 아니고 공장 새마을운동에 입각하여 근로자들을 역경을 물리치고 분투하는 산업전사로 부각시켜보자는 것이었다.

그러나 석규가 써낸 기사는 그렇게 되지를 못했다. 그렇다. 취재에 너무 몰두한 탓이었다. 그것은 심층취재할 성질의 것이 아니었다. 그저 노동청 공단 주재 사무소나 생산관리를 맡은 간부들의 일방적인 이야기나 듣고, 또 그들이 소개해주는 여성 근로자 몇몇 만나는 것으로 그치고 말 일이었다. 그리고 저녁에는 회사에서 마련한 술자리에서 "낯설은 타향땅에 그날밤 그 처녀가 나를 나를……" 하고 구성지게 유행가를 뽑으면서, 하룻밤 객수를 달래줄 꾀죄죄한 여자 하나 붙여달라고 은근히 암시하면 그만이었다.

그러나 석규는 그들을 만나지 않았다. 공단 안으로 들어가지 않고 공단 밖의 라면집, 빵집, 자취방을 배회했다. 라면이나 빵을 사주고 달래면서 여공들의 형편 이야기를 들었다. 또 싫다고 하는 걸 억지로 졸라가지고 자취방도 한군데 엿보았다.

문옥자라고 하는 여공의 뒤를 따라간 곳은 토담벽이 군데군데 허물어진 퇴락한 초가집의 문간방이었다. 옥자는 방으로 들어서자마자 나일론줄 횃대에 걸린 때 묻은 브래지어를 얼른 이불 뒤로 숨기고선 "자, 보이소. 우린 이렇게 살아요" 하면서 맥없이 웃었다. 석규는 문밖에 엉거주춤 선 채 안을 들여다보았다. 가운데가 떼어져 아래로 축 처진 천장지에는 쥐 오줌 싼 것인지 빗물이 샌 것인지 싯누런 얼룩이 크게 번져 있었다. 장판엔 모서리가 닳아빠진 화투장이 어지럽게 널려 있고, 여러달 지난 주간지가 하나 뒹굴고 있었다. 천연색 주간지 표지의 여자 얼굴은 볼펜 낙서로 무수히 뒤덮여 기미 돋은 것처럼 거무죽죽했다. 그리고 알루미늄 쟁반엔 간장종지 하나와 식은 국수 한사발이 덩그렇게 놓여 있었는데, 그것은 같이 자취하는 친구가 야간작업 나가면서 삶아놓은 것이라고 했다. "저녁밥은 이렇게 친구가 해놓고예, 아침밥은 저가 짓습니더. 아니, 밥을 해 묵는 건 한달에 댓번도 안되지 싶습니더. 국수를 삶아묵는 날이 대부분이라예. 쌀이 국수보다 좀 싸지만도 김치도 없이 달랑 간장 하나로 사는 신센데, 밥을 하면 목에 넘어갑니꺼. 그라고 하루 열두시간 된일 하고 돌아오면 몸이 파김치맨치로 후줄근하게 지쳐빠져서, 연탄 갈고 쌀 씻고 할 기력이 통 안 납니더. 그러니께네 손쉬운 국수를 삶아 묵는 거라예. 국수를 삶으니께네 도시락을 못 싸고 점심도 라면이나 빵으로 때워버립니더. 아까 기자선생님이 라면을 사줬으니께네 오늘 저녁은 그걸로 때워버리고, 저 국수는 내일 아침 출근할 때 데워 먹을랍니더. 먹고 싶다고 양껏 먹고, 먹고 싶은 음식이라고 함부로 먹을 수 있습니꺼. 그러면 고생하는 보람이 없어예."

그녀가 부양해야 하는 가족 수는 홀어머니와 국민학교 다니는 남동생 해서 단둘뿐이었지만 이렇게 식비라도 줄여야 자기 몫의 적금을 부어나갈 형편이었다. 일년 만기 십오만원짜리 적금통장이 그녀의 유일한 꿈이었다. 아니, 그 방엔 꿈이 없었다. 도무지 소녀다운 꿈이 없었다. 그녀의 악전고투는 차마 끔찍한 것이었다. 석규는 문옥자라는 이름의 그 여공을 역경을 딛고 분투하는 산업전사로 묘사할 수 없었다. 남의 집 쓰레기통을 뒤져 버린 생선 대가리를 주워 먹으면서까지 돈을 모았다는 어느 해의 여자 저축왕이 고백한 소감 못지않게 그것은 소름이 끼치도록 끔찍한 사연이었다. 그녀의 입 가장자리에 퍼져 있는 마른버짐은 아마 비타민 부족 때문에 생긴 것이 틀림없으리라. 그러면서 그녀는 매일 하루 열두시간 노동을 해냈다. 실밥과 천조각에 파묻혀 불철주야 맥이 내려 퉁퉁 부은 발로 미싱의 페달을 밟았다.

그러나 이렇게 불철주야 작업에 혼신을 쏟는 옥자를 공장 새마을의 기수로, 산업전사로 묘사할 수 없는 것이 슬픈 일이었다. 그리고 두번에 걸쳐 산업훈장을 받은 바 있는 그녀의 고용주를 애국자로 묘사할 수 없는 것도 또한 안타까운 일이었다. 생산성을 높이고 수출 실적을 올리기 위해서 그 고용주가 한 일이라곤 단지 옥자네를 싼 임금으로 고용해서 불철주야로 혹사시킨 것뿐이었다.

옥자 주변 친구들 중에는 견디다 못해 낙오된 애들도 더러 있었다. 남달리 먹새가 좋았던 그네들은 옥자처럼 한끼 굶기를 밥 먹듯하고 기껏 먹어야 라면이나 국수로 때우는 식생활을 도무지 할 수가 없었던 것이다. 그네들은 하나같이 가게에 빵과 라면 외상값을 잔뜩 달아놓은 채 몰래 밤도망 쳐 공단을 빠져나갔다. 실컷 배 터지게 밥이나 먹고 싶다고 떠난 그들이니 간 곳은 물으나 마나 알조였다. 음식점이 아니면 술집이었다.

석규도 전에 그런 공장데기 출신 작부를 독립문 근처 어떤 니나놋집에서 만난 일이 있었다. 그 여자는 한사코 술을 거절했는데, 잠깐 자리를 비운 사이에 다른 작부가 그 이유를 귀띔해주었다. 그 여자는 삼일 전 죽으려고 약을 먹었다가 주인아줌마한테 들켜 실패했는데 그때 먹은 독한 약 때문에 위장이 크게 상해 술을 못 든다는 것이었다. 그때 석규가 받은 느낌은 과연 정확히 어떤 것이었던가. 그 말을 듣자 대번에 기분이 언짢아져 주흥이 깨지고 만 것인데 솔직히 말해서 연민의 정보다는 하필이면 이런 여자가 나에게 걸려들었나, 하는 재수없다는 생각이 앞섰다. 몸때가 되어 기저귀를 차고 나와 만져볼 수 없게 된 작부처럼.

그런데 석규가 정작 충격받은 것은 삼일 동안의 취재를 대충 끝내고 서울로 돌아와서였다. 그는 옥자로부터 상경하거든 제 친구 진숙을 꼭 찾아가봐달라는 부탁을 받았었다. 진숙은 두달 전 안양에서 영등포 영일동으로 이사 간 뒤 딱 한번 편지 오고 여태 소식이 없는데 혹시 병이 악화된 거나 아닌지 걱정이라는 것이었다.

옥자가 보여준 그 마지막 편지에는 안양 보세공장의 고된 봉제일로 병이 심해진 것 같아, 직장을 영등포 영일동으로 옮겼노라고 씌어 있었다. 새 직장인 의상실은 보수도 월등 낫고 자유시간도 많지만 그만한 일도 배겨내지 못할 정도로 몸이 이미 결딴나버린 것 같다는 암담한 내용이었다. 게다가 자신을 낙엽철도 아닌데 모진 비바람에 뜯겨 떨어진 '싱싱한 푸른 낙엽'에 비유하는 대목에는 석규 자신 그만 눈물이 핑 돌았다.

옥자와 같은 작업반에서 일하던 진숙이 공장에서 실시한 신체검사에 걸려 쫓겨난 것은 오개월 전 일이었다. 병명은 간염이었다. 이년 동안 계속된 과로에서 온 직업병이 틀림없었다. 고용주는 이년 동안 그녀를 혹사시켜 병을 주었지만 약은 주지 않았다. 그냥 내쫓았다. 그녀는 단지 폐기처분된 소모품일 뿐이었다. 그녀는 약 사 먹을 돈을 마련하기 위해서라도 다시 직장을 붙잡아야 했다. 그래서 경기도 안양으로 흘러들어가 신체검사 따위는 하지도 않는 하청의 하청을 맡는 형편없는 영세 보세공장엘 들어갔다. 그런 공장일수록 작업 조건은 더 나쁘게 마련인데 그런 데서 혹사당했으니 병이 악화될 수밖에 더 있겠느냐고 옥자는 울먹거렸다. 그렇게 울먹거리면서 그녀는 그 보세공장의 실태를 취재하는 셈 치고 진숙을 꼭 찾아가봐달라고 애원한 것이었다.

석규는 주소가 적힌 쪽지를 들고 영등포구 영일동으로 김진숙을 찾아갔다. 알고 보니 영일동은 세상이 다 아는 영등포 역전 적선지대였다. 설마 그럴 리야 없겠지 하고 불길한 생각을 억누르며 찾아갔으나 예감은 그대로 적중되고 말았다. 의상실에 나간다는 것은 거짓말이었다. 진숙은 융파자마 바람으로 툇마루에 쪼그리고 앉아 제 발끝을 물끄러미 내려다보고 있었다. 벗은 발등엔 늦가을 석양의 식은 햇빛이 한줌 떨어져 있었다. 화장이 벗겨진 얼굴은 푸리끼리한 수묵색이었다. 특히 왼쪽 눈밑은 악독한 주먹에 얻어맞은 멍처럼 거멓게 피가 죽어 있었다. 간염을 심하게 앓고 있음이 분명했다. 순간 석규는 할 말을 잃고 머뭇거렸다. 옥자의 부탁을 받고 왔노라는 말이 차마 입 밖에 나오지 않았다. 나락에 굴러떨어져 세상의 모든 눈으로부터 숨어 있는 이 여자에게 옥자를 아느냐고 말 붙일 수는 없었다. 그녀가 석규로부터 바라는 것은 옥자의 소식이 아니라 오직 잠깐 놀러 온 낮거리 손님이었다. 그녀의 의심 품은 눈빛은 "난 내 손님 앞에선 조금도 부끄럽지 않아요. 그런데 내 손님이 아닌 당신은 도대체 누구세요?" 하는 것 같았다. 석규는 결국, 어느 오입쟁이 친구의 소개로 찾아간 낮거리 손님이 될 수밖에 없었다. 방 안엔 손님들이 피우고 간 식은 담배 냄새가 몹시 났다.

공장 새마을운동의 취재는 결국 옥자와 진숙이라는 여공의 이렇게 기구한 이야기를 곁들인 저임금 실태조사가 되어버렸다.

부장은 석규의 르뽀 기사를 두 손아귀에 꾸겨쥔 채 얼굴을 잔뜩 붉히더니 심한 욕지거리를 해대는 것이었다.

"야! 너 누굴 놀리는 거야 뭐야? 이따위 기사를 써내는 저의가 뭐야, 도대체!" 다음 순간 닷새 밤을 새우며 써놓은 백매 가까운 분량의 원고는 부장의 손에 발기발기 찢겨 쓰레기통에 처넣어졌다. 석규의 가슴이 뭉클했다. 왜 남의 원고를 찢어? 왜? 신지 않으면 그만이지 찢긴 왜 찢어? 그러나 석규는 참았다. 울분을 참느라고 온몸이 덜덜 떨릴 지경이었다. 군대 졸병 닦달하듯 반말을 함부로 뱉어내는 그 주둥이를 당장 주먹으로 까서 피거품을 물게 하고 싶었다. 그러나 그것은 석규로서 처음 당하는 일도 아니고 또 석규만이 당하는 일도 아니었다. 부장이 반말을 쓰기 시작한 것은 석규네가 투항한 이후부터였다. 그때까지 서로의 의사를 존중하며 의논하던 데스크와 일선 기자 사이의 평형관계는 그 사건으로 여지없이 깨어지고 대신 주종관계로 탈바꿈했던 것이다. 부장은 걸핏하면 "나간 놈들 봐. 하나같이 별 볼 일 없이 빌빌거리는 꼴을. 자네, 그때 내 말 듣고 기어들어오길 천번 잘했지" 하면서 노골적으로 은인 행세를 하려고 들었다. 거기다가 한술 더 떠서 네놈들이 지조를 꺾고 투항한 주제에 뱉이 있으면 얼마나 있겠느냐고 아주 얕잡아보는 것이었다. 그러나 석규는 목구멍까지 치밀어오른 분노를 꿀꺽 삼켜버렸다. 그럴 수밖에, 득세한 이데올로기의 화신인 부장은 도무지 불가항력이었다. 그에게 대든다는 것은 달걀로 바위를 치는 것처럼 자폭행위나 다름없었다.

그러나 일이 벌어지려면 그후 석달 뒤가 아니라 바로 그날 당장 터졌어야 마땅했다. 석달 뒤 아무도 없는 밤중에 죄 없는 책상을 부술 게 아니라, 바로 그날 동료 기자들이 보는 앞에서 부장이 흉하게 도사리고 앉은 안락의자를 발길로 걷어차 넘겼어야 했다.

그날 석규는 동료 중 누구 한사람과 어울려 억병으로 취하고 싶었지만 아무도 위로의 술잔을 사는 사람은 없었다. 몸을 지독히 사리는 그들인지라 부장 욕을 함부로 해댈 것이 틀림없는 석규의 주정을 감당할 자신이 없었던 것이리라.

석규는 결국 혼자서 갈증으로 타는 목을 소주로 축이고 영등포역전으로 뒤뚝뒤뚝 진숙을 찾아갔다. 그러니까 일주일 만에 다시 찾아간 것이었다. 물론 진숙의 전 직장인 보세공장의 실태를 취재하는 목적이 아니었다. 옥자 얘기도 꺼내지 않았다. 다만 단도직입적으로 그 짓을 하고 싶었을 뿐이었다. 그리고 오래오래 진숙의 단골이 되고 싶었다.

아내에게 죄스러운 생각도 없었다. 간염에서 온 진숙의 암담한 수묵색 낯빛이 석규를 그런 감상에 빠뜨렸나보다. 썩어가는 그녀의 가슴을 건강한 자기 가슴팍으로 오래오래 눌러주고 싶었다. 그러나 진숙의 알몸에선 밤새도록 식은땀이 흐르고 있었다. 간염의 말기 증상이 틀림없었다.

그리고 다시 일주일 후에 찾아갔을 때는 이미 그녀가 고향으로 아주 떠나가버린 뒤였다. 진숙은 마지막 안간힘으로 붙잡고 있던 끄나풀을 놓아버리고 경남 창원 고향땅의 따뜻한 흙 속에 검은 얼굴을 파묻으러 내려간 것이었다.

누가 열여덟살 한창나이의 진숙의 얼굴에다 그 지워지지 않는 입묵(入墨)을 해놓았나. 누가 그녀에게 죽을병을 주었나.

공단의 취재 경험은 이렇게 석규의 마음에 지울 수 없는 흔적을 남겼다. 취재에 몰두하다보니 본의 아니게 깊이 빠져들고 만 것이었다. 부장이 그 르뽀 기사 원고를 찢어 휴지통에 집어넣었을 때, 그 순간 석규는 정확히 무엇을 느꼈나? 그렇다. 제작거부사태 이래 처음으로 그날 석규는 부장에게 대립하는 자신의 강한 저항감을 느꼈다. 그토록 기피했던 이념의 포로로 다시 전락하고 만 것이었다.

그러면서 동시에 자신의 무력감도 쓰디쓰게 맛보아야 했다. 부장의 발밑에 있는 휴지통 위로 비굴하게 몸을 굽히고 그 무참히 찢긴 원고를 주워 모았을 때 그가 느낀 것은 분노라기보다는 심연처럼 깊은 좌절감이었다. 그 원고를 부장의 휴지통에서 구해내긴 했지만 다른 잡지에도 줄 수 없는 무용지물의 휴지이기는 마찬가지였다. 아마 석규의 무력감은 그때부터 시작되었나보다. 이념은 그 소유자를 파괴하는 법, 이념을 품는다는 것은 가슴에 시한폭탄을 품은 것과 같아서 언젠가는 그 이념에 의해 스스로 파괴되고 만다. 석규도 오래가지 않아 그후 석달 뒤 부장 책상을 부수고 스스로 자폭하고 만 것이었다.

정말 나는 문자 그대로 파괴되어버렸나? 나에게 파괴되고 남은 건 이제 퍼석 마른 재 같은 이 무력감뿐인가? 의욕상실의 정신적 파산자가 되어버렸나? 다시 등뼈를 꼿꼿이 세우고 눈뿌리를 붉게 충혈시키며 불꽃처럼 타오를 수는 없는가? 석규는 부장 책상을 부수며 혼신을 다해 타올랐던 그날밤 몇십초 동안의 열정에 아등바등 매달려본다. 그러나 배 속의 느슨한 창자는 땡겨지지가 않고 장판에 눌어붙은 등때기는 떼어지지가 않았다. 그에겐 자신의 몸뚱이를 재우쳐 일으킬 힘이 없다. 아니, 좀 어떻게 해보자. 이렇게 집에만 틀어박혀 싸이나 먹은 꿩새끼처럼 빌빌 졸기만 할 게 아니라 무슨 결정을 하자. 마냥 이런 식으로 지낼 수야 없지 않은가. 어떻게든 단호하게 결정을 내리고 떨쳐일어나야지.

게다가 요즘 들어 부쩍 외출이 잦아진 아내였다. 오늘은 번역 원고를 갖다준다고 나갔지만 그렇지 않은 날에도 노상 외출이었다. 무슨 부업을 하나 구하려고 여고 동창들을 만나보는 중이라고 했다. 하루저녁은 외출에서 돌아오더니 친구 집에서 얻어마신 양주 냄새를 솔솔 풍기면서, 반포아파트가 얼마나 살기 편하면 자기 여고 동창 중에 십여명이나 거기에 몰려 살겠느냐고 호들갑 떨기도 했다. 아내는 외출할 때마다 전에 없이 입술화장에 눈화장까지 했다. 이런 아내를 내보내놓고 빈집을 지키는 석규는 하루 종일 마음이 언짢았다. 아내를 시장에 내놓고 방매하는 느낌이었다. 진철이 놈이 제 엄마를 따라다니니까 망정이지 그렇지만 않았다면 의처증이라도 걸릴 판이다. 안된다. 아내를 도로 불러들여 집 안에 앉혀놓아야지. 멀쩡한 남편을 두고 여편네가 가장 노릇을 하려 들다니!

하여간 아내가 돈벌이하겠다고 저렇게 나선 이상, 칠개월 동안의 실직생활도 이젠 막바지에 다다랐음을 석규는 인정하지 않을 수 없었다. 하기 싫은 취직을 해야 할 판이다. 여태 다른 데 취직을 않고 있었던 것이 혹시 신문사에서 다시 부르지나 않을까 하는 구질맞은 기대감 때문은 물론 아니었다. 석규가 물러난 자리는 이미 충원되어 있었다. 그 자리를 채운 사람은 다름 아닌 보이콧 사태 때 성명서를 초안하고 앞장섰던 초강경파 김충식이었다. 단단한 무쇠가 오히려 잘 부러진다고 하던가, 김의 투항은 완혁네들에게 큰 물의를 빚었던 모양이었다. 완혁은 이러한 사실을 전화로 알려주면서 몹시 분개했다. (석규는 여태 고집을 피워 완혁을 만나지 않고 있지만, 그럼에도 완혁은 종종 전화를 걸어오곤 했다. 그는 석규에게 전화 거는 유일한 사람이자 유일한 뉴스원이기도 했다.) 그러나 석규는 불난 데 부채질하는 격으로 일부러 빈정거리면서 "내가 비운 자리 때문에 너네 패거리 중에서 변절자가 생겨났다니 거 참, 안됐구나. 내가 만약 그 자리를 그만두지 않았더라면 그런 일이 없었을 텐데 말이지. 하여튼 내가 미안하게 됐어, 미안해" 하고 그의 부아를 건드렸다. 그런데 팩하고 골낼 줄 알았던 완혁은 오히려 목젖 껄떡거리는 소리가 전화로 들릴 정도로 웃어젖히는 게 아닌

가. 그러고는 금방 웃음이 멎더니, 낮지만 힘준 목소리가 들려왔다. "우린 그 새끼를 잃었지만 대신 석규, 너를 얻은 거야." 석규는 더 이상 듣지 않고 수화기를 내려놓았다. 그가 완혁을 만나기를 기피해온 것은 바로 그런 이유 때문이었다. 완혁에게 설복되어 그 패거리에 흡수될까봐 두려웠다. 직장다운 직장에다 몸담지 못하고, 아직도 뭔가를 기다리며 서성거리는 그들의 낭인생활이 싫었다. 오랜 낭인생활에서 온 폭음벽과 씨니컬한 말투가 싫었다. 심지어 편협해 보이기조차 했다.

하여튼 이젠 취직을 하지 않으면 안된다. 실직 초에 이미 처외삼촌으로부터 자신이 사장으로 있는 전자회사의 차장직을 맡아달라는 교섭이 왔었다. 그 회사는 텔레비전과 라디오 부품 반도체를 생산하는 수출업체로서 삼천여명의 여공을 고용하고 있었다. 그런데 그 자리가 하필이면 여공을 다루는 노무관리직이었다. 남도 해안지방의 공단을 취재할 때 노무, 생산 관리인에 대한 여공들의 증오감을 직접 피부로 느꼈던 그인지라 고개를 흔들고 마다했다. 기업주의 손발인 그들은 생산성을 높인다고 노동 강도를 강화시켜 여공들의 젊은 즙액을 증발시켰다. 변소 사용 시간을 재고 쌍욕을 해대고, 야간작업 때 잠깐 꾸벅거려도 지체 없이 드라이버로 머리를 찔렀다. 게다가 여러해 노동계를 출입했던 전직 사회부 기자의 알음알음을 이용해서 노동청 관계 뒤 구린 문제를 수월히 해결해보자는 처외삼촌의 심보가 넉넉히 헤아려지고도 남아 메스꺼웠다. 석규는 거절했다. 아무리 기자 시세가 형편없이 폭락한 세월이라지만, 전직 기자 경력이 그런 곳에 그런 식으로 쓰이기는 정말 싫었다.

처외삼촌은 충분한 시간 여유를 줄 테니 잘 생각해보라고 했다. 그리고 그 언질은 육개월이 지난 지금도 유효했다. 그는 세월이 약이란 말을 믿는 느긋한 사람이었다. 다른 데도 알아봤으나, 꼬리표 달린 전직 기자라는 걸 알고는 모두 한결같이 고개를 내두르는 것이었다.

이젠 더이상 버틸 수 없는 궁지에 몰린 것이다. 실직생활 막바지에 온 것이다. 이젠 별수 없이 처외삼촌 회사로 기어들어가게 되나보다 하는 각성이 폐부를 아프게 찔렀다. 그러나 이러한 생각은 지금 갑자기 새삼스러운 것은 아니고 결국 그렇게 낙착되고 말리라는 예상은 벌써 하고 있었다. 그렇다. 그것도 무력증의 원인이었다. 결국 이렇게 낙착되고 말리라는 패배의식이 그를 노상 무기력하게 만들었다. 탈출할 수 없는 무기력의 진수렁 속으로 그는 한없이 빠져들어간 것이었다. 그러나 이제는 더 가라앉을 수가 없는 바닥 절망까지 왔다. 이젠 부상(浮上)하는 것이다. 완전히 탈바꿈하여 떠오른다. 이념이, 명분이 밥 먹여주나. 이 어려운 세월에 그건 오히려 입으로 가져가는 밥숟갈을 빼앗아가는 생존의 적이 아니냐. 이념이나 명분에 집착하는 것은 편집증일 뿐이다. 이념이란 사물을 바라보는 한가지 선입견에 불과하다. 선입견을 좀 바꿔 바라보자. 왜 확인도 해보지 않고 김진숙이가 죽었다고 단정하는가. 선입견을 바꿔서 보면 진숙은 고향의 맑은 공기 속에서 간염이 점점 나아지고 있을 수도 있다. 너무 외곬으로만 생각하는 것은 지나친 감정의 혹사가 아닌가. 감상주의가 아닌가. 석규는 이렇게 다짐해보았지만 속마음은 여전히 허전했다.

그때 전화벨 소리가 요란스럽게 들렸다. 또 아까처럼 가슴이 철렁했다. 빌어먹을, 정말 몹쓸 버릇이다! 누굴까? 나한테 온 전화일까, 아내한테 온 전화일까? 혹시 완혁이? 완혁이라는 생각에 반사적으로 허리가 번쩍 일으켜졌다. 오늘따라 완혁의 전화였으면 싶다. 만나고 싶다! 그러나 아니다. 저건 완혁이가 아니고 틀림없이 아내의 친구이리라. 아내가 외출을 시작하고부터 전화도 부쩍 많아졌는데, 저것도 아마 반포아파트에 산다는 아내 친구 중의 누구 한사람일 것이다. 석규는 그만 맥이 탁 풀렸다. 반쯤 일으켰던 윗몸을 도로 눕혔다. 아내는 밖에 나가고 없고 실직자 남편만이 혼자 집 지키며 전화 받는 꼴을 아내 친구에게 들키는 게 부끄러웠다. 전화벨 소리는 계속 울렸다.

그때 별안간 가슴이 뭉클해지며 온몸이 일순 감전된 듯 오그라들었다. 숨도 제대로 쉴 수 없다. 석규는 발딱 몸을 일으켰다. 팔딱거리는 심장이 고통스럽다. 설마 아내가…… 그럴 리가 있나. 그래도 모른다. 혹시 저것이 아내를 찾는 외간남자의 전화일지도…… 아니, 그 남자의 심부름으로 어떤 여자가 전화하고 있을지도…… 석규는 안방으로 달려갔다. 그러나 전화는 그가 채 닿기도 전에 뚝 끊겼다. 그는 전화 앞에 우뚝 멈춰 선 채 숨을 씩씩 몰아쉬었다. 진철이를 데리고 다닐 턱이 없어! 틀림없이 진철이를 외할머니한테 맡겨놓고 다닐 테지. 그래서 아주 홀가분하게 외간남자를 만나는 거야. 자, 보자. 석규는 부들부들 떨리는 손으로 다이얼을 돌렸다. 드르륵, 드르륵. 저쪽 끝을 날카롭게 파고드는 송신 신호 소리를 들으면서 그는 애써 침착해지려고 심호흡을 했다. 장모가 전화를 받았다.

"아니, 웬일인가, 전화를 다 하고……"

장모는 모처럼 만에 사위 전화를 받고 좀 들뜬 목소리였다. 그러거나 말거나 석규는 단도직입적으로 다그쳐 물었다.

"진철이 거기 있죠?"

석규의 돌발적인 기세에 장모는 주춤하는 눈치다.

"아니, 진철이 놈은 별안간 왜 찾나? 그놈은 나하고 같이 잘 놀고 있는데……"

역시 짐작대로구나. 눈앞이 어지럽고 귓속이 앵앵거리는 소음으로 가득 찼다. 진땀이 솟았다.

"진철이 엄마 어디 간다는 말 없었어요?"

"어딜 가긴 어딜 가, 이 사람아. 그놈의 빌어먹을 보험인가 뭔가 때문에 나갔지. 하여간 극성이여. 취직한 지 보름도 못되는 제 동생한테까지 보험 들라고 성화를 안 부리나, 원."

"아니, 보험이라뇨?"

"자네, 여태껏 그걸 몰랐나? 그애가 요사이 보험회사 외무사원으로 싸돌아댕기는 거."

"예?"

"어이구, 무심도 해라. 제 여펜네가 뭣 하면서 돌아댕기는지도 모르고, 쯧쯧. 벌써 열흘도 넘었네."

석규는 얼떨결에 수화기를 떨어뜨리고 멍하니 서 있었다. 그럴 리가 있나. 나에게 알리지도 않고…… 거짓말일지도 모르지. 제 남편이 추적해올 줄 알고 미리 연막을 피워놓은 것일지도 모른다. 완전범죄를 위해 미리 조작해놓은 알리바이……

문득 경대 위에 걸린 달력에 볼펜 글씨로 울긋불긋 메모된 것이 눈에 띄었다. 날짜가 쓰이고 난 여백에 뭐라고 잔뜩 씌어 있다. 뭘까? 자세히 들여다보던 석규는 흠칫 놀랐다.

이건 모두 내 친구들 이름이 아닌가. 14일: 산은 오문중 대리, 15일: 이인규 교수, 16일: 문수일 과장, 17일: 한웅섭 사장, 18일: 박순철 기자…… 이런 식으로 30일까지 차곡차곡 메워져 있었다. 이게 무슨 수작인가, 내 친구들과 만날 약속을 하다니. 불길한 생각에 사로잡힌 석규는 허둥지둥 경대 서랍을 열고 뒤져보았다. 다행히 거기에서 아내가 생명보험회사 외무사원이라는 증거가 나왔다. 기입이 안된 백지 보험가입 카드와 보험가입 안내서 몇장과 고객의 이름이 적힌 수첩이 나왔다. 수첩에는 석규 친구들과 아내 친구인 듯싶은 여자들의 이름과 주소, 전화번호가 아내 특유의 동글동글한 필체로 가지런히 적혀 있었다. 그들은 말하자면 아내의 예비 고객인 셈이었다. 그제야 석규는 불붙는 듯한 의처증에서 벗어나며 길게 한숨을 내쉬었다. 내 수첩을 몰래 갖다가 베껴 썼구나. 그렇지만 내 친구들을 상대로 보험가입을 권유하다니, 이 무슨 창피람. 남편 망신을 줘도 분수가 있지. 내게 알리면 펄쩍 뛸 줄 알고 그래서 숨겼구나. 빌어먹을. 가만있자, 저 달력대로라면 오늘이 15일이니까 아내는 대학으로 이인규를 찾아갔을 것이다. 그런데 인규는 테니스에 미친 놈이니까 지금쯤 코트에 나가 있을 텐데. 아내가 인규를 찾아간 것은 다행히 그전일까? 혹은 한발 늦어 코트로 나온 뒤일까? 여태 집에 돌아오지 않은 걸로 보아 아내는 거기에 늦게 도착한 모양이다. 그래서 아내는 테니스장까지 찾아갔으리라. 그러나 반바지 차림의 남자들만 설쳐대는 코트에는 차마 접근 못하고 멀찍이 떨어진 벤치에 앉아 게임이 끝나기를 이제나저제나 하고 기다릴 테지. 빌어먹을. 고동색 그라운드를 배경으로 인규의 하얀 테니스복이 눈부실 것이다. 인규는 날렵하게 몸을 움직일 것이다. 아내의 눈이 네트 위를 넘나다니는 공의 포물선을 한참 좇는다. 갑자기 포물선이 뚝 끊기면서 코트에는 아쉬운 탄성이 일어난다. 공이 네트에 걸린 것이다. 이때 과연 아내는 무슨 생각을 할까? 아마 제 남편이 제발 엉뚱한 데 미치지 말고 저렇게 공에나 미쳤다면 오죽 좋을까 하고 한숨을 내쉬리라. 노상 골똘해 있는 남편의 고민만 보아온 그녀에게는 아무 잡생각 없이 오로지 공만 쫓는 이인규의 경쾌한 동작이 너무 신기하기만 하다. 아무 걱정도 고민도 구김살도 없는 저 낙천적인 동작이야말로 바로 진정한 생활이 아닐까. 이런 생각을 하는 동안 석규는 자기 몸이 뭔가에 부풀린 듯 서서히 팽창하는 느낌이 들었다. 부풀린 몸속에 가득 펴져 충일해 있는 것은 노여움이었다. 데스크를 박살 냈던 작년의 그 무서운 충동이 다시 그를 사로잡았다. 충동은 돌파구를 찾아 저돌적으로 솟구쳤다. 손에 쥐고 있던 아내의 수첩을 쥐어뜯으면서 그는 소리쳤다.

"안돼! 절대로 느이 외삼촌 회사엔 못 들어간다!"

석규는 욱! 하고 외마디 짐승 소리를 내면서 마루로 튀어나갔다. 눈을 무섭게 부릅뜬 채 사방을 휘둘러보더니 당장 부엌으로 달려갔다. 거기서 식칼을 들고 나온 석규는 맨발로 곧장 마당의 오동나무로 달려갔다. 엎으라져 있던 봉봉이 놀라서 후달짝 일어났다. 나무 위로 기어오른 그는 닥치는 대로 칼을 휘둘렀다. 칼에 나무가 찍히는 퍽퍽 소리와 흑흑 토해내는 숨소리가 동시에 일어났다. 잎이 무성한 나뭇가지들이 하나둘 잘려 아래로 떨어졌다. 장독대에 떨어져 쨍그렁거리기도 하고 빨랫줄에 걸쳐 데룽거리기도 했다. 칼이 완전히 먹히지 않은 큰 나뭇가지는 몸을 실어 체중으로 부러뜨렸다. 땀에 흠뻑 젖은 러닝셔츠에 벌레들이 우수수 떨어지고 손아귀에는 초록빛 수액이 끈적거렸다. 이봐, 자네 외삼촌 회사가 아니더라도 내가 나서면 밥벌이할 곳은 있을 거야. 봉급이야 그만 못하겠지만, 참자. 이런 흉년의 시대에는 적게 먹고 가는 똥 싸는 법이야. 이젠 돌아와! 인규 그 새끼 만나지 말고 그냥 와. 인규를 만날 게 아니라 완혁이를 만나야 하겠어. 그놈처럼 살면 돼. 지금 당장 전활 해야지. 전화하면 당장 우리 집으로 달려오겠지. 빌어먹을 자식, 얼마 만이냐. 삼년 만에 얼굴을 맞대는구나. 빌어먹을! 이놈의 나무 질기긴 되게 질기군. 안되겠어. 완혁이한테 이따 저녁에 우리 집 올 때 톱 사오라고 부탁해야지. 숫제 밑동을 싹둑 잘라버려야겠어!

석규는 땀과 벌레로 뒤범벅이 된 러닝셔츠를 벗어던지고 나무 위에서 펄쩍 뛰어내렸다. 놀란 봉봉이 제집 주위를 미친 듯 뛰어다니고 있었다.

꽃샘바람

복도 끝은 가파른 나무계단과 이어져 있다. 너는 잠깐 멈춰 서서 계단을 굽어본다. 어서 바삐 이 병원을 떠나고 싶은 조바심 때문인지 진한 콜타르 냄새를 흔들며 아래로 곤두박질치고 있는 그 계단은 한층 위태로워 보인다. 금방 너의 다리는 후들후들 떨리고, 뭔가 속에서 휘딱 뒤집히는 듯 어지럼증이 심하게 일어난다.

너는 난간에다 허리를 기대고 눈을 감는다. 뒤집힌 내면을 쓸고 바람은 곧 가뭇없이 사라졌으나 이 짧은 시간 동안에 너의 온몸은 식은땀으로 흠뻑 젖어버린다. 너의 땀 난 얼굴에 노을빛이 번들거리고 머리칼 몇오라기가 젖은 빰에 착 달라붙어 칼에 베인 생채기같이 날카로운 금을 긋고 있다. 너는 두 손으로 얼굴을 감싸고 손가락 끝으로 양미간을 꼬집는다. 아무리 꼬집고 쥐어뜯어도 덕지

덕지 틀어박힌 허연 거미줄, 너는 갑갑하기만 하다. 맞은편 벽에 유리창 하나. 거기를 통해 보이는 그 사각진 판자촌 풍경은 검은 굴뚝 연기로 더럽혀 어둡고, 그 위로 노을빛이 흐르고 있다. 판자촌 끝에 높지거니 솟아 연기를 토하는 굴뚝 몸통에는 D제약이라고 쓰인 큰 글씨가 보인다. 이런 저녁시간에 불을 때다니, 야간작업까지 하나봐. 너는 그 푸짐한 연기가 부럽다. 네가 다니던 공장의 굴뚝은 불기 하나 없이 차가우리라. 한겨울 하늘에 헐벗은 채 솟아 차가운 구름똥이나 먹고 있으리라.

공장이 문을 닫은 지 벌써 석달. 공장장은 불황 때문에 당분간 휴업하니 집에서 쉬고 있으면 연락하마고 했다. '당분간', 그리고 '곧'이라고 말했지만 그게 벌써 석달이 되어버렸다. 석달. 벌써 그렇게 됐나 하고 너는 놀라지만, 어제저녁 이 병원 수술실에서 너의 배를 만져보던 의사도 임신이 석달쯤 된 게 아니냐고 말하지 않았는가.

밖은 바람이 심하게 부는 모양이다. 굴뚝 연기가 위로 치솟지 못하고 아래로 흩어져 판자촌 위에 낮게 드리우고 있다. 검정 기름 검댕들이 노을에 번쩍거리면서 유리창 가에 벌레처럼 뚝뚝 떨어진다. 판자촌 일대가 벌써 어두워 보이는 이유가 이 연기 때문인가, 혹은 제약회사 삼층 건물이 내던진 큰 그늘 때문인가? 어쨌든 초저녁은 이곳에 한걸음 먼저 성큼 다가와 있다. 판잣집 사이로 난 좁은 골목길들이 벌써 어둠에 익숙한 야행성 동물처럼 스멀거리는 것이 눈에 띈다. 곧 골목이란 골목은 활기를 띠고 법석 떨며 넘쳐흐를 테지. 밤새도록 불을 켜고 골목 안은 온통 그림자로 그득 차서 흔들거리고 깔깔대고 오줌 싸고 비웃으며 호루라기를 불어대고 술 취한 채 물컹물컹 익어갈 테지. 아까 의사가 이 골목은 바로 그런 곳이라고 말했어. 너는 이 골목이 두렵다. 어서 더 어두워지기 전에 이 동네를 빠져나가야지.

이때 병실 문이 열리는 소리가 들려왔다. 누굴까? 조바심이 바늘 끝처럼 너의 가슴을 후비고 든다. 어서 내려가자. 너는 호흡을 가다듬고 계단을 내려가기 시작한다. 나무계단은 너의 체중을 감당하게 되자 날카로운 삐걱 소리를 낸다. 제발, 제발. 너는 애원에 가득 찬 질문을 하듯이 조심해서 계단에 발을 내디디지만 계단은 기다렸다는 듯이 삐걱거리며 너를 윽박질러대는 것이다. 너는 겁먹은 발걸음으로 계속해서 내려간다.

그때 위에서 계단 눌리는 소리가 들려왔다. 공포가 생생하게 되살아난다. 그 의사였다. 그는 상체를 꾸부리고 계단을 밟고 내려왔다. 창을 통해 들어온 노을빛에 둘러싸여 그의 몸 윤곽은 불붙고 있는 듯하다. 의사는 너에게 무슨 용무가 있는 듯이 보인다. 뭘까? 응접실 금붕어를 죽인 사실을 눈치챈 걸까? 다시 수술실에 가두고 벌거벗기려는 걸까? 너는 서둘러 계단을 내려간다.

잠시 동안 다급하게 일어나는 계단 소리밖에 너에게는 아무것도 들리지 않는다. "손님, 조심해요" 하고 의사가 충고하는 것 같다. 그러나 계단은 너무 급하게 끝나버렸다. 너는 구두 뒤축으로 시멘트 바닥을 할퀴고 모로 쓰러지고 말았다. 쓰러진 채 몸을 도사리며 너는 의사가 다가오기를 기다린다.

너는 바로 두시간 전에 수술실 앞에서 망설이고 있었다. 안에서 저 의사가 들어오라고 재촉했고. 어떻게 할까? 그냥 나가버릴까? 한참 망설이다가 너는 무의식중에 어항 속에 손을 넣어 금붕어를 죽이고 말았다. 너는 죽이고 말았다. 너는 끝내 금붕어를 너의 손으로 죽이고 나서야 수술실로 들어갈 수 있었다. 그래도 너는 무서웠다. 창녀 단골 의사인 저 남자가 두려웠다. 창녀 환자들 가운데서 처녀 한명을 적발해놓고 그는 능청을 떨었던 것이다. "남자의 동의가 있어야지, 곤란한데" 하면서 너의 자초지종을 추궁했다. 비밀을 파헤치고 말리라. 너의 아랫배에 잉태한 죄를 긁어내기 전에 죄의 내력을 듣고 말리라. 너는 수술대의 써늘한 비닐 커버 위에 누워 바들바들 떨었다.

대낮같이 환하게 불 밝힌 수술실에서 석달 동안 묵혔던 너의 비밀은 조금씩 누설되기 시작했다. 하루 열시간 근무하고 어떤 땐 야근까지 하고 나면 사생활이라곤 전혀 없었죠. 이년 동안 노상 바쁘고 피곤했어요. 그러다가 공장 문이 덜컥 닫히자 갑자기 허망해지고 만 거죠. 망연자실해서 괜히 실없는 웃음이 샐샐 새어나오고, 결국 옆자리에서 재봉일 하던 준식이와 같이 자고 말았어요. 열흘 뒤엔 같이 자취하던 동숙이 몰래 도망쳐나와 준식이와 합쳤어요. 준식이의 자취방에서 진종일 드러누워 지냈죠. 눈곱 낀 눈물이 질분질분 나오고 실없이 웃기도 했어요. 열넉달 부은 십만원짜리 적금을 깨어 곶감 빼먹듯 하면서 이제나저제나 공장에서 취업통지가 오길 기다렸죠. 그러나 취업통지 대신 준식이에게 시골서 군대 영장이 날아들었어요. 벌써부터 여기를 찾아오려고 했어요. 방세 보증금을 찾아야 병원비가 되는데 한달 동안 방이 안 빠졌어요. 어제야 겨우 방이 나가고……

“참 허망한 얘기구먼. 공장 문은 닫히고 놈팽이는 군대 가고 돈은 떨어져, 또 고향엔 무조건 가기 싫지. 그럼 다 된 얘기 아냐? 조심하라구, 조심해. 이 동네 우리 단골 아이들 중에도 공장 출신이 더러 있대지, 아마. 자, 이젠 마취약 기운이 퍼질 때도 됐는데…… 아가씨, 내 말 들려? 안 들려?”

몽롱한 의식을 파먹는 포르말린 냄새. 의사의 말소리가 점점 불확실하게 멀어져갔다. 금속기구 부딪는 소리마저 먹먹하게 코 막힌 소리를 내고 골목길 쪽에 벌겋게 부풀어 있던 창녀 두어명의 웃음소리도 어렴풋이 멀어지고 통증. 아랫도리가 벗겨졌구나. 박속같이 마구 헤집어 우벼내버린다. 빡빡 긁어내버린다. 화끈거리는 부젓가락으로 들쑤셔버린다. 난자당한 피투성이. 금붕어는 뽀드득 밸이 터져 죽었어.

의사는 슬리퍼를 철썩거리면서 다가왔다. 저 남자는 네가 그 죽은 금붕어를 몰래 손수건에 싸서 핸드백에 넣고 온 사실을 알고 있을까? 금붕어를 죽였다고 따지려는 걸까?

“조심하라구 했는데……” 목소리가 의외로 부드럽다.

“집에서 며칠 푹 쉬어요.” 왼쪽 어깨에 남자의 손이 와닿는다. 순간적으로 그 손길에 동동 매달리며 울음이 떠밀려 올라온다. 우리 공장장도 집에서 쉬라고 했는데…… 석달 동안이나 쉬었는걸요. 이젠 더 쉬지 못해요. 이 끔찍한 일을 저질러놓고 어떻게 쉬어요? 너의 일그러진 입술 새로 울음이 비어져나왔다. 울지 말아야지. 너는 울음을 참으려고 침을 모아 꿀꺽 삼킨다. 그러나 침은 넘어가지 않고 목구멍에 뭔가 답답한 응어리가 되어 머물러버린다.

그때 문득 의사의 흰 가운 앞섶에 붉은 핏방울이 점 찍혀 있는 게 눈에 띈다. 핏방울은 금세 확확 타오르고, 아랫배에 텅 비고 어두운 공복감 같은 통증이 호되게 일어난다. 왈칵 치미는 비린내. 너는 의사의 부축을 뿌리치고 허둥지둥 밖으로 뛰어나간다.

너는 어서 골목길을 벗어나고 싶어 걸음을 빨리한다. 의사가 너에게 뭐라고 말했나. 날 저문 날 공장데기 아이가 길 잃기 쉬운 곳이란다. 공장 문은 닫히고, 놈팽이는 군대 가버리고, 돈은 떨어져, 고향엔 무조건 가기 싫고…… 그럴 땔수록 길을 잃기 쉽단다.

골목길은 벌써 어두워져버렸다. 맞은쪽에서 포장마차들이 덜컹덜컹 굴러오고 있다. 너는 푸줏간 앞을 지나간다. 쇠갈고리에 꿰인 붉은 살코기들. 살코기 위에 덮인 흰 기름층에도 분홍색 형광등의 뿌연 조명이 묻어 있다. 주인은 어디 있나? 큰 도마 뒤에 퍼져앉아 쉬고 있다. 지문이 마른 피로 채워진 왼손에서 담배가 타고…… 오른손도 쉬고 있나? 쇠고기 반근, 돼지고기 한근 따위 양감에 손짐작이 빠른 오른손은? 역시 큰 칼 곁에서 쉬고 있다. 주인은 쉬고 있다. 흰 가운을 피에 담근 채 쉬고 있다. 금방 봤던 의사의 흰 가운에 튄 핏방울이 다시 확확 타오른다. 너는 속이 메슥거리는 걸 억지로 참고 그 앞을 지나친다.

그러나 두려움은 거기만 있는 것이 아니다. 길바닥 괸 물에 피걸레 같은 노을이 둥둥 떠 있고, 포장집 앞에 주렁주렁 매달린 붉은 천조각, 그 생생한 핏빛에 너는 또 질겁한다. 카바이드 불 냄새에도, 개숫물의 시큼한 행주 냄새에도 너는 가슴이 섬뜩하다. 골목이 더 좁아지고 컴컴한 담벼락에 담뱃불 몇개가 빨갛게 피어오른다. 걔네들이구나, 몸 판다는 아이들이야! 너는 두려워서 가슴이 미어질 지경이다. 담뱃불들이 다가온 너를 찬찬히 응시한다. 네가 어디 갔다 오는지 우린 다 알아. 우린 엿들었어. 다 들었다구. 그들이 당장 달려들어 너를 에워쌀 것같이 느껴진다. 너는 황급히 그곳을 빠져나간다.

골목길을 벗어나자 너는 안심이 되어 오던 길을 돌아다본다. 그러나 안심하기에는 아직도 때가 이르다. 보라. 판자촌 위 굴뚝 연기가 흐르는 하늘에 네온 광고가 명멸하고 있다. 강익달산부인과. 네가 금방 나온 그 병원. '강익달'은 초록색이고 '산부인과'는 진홍색이다. 시뻘겋게 달군 부젓가락인 '산부인과'는 초저녁 하늘에다 뿌지직뿌지직 화인(火印)을 넣고 있다. 그 붉은 네온이 너는 두렵다. 너의 피투성이 상처. '강익달'이가 도살칼을 들고 너에게 달려든다.

다시 식은땀이 흘러내린다. 너는 치를 떨며 땀이 발산되는 그 짧은 시간을 지켜선다. 입술에 짭짤하게 닿는 소금기가 볼을 타고 내린 눈물의 소금기인지, 그저 땀 맛일 뿐인지, 너는 알 수가 없다.

거리는 바람이 몹시 불고 있다. 바람 속에는 먼지 입자들이 잔뜩 품겨 있어서 금방 입안이 칼칼해진다. 먼지는 콧속에 스며들어 서걱거리고, 너의 땀 젖은 얼굴에도 먹어들었다. 몇번 심호흡을 해보고 나서 너는 행인들 틈에 끼어든다. 이젠 정말 안심이다. 저것 봐. 아무도 날 눈여겨보는 사람이 없잖아. 너는 이제 중뿔난 데 없이 그저 평범한 행인이 되어버린다. 당장 이길로 가서 동숙이를 만나야지. 그동안 시골 가 있었다고 둘러대야지. 바람에 스커트 자락이 펄럭거리며 종아리를 때린다. 앞서가는 코트 입은 여자의 뒷모습도 몹시 펄럭거린다. 너는 그 여자에게 말을 걸고 싶은 충동을 느낀다. 어깨를 나란히 하고 상냥하게 웃으면서 말을 붙이고 싶다. 일상적인 말을 하는 자신의 음성에 귀를 기울이고 싶은 것이다. 혹시 너무 말을 안해서 목구멍이 녹슬었는지 몰라. 무슨 말을 물어볼까? 실례지만 몇시나 됐지요? 과연 이 말이 저 여자의 귀에 들릴까? 의사소통이 될까? 혹시 내가 미친년이 안될지 몰라. 혹시 바람이라도 불어와 말을 가로채가버리면? 과연 나는 길 가다가 시간을 묻는 그냥 평범한 행인일까? 그게 입증될까? 그럼. 저 여잔 길 가는 사람의 질문에 대답해주려고 시계를 들여다볼 거야. 이렇게 말이다. 너는 쾌활하게 손을 내뻗고 시계 보는 시늉을 해본다. 시간을 알아볼 생각이 아니었던 탓으로 시침과 분침의 각도는 건성으로 드러났다가 사라진다. 너는 그때 깜짝 놀라며 다시 시계를 들여다본다. 시계는 2시 5분에서 죽어 있지 않은가. 빈 크림통에 넣어 처박아뒀던 걸 태엽도 감지 않고 그냥 차고 나왔구나. 그 골방에서 이 씨티즌 시계는 석달 동안 내내 죽어지냈던 거야. 너는 급히 태엽을 감으면서 여자를 따라간다. 이젠 정말 시간을 물어봐야지. 너는 말을 붙이려고 바싹 다가간다. 그런데 막상 말을 하려고 들자 갑갑증이 천근 무게로 가슴을 짓누른다. 그때 다행히 여자는 길을 건너려고 차도로 내려가면서 너를 떼어놓았다. 그제야 너는 겨우 갑갑증에서 풀려나온다.

얼마 후 너는 무심중에 어떤 골목길로 접어든다. 손수레 바퀴 자국이 나 있는 진창을 조심하며 한참 걸어가다가 너는 제풀에 깜짝 놀라며 멈춰 선다. 거기가 준식이의 셋방으로 가는 길목이기 때문이다. 벌써 디피점 앞까지 와버린 것이다. 내가 어느새 이 길로 들어섰나? 동숙이의 자취방을 찾아가는 길이었는데…… 너는 슬며시 맥이 빠져버린다. 그렇다. 석달 동안에 이 골목길은 너의 무의식 속에 아주 찰거머리같이 달라붙어버린 것이다. 습관, 그 지겨운 습관에 이제 너는 넌덜머리 난다. 어떻게 할까? 그 셋방은 오늘 딴 사람이 세 들었을 텐데. 이왕 여기까지 왔으니 주인집에 맡겨둔 옷가방을 찾아 나올까? 동숙이를 만나보고 모레쯤 찾아갈 생각이었는데…… 오늘은 너무 피곤해서 가방을 들 힘이 있을지 몰라. 너는 이렇게 망설이다가 얼핏 사진 진열장 안에 시선이 간다. 민소매 티셔츠 차림의 젊은 여자가 구름 한장 덩실 떠 있는 여름 하늘을 배경으로 비스듬히 서 있다. 하도 여러번 봐서 이제는 정말 넌덜머리 나는 사진이다. 누가 저 여름여자에게서 웃음을 빼앗아갔나. 네가 이 골목으로 이사 해온 뒤로 저 여자는 겨울 내내 진열장 안에 갇혀 한번도 웃어본 일이 없다. 얼굴은 온통 웃음이 홀랑 빠져나간 주름살투성이. 그런데 오늘은 이상도 하다. 그 주름진 얼굴에 발랄한 웃음이 떠올라 있지 않은가.

얼어붙었던 웃음이 소생하다니, 웬일일까? 그렇구나. 오늘이 3월 2일인가 그렇지, 아마. 그러니깐 벌써 봄이지. 저 여잔 벌써 봄 기미를 눈치채고 웃고 있는 거야. 너는 슬며시 즐거워진다. 동숙아, 가방 가지고 곧 갈게. 기다려. 너는 잰걸음으로 디피점 앞을 떠난다. 물론 처음엔 저 여자는 실제로 웃는 모습이었어. 그런데 동숙아, 우린 석달 동안 방에 갇혀 맨날 그짓만 했단다. 정말 지겨웠어. 너한테로 얼마나 돌아가고 싶었다고. 이 골목에서 도망치고 싶었어. 그러나 그게 안되더라. 나중엔 될 대로 되라, 아주 자포자기였지.

그럴수록 저 여자는 웃음을 잃어갔다. 나중에는 웃음은 종적을 감추고 다만 웃음에 사용됐던 우그러진 주름살만 남았다. 여자는 언제나 "나는 추워요"라고 말했다. "그렇지만 웃지 않을 수 있나요?"라고 말하기도 했다. 모든 게 다 얼어붙는 계절에 저 여자의 웃음이라고 얼어붙지 말라는 법은 없었다. 그래서 여자는 겨우내 사진틀에 갇혀 고문받고 있었던 것이다.

그뿐인가. 너는 또 그 사진과 마주칠 때마다 되살아나는 괴로운 기억이 있다. 그건 시골의 명성사진관에 진열되어 있는 네 자신의 사진이다. 삼년 전 중학교 졸업 기념으로 찍은 건데, 사진관에서 그걸 확대해서 걸어놓은 것이다. 작년 추석에 내려갔을 때도 그 사진은 진열장에 그대로 있었다. 인물이 괜찮으니깐 걸어놓았겠지. 너는 별로 싫은 느낌이 아니었다. 그런데 보름 전에 너는 시골 명성사진관 앞으로 사진을 떼달라고 등기편지를 냈다. 진열장에 자신의 사진이 내걸린다는 것이 얼마나 괴로운 일인지, 너는 이 골목으로 이사 와서 깨달았던 것이다. 여중생 교복을 한 너의 얼굴은 사진관 주인에게 빼앗기고 그 진열장이 자리 잡은 시외버스 정류장 앞을 지나가는 행인들에게 빼앗기고 있었던 것이다. 매일 그 얼굴은 수많은 시선에 뒤얽혀서 더러운 모욕을 받고 있었다.

그 시선이 닿지 않은 곳에 숨어 있어도 누군가 끈덕지게 넘겨다보는 듯한 불안이 항상 따라다녔다. 한밤중 캄캄한 창의 사각형 속에 불쑥 나타났다가 너의 시선과 마주치자 황망히 사라지던 얼굴도 있었다. 부친은 딸의 침묵을 의심하듯이 일주일이 멀다고 편지를 보내왔다. 너는 거짓말할 수 없어서 숫제 답장을 하지 않았다. 일주일 전에는 전보까지 받고 말았다. 문 앞에서 전보를 받아쥘 때 너는 부친의 하수인처럼 여겨지는 배달부의 간섭하는 눈초리가 두려웠다. '모친위독급히귀향바람부친'. 전보 내용이 너무 엉뚱해서 너는 믿지 않았지만 부친이 당장이라도 상경하여 들이닥치면 어쩌나 하고 노상 근심이었다. 세상 사람들이 사방에서 쑤군거리며 몰래 불러가는 너의 아랫배를 손가락질했다. 동숙이도 한패가 되어 너를 비웃는 것 같았다. 너는 다시 그들에게로 돌아가고 싶었다. 준식이의 자취방에서, 이 골목에서 도망치고 싶었다.

이젠 모두 끝난 일이지. 옛날처럼 수다쟁이 계집애로 돌아가는 거야. 동숙이를 만나면 실컷 떠들어야지. 너는 진열장 유리에 비춰보며 흰 이를 드러내고 소리 없이 웃는다. 사진 속의 여자처럼 얼굴에 온통 주름살을 만들고서. 여자는 활짝 웃으면서 "아직 꽃샘바람이 불어서 좀 쌀쌀하긴 해요. 그렇지만 뭐 어때요? 곧 날이 따뜻해질 텐데" 하고 일러주는 것 같다. 자, 어서 가방을 찾아 나오자.

너는 오른쪽 모퉁이를 돌아 철조망 울타리가 서 있는 철로 연변으로 왔다. 그런데 앞에서 어떤 아낙네가 철조망에 널린 빨래를 떼고 있다. 틀림없이 그 빨래다. 누더기가 다 된 여자용 봄 코트. 그 빨래는 한달 동안이나 철조망 위에 널려 있었다. 허리 부분이 꺾인 채 철조망 위에 엎으라져서. 그렇게 날카로운 가시 위에 엎으라져서 찬비에 젖기도 하고, 뻐덩뻐덩 얼어붙어 바람에 건덩거리던 빨래…… 너는 철조망의 붉은 녹물이 핏자국처럼 얼룩진 그 빨래도 역시 고문받고 있다는 인상을 버릴 수가 없던 터였다. 그 빨래를 치우는 것이다. 너는 정말 기뻤다.

그런데 골목이 좁아서 철조망에 옷이 찢길까봐 조심하며 마악 그 아낙네 곁을 지나치려고 할 때였다. 아낙네는 너에게 길을 비켜주려고 철조망 쪽으로 몸을 움직였다. 그때 요란한 기적을 울리며 기차가 달려왔다. 막대한 기적 소리, 광파 넓은 눈부신 빛이 순식간에 판자촌 일대를 왈칵 사로잡았다. 너는 진저리 치면서 두 귀를 손으로 감싼다. 눈이 거멓게 먼 채 대낮같이 환한 나락으로 곤두박질치며 떨어져간다. 기적 소리를 반향하여 온몸이 사정없이 진동한다. 판잣집 벽이 흔들려 흙가루가 쏟아진다.

그것은 밤마다 세번씩 준식이의 자취방을 뒤흔들던 소리였다. 아무리 그짓에 몰두해도, 한밤중 잠에 취해 있어도 허사였다. 벽에 걸린 옷가지들은 유령처럼 춤을 추고, 턱은 덜덜 떨리고, 육중한 기차바퀴가 거침없이 굴러와서 허연 강철빛의 모서리로 너의 벌거벗은 가슴을 가르고 질주하는 것이었다.

기적 소리가 그치자 너는 눈을 떴다. 아직도 지나치는 객차에서 오는 불빛에 아낙네의 얼굴이 누렇게 떠올라 있다. 부은 얼굴에 진땀이 흐르고 벌어진 입은 어둡고 공허하다. 너는 그 입에서 괴로운 비명이 터져나오기를 초조하게 기다린다. 한밤중 창의 캄캄한 사각형 속에 불쑥 나타나던 얼굴. 문득 시골서 올라온 부친이 지금 문 앞에서 기다리고 있을지 모른다는 생각이 화끈 일어났다. 기차가 다 지나가자 금세 사방이 깜깜해졌다. 과연 아낙네는 빨랫자락을 잡고 아래로 축 늘어지더니 헛구역질을 시작했다. 찌익, 철조망에 코트가 찢기는 외줄기 날카로운 소리. 저 여자 입덧해. 임신했어. 너의 아랫배에 또 호된 통증이 왔다. 의사의 흰 가운 자락에 찍힌 핏방울이 활활 타올랐다. 그 의사가 고무장갑 낀 손으로 쫓아나왔다. 자취방 문 앞에서 기다리던 아버지가 쫓아나왔다. 너는 황급히 되돌아서 골목을 뛰쳐나온다.

동숙이의 자취방으로 가는 길은 넓은 공터 가운데로 뚫려 있다. 알싸한 쓰레기 냄새. 어둠속에서 연탄재들이 발에 툭툭 차인다. 동숙이를 만나면 먼저 무슨 말을 할까? 뭐라고 거짓말을 둘러대지? 사실대로 말할까봐. 너무 피곤해. 거짓말할 힘도 없어. 따뜻한 아랫목에 동숙이랑 나란히 누워 언 등허리를 녹이고 싶어. 따뜻한 눈물을 흘리고 싶어. 동숙아, 나 많이 다쳤나봐. 나 좀 만져줘. 이 겁먹은 응어리를 으깨뜨려줘. 난 금붕어를 죽여버리고 말았어.

그러나 막상 그 집 앞에 당도하니까 대뜸 의혹이 생긴다. 문 두드리기를 늦추고 안절부절못하는 사이에 어느덧 그 의혹은 분명한 사실이 되어버렸다. 동숙이는 없다. 잠깐 방을 비운 게 아니고 아주 이사 가버린 거다. 그때 뒤에서 인기척이 났다.

"거기서 뭘 하지?" 주인아저씨였다.

"안녕하세요?"

"아이고, 오랜만이구먼, 인숙이."

"동숙일 찾아왔는데요."

"아니, 몰랐나? 이사 간 지 두달도 넘었는데."

너는 깜짝 놀란다. 그러나 너는 아저씨의 말투에서 시간이 날아들어 파먹은 묵어빠진 기정사실을 느끼지 않을 수 없다. 맥이 탁 풀린다. 동숙이는 어디로 갔을까?

"혹시 시골 내려간다고 안 그랬어요?"

"그런 말은 없었는데…… 아마 서울 어디에 눌러 있겠지."

너는 인사하고 돌아선다.

"공장도 쉬는데 시골이나 내려가지 않고…… 쯧쯧, 몸조심들 해야지."

뒤에서 주인아저씨가 중얼거리는 소리가 들렸다. 다른 뜻에서 몸조심하라는 말이리라. 몰래 눈물이 흘러내린다. 벌써 결딴나고 말았어요. 몸이 결딴났어요.

다시 버스 길로 나왔다. 어디로 갈까? 거리는 여전히 먼지 품은 바람이 몰아치고 있다. 길을 가로지른 현수막이 바람에 꾸불텅거린다. 그것은 붕긋 떠올랐다가는 순간적으로 균형을 잃고 흉하게 이지러진다. 또 창에 찔린 짐승처럼 고통스럽게 몸을 비비 꼬기도 한다. 붉은 페인트 글씨가 창에 찔려 피를 내뿜듯 다음과 같이 절규했다. 청소년 선도 강조 주간.

너는 버스정류장 앞에 와서 망설인다. 이젠 어디 가서 쉬어야 할 텐데. 의사가 일주일쯤 푹 쉬라고 했는데. 너무 피곤해. 더 걸을 수가 없는걸. 바로 앞에 남자의 완만하게 굽은 넓은 등이 있다. 그 등에다 머리를 기대고 싶다. 잠깐만 그렇게 쉬고 싶다. 그런데 이런 심중을 눈치챈 듯 사내는 휙 뒤를 돌아다본다. 우둔하고 너그러운 등이 순식간에 없어지고 말았다. 너는 몸을 주춤 오므린다. 사내는 턱을 안으로 다부지게 당기고 너를 노려본다. 자신만만하고 대담한 눈빛이다. 이 남자가 왜 저렇게 자신만만할까? 그 이유를 알 수 없기 때문에 너는 더욱 불안하다. 눈치챘을까? 사내가 눈치챈 내 약점은 무얼까? 너는 꼼짝달싹할 수 없는 기분이 되어버린다. 두려움과 갑갑증이 가슴을 꽉 죄어왔다. 사내는 눈썹을 파르르 떨며 너의 동작을 고정시키려고 안간힘을 쓴다.

"아가씨!" 하고 사내가 말을 시작했다. 이런, 이런. 너는 다급해진다. 다음 순간 너는 그 허두(虛頭)가 내밀고 있는 구속에서 벗어나 막 출발하려는 버스를 향해 달음질친다.

버스를 타고 차창 밖을 내다본다. 그 사내는 버스 쪽을 바라보며 멍하니 서 있다. 무관심한 듯한 등을 돌려, 한순간 무섭게 불타며 틈입해오던 그 남자는 이제 다시 무관심을 뒤집어쓴 채 차창 밖으로 사라져갔다. 복병이 아니고 무엇이랴. 땅거죽에 밀착하여 기다리던 복병, 네가 다가서는 순간 땅거죽은 갑자기 융기하여 앞을 가로막으리라. 버스 안에도 복병은 있다.

그러나 너는 몹시 피곤하다. 손잡이를 잡고 위로 뻗은 왼팔에 머리를 기댄다. 입술을 까실까실한 소매 천에다 짓눌렀다. 이 버스는 어디로 가는 버스일까? 만원 버스는 고향 가는 밤기차처럼 잠시 머쓱한 적막 속에 흔들린다. 동숙아, 고향 가자, 고향 가자. 귀밑에서 손목시계의 자디잔 소리가 들려왔다. 소매가 흘러내려 드러난 야윈 팔목. 푸른 정맥이 그물 친 팔목을 거머쥐고 시계가 맥박 치고 있다. 2시 5분. 시침과 분침은 엉뚱한 시간을 가리키고 있다. 날카로운 초침은 구심(求心)에서 뭔가 끊임없이 파헤친다. 재깍재깍. 모나고 규격지게 절단된 작은 조각들이 톱밥처럼 벙그렇게 쌓인다.

문득 덮개유리에 붉은 네온빛이 점적되었다. 다시 흰 가운에 떨어진 핏방울이 활활 타오른다. 초침은 이제 희디흰 문자판에 새빨간 상처를 후벼내기 시작한다. 속살이 헤쳐져 꽃같이 벌어지고 있다. 고무장갑 낀 손으로 박속같이 우벼낸다. 시뻘겋게 박박 긁어낸다. 동숙아, 난 금붕어를 죽여버렸어. 뽀드득 눌러 죽였어. 너는 한손으로 손잡이를 잡은 채 아래로 축 처졌다. 다른 손에 핸드백이 대롱대롱 매달리고……

누군가 몸에 손을 댄다. 순간적으로 손바닥 감촉에 저항하며 전신이 뻣뻣해진다. 좀 옆으로 비켜선다. 그래도 손은 따라온다. 넓게 편 손바닥이 바들바들 떨면서 꾸준히 움직인다. 손은 허리에서 허벅다리에 이르는 만곡한 선을 정확하게 더듬어 드러내고 있다. 부르르 경련이 일어난다. 다시 몸을 옆으로 움직인다. 그래도 손바닥은 따라왔다. 너는 지겨운 듯 축 늘어져버린다. 동숙아, 동숙아.

그러다가 너는 더 참지 못하고 신경질적으로 몸을 흔들어댄다. 남자 손이 떠났다. 그 흉측스럽고 뻔뻔한 얼굴을 찾으려고 고개를 돌린다. 그러나 주위에는 모두 하나같이 무표정한 얼굴뿐. 그 엉큼한 손은 어디로 사라졌나? 승객들은 허공의 우연한 한점 혹은 앞사람의 뒤통수에 눈을 둔 채 멍청하게 굳어져 있다. 그것은 버스를 타고 한참 흔들리다보면 누구나 자연히 터득하게 되는 굳은 껍질이다. 치면 둔중한 금속성이 날 것 같다. 땀 젖고 끈적거리는 그 엉큼한 손은 어디로 빨려들어갔나? 모두 저렇게 단단히 굳어버렸는데 그 멀컹한 손을 무슨 수로 찾아낸단 말인가? 물컹한 거라곤 바로 앞에 중년 여인이 입에 물고 있는 껌밖에 없다. 여자는 뒷머리를 창틀에 기댄 채 졸고 있다. 턱이 처내려져 벌어진 입안에 이빨 자국이 선명한 껌이 얹혀 있다. 더러운 가래침 빛이다. 진짜 물컹하고 끈끈한 물건이다. 아까 몸을 더듬던 끈적거리는 손과 같은 거다. 그건 준식이와의 연애관계처럼 끈적거리고 질기다. 일단 맛 들이면 꼼짝달싹 못하고 만다. 껌을 입에 넣고 우물거리다보면 벌써 때는 늦어버린다. 어느새 그 제품에 악착같이 집착하게 되는 것이다. 우물거리던 애매한 동작은 힘차고 기계적인 저작운동으로 바뀐다. 혀끝에 얼마간 단맛을 주던 설탕기가 빠진 뒤에도 껌이 지닌 고무질 맛과 탄성의 포로가 되어버린다. 씹을수록 짜증나고 불만스러운 맛이지만, 웬일인지 당장 뱉어내지 못한다. 그래서 자학행위에 빠진 사람처럼 자꾸자꾸 껌을 쩍쩍 씹어댄다. 뱉어버리자, 뱉어버리자. 석달 동안 너는 이 생각에 항상 전전긍긍해왔다. 껌을 뱉어버린 지금, 그렇다고 과연 너는 안전한가? 아니다. 사방에서 함부로 뱉어버린 껌들이 살아서 끈적거리고 있다. 구두에 밟혀 끈적거리고, 공원 벤치, 극장 의자에 달라붙어 방심한 궁둥이를 기다린다. 껌팔이 애들이 사방에 퍼져서 아직 껌을 사지 않은 손님들을 적발해내어 강매한다. 그 질긴 점착력은 결코 소멸할 수 없으리라. 그 끈적거리던 손은 어디 갔나? 너는 아직도 그 끈적거리는 손바닥이 남긴 감촉을 기억하듯 부들부들 떨고 있다.

"아가씨." 옆에서 귓전을 할퀴는 낮은 목소리. 조바심이 일어났다. 꿈결엔 듯 밀려온 이 목소리에 누군가 딴 사람이 대답해주기를 기다린다. 그러나 그 목소리가 선택한 건 역시 너다.

"핸드백이 열렸네요." 원통형의 털모자를 쓴 젊은 여자다. 정말 핸드백은 붉은 속을 내보이며 입을 아, 하고 벌리고 있다. 죽은 금붕어를 싼 흰 손수건! 얼른 스냅을 잠갔다. 딱, 하는 울림 소리. 누가 핸드백을 열어보았구나. 아까 그 사내다. 아까 몸을 만지던 그 사내는 단순한 치한이 아니었구나.

"뭐 잃어버린 거 없어요?" 여자는 더 참견하려고 든다.

"아뇨." 너는 여자의 참견을 뿌리치듯 완강하게 머리를 흔든다. 잃은 게 없으면 그만이지, 참 별꼴이야, 하는 투로 여자는 픽 코웃음을 친다. 그러고는 삐죽 내밀었던 첨단을 안으로 사리고 조금도 자극성 없는 평범한 승객으로 돌아갔다. 동숙아, 난 금붕어를 죽이고 말았어. 젖꼭지는 까맣게 타버리고. 아기가 죽었어. 아랫배에 찬 바람이 가득 찬 횅한 공동, 우벼낸 박속같이 텅 비어버렸어. 동숙아, 허전해 죽겠네. 이젠 버스를 내려야겠어. 어디 산으로 가서 이 금붕어를 깨끗한 흙으로 묻어주고 올래. 그러나 몸은 점점 무거워졌다. 머릿속은 백열된 뇌수, 뇌수가 두개골 벽에 아프게 부딪치는 소음으로 가득 차 있다. 뒷머리에 펄떡거리는 맥박은 간단없이 그 둔중한 여운을 골수 깊이 전달하며 경고하고 있다. 휴식을 막아라. 휴식을 막아라. 머리끝까지 누적된 피로는 모근을 자극시켜온 피부가 간헐적인 경련을 일으킨다. 버스의 진동에 따라 눈길이 무겁게 흔들리고 헛갈리다가 버스 바닥으로 뚝 떨어지곤 한다. 이젠 너는 더 첨가할 수 없는 한계점으로 몰린다. 모래 한알의 사소한 무게라도 너를 쓰러뜨릴 수 있다. 벼랑 끝에 온 것처럼 너는 아찔한 현기증을 느끼며 발밑을 내려다본다. 자, 손을 놓자. 무릎관절을 꺾고 기우뚱 꼬부라져서 바닥에 풀썩 엎어지리라. 흙모래가 묻은 바닥에 얼굴을 비벼대고……

그때 버스가 별안간 급정거했다. 끼익, 브레이크 밟는 소리. 강한 타격이 몸을 앞으로 힘껏 밀어젖힌다. 쓰러지고 싶은 충동에 사로잡혔던 너는 오히려 두 손으로 허공을 할퀴면서 섬광 같은 맹렬한 운동을 맞아 전신으로 반발한다. 너는 급격히 몸이 비틀렸다가 모로 쓰러졌다. 승객들은 좌석 밖으로 튕겨나가고 또 손잡이를 놓쳐 일제히 옆으로 쏠려 밀려갔다. 비명 소리. 버스 안은 낭자하게 무너졌다. 돌연 닥쳐온 질풍은 승객들을 꺾고 마비시켜버렸다. 그건 빛깔 없이 냉혹한, 전후가 단절된 경험이었다. 사람들은 아마도 교통사고로 생명을 잃게 되는 그 차디찬 순간을 연상했으리라. "개새끼!" 운전사는 밖을 내다보며 소리친다. 너는 일어난다. 무릎이 깨져 스타킹이 찢어져 있다. 그때 한 사내의 눈길이 너와 마주친다. 빙긋이 웃음을 보낸다. 무엇에 다쳤나. 피가 그의 손바닥을 흥건하게 적시고 있다. 사내는 또 웃음을 보낸다. 사내의 핏빛은 밤과 어울려 불결스럽다. 탄산가스로 충만된 피. 사내는 더럽다. 덥고 끈끈한 피. 그렇다. 바로 그 손이다.

너는 다음 정류장에서 황급히 내린다. 그 사내가 뒤따라 내릴 것 같아서 얼른 뒤를 돌아본다. 사내는 눈에 띄지 않는다. 혹시 뒷문으로 내렸는지 모른다는 생각이 들었다. 너는 얼른 행인들 속에 몸을 숨기고 빨리 걸어간다. 여기가 어딜까? 핸드백이 행인들의 팔꿈에 채어 흔들거린다.

너는 도로 확장 공사 하는 길모퉁이를 끼고 돌아간다. 인부 몇사람이 모닥불을 피워놓고 건물 해체 작업을 하고 있다. 바람에 미친 불길이 둘러선 인부들의 그늘져 시꺼먼 가랑이 사이로 빠져나오려고 널름거린다. 여기저기 흩어진 붉은 벽돌더미. 시멘트 덩어리들 위로 질긴 철근 가닥들이 사납게 뻗쳐 있다. 공사장 전체는 활활 타오르는 모닥불 빛을 받아 아까 본 푸줏간같이 시뻘겋다. 실컷 두들겨 부숴버렸구나. 아주 작살내버렸어. 도살칼로 마구 난도질한 거야. 흰 가운에 튄 핏방울이 또 활활 타오른다. 아랫배에 출혈로 새하얘진 공동, 그 죽어버린 폐허에 다시 깊은 통증이 왔다. 폐허다, 폐허다. 이 봄에 저 집터에 풀씨가 눈뜨기 전에 사람들은 피치로 봉해버릴 거다. 물샐틈없이 치밀한 아스팔트로 포장되리라. 거기엔 생명이라곤 눈곱만큼도 없게 되리라. 고무타이어와 피치가 맨몸으로 부대끼는 곳, 세우지 못할 미친 속력만이 난무할 거다. 그건 또, 죽음이야. 젖꼭지는 거멓게 죽어버리고…… 동숙아, 아기가 죽었어……

잠시 길에는 행인이 드물어졌다. 그러자 앞에 뻗은 길은 무슨 요행을 기다리는 듯 벌렁벌렁 숨 쉬기 시작한다. 그때 누가 뒤를 밟고 있다는 느낌이 화끈거리며 일어난다. 너는 걸음을 더 빨리한다. 뒤를 돌아다보고 싶은 충동을 참으며 부지런히 걸어간다. 이제 쫓기고 있다는 느낌이 아주 확실해졌다. 순간 너는 뒤를 돌아다본다. 과연 한 남자가 뒤따라오고 있다. 버스에서 집적거리던 그 남잔가보다. 고개를 숙인 채 너의 그림자 끝을 밟고 걸어오고 있다. 너는 당장 뛰어 달아날 기세가 된다. 그런데 생각처럼 뛸 수가 없다. 발끝에 끌려오는 드레스 자락 같은 기다란 그림자 끝을 그 남자가 밟고 있기 때문이다. 네가 뛰면 그림자도 뛰고 저 남자도 뛰리라. 그러나 다음 순간 너는 달아나기 시작한다. 바람이 매섭게 불어와 남자의 손찌검같이 귀뺨을 후려친다.

곧 어두운 굴다리가 시작되었다. 굴은 심호흡으로 너를 들이마신다. 밝은 데서 금방 들어와서인지 주위가 아주 어둡다. 자연 발걸음이 후들후들 불안하게 흐트러진다. 먹물을 마시며 물에 빠진 사람처럼 허우적거린다. 숨이 차다. 잠시 주춤했다가 너는 밝은 빛이 퍼져 있는 출구 쪽으로 또 허둥지둥 뛰기 시작한다. 그때 밝은 사각의 출구를 무너뜨리며 트럭 한대가 들어왔다. 기다란 헤드라이트를 함부로 내두르면서. 차체가 굴속에 꽉 찼다. 이제 굴속이 환하게 밝아졌다. 으르렁거리는 엔진 소리가 크게 부풀어오른다. 시멘트 벽들이 엔진 소리를 맹렬히 튕겨댄다. 무지막지하게 큰 클랙슨 소리가 바싹 너에게 경고인지 야유인지를 보낸다. 벽 쪽으로 주춤 물러서며 오던 길을 돌아다본다. 미행자는 아직 나타나지 않았다. 그러나 그럴수록 마음이 더 다급해진다. 트럭이 바로 앞까지 왔을 때 웬 중년 남자가 바로 벽 옆에 기대고 서 있는 것이 헤드라이트 불빛에 드러났다. 이쪽을 바라보고 있다! 진작부터 너를 관찰한 표정이 역력하다. 이제 미행자는 너를 훨씬 앞질러버린 것일까? 도리없이 당하는구나! 굴속은 당장 아우성으로 뒤덮일 것만 같다. 길 가던 행인들이 굴속으로 쳐들어오는 발소리, 너의 노한 부친이 달려온다. 이년, 끝장 보자, 끝장 보자. 강익달 의사가 달려오고, 동숙이마저 한패가 되어 저년, 저년, 소리치며 달려온다. 너는 무서워서 발을 동동 구른다.

마침 트럭이 지나가자 굴속은 다시 어두워진다. 그때 불현듯 소매 끝이 붙잡혔다. “아가씨, 제발 저것 좀 집어줘. 내 목발……” 너는 무서워서 손을 힘껏 뿌리친다. 막 후닥닥 뛰어 달아나려는데 이게 웬일인가. 사내는 시멘트 벽에 등을 모질게 쓸리면서 허재비같이 모로 픽 쓰러진다. 텅 빈 바짓가랑이 한쪽이 허공에 펄럭거린다. 외발이었구나. 오금이 바싹 오그라든다. 발이 얼어붙은 듯 뗄 수 없다. 그때 굴다리 안으로 두어사람이 들어서는 기척이 났다. 굴속을 휑휑 울리는 구둣발 소리. 그들이 온다, 그들이 온다! 너는 속으로 부르짖으면서 쓰러진 사내에게 달려들어 어깻죽지를 미친 듯이 잡아당기기 시작한다. 물컥 치미는 술 냄새. 사내는 천근같이 무겁다. 더 힘을 내! 너는 이를 악물고 눈을 부릅떴다. 배 속 내장들이 송곳끝같이 꼿꼿하게 일어서고 질긴 심줄이 툭툭 불거지며 사방으로 내닫는다. 땀이 부쩍 솟는다. 그런데 이게 웬일일까? 공포는 그 이유를 알 수 없는 야릇한 분노로 변질되어간다. 손이 난폭해진다. 할퀴고 싶고 물어뜯고 싶다. 너는 저돌적인 힘으로 사내를 공격한다. 사내가 오금 박힌 소리를 낸다. 그러거나 말거나 너는 머리를 사내의 가슴팍에 틀어박고 막무가내로 밀어젖힌다. 좀더, 좀더 너는 안간힘 쓰면서 기어코 사내를 떠밀어 벽에다 세워놓았다.

긴장이 풀어지며 땀이 흘러내린다. 너는 눈을 내리감고 거친 호흡이 가라앉기를 기다린다. 땀줄기가 선을 타고 면을 범람하며 온몸을 흥건하게 적시는 게 느껴진다. 발소리는 벌써 사라지고 들리지 않는다. 이제 공포는 자취 없이 사라진 것이다. 너는 참으로 기분 좋은 탈진상태를 만끽하고 눈을 뜬다.

남자는 벽에 등을 기댔는데도 흔들흔들 몸을 가누지 못하고 있다. 이제 그가 무섭기는커녕 안됐다는 생각이 든다. 몸 불편한 사람을 너무 난폭하게 다루었나보다. 너는 땅바닥에 나동그러진 목발을 찾아 그 남자에게 챙겨준다.

"아이고, 무서워 혼났구먼. 무슨 처녀가 그렇게 힘이 세어."

그는 목발을 양 겨드랑이에 끼더니 텅 빈 바짓가랑이의 무릎께를 득득 긁었다. 너는 외면하지도 않고 그 긁는 모양을 빤히 바라본다. 남자는 취중에도 익숙하게 목발을 떼면서 벽에서 나왔다.

"조심하세요."

너는 돌아서서 가던 길을 걷기 시작한다. 몸이 훈훈하게 덥다. 그때 뒤에서 그 남자가 혼자 투덜거리는 소리가 들린다.

"하필 여기가 가려울까? 환장하겠네."

아저씨, 아저씨, 혹시 거기서 새살 돋아나오려는 거 아네요? 봄 되니깐 베어낸 그루터기에서 싹 트려고 가려울 거예요, 아저씨. 너는 굴다리 밖으로 나오면서 올봄에는 저 아저씨에게 미끈한 종아리가 진짜로 돋아났으면 좋겠다고 생각한다. 참, 나도 약방에 들러야겠다. 그 의사가 상처를 빨리 아물게 하려면 테라마이신을 사 먹으라고 했다. 어서 빨리 새살이 돋아나야지.

너는 약방 앞 쓰레기통 속에다 손수건에 싼 금붕어를 미련 없이 집어넣어버린다.

초혼굿

못 닿는 고향

제대 말년에 내 친구 박진호 병장은 돌연 사람이 변해버렸다.

제대를 한달 앞두고 내무실 최고 고참 병장이 되던 날, 진호는 내무실 관례대로 졸병들을 집합시켰다. 누구나 최고 고참병이 되면 그 의식을 수행할 권리가 있었다. 그것은 새로운 강자의 군림을 은연중 알리고 그 기념으로 졸병들에게 돌아가며 더도 말고 딱 주먹 한대씩 골고루 배급해주는 일종의 세례식 같은 것이었다.

그러나 이 비공식 행사는 부대가 주저항선으로 이동해온 후 세 번이나 거르고 그냥 지나갔다. 열달 전에 제대한 하순필 병장은 워낙 위인이 심약해서 그랬다 치더라도 그뒤를 이은, 제법 담차고 성

깔 있는 것으로 정평이 나 있던 홍민기 병장이나 최근수 병장도 감히 그 의식을 거행하지 못하고 제대하고 말았다. 사실 그럴 수밖에 없는 것이 적을 앞에 두고 실탄을 수시로 만지는 주저항선이고 보니, 혹시 졸병들 중에 어느 간땡이 부은 놈이 끼여 있어서 총을 들이대는 날이면 그건 진짜 낭패스러운 일이었다.

그러나 진호는 주저 없이 이 행사를 결행한 것이다. 그는 이날을 위해 특히 풀기 빳빳하고 주름을 날카롭게 세운 군복으로 갈아입고 팔각모를 깊숙이 눌러썼다.

저녁식사를 끝내고 초소 근무 떠나기 직전 시간을 이용했다. 소대장 벙커에서 눈치채면 곤란하므로 모두들 숨죽이고 민첩하게 움직였다. 진호보다 입대 일자가 석달 늦은 김 병장이 억눌린 목소리로 낮게 구령을 걸어 소대원을 정렬시켰다. 졸병 열다섯명이 고참순으로 일렬횡대로 쭉 늘어섰다.

"모두 아구창을 꽉 물어! 이빨 부러져."

이 의식에는 일절 말이 없는 게 상례였으나, 진호는 아직 멋모르고 눈치를 살피는 신병 두 놈을 위해 특히 주의를 주었다.

한사람에게 딱 한대씩만 돌아가는 주먹맛을 어떻게 하면 본때있게 보여줄 수 있을까? 팔의 스윙이 너무 커서는 안된다. 팔을 힘껏 휘둘러 쳤다가 턱뼈가 어긋나거나 이빨이 부러지는 날이면 진짜 낭패인 것이다. 그러니 쇼트 훅으로 짧게 먹여 쓰러뜨려야 하는데 그게 기술이다. 진호는 손에 짝 달라붙는 양가죽 장갑을 끼면서 궁리를 했다. 솜씨가 서툴렀다간 망신만 당한다. 상대가 단 한번에 나가떨어지지 않으면 그놈은 두고두고 다루기가 힘들어지는 법이야. 진호는 졸병으로서 근 삼년 동안 받아온 고통스러운 기합의 횟수를 한꺼번에 오른 주먹에다 실었다. 자, 똑똑히 봐두어라, 내가 누구인가.

진호는 신속한 동작으로 몸을 부렸다. 억눌린 비명이 잇따라 터지고 내무실 안은 일시에 낭자하게 무너졌다. 쓰러졌던 졸병들은 김 병장의 구령에 따라 다시 재빨리 일어나 정렬했다. 신병 한 놈이 피거품을 물고 있었다. 이빨이 나갔나? 빌어먹을, 아가리 꽉 다물라고 했는데. 진호는 눈살을 찌푸리며 해산을 명했다.

다행히 그 재수없는 신병 녀석만 맨 안쪽 어금니 끝이 조금 귀떨어져나갔을 뿐 다른 불상사는 없었다. 모두 한결같이 왼쪽 볼때기가 벌겋게 부어올라 있었지만 진호는 모른 체했다. 그날밤 진호는 졸병들이 보는 앞에서 엠원총에다 한 클립의 실탄을 장전하고 그 총을 매트리스 밑에 넣어 베고 취침했는데, 그것은 혹시 앙심 품은 졸병이 있을까봐 미리 겁주려는 일종의 허세였다. 졸병들은 사나흘 입안이 부어 밥을 씹지 못해 쩔쩔매고 있었으나 예상대로 후유증은 없었다.

그런데 진호의 행동거지가 달라지기 시작한 것은 바로 이때부터였다. 팔각모자 차양 안쪽에다 한달 치 달력을 그려넣고 날짜를 하나씩 지워나갔다. 그러나 세월은 좀처럼 휘딱휘딱 가주지 않았다. 근 삼년 동안의 졸병생활을 눈 깜짝할 새에 보내놓고 나머지 한달이 더디 간다고 한탄이었다.

이미 겨울은 깊어 진입로와 교통호에 쌓이는 눈을 치우느라고 졸병들의 일손이 바빠졌다. GOP가 위치한 산 밑의 못은 두껍게 결빙되어 소대장은 날마다 혼자서 스케이트날을 번쩍이며 얼음을 지쳤다.

이제 진호는 2종계 사무를 조수에게 맡겨버리고 스스로 완전히 열외로 빠져나갔다. 대신 그가 자원해서 맡은 일이란 허구한 날 내무실을 지키는 것이었다. 석유난로의 석면 유리를 통해서 널름거리는 불길을 멍하니 바라보거나 바람에 벙커의 문짝이 덜컹거리는 소리에 귀를 기울였다.

겨우내 강바람에 부대끼는 이곳은 바람 많은 진호의 고향 제주 날씨와 비슷했다. 겨울바람이 스산스럽게 쓸고 다니는, 돌담이 높아 낮에도 컴컴한 골목쟁이, 그 얼어붙은 진창에 굵은소금 뿌린 듯 희끗거리는 싸락눈, 4·3난리 때 죽은 송장들을 파먹고 날아올라 겨울바람 타는 바람까마귀떼, 이마를 누를 듯이 나직이 드리워져 좀처럼 걷히지 않던 음울한 구름떼. 그것이 얼마 후에 진호가 돌아가야 할 고향이었다.

이런 생각을 할수록 진호는 이상하게 가슴이 저릿저릿해지는 것이었다. 하릴없이 무료해서 이럴까? 눈물이 나오도록 하품도 해보고 입맛도 쩝쩝 다셔보았지만 고향의 시커먼 담돌 하나 집어삼킨 것처럼 묵직했다. 뭐랄까, 무엇엔가 꼭 붙잡힌 느낌, 말하자면 적설(積雪)의 깊은 겨울 속에 폭 파묻혀 어디론가 멀리 극지로 유배 가고 있는 그런 느낌이었다.

연료 절약 때문에 낮에 세시간 동안밖에 난로를 피울 수 없게 되자 그는 닭털 침낭 속으로 기어들어가 안에서 지퍼를 올리고 눈만 멀뚱멀뚱 내놓고 온종일 드러누워 있었다. 졸병들은 진호가 누에 고치 귀신이 됐나보다고 뒷전에서 킥킥거렸다.

"맞다. 이건 누에고치다. 제대 날, 나는 한마리 아름다운 성충이 되어 뚫고 나갈 거야" 하고 진호는 중얼거려보는 거였지만 그때는 이미 자기 자신도 어쩔 수 없는 질곡에 잡혀버린 것을 깨달았다.

썰렁한 내무실에서 침낭 안의 온기는 언제나 넉넉지 못했다. 항시 으스스 춥고 안달이 났다. 손을 아래로 가져가 바지 단추를 열고 그 오죽잖은 온기를 조물락거려보기도 했지만, 전신을 옭아매는 몸살 같은 기운은 영영 사라지지 않았다.

그것은 한마디로 슬픔이었다. 진호는 슬펐다. 그렇지만 나는 왜 슬퍼할까? 왜? 진호는 울먹거리며 생각해보았지만 종내 그 정체를 알 길이 없었다.

아무튼 이 불가사의한 슬픔은 무슨 독약처럼 몸에 퍼져 진호를 쓰러뜨리고 허구한 날 누워 지내게 만들었다. 밤에는 자주 가위눌리는 꿈을 꾸었다. 가위눌릴 때는 식칼을 머리맡에 두고 자라고 하던가? 궁리 끝에 언젠가처럼 실탄을 장전한 총을 매트리스 밑에 넣고 베개 삼아 자기로 했다. 악몽을 쫓는 데는 아무래도 식칼보다는 더 무서운 총이 효과적이겠지.

그러나 악몽은 여전히 물러가지 않았다. 홀어미의 단 한점 씨앗인 유복자로 태어난 진호는 어린 시절 잔병치레가 많았다. 앓던 아이 시절에 꾸었던 악몽들이 무시로 출몰했다. 발을 디딜 때마다 밟히는 뱀떼, 그 뱀들이 똬리를 틀고 붙어 있는 돌무더기, 그 돌무더기에선 사반세기 전 부역자로 몰려 떼죽음한 아방들이 두런거리는 소리, 아, 한날한시에 곡성이 터지는 홀어멍 동네. 진호는 밤새도록 병든 과거 속에 빠져들어가 헤어나올 줄 몰랐다.

그는 손가락 하나 까딱하기 싫었다. 오랫동안 역기로 단련시킨 근육의 알통은 슬며시 맥 풀리고 점점 식욕을 잃어갔다. 침낭의 실밥이 터져 닭털이 사방에 날아다니고 나중엔 침낭 속에 이까지 생겨 스멀스멀 기어다녀도 꼼짝하지 않았다. 응달에 이끼 돋듯 수염만 꺼칠꺼칠 뻗어올랐다. 제대하는 날 즉시 똑 따먹으려고 거의 일년 동안 펜팔로 공들여 사귄 서울 계집애도 까맣게 잊어버렸다.

소대장이나 선임하사나 진호를 잘못 건드렸다간 폭발할지 모르는 지뢰나 부비트랩 같은 위험물로 치부해버리고 숫제 간섭하지 않았다.

진호는 차츰 자기 졸병들이 두려워져갔다. 송장 칠 날만 기다리듯이 이쪽을 흘끗흘끗 눈 주면서 조용조용 걸어다니는 그들이 끔찍하게 두려웠다. 혹시 저것들이 밤중에 나를 해치지나 않을까? 저번에 맞은 것 갖고 앙심 품고 있을지 몰라. 이런 피해의식이 점점 심해지고 그럴수록 밤이 무서워 잠이 오지 않았다. 총을 여전히 베고 잤지만 이런 두려움은 조금도 누그러드는 것이 아니었다.

진호는 이렇게 그 슬픈 침낭 속에 뚤뚤 묶여 벙커 한구석에서 야릇하게 썩어가고 있었다. 단 한가지 분명해진 것은 고향에 돌아가기 싫다는 것이었다. 그렇다고 서울 같은 도회에 살고 싶은 것도 아니었다.

그러던 어느날 밤이었다.

선임하사 강 중사가 저번 휴가 때 사귀었다는 여자가 용하리 대대본부까지 면회 왔다는 기별을 받고 외박 나가서 내무실은 양 상병과 진호, 둘뿐이었다. 밤 두시경. 따따부따 떠들던 적의 대형 스피커도 잠들고, 강 위로 아군 측 써치라이트가 휙휙 스쳐갔다. 열이레 달이 반공에 걸려 있었지만 강 하류로 빠르게 흘러가는 구름 속에서 숨바꼭질하느라고 사위는 밝았다 어두웠다 하곤 했다. 강은 밤새 불면으로 몸부림치고 있었다. 바람에 쓸려 험상궂게 출렁이는 강 표면을 바라보며 초소병들은 지금쯤 용하리 여인숙에서 면회 온 여자와 질탕하게 놀고 있을 강 중사를 생각했다.

잠 못 이뤄 뒤치락거리던 진호가 후닥닥 침낭 밖으로 나온 것은 바로 그때였다. 헤드폰을 쓴 채 석유등 앞에서 편지를 쓰던 양 상병이 깜짝 놀라 일어났다. 진호는 민첩하게 손을 놀려 방한화 끈을 붙잡아매고 휘청휘청 다가왔다. 석유불 그림자가 너울거리는 진호의 얼굴에는 희미한 미소가 떠올라 있었다.

"짜식, 놀라긴. 순찰 좀 돌고 와야겠어."

거의 스무날 동안 한번도 초소 순찰을 나가지 않던 사람이 무슨 바람이 불어서 저럴까? 양 상병은 헤드폰을 벗고 어리둥절한 표정으로 진호를 올려다보았다.

"제대하기 전에 마지막으로 한번 멋있게 순찰 돌고 와야겠어"

하고 진호는 방한복 위에다 탄대를 매면서 어설프게 씩 웃어 보였다.

양 상병으로부터 그날 치 암호를 확인받고 나서 진호는 느닷없이 경비전화기를 붙잡았다.

"각 초소는 나와라. 1초소, 2초소, 3초소. 좋아, 나 박 병장이다. 각 초소는 똑똑히 들어라. 2중대 쪽에서부터 고무보트로 보이는 검은 물체가 우리 쪽으로 이동 중이라는 보고가 들어왔다. 모두 자물쇠를 풀고 전방을 살펴라."

짐짓 흥분된 어조로 꾸며 이렇게 말하고 나서 그는 노상 베고 자던 엠원총을 거머쥐고 뒤뚝뒤뚝 밖으로 걸어나갔다. 왜 저럴까? 정말 실성한 게 아닐까? 양 상병은 뭔지 모르게 불안했다. 초소병들의 근무태만을 경계하여 어쩌다 한번씩 이런 투의 속임수를 쓸 때도 있기는 하지만, 마치 적이 코밑에 다가온 것같이 총의 자물쇠를 풀라고까지 한 것은 아무래도 지나친 처사였다. 그러다가 총기사고라도 나면 어쩔 셈인가. 그렇게 엄포를 놔야 멋있게 순찰 도는 게 되나? 체!

양 상병은 이런 생각을 하면서 진호가 방금 허물 벗고 나온 번데기같이 생겨먹은 침낭을 한참 물끄러미 바라보다가 제풀에 흠칫 놀랐다. 뭔가 짚이는 게 있다! 얼른 헤드폰을 풀고 밖에다 귀를 기울였다. 야음을 뚫고 당장 한발의 총성이 들려올 것같이 마음이 다급해졌다. 어느 으슥한 교통호로 들어가 꽂꽂이 세운 엠원 총구에 자신의 턱을 얹고 손이 닿지 않아 엄지발가락으로 막 방아쇠를 당기려는 진호의 모습이 어지럽게 어른거렸다. 아마 그렇게 자살하고 말 것이다. 실탄을 장전한 채 노상 베고 자던 총을 집어 들고 나갔으니 일은 분명 그렇게 낙착되고 말리라.

달이 구름을 벗어났는지 좁은 문틈으로 달빛이 새어들어왔다. 그러나 좀처럼 총성은 터지지 않았다. 벗어서 손에 든 헤드폰에서 초소의 강바람 소리가 휘파람 소리처럼 날카롭게 들려왔다. 석유불 그림자가 너울거리는 진호의 침낭이 번데기처럼 꿈틀거리는 것 같았다. 양 상병은 점점 불안해졌다. 정말 이러고 있을 때가 아니었다.

진호의 행방을 알아보려고 막 초소를 부르는데, 그때 한발의 총성이 어김없이 밤공기를 울렸다. 양 상병은 가슴이 철렁 내려앉았다. 기어코 올 게 왔구나! 총성은 제1초소 쪽에서 일어난 것이 틀림없었다. 그는 초소병을 시켜 진호의 자살을 확인하려고 급히 제1초소를 불렀다. 아무리 불러도 대답이 없다. 당장 다른 초소에서 무슨 총소리냐고 문의 전화가 쇄도해 들어왔다. 총소리에 놀라 잠이 깬 소대장도 들이닥쳐 설쳐댔다. 한참 이렇게 당황하고 있는데 제1초소에서 보고가 왔다. 그러나 그 내용은 너무나 엉뚱했다.

순찰자가 초소의 후방으로 나 있는 순찰로를 조금만 벗어나도 적으로 오인받기 쉬운데, 진호의 경우는 어느 모로 보나 명백한 사격 대상감이었다.

그는 갈대 우거진 지뢰밭까지 몰래 숨어들어갔다가 초소의 곧바른 전방 이십 미터 지점에서 일부러 마른 갈대를 와삭와삭 흔들며 나타났던 것이다. 게다가 방금 본부로부터 고무보트의 접근을 알리면서 경계를 강화하라는 지시를 받고 있는 터라, 초소병 네명이 아연 긴장하고 있었으니, 그것은 그야말로 죽음의 완벽한 구성이었다.

그런데도 진호는 죽지 않았다.

초소병들은 진호에게 일제히 총을 겨누고 사격 바로 직전까지 숨 가쁘게 몰고 가 공포까지 한발 쏘았으나 일은 거기서 싱겁게 끝나고 말았다.

간첩의 침투로 오인받기에는 그의 동작이 너무 소란스러웠나보다. 어떤 골 빈 간첩이 여봐란 듯이 마른 갈대숲을 요란스레 흔들며 침투할 것인가. 이런 의심 때문에 초소병들은 사격할까 말까 망설이다가 결국 생포하기로 결정했던 것이다. 조장 윤 상병은 이쪽의 위치를 속이기 위해 재빨리 초소 밖을 나와 오 미터 좌측으로 이동하여 둑 밑에 도사렸다.

진호는 그늘진 갈대밭을 벗어나 엄폐물 하나 없는 달빛 환한 갯벌 위 살얼음판을 우적우적 요란하게 밟으며 주저 없이 걸어왔다. 그가 십 미터 전방까지 다가오길 기다려 윤 상병이 벼락같이 정지 명령을 내지르면서 동시에 조준한 총구를 약간 쳐들어 상대방 머리 바로 위에다 공포를 쏘았다. 순간 그는 흠칫 놀라며 그 자리에 우뚝 멈춰 선 것인데, 초소병들은 그제야 달빛 속에 드러난 그 수염투성이 얼굴이 진호임을 알아챘던 것이다. 너무 어이가 없었다. 생포할 생각으로 공포를 쏘았기 망정이지 바로 쏘았더라면 어떻게 될 뻔했나. 초소병들은 후에 두고두고 그 일에 치를 떨었다.

그런데 적반하장 격으로, 공포를 쏜 뒤 꽉 죄었던 경계를 풀어주자 진호는 초소 안으로 펄쩍 뛰어들며 엉뚱한 욕을 해대는 것이 아니던가.

“병신새끼들, 불과 십 미터 거리에서 사람 하나 제대로 못 맞혀? 금방 총 쏜 병신은 어떤 새끼야?”

그러고 나서 닷새 뒤에 제대를 했다.

진호가 제대신고 하러 중대본부에 갔을 때, 중대장은 창대같이 뻗은 그의 구레나룻을 보고 화를 벌컥 내면서 군홧발로 정강이를 걷어찼다. 진호가 저지른 일은 소대에서 쉬쉬했기 때문에 중대장은 모르고 있었다.

"인마! 네가 중대장이냐, 수염을 기르게? 당장 깎고 와!"

마침 이발병이 소대로 출장 나가고 없었으므로 매점에서 손톱깎이를 사서 반시간 넘게 수염을 잘랐다. 듬성듬성 흉하게 깎인 수염을 보고 중대장은 낄낄거리고 웃었다.

오후 늦게 중대본부를 떠나 쫓기듯 용하리 고개를 넘어가는 그의 꽁무니엔 을씨년스러운 겨울 강바람이 달라붙어 있었다.

고향 가는 길은 참 멀었다. 천리 길을 야간열차를 타고 자다 깨다 하며 수면 속을 자맥질했다. 겨울밤은 깊고 고향은 멀고 기차는 좀처럼 도착하지 않았다.

졸음에 겨워 머리통이 옆자리 손님의 어깨 위에 뚝뚝 떨어질 때마다 그는 흠칫흠칫 놀라면서 눈을 뜨곤 했다. 눈을 뜨면 창밖은 언제나 깜깜한 어둠뿐이었다. 진호가 이렇게 흠칫흠칫 놀라 깨는 노루잠을 자는 동안 옆자리엔 손님이 여러번 바뀌었다. 완행열차라 서너 정거장 가다가 내리곤 하는 손님들이었다. 나도 가다가 도중에 아무 데나 내려버려야지. 어떤 간이역에 내려서 밤새도록 걸어가자. 잠자는 마을을 지나고 눈 덮인 벌판을 지나, 밤 깊이 들어가자. 깊은 겨울산으로…… 잠결에 시들시들 이런 생각을 하며 눈물을 찔금거렸다.

그렇다. 고향 가는 길은 정말 멀었다. 뿌연 새벽에 목포에 내린 진호는 오후 다섯시 제주행 배를 타기 위해 하루 종일 기다려야 하고 그 배는 또 여덟시간 밤항해를 해야 할 판이었다.

그는 아홉시간이나 시달린 차멀미 기운을 달래려고 역전 앞 해장국집에 들러 뜨거운 국물에 소주 한병을 비웠다. 그러고는 어슬비슬 취해 부둣가 어느 여인숙에 들어가 내처 자기만 했다. 손바닥 넓이만큼 인색한 장판 온기에 붙잡혀 몸을 새우등처럼 형편없이 꼬부린 채.

배에 올랐을 땐 하늘이 무너져내린 듯 함박눈이 펑펑 내리고 있었다. 배가 움직이기 시작할 때, 문득 전송객들 틈에서 한 여자가 눈에 띄었다. 그 여자의 검정 오버가 흰 눈발의 소용돌이에 맹렬히 휩쓸리고 있었다. 진호는 무심중에 그 여자에게 손을 흔들었다. 선미에서 끓어오르는 물거품에 떠밀려 선창가는 점점 뒤로 물러갔다. 그 여자도 멀어진다. 선창가를 가득 메운 전송객들과 인부들과 장사치들이 모두 한덩어리가 되어 함박눈의 소용돌이에 휩쓸리며 멀어져간다. 그 여자는 점점 멀어져, 마치 끈적거리는 때처럼 풍경 속에 눌어붙어 윤곽조차 불명료해져버린다. 이렇게 배의 속력이 순식간에 떠들썩하던 선창가를 멀리 밀어내버리자 진호는 안달하면서 난간을 꽉 붙잡았다. 고향 간다는 생각이 실감으로 울컥 치밀어올랐던 것이다. 결국 고향에 가게 되는구나! 고향에 닿기 전에 뭘 좀 생각해놔야 할 텐데…… 이대로 그냥 갈 수는 없어.

겨울 바다는 부두를 벗어난 지 얼마 안되어 점점 어두워지기 시작했다. 다도해의 올망졸망한 섬들이 하나하나 일망무제의 어둠에 풀려들어가 보이지 않게 되어가고 있었다.

다도해를 벗어나기 시작하자 파도는 높이 뛰놀았다. 추운 날씨 때문에 사람들은 모두 선실로 들어가버려 갑판 위에는 진호 외에는 아무도 없었다. 그는 뱃전에 부딪치는 파도를 바라보며 뭔가 생각하려고 기를 썼으나 아무 생각도 머리에 떠오르지 않았다. 고향에 닿기 전에 뭘 생각해두어야 하는데…… 퍼뜩거리는 눈발은 자꾸만 얼굴에 날아들어 물 젖은 창호지처럼 달라붙고 있었다.

바람이 한층 드세어져 화통에서 토해나오는 연기가 자욱하게 갑판을 뒤덮고 뱃머리가 물속 깊이 곤두박질쳤다가 파도를 타고 치솟아올랐다.

삼등 선실로 내려가 승객들 틈에 앉았으나 멀미 기운은 영 가라앉지 않았다. 앉아 있는 사람은 진호뿐이었다. 모두 죽은 듯이 누워 멀미를 참고 있었다. 납빛의 핼쑥한 얼굴들을 틀틀틀 흔들어놓는 기관실의 엔진 소리, 선실의 불빛마저 멀미를 참는 듯 머쓱거렸다. 지금쯤 불 끈 방에 죽은 듯이 누워 있을 모친이 생각났다. 눈 감고 어둠으로 얼룩진 얼굴……

바로 앞에서 쥐빛 오버를 덮고 누운 처녀가 괴롭게 몸을 뒤채더니 진호의 무릎을 꽉 붙잡았다. 멀미가 심한가보다. 눈을 감은 채 양미간을 잔뜩 찌푸리고 있었다. 진호는 한 손으로 여자의 손을 감쌌다. 여자는 손을 빼가지 않았다. 여자는 오히려 남자의 손길에 동동 매달려 떠올라왔다. 옷 속으로 손을 집어넣어 몸을 만져도 이 여자는 아마 가만히 있을 것이다. 아니, 오히려 그래주기를 바라고 있을지도 모른다. 이 순간 멀미를 이기는 방법은 몸이 짜릿한 흥분 상태에 놓이는 것뿐이다. 그래서 선원들은 멀미가 심하면 즐겨 춘화를 꺼내 본다지 않는가. 여자는 다시 한번 괴로운 듯 신음을 토하더니 이번엔 두 손으로 진호의 손을 붙잡았다. 붙잡힌 오른쪽 손에 땀이 부쩍 솟았다.

그러나 진호는 울먹거리는 자신의 멀미 기운을 가눌 수가 없었다. 그는 여자의 손을 놓고 밖으로 나왔다.

배는 다도해를 완전히 벗어나 제주해협의 큰바다로 들어선 모양이었다. 바람이 아까보다 더 강하게 불었고 뱃전에 부딪친 파도의 포말이 갑판 위로 넘나들었다. 뱃머리는 심호흡을 하며 파도 깊이 자맥질하며 들어갔다가 흰 거품을 뒤집어쓰고 솟구쳐올랐다. 그때마다 비스듬히 세워지는 갑판 위로 빈 소주병들이 이리 쏠리고 저리 쏠리면서 요란하게 굴러다녔다.

진호는 쇠줄 난간 위에 엎어져서 바다에다 으악으악 토악질을 시작했다. 뱃전을 기어오른 파도가 그의 등 위로 떨어졌다. 진호는 흠칫 난간에서 물러나면서 물 맞은 망아지처럼 몸을 부르르 떨었다.

이때 조타실로 가던 선원 한명이 진호를 발견하고 소리를 질렀다.

"이봐, 갑판에 나오면 위험해. 들어가라고!"

그러나 선원의 고함 소리는 파도 소리에 휩쓸려 아득하게 멀리 들려왔다. 일단 시작된 토악질은 좀처럼 멎지 않았다. 그는 다시 쇠줄 난간에 엎어져서 토악질을 계속했다.

그는 바람 부는 날 줄에 널린 빨래처럼 쇠줄 난간에 엎어져서 펄럭거렸다. 엎드린 등 위로 옷이 치솟아올라 너풀거리고 머리칼이 빰을 때렸다. 으악으악, 눈은 까뒤집히고 머릿속은 마치 쇠망치로 석고를 빻아대는 것처럼 의식이 희끗거렸다.

진호는 마지막으로 위액까지 토해내며 두 발 뒤축을 마주 비벼서 훈련화를 벗어냈다.

달이 떠오르고 조타실의 그림자가 비등하는 파도 위에 떨어졌다. 쇠줄 난간과 그 난간 위에 빨래처럼 걸린 진호의 그림자도 물 위에 떨어졌다. 그 그림자가 진호보다 먼저 물속에 들어가 있었던 것이다.

삼십분쯤 후에 조타실에서 나온 아까 그 선원은 진호가 있던 자리에 훈련화 한켤레가 가지런히 놓여 있는 것을 보았다.

나흘 뒤 제주 산지 축항 제방 끝에서 멍석 한닢 깔아놓고 둥둥 초혼굿이 벌어졌다. 무당은 진호가 남양호 갑판에 벗어놓았던 국방색 훈련화를 양손에 한짝씩 들고서 거친 겨울 바다를 향해 오래오래 흔들고 있었다.

넋이라도 돌아오라
넋이라도 돌아오라
구름에 싸여 오라
바람에 불려 오라
이 신 신고 돌아오라
넋이여, 혼이여
넋이여, 혼이여

살(煞)

서울서 대학을 마치고 그해 고향의 모교에서 화학을 가르치던 내 친구 익수가 가을 들어 이렇다 할 원인도 없이 별안간 병을 앓게 되었다. 머리가 그만 삐끗해버리고 만 것이었다. 하기는 마음만 내키면 서울에서도 일류 회사에 얼마든지 취직할 수 있는 화공과 출신이 낙향하여 훈장질을 시작한 것부터가 예사로운 일은 아니었다. 그래서 서울에서 내려온 그때 벌써 정신에 이상이 생겼지 않았나 하고 의심하는 친구들도 더러 있었다.

그러나 반년 남짓한 그의 교단생활은 짧았지만 별 탈 없이 지낸 퍽 순조로운 것이었다.

그 반년 동안 그에게는 낙백(落魄)한 기미는커녕 오히려 신출내기 교사답게 남다른 정열로 충만해 있었다. 의욕 과잉으로 손찌검이 잦은 편이었지만, 학생들은 선배이기도 한 익수를 무척 따랐다. 그러니 발병은 어느날 느닷없이 닥쳐온 것이라고 한 그의 모친의 말이 옳은 성싶다. 외딴 사람의 죽은 넋이 둘러씌인 것이라고 했다.

그렇다고 발병의 조짐이 전혀 없었던 것은 아니었다. 그 무렵 익수는 내리 닷새 밤을 잠자리에서 가위눌리는 꿈에 시달리고 있었다. 자려고 베개에 머리를 뉘면 뒷골의 맥박이 전에 없이 팔딱팔딱 무섭게 뛰놀았다. 그 맥박으로 베개 속의 메밀 껍질이 버석거리는 소리가 귓속에 가득했다. 그건 마치 뒷골에 무수한 신경올이 뒤죽박죽으로 뭉텅이졌거나 아니면 묵직한 군살이 거기에 틀어박혀 밤마다 수면을 방해하는 것 같았다. 도대체 불끈 주먹 쥔 이 육종(肉腫) 같은 것은 무엇일까? 잠자리에 들 때마다 목운동도 해보고 뒷목을 애써 주물러보기도 하고 누구의 충고를 따라 따뜻한 우유도 마셔보았지만 모두 헛일이었다.

그는 닷새 밤을 내리 똑같은 꿈에 시달렸다. 어떤 날카로운 송곳

이빨에 자신의 고환이 깨물리는 꿈.

그날밤도 잠들자마자 덜컥 그 이빨에 물렸다. 독아(毒牙)는 멀컹한 고환을 물고 조금씩 조금씩 깊이 파고들었다. 사력을 다해 버르적거리고 고함지르려고 애를 써도 전신이 생소금 맞은 갯지렁이처럼 흐물흐물 풀어져 옴짝달싹할 수 없었다. 손끝 하나 달싹할 수 없는 무력감. 비명을 지르려고 바등바등 애를 쓰다가 간신히 잠에서 깨어났다. 외마디 고함 소리가 그의 귀에 들려온 것은 바로 그때였다.

"어머니!"

다급한 외침이 외줄기 섬광같이 노여운 시뻘건 주먹처럼 밤공기를 꿰뚫고 치솟아올랐다. 그는 흠칫 놀랐다. 목소리를 뒤쫓아 몇 군데서 개 짖는 소리가 일어났다. 악에 받친 그 목소리는 멀어서 양편 연도가 맞붙어 보이는 원근법의 주황빛 한길을 급히 내달리는 속력이었다. 개들이 짖으며 소리를 쫓아갔다. 가슴이 마구 뛰었다. 그는 주먹을 불끈 쥐고 부들부들 떨었다. 일상을 벗어나는 소리, 도망치는 소리, 놓치는 소리…… 그러다가 고함은 갑자기 그치고 밖은 다시 조용해졌다. 그는 오래 억눌렀던 숨을 한꺼번에 몰아쉬었다. 이 동네 누가 미친 것이 틀림없었다. 누굴까? 익수는 그 고함 소리의 배후에 잔뜩 도사리고 있을 광인의 얼굴을 상상해보았다. 불 꺼진 방, 방금 고함이 터졌던 그 방은 아직도 메아리의 작은 포말들이 술렁대고 있으리라. 그 방 가운데 미친 사내의 얼굴이 먼 불빛을 한쪽 뺨에만 받고서, 마치 반쪽이 깨진 탈바가지처럼 희끄무레 걸려 있으리라. 머리칼은 어둠에 어울려 전혀 보이지 않는다.

방 안 어둠은 머리칼뿐 아니라 그늘진 반쪽 얼굴도 파먹어들어갔고, 벌린 입과 콧구멍을 통해서 줄줄 새어나오고 있다. 차디찬 이마엔 미친 머리칼 몇오라기. 눈은? 미친 눈, 흰자위가 많은 눈, 겁먹고 안구가 불안하게 떠도는 눈이다. 광인은 이제 이렇게 요 위에 퍼져 앉아 불온한 밤공기를 깊이 들이마시며 들뜬 호흡을 가라앉히고 있으리라.

그 순간 익수는 그 광인이 자기 자신일지 모른다는 착각에 사로잡혔다. 가슴이 부들부들 떨렸다. 그럴 리가 없어. 이 동네에 미친 사람이 따로 있는 거야. 고함 소리는 분명 밖에서 들려왔어. 잘못 들었을 리 없지. 아침에 어머니에게 알아봐야지. 간밤에 고함 소리 들었느냐고, 이 동네 누구 미친 사람 있느냐고. 아니다. 당장 어머니를 깨워서 확인해보아야겠다.

익수는 벌떡 일어났다. 고함 소리가 내 입에서 터져나온 것도 아니고, 잘못 들은 환청도 아니라는 것을 당장 확인해야 직성이 풀릴 것만 같다. 그래서 이 이상야릇한 동일시 현상에서 벗어나야만 해야겠다.

그때 어머니가 먼저 마루를 건너와 방문을 열었다. 어머니는 아들의 무서운 고함 소리에 깜짝 놀라 잠에서 깨어났던 것이다.

"어머니, 아까 그 고함 소리 들으셨죠? 이 동네 누가 미쳤나봐요, 그렇죠?"

"아니, 그 고함 소린 네 방에서 났는데…… 네가 또 무슨 나쁜 꿈을 꾼 게로구나."

어머니는 걱정스럽게 익수를 바라보았다.

그 이튿날 직장에서 뭔가 불길한 예감에 사로잡혀 하루 종일 전전긍긍 마음을 죄고 있던 익수는 퇴근시간이 임박해서 아주 기분 나쁜 전화를 받고 말았다. 그날 교무실로 걸려온 전화는 너무 터무니없었다.

"양병조 선생이라고요? 여기엔 그런 분 없는데요."

"죄송합니다만, 한번 알아봐주세요. 혹시 다른 직장으로 옮기지 않았나……"

"잠깐 기다려보세요. 양병조 선생이라고, 여기서 근무한 적 있어요? 화학선생이라고 하는데."

"아, 양병조가 아니라 양병주 선생인가본데…… 그 전화 누굽니까? 월부장순가요?"

"서울서 내려온 사촌누이래요."

"사촌누이라고? 양병주 씬 죽은 지 삼년이 넘는데……"

"예?"

"부임한 지 두달 만에 자살해버렸어요. 저기 저 사라봉 자살바위에서 말이오. 육지 사람이었나본데……"

"여보세요, 여보세요. 그 사람이 양병좁니까, 양병줍니까? 예? 아, 그 사람 자살해버렸어요."

놀라움으로 날카로워진 여자의 목소리가 울리는 수화기를 제풀에 놓아버리고 익수는 한참 멍하니 서 있었다. 이게 무슨 꼬라지람. 사촌오빠 죽은 것도 모르는 사촌누이도 있나? "그 사람 자살해버렸어요" 하고 짐짓 비통한 체하던 자신의 말투도 몹시 못마땅했다. 그 터부 같은 말을 하필이면 내 입으로 말해야 했나. 게다가 그 사람이 나처럼 화학선생이었다니!

나중에 그 여자가 사촌누이가 아닐 거라는 생각이 들자 더욱 낭패감에 빠져버렸다. 혹시 옛 애인일까? 삼년 만에 느닷없이 현실적인 용무를 가지고, 이미 죽어버린 옛 애인을 찾다니, 미쳤어. 그럼 양병주는 그 여자의 배반 때문에 서울서 여기까지 내려와 자살했단 말인가?

정선생에게 다시 물어보았지만 그도 별로 아는 바가 없었다. 뿐더러 그건 알아서 뭘하겠느냐고 오히려 핀잔을 주는 것이었다. 아니, 정선생은 그런 식으로 슬쩍 그 죽음을 익수 쪽으로 밀어붙여버린 셈이었다.

다른 선생들한테 물어보아도 겨우 두달밖에 근무 안한 그 화학선생에 대해 별반 아는 바가 없었다.

양병주, 전후 맥락도 없이 엉뚱하게 알아버린 이름이었다. 이제 그 죽음은 날카로운 여자의 목소리와 더불어 시퍼렇게 되살아난 것이다. 사촌누이(?)도 모르고 정선생도 말하기를 꺼리는 죽음. 그럴수록 양병주 씨는 어느 구석인가 외롭고 억울하게 죽어간 듯 느껴졌다. 이승을 채 못 떠나고 이리저리 배회하는 억울한 혼백. 심지어 양병주라는 이름은 죽음이라는 포괄적인 말 자체인 양 익수에게 엄습해오는 것이었다.

당장 그의 가족들을 찾아나서자. 퇴근길에 서무과에서 그의 주소를 얻어가지고 용담동이나 건입동의 단칸방을 찾아가 가족들에게 이 억울한 혼백을 돌려주자.

그러나 낡은 주소록에 나타난 양병주 씨는 육지에서 홀몸으로 굴러들어온 사내였다. 여기에서 그의 일가붙이라도 찾는 것은 전혀 무망한 일이었다.

그때부터 정말 육지 사내 양병주의 죽은 넋이 둘러씌었는지 익수는 정신이상 증세를 나타냈다.

겉으로 보면 멀쩡한데 전에 없이 몹시 말을 더듬었다. 돌처럼 굳어지는 혓바닥을 누그러뜨려보려고 낮술을 걸쳤다. 술기운이 아니고서는 도저히 교단에 설 수가 없었다. 교무실의 책상 서랍에는 항시 소주병이 가로누워 있었다.

심지어 다방 같은 데서 가까운 친구와 격의 없이 마주 앉아도 말을 더듬는 것이었다. 그래서 익수는 얘기 도중 잠깐 화장실 다녀온다는 핑계를 대고 밖에 나가 몰래 소주를 마시고 들어오곤 했다.

갈수록 익수는 실어증의 진수렁에 깊이 빠져들어 허우적거렸다. 사람 만나는 것도 두렵다고 했다.

드디어 직장을 놓고 집에 들어앉자 익수는 완전히 자제력을 잃고 허물어져버렸다. 어머니가 불러다 해준 무당 푸닥거리도 소용없었다.

낮에는 종일 집에 틀어박혀 있다가 밤이 이슥해서 사라봉 밑의 바닷가로 나가 밤새도록 헤매다녔다.

불면증으로 밤에 통 잠을 이룰 수 없었던 것이다. 싸르륵, 싸르륵. 잔파도가 모래를 쓸어안고 밤새도록 발밑에 와 뒹굴고 있었다. 머리 위, 가파르게 치달아오른 까마득한 절벽 뒤쪽, 보이지 않는 데서 등대 불빛이 간헐적으로 뻗어나와 캄캄한 바다 위를 휙휙 스쳐 지나갔다.

그 절벽 끝에 널따란 자살바위가 돌출해 있었다. 그 밑을 이렇게 밤새도록 서성거리다가 새벽에 돌아오는 그의 깎지 않은 수염에는 언제나 성에같이 뿌연 바닷물 소금기가 올라 있었다.

이렇게 바닷가를 헤매던 어느날 밤, 익수는 사라봉 중턱 깎아지른 절벽 위의 그 자살바위로 기어올라 꽉 졸라맨 혁대 안에 두 손을 틀어넣고 허공에다 몸을 던졌다. 모래톱에 박힌 그의 몸뚱이는 그렇게 두 손이 허리띠 속에 묶인 채 발견되었다. 아마 낙하 도중 두 팔이 보기 싫게 허우적거리는 것이 싫어서 그랬으리라.

동냥꾼

버스정류장까지 거의 다 와서 인호는 택시를 타고 가자고 제의했다. 마침 빈 택시가 굴러온 것이다. 내가 얼른 반대할 구실이 떠오르지 않아 엉거주춤 망설이는데 인호와 상준은 눈 깜짝할 새에 뒷좌석으로 굴러들어가 자리를 널찍하게 차지해버렸다. 자연히 운전사 옆 돈 내는 자리는 내 차지가 된 셈이었다.

저놈들이 택시요금을 나한테 떠맡길 작정이구나. 나는 일이 초장부터 어째 빗나가는 것같이 생각되어 기분이 언짢았다. 신길동까지 가려면 택시요금이 천원쯤 나올 텐데. 양일이 마련해달라고 부탁한 만원 돈이 벌써 차질 나기 시작한 것이다. 내가 인호와 상준에게 할당해준 액수가 각각 삼천원씩이고 보면 나머지 사천원은 내가 책임져야 할 몫이었다. 그런데 지금 생돈 천원이 길바닥에 내버려지고 있지 않은가.

그러나 택시가 금방 고가도로를 타고 올라 시원스럽게 내달리기 시작하자 조바심은 다소 누그러졌다. 바람에 머리칼이 마구 헝클어지면서 이마를 찰싹찰싹 때리는 감촉이 무척 상쾌하다. 빌어먹을, 얻어쓰는 주제에 만원에서 좀 귀가 모자란다고 제가 어쩔 거야. 그거라도 감지덕지지, 뭐.

커다란 컨베이어 벨트같이 삼일로 쪽으로 꾸불텅 휘어진 고가도로는 저녁 햇살의 반사광으로 눈이 부셨다.

"체, 무슨 신바람 나는 일이라고 택시 타고 달려가는 거지?" 인호에게는 택시가 터무니없이 빠른가보다. 택시 탄 것이 잘못이란 말이 아니라 양일을 만나는 일이 통 신바람 안 난다는 뜻이다. 그러면서 이 일을 주선한 나를 슬쩍 나무라고 싶은 눈치가 역력하다.

"버스 탈 걸 그랬지? 아직 시간도 충분한데." 나는 뒷좌석을 돌아다보며 괜히 능청 떨어 보인다.

"무슨 말이야? 궂은일 보러 갈 때일수록 택시를 타야지. 그래야 한결 기분이 누그러져."

가만있자, 궂은일이라…… 상준이 저놈은 이 말을 어디 딴 데서 한 적이 있지, 아마. 그렇지. 작년 겨울 눈길에서 교통사고로 죽은 두진이, 병원의 시체봉안실로 밤샘하러 가던 택시 안에서 지껄이던 소리다. 궂은일 보러 갈수록 택시 타고 가는 거라고.

나 혼자인 줄 알고 있다가 갑자기 셋이 나타난 걸 보고 양일은 어떻게 느낄까? 입장을 바꿔 생각해도 그건 무척 기분 나쁜 일임에 틀림없다. 아마 양일은 화가 나서 "이 새끼들 뭐야, 이 양일이가 죽었나, 떼거지로 몰려들게" 하고 소리지를는지 모른다.

"그 새끼, 아쉬우면 제 발로 찾아올 일이지, 우리보고 함부로 오라 가라 그래? 제기랄" 하고 인호는 이번에는 아주 드러내놓고 투덜거렸다.

"몰골이 하도 흉악해서 다방 같은 덴 못 나온대잖아" 하고 상준은 아까 내가 다방에서 한 말을 그대로 말하면서 담배를 피워물었다.

한참 우리 사이에는 어중간한 침묵이 흘렀다.

그저께 토요일날, 퇴근시간이 임박해서 양일의 전화를 받은 것은 나였다. 전화 목소리가 거리의 소음이 섞여들어 불확실하고 또 감도 멀었는데도 나는 대번에 그게 양일의 목소리임을 알아차렸다. 알 만한 목소리도 긴가민가 미심쩍어서 신중하게 되묻던 내가, 사년 만에 느닷없이 튀어나온 목소리를 듣자마자 예감에 이끌린 듯 "너 양일이로구나" 하고 소리쳤던 것이다. 그렇게 양일의 출현은 나에게 반가운 노릇이던가? 하기야 사년 전에 이만원을 빌려간 채 감감소식이던 녀석이 불쑥 나타나주었으니 그럴 만도 하다. 요즘 돈 이만원이라면 변두리에서 양복 한벌 맞추는 값밖에 안되지만 사년 전엔 그것이 양복 두벌 값은 넉넉히 될 만한 돈이었다. 그러나 사년이 지난 지금에 와서 그 돈을 꼭 받아내겠다는 마음은 추호도 없다. 결혼하기 전 일이니까 아내도 모르는 돈이다.

물론 그 돈 빌려주고 처음 이년 동안은 무척 양일을 기다렸다. 그러나 우리 관계에는 벌써 그 추접한 돈이 끼어들고 만 걸 어찌하랴. 이년이 지나도록 소식이 없자 나는 그 돈을 포기하고 말았다. 어디 포기한 게 그 돈뿐이었던가. 나는 마음속에서, 돈을 갚지 않은 양일의 가슴팍을 완강하게 밀어제쳤던 것이다. 빚을 안 갚는 방법은 오직 나한테 욕먹는 길뿐이라는 듯이 나는 고교 동창들을 만난 자리에서 양일을 욕하고 있었다. 그것도 교묘하게, 은근슬쩍, 그까짓 이만원쯤이야 신경 쓸 거 없지, 하는 투로 짐짓 사람 좋은 척 너털웃음까지 섞어가면서 말했다. 그러면서도 빌려간 지 사년 된 돈이니까 지금 시세로 쳐서 아마 사만원쯤 될 거라는 말을 덧붙이길 잊지 않았다. 말하자면 나는 이렇게 드러내놓고 양일을 사년 동안 착실히 죽여온 셈이다. 험담을 말아야지, 참아야지, 하고 다짐할수록 웬걸 가슴은 무슨 보람으로 뻑적지근해지고 자꾸 입술이 달싹거려지는 걸 어찌할 수 없었다. 그건 오장육부를 훑어내는 참기 어려운 가려움증이었다. 어찌 생각하면 나는 그 돈을 빌려주는 순간부터 제발 갚지 말았으면 하고 은근히 바랐는지도 모를 일이다. 다시 말해서 나는 아마 양일이 돈을 갚지 못할 지경으로 사정이 나빠지기를 소망했으리라. 그만큼 나한테는 붙잡고 늘어질 그의 약점이 소중했던 게 아닐까? 그는 일류 대학 출신이었다. 그것은 우리가 다니던 그 시골 학교에서 일년에 세명 배출할까 말까 한 대단한 희소가치였다.

이 해묵은 열등감, 그것은 고3 시절, 내가 양일을 상대로 벌였던 무모한 싸움에서 비롯된 것이다. 양일과는 중2 때부터 가깝게 지내던 처지였는데 그게 그만 고3이 되자 여지없이 뒤틀리고 말았다. 학기 초 모의고사 때 저만치 뒤처져 있던 그가 여름방학 이후 나를 앞질러버리자 내 눈에 불티가 일어난 것이었다.

지금 생각하면 참 촌놈이 입시랍시고 똥끝이 탔었다. 입시 정보에 어두운 시골 벽지에서, 입시 참고서의 막대한 분량에 파묻혀 밑도 끝도 없이 오리무중을 헤매고 다녔다. 그저 막무가내로 한밤중을 들입다 파고 있었다. "다섯시간 자면 합격하고 여섯시간 자면 불합격한다." 이것이 내 좌우명이었지만 내가 불합격할 운명이었는지는 몰라도 이 좌우명이 제대로 지켜진 적은 별반 없었다. 수업시간에 꾸벅꾸벅 조는 시간까지 합치면 오히려 내 수면시간은 여덟시간도 넘었을 터이다. 밤 한시가 가까워져 졸음이 엄습해오면 책상머리에 놓아둔 등산칼을 집어 들고 숫돌에다 슥슥 갈아 날을 세웠다. 그래도 졸렸다. 졸음기 가득 찬 내 눈에는 금방 간 칼날도 언제나 무딘 빛으로 침침했다. 나는 그 순간 제풀에 팩 골을 내며 칼을 꼬나잡고 눈을 홉뜬다. 이미 무수한 칼자국으로 뒤덮여버린 앉은뱅이책상은 울퉁불퉁 달 표면처럼 황량하고 서글프다. 제기랄, 나는 다음 순간 훅, 하고 책상을 내려찍는다. 칼끝에 흰 나무속살이 툭 튕겨나온다. 빌어먹을, 그래도 졸립다. 이번엔 집 밖으로 나와 근처에 사는 양일네 집으로 염탐하러 간다. 대문 밖에서 기웃거리며 집 안 동정을 살핀다. 불기 한점 없이 집 안은 깜깜하다. 자식, 벌써 자는구나. 그제야 나는 비로소 안심이 되어 어둠속에서 배시시 웃는 것이었다. 두고 보자. 문턱 넘어갈 때가 중요한 거라구.

그러나 결국 일류대 지망에 멍든 것은 나였다. 두해 거푸 낙방 맞고 겨우 낙착된 게 후기 대학 토목과였던 것이다. 그건 진짜 분통이 터질 노릇이 아닌가. 잠잘 것 다 자고 참견할 것 다 참견하던 자식은 용케 합격하고…… 나는 하도 어처구니가 없어서 양일이 혹시 날 속여가며 공부한 것이 아닐까 하고 의심스러울 지경이었다. 정말, 불빛이 밖으로 새어나가지 않게 창에다 담요로 휘장을 치고 밤늦도록 공부했을는지도 모를 일이다.

나는 대학에 입학하자마자 고향 친구들 모임에서 양일을 따돌릴 궁리를 했다. 나의 주위 친구들 예닐곱이 모두 후기대 1, 2년생들이라 그 작업은 상당히 가능할 것같이 보였다. 게다가 나는 고3 때 반장을 지냈던 영향력을 십분 구사해서, 처음 몇개월은 그럭저럭 내 의도대로 모임을 이끌어갈 수 있었다. 그러나 나는 그것이 얼마나 저열한 짓인지 그 당시는 미처 깨닫지 못할 지경으로 지독한 열패감에 시달렸던가보다.

따돌린다고 따돌려질 옛날의 양일이 아니었다. '일류'의 힘은 실로 무서웠다. 밖에서 선배를 만나면 으레 우리는 도매금으로 양일의 동창으로 통해버렸다. 그가 우리 동기의 대명사로 우뚝 솟아버린 그 기정사실을 나는 도저히 뭉개뜨릴 재간이 없었다. 차츰 내 주위 친구들은 하나씩 떨어져나가 양일을 옹위하기 시작했다. 몇개월 동안 공연히 나의 미친 편집증에 덩달아 휘말려들어 양일을 배척하던 것을 후회하면서 말이다.

그후 열패감은 취직시험에서 다소 만회한 듯이 여겨졌다. '일류'에 기갈난 나는 결국 '일류' 회사에 입사한 것이다. 그런데 녀석은 어찌 된 셈인지, 일류 공대 기계과 출신이라면 그렇게 손쉬운 취직은 하지 않고 엉뚱맞게도 공고 출신이나 할 만한 얼치기 기계제작소를 차리고 있었다. 나는 속으로 쾌재를 불렀다. 그러나 나를 줄곧 괴롭혀온 양일의 망령이 여기 이 직장에까지 도사리고 있을 줄이야. 종내 해갈 안되던 갈증, 그 불치의 열등감은 일류 대학 출신들의 텃세가 심한 지금의 직장에 발을 들여놓고 보니 더 뼈아픈 것이 되고 만 것이다. 개밥에 도토리가 그것이었다. 그들이 흘겨보는 흰눈이 싫었다. 검은자위는 개먹어치웠는지 언제나 희번덕거리는 백태 눈깔이 싫었다. 피라미 같은 것들, 언제 한번 되게 받고 말아야지. 이런 생각에서 아령을 시작했던 것인데 오히려 또 그게 화가 될 줄이야. 울퉁불퉁한 근육형은 십장이 제격이라고 위에서 생각했던지 나는 거의 이년 동안 지방의 현장을 전전하지 않으면 안 되었다. 다시 서울 본사로 복귀되기는 했지만, 이미 지방에서 고생을 죽도록 한 터라, 나의 서울 근무는 자존심을 대폭 줄이는 것을 의미했다. 부장 이하 일류대 출신들의 눈치 보는 일에 점점 이골이 나자 내 팔뚝의 알통은 슬며시 맥 빠져 가라앉고 말았다.

하여간 양일은 꾸준히 몰락의 길을 밟아왔음이 틀림없었다. 그렇지 않고서야 사년 전 청계천의 내 회사 근처에 스프링 사러 왔다가 끝전이 모자란다고 빌려간 돈을 여태 안 갚을 리가 만무였다. 나중에 알았지만, 그가 나를 찾아온 시기는 자력으로 시작한 기계제작소가 일년도 못 넘겨 거덜나고 만 뒤였다. 나를 속인 것이었다. 그런데 속았구나! 하는 이 생각이 오히려 나를 화끈화끈 즐겁게 해줄 줄이야.

어쨌거나 양일은 드디어 나타난 것이다. 제기랄, 일이 이따위로 완전히 그르쳐버린 뒤에야 덜컥 나타나다니, 도대체 어떻게 하겠다는 건가?

아마 내가 자기를 비방하고 다닌 사실을 죄다 알고 있을 테지. 그렇다. 그는 나한테 어지간히 자신이 있지 않고는 나타날 위인이 아니었다. 돈을 가지고 왔음이 분명하다. 4부 이자까지 계산해서 내 코빼기에 내던지고 돌아설 것이 틀림없다. 빌어먹을, 참 일이 난처하게 되어버렸다.

"퇴근길에 여기 지하철 본부로 좀 나와줘." 지하철 본부라면 요즘 한창 공사 중인 차고 연장선의 건설본부를 말하는 모양인데 하필이면 거기서 만나자는 걸까? 옳지, 그 공사를 맡고 있는 일신산업에 근무하는 모양이구나. 요새 벼락부자가 된 얼치기 재벌회사야.

"언제부터 그 회사 일을 보고 있어? 바로 코앞에 있으면서 진작 연락 좀 주지 그랬어."

"그게 아니고……" 이런 또 빌어먹을, 그게 아니라면 뭘까? 나는 약간 조바심치면서 다그쳐 물었다.

"그럼 왜 하필 길바닥에서 만나지? 그 앞에 용다방이라고 있는데……"

"하여튼 건설본부 앞으로 나와줘. 만나서 얘기할 테니깐."

이 대목에서 양일은 갑자기 고집스럽게 말 뒤끝을 비틀면서 먼저 전화를 딱 끊었다. 웬일인지 귀뺨 한대 얻어맞은 것처럼 가슴이 섬뜩했다. 이 친구가 하필이면 꼭 길바닥에서 만나자고 우기는 이유가 뭘까? 노상에서 사람 창피 주려고 작정한 거나 아닐까?

이런 아리송한 기분에 사로잡힌 채 막 사무실을 나서려는데 마침 카이스트에 의뢰했던 컴퓨터 처리 결과가 도착되었다. 다음 날로 미루어도 될 일이었지만, 그 일을 핑계 삼아 일부러 퇴근시간을 오십분이나 잡아먹으면서 늑장 부렸다. 이 오십분 동안에 녀석을 노골노골 아주 녹초로 만들어놓을 셈이었다. 그럼으로써 양일이

제멋대로 주도할 공산이 큰 이 만남을 내 문맥 속에 잡아끌어들일 심사였다. 녀석은 내가 나타날 곳을 뚫어져라 바라보며 기다리는 동안 점점 초조해지리라. 눈알이 시리고 시선이 갈팡질팡 헛갈리고 속이 느글느글 아주 죽을 지경이 되겠지. 담배만 서너대 작살내며 독한 니코틴 침을 퉤퉤 뱉을걸. 턱 버티고 섰던 두 다리에 슬그머니 맥이 빠지고 이리저리 서성거려보다가 마침내 쇳녹이 시뻘건 철주로 가서 풀썩 주저앉아버리는 거다. 바로 이때 내가 불쑥 나타나는 거지. 활짝 웃으면서 "많이 기다렸지? 갑자기 할 일이 생겨놔서 말이야……" 하고 넉살 풀며 선수를 쳐버린다. 하나도 미안하지 않다는 투로 말이다. 다음 순간 제가 머리끝까지 독이 올라 돈을 냅다 던지면서 개새끼 쇠새끼 해봤댔자 승부는 이미 내 편으로 와버린 다음이다. 그래서, 건설본부는 내 회사에서 불과 백 미터 떨어진 곳에 있었지만 나는 양일의 앞에 전혀 엉뚱한 방식으로 불쑥 나타나려고 일부러 골목길로 우회하였다.

그런데 어찌된 셈인가, 양일은 거기에 없었다. 건설본부의 가건물 한 귀퉁이에 홍합 안주와 소주를 파는 목판장수가 홀로 졸고 있었지만 그 사내가 양일이 아님은 물론이었다. 싱거운 자식, 기다리다 못해 가버렸나? 버스정류장으로 달려가볼까 하다가 나는 무슨 생각에선지 차고 공사 현장 쪽으로 어슬렁어슬렁 걸어갔다. 깊이가 오십 미터쯤 될 듯싶은 발밑의 공사 현장에는 허공을 질러 서로 엇갈린 굵은 빔과 순대처럼 느슨하게 처진 수도관, 하수도관이 깊은 밑바닥에다 시꺼먼 그늘을 던지고 있을 뿐 인부들은 한사람도 보이지 않았다. 인부들은 어디로 갔나? 바로 옆의 노천 부뚜막에선

이 대낮의 그림자보다 더 시꺼먼 콜타르가 펄펄 끓고 있는데……
어두운 공복(空腹)같이 입을 떡 벌린 발밑의 깊은 허공을 들여다보노라니까 아찔한 현기증과 더불어 불안감이 더럭 치밀어올랐다. 양일이 몰래 뒤에 다가와서 어깨를 툭 칠 것 같은 느낌이었다. 그 녀석한테 먼저 발견되면 그건 진짜 낭패인데. 얼른 뒤를 돌아다보니까 과연 인부 한명이 올라오고 있지 않은가. 헬멧을 쓰고 있어서 얼굴은 반쯤 그늘져 검었다. 그제야 나는 양일이 이 공사장에 인부로 있을지도 모른다는 생각을 아까부터 줄곧 해온 것을 깨달았다. 말하자면 그게 내 소망이었다. 공사장의 깊고 축축한 밑바닥을 양일이 빼빼 기어다니는 꼴을 보고 싶었던 것이다. 그러나 그 인부도 양일은 아니었다. 그 사내는 무심히 내 곁을 지나쳐서 부뚜막으로 가더니 펄펄 끓는 콜타르를 생철통에다 퍼담기 시작했다. 독한 역청 냄새가 주위에 짙게 깔렸다.

그때 별안간 양일이 눈에 띄었다. 나는 거의 무의식중에 철주 뒤로 가서 몸을 숨겼다. 내가 왜 그랬을까? 숨어 있다가 바로 코앞에 불쑥 나타나 기습할 생각이었나? 아니다. 그게 아니었다. 비겁하게도 나는 양일을 아주 피해버린 것이었다. 그렇다. 양일은 터벅터벅 걸어오고 있었다. 그것은 정말 충격적인 광경이었다. 노란 헬멧을 쓴 것도 아니고, 쇳녹물 먹은 작업복 입은 것도 아니었다. 그는 이 공사장 인부가 아닌 것이다. 때 묻은 와이셔츠를 바지 밖으로 너풀너풀 내놓고 맨발에 슬리퍼를 질질 끌면서 걸어오고 있었다. 한길에서 슬리퍼를 끌다니, 혹시 저 녀석이 요 부근에 자동차 부속품 상회를 가진 게 아닐까. 그런 가게가 요 근처에 즐비한데, 그래서 일하다 말고 날 만나려고 슬리퍼 바람에 나왔을지도 모를 일이다. 아니, 그것도 아니었다. 와이셔츠는 싱싱한 자동차 부속 기름때가 묻은 게 아니고 더러운 땀과 때에 절어 있는 것이다. 부속 상회 주인도 아니었다. 빌어먹을, 안경은 또 어쨌는가? 그는 안경도 없이 떼꾼한 눈으로 연신 건설본부 앞을 기웃거리며 걸어오고 있었다. 나를 기다리다 못해 회사로 직접 찾아갔다 오는 길이리라. 그런데 왜 걸음이 저렇게 느릴까. 양일은 발을 질질 끌면서 힘겹게 걸음을 옮겼다. 술에 취했는지 비틀거리기조차 했다. 저만치 뒤떨어져 있던 행인들이 자꾸 그를 앞질러 활발하게 걸어갔다. 말하자면 양일의 전진은 처참하리만큼 느렸던 것이다. 아, 타락해버렸구나! 타락한 양일은 남처럼 빨리빨리 걸어야 할 필요가 없어진 것이다.

나는 양일이 터벅터벅 발을 옮길 때마다 속에서 진땀이 부쩍부쩍 솟아올랐다. 이것이 과연 내가 바라던 양일인가. 물론 요 몇년 동안 양일의 타락한 몰골을 내 멋대로 상상해보기를 엉큼하게 즐긴 게 사실이다. 그러나 그건 어디까지나 근거 없는 막연한 소망이었을 뿐이지 꼭 이런 꼴을 보고 말자는 심사는 정말 아니었다. 그런데 이게 무슨 꼬라지람. 양일은 아무리 못되어도 이 공사장의 인부쯤은 되어 있어야 얘기가 된다. 나의 해묵은 열등감을 극복하는 길은 저렇게 상대할 수 없는 주정뱅이를 만나는 것이 아니라 노동이라도 팔아 아등바등 살아가는 젊은 양일을 만나는 것이 아닌가. 이런저런 이유는 다 군색한 핑계에 불과하고 그날 양일을 만나지 않고 돌아와버린 것은 빌려준 이만원을 되찾기는커녕 오히려 푼돈 얼마를 뜯길 것이 두려워서였다.

그러나 역시 만날 사람은 만날 사람이다. 그날 그 자리만 모면했을 뿐, 양일을 만나는 문제는 여전히 남아 있었다. 오늘 또 어김없이 전화가 걸려온 것이었다. 단도직입적으로 돈 만원을 가지고 신길동 진로주조 앞까지 나와달란다. 가래가 끓고 질긴 음색의 목소리. 나는 가슴이 섬뜩했다. 저 자식이 무슨 배짱일까? 물론 돈 얼마 뜯길 각오는 벌써 되어 있었지만, 액수가 너무 당돌했다. 천원, 이천원, 잴끔잴끔 열번을 구걸하느니 차라리 한번에 쇼부 보자는 심사인가? 혹은 장사치들처럼 이쪽에서 반허리 딱 잘라 에누리할 줄 알고 미리 값을 높여 부르는 걸까? 빌어먹을. 나의 집 바깥생활은 대개 이천원 단위로 징검다리처럼 점철되어 있다. 누구 집 돌잔치, 혼인, 회갑잔치에 봉투돈이 대개 이천원, 전집류 월부금, 집 근처의 테니스 클럽 회비가 이천원…… 하는 식으로 나는 이천원 단위에 톡톡히 익숙해온 터이다. 그런데 빌어먹을 만원이라니. 따라서 이천원이라면 내가 자진해서 주는 돈이 되겠지만 그 이상은 억지로 뜯기는 꼴이 된다. 어떻게 할까? 하기야 만원권 한장 인장주머니에 꼬불쳐둔 게 있기는 하지만, 이런 경우에 쓰자고 비상금을 마련한 것은 아니지 않은가. 비상금이라면 막상 쓸 일이 생겨도 쓰지 않고 참아버리는 돈이고, 몸에 지니고 있으면 무슨 부적처럼 마음 든든한 물건인 것이다.

어떻게 한담? 아무래도 녀석은 이삼천원에 호락호락 넘어갈 기색이 아니었다. 그렇지 않고서야 빚 갚아야 할 녀석이 오히려 빚쟁이처럼 떳떳하게 굴며 돈을 요구할 리가 없다. 그 자식은 이왕 망신살이 붙은 바에야 내 약점을 철저히 물고 늘어질 셈인가보다. 겨우 이만원 빚 때문에 사기꾼의 누명을 쓰다니 정말 억울하다, 나를 진짜 사기꾼으로 몰 테면 영원히 갚지 않을 돈 만원을 더 꾸어달라, 이런 투였다.

나는 생각다 못해 인호와 상준에게 전화를 걸어 원조를 청했다. 물론 억지로 그들을 끌어들인 것은 아니었다. 불원간 양일이 회사로 찾아갈 눈치더라고, 슬쩍 저들의 피해의식을 자극해주었을 뿐이었다. 이렇게 겁주었더니, 그들은 툴툴거리면서도 미적미적 제 발로 기어들어 이 일에 가담한 것이었다. 사실 따지고 보면 뭐, 재네들이 그렇게 마지못해 나온 것도 아니리라. 사년 만에 양일이 나타난 것만 해도 빅뉴스인데 게다가 아주 타락해가지고 나타났다는 데야 호기심이 안 생기고 배길 수 있나. 그래서 나는 조금도 미안한 마음 없이 돈을 분담시킬 수 있었다. 인호와 상준은 각각 삼천원, 내 몫은 사천원, 이렇게 그 육중한 만원 돈이 세갈래로 좍좍 찢어발겨지자, 이틀 동안 큰 덩어리로 나를 덮쳐누르던 양일이란 세력은 맥없이 해체되어버렸다. 대신 우리 셋은 양일에 대한 막연한 피해의식으로 똘똘 뭉쳐졌다. 그래서 우리는 택시를 잡어타고 한강을 건너 영등포로 기세 좋게 쳐들어갔던 것이다.

택시요금은 팔백원. 우리가 진로주조 앞에서 택시를 내린 것이 약속시간보다 사십분이나 일렀는데도 양일은 벌써 나와 있었다. 우리가 택시를 세운 바로 곁의 가로수 그늘 밑에 쪼그리고 앉아 있다가 나를 보자 벌쭉 웃으면서 일어났다. 그는 나 혼자 나온 것이 아닌 것을 알고 무척 놀라는 기색이었다. 놀란 것은 상준과 인호도 마찬가지인가보다. 양일의 행색에 아주 기가 질려버렸던지 나를 돌아다보고 혀를 내둘렀다.

여름 햇볕에 끝이 노랗게 타들어간 머리칼. 슬리퍼를 신은 맨발은 흙먼지투성이였다. 옷차림은 그저께 본 그대로였는데 한쪽 겨드랑이가 실밥이 타져 불결한 속살이 드러나 보였다. 양일은 다가오다 말고 서너발치 떨어진 곳에서 멈칫거렸다. 정말 어색하기 짝이 없는 순간이었다. 우리는 그 흔한 악수도 청하지 않고 엉거주춤 서 있었던 것이다. 인호는 나를 따라온 것이 후회스러운지 차도 쪽을 핼끗거리며 불안하게 구두축을 까딱거렸다. 그럴수록 나는 미안한 생각에 가슴이 오그라드는 기분이었다.

이 일을 주선한 장본인답게 내가 어떻게 이끌어가긴 해야겠는데 자, 어느 대목부터 시작한다? 악수부터 시작할까? "야, 이 새끼, 그 꼴이 뭐야!" 하고 욕부터 앞세울까? 아서라, 안될 소리. 욕부터 시작한다면, 본의 아니게도 네 꼬락서니에 방관할 수 없다는 의사표시가 되어버릴 테고, 그러면 양일은 얼씨구나 하고 우리에게 매달릴 게 분명하다. 내가 이렇게 눈치를 보느라고 우물쭈물하고 있는데, 마침 상준이 먼저 말을 시작해주었다. 악수와 인사말이 생략된 채 일이 시작된 것이다.

"더운 데 서 있지 말고 어디 시원한 데 들어가자."

"좋지. 어디로 갈까, 다방?" 하고 내가 짐짓 호들갑 떨며 앞장서는데 양일이 뒤따라오다 말고 축 처진 목소리로 중얼거렸다.

"난 이 꼴 해가지곤 다방에 못 가. 너네들도 챙피할 테고……" 하긴 그렇다. 그래서 애초부터 다방을 피하고 노상에서 만나자고 고집하던 녀석이 아닌가. 그렇지만 아까부터 다른 두 녀석의 눈치를 보느라고 신경과민이 된 나는 그 말에 화가 발끈 치밀었다.

"빌어먹을, 다방 말고 또 어데가 갈 데 있어?"

양일은 잠깐 주저하더니 거의 애원하는 눈초리로 나를 바라보았다.

"미안해. 나 소주 딱 한잔만 사줘." 나는 그 절실한 목소리에 깜짝 놀랐다. 이애가 정신 있나 없나, 돈이 필요한 건가 술이 필요한 건가, 도대체. 이렇게 생각하다가 혹시 양일이 알코올중독이 아닐까 하는 예감이 불쑥 치밀었다. 아직 벌건 대낮인데 만나자마자 술부터 찾다니, 그저께도 대낮부터 술 취해서 비틀거리고 있었지 않은가.

내가 고개를 돌리니까 인호와 상준도 마침 나와 같은 생각을 하고 있었던지 얼떨떨한 표정이었다. 행인들이 이상하다는 듯이 우리를 힐끗힐끗 훔쳐보며 지나갔다. 설마 알코올중독이야 아니겠지. 거지 행색으로 우리를 만난 것이 심란해서 한잔하고 싶어진 것이리라.

아무리 그렇더라도 난생처음 보는 양일의 비굴한 표정은 나를 적이 불안하게 했다. 그 비굴한 웃음이 싫었다. 더 정확히 말해서 그것은 어색하고 부담스러웠다. 왠고 하니 그때 나의 마음속에선 기분 나쁘게도 양일에 대한 연민의 정이 슬그머니 떠올랐기 때문이다. 나는 감상적이 되는 것을 죽기만큼이나 싫어한다. 가슴 복판이 별안간 천야만야 고즈넉하게 가라앉고 콧날이 새큰거린다 싶더니 어느새 여름감기 콧물 같은 게 비어져나오는 기분을 나는 도저히 참지 못한다. 내가 어느 편인가 하면, 버스간에서 감상적인 넋두리를 푸는 고학생에게 껌 한통 사느니, 차라리 비상금으로 꼬불쳐 둔 만원권을 소매치기당하고 싶은 게 솔직한 내 심정이다. 강짜로 술을 뺏어먹는 게 낫지 술을 구걸하다니, 이런 빌어먹을.

우리는 근처 조그만 소줏집으로 갔다. 내부는 길쭉한 송판때기 탁자 두개로 꽉 들어찰 지경으로 좁고 후덥지근했다. 개숫물 썩는 냄새가 시큼하게 풍겨왔다. 우리가 차마 들어갈 생각을 못하고 문턱에서 주춤거리는데, 먼저 들어간 양일이 곧장 개수대로 달려가 수도꼭지를 입에 물고 물을 한껏 틀었다. 수도꼭지 밑에 동동 매달린 양일의 몸은 쥐어짠 걸레처럼 모로 잔뜩 꼬였다. 당장 거꾸러질 것 같은 불안정한 자세로 그는 한참 그렇게 꿀컥거리며 괴롭게 물을 마셨다. 입에서 간간이 괴로운 신음 소리가 비어져나왔다.

"겁나게 마셔대는군!" 상준은 자기도 덩달아 갈증을 느꼈음인지 침을 꿀컥 삼켰다. 과연 양일의 갈증은 엄청났다. 이제나저제나 기다렸지만 그는 좀처럼 수도꼭지에서 입을 떼지 않았다. 아무리 마셔도 꺼지지 않는 갈증, 나는 은근히 겁이 났다. 그 밑 빠진 항아리 같은 무서운 갈증이 나를 집어삼킬 것만 같았다. 오늘 아무래도 저 놈한테 당하고 말겠는데…… 약속한 만원이 모자란다고 길길이 뛸지 모른다. 그리고 여기서 먹게 될 술값은 어찌할까? 나는 잠시 망설이다가 할 수 없이 비상금에서 천원을 헐어내어 오천원 쓰기로 마음을 굳혔다. 택시비 팔백원을 충당하고 나머지는 술값이다. 그러니 술값은 딱 한잔, 이백원을 초과해서는 안된다.

우리는 그럭저럭 자리를 잡고 앉았다. 소변 보고 와서 맨 나중

앉게 된 인호가 맞은편 양일의 옆자리가 있는데도 구태여 군색하게 우리한테 비비고 들었다. 나는 벽 쪽으로 밀려 붙여져 손 놀리기도 불편했지만 앞으로 건너가지 않고 그대로 눌러앉았다. 그러고 보니 우리는 문자 그대로 1 대 3으로 동아리져버린 셈이었다.

"아줌마, 여기 장사 좀 하시오!" 하고 인호는 여태 주문받으러 오지 않는 주모에게 버럭 소리 질렀다. 저 자식이 술을 얼마나 팔아주려고 저렇게 큰소리지? 분명 물색 모르고 저 지랄은 아닐 테고 필시 여기까지 끌려온 분풀이를 나한테 해볼 셈인가보다. 술값을 왕창 나한테 뒤집어씌우려고? 어림도 없지. 술값은 절대 이백원을 초과해서는 안되지, 안돼. 나는 이렇게 조바심이 생긴 나머지 다급하게 말했다.

"아주머니, 그냥 간단하게 주세요. 이홉들이 소주 반병하고 오이 좀 주세요."

"히야, 많다. 소주 반병이라니." 인호는 내 속셈을 다 알겠다는 듯 빈정거렸다.

상준이 탁자로 바싹 붙어앉더니 눈썹을 추켜올리고 양일을 건너다보았다.

"너 어떻게 된 거야, 그 꼴이?"

저 자식이 아직 술도 들어오기 전인데 너무 서두르는군. 양일은 고개를 숙인 채 성냥통에서 성냥개비를 꺼내 잘게 부서뜨릴 뿐 대답이 없었다. 똑, 똑. 영락없이 손톱으로 이를 눌러 죽이는 소리 같다. 손톱에는 때가 까맣고, 그의 몸에서 술 냄새지 땀 냄새지 몹시 쉰내가 풍겨왔다.

이윽고 술이 들어왔는데 역시 주문한 대로 반병이었다. 남이 먹다 남은 걸 가져온 것같이 쑥스러운 생각이 들어서 옆을 돌아다보았더니 역시 인호와 상준은 생각대로 떨떠름한 표정이었다. 술은 한잔씩 돌아가고 조금 바닥에 남았다. 나는 술잔을 건성으로 받아놓고 양일의 동작을 주시했다. 예상한 대로 양일은 민첩한 손놀림으로 제 술잔을 입안에 탁 털어넣더니, 이어서 연속동작으로 술 좀 남은 소주병 주둥이를 쪽쪽 빨았다. 역시 그렇구나. 저놈은 틀림없이 알코올중독이야. 상준은 어이없다는 듯이 나를 돌아다보았다. 그러나 양일은 아직 술을 입에 대지도 않았다는 듯이 입술이 바싹 메마른 채 그대로였다. 이번에는 우리 몫의 술잔에 눈독을 들였는지 자주 눈길이 우리 앞을 얼씬거렸다. 공연히 불안하다. 우리 쪽이 수세에 몰린 느낌이다. 이러다간 저 녀석한테 당하고 말지, 아마. 나는 얼결에 앞에 놓인 술잔을 홀짝 비워버리고 내친김에 역습으로 나갔다.

"자초지종 얘길 해봐."

그러나 양일은 내 말은 들은 척도 않고 있더니, 불쑥 상준의 앞으로 손을 내밀고 술잔을 낚아채가는 게 아닌가.

"미안해." 양일은 술잔을 자기 앞에다 갖다놓으면서 모호하게 웃었다. 잠시 어리벙벙해 있던 상준이 벌컥 화를 냈다.

"너 왜 이래? 혹시 알코올중독 아냐?" 드디어 올 게 왔구나. 나는 가슴이 철렁 내려앉았다. 알코올중독, 여태 참아온 터부 같은 이 말이 이렇게 느닷없이 터져나올 줄이야. 양일의 얼굴은 보기 흉하게 붉어졌다. 얼굴을 붉히는 이유가 뭐냐? 수치 때문에? 분노 때문에?

그것도 아니면, 빌어먹을, 술 탓이냐? 분명히 말해, 속이지 말고 솔직히 말하라구. 인호와 상준은 이렇게 닦아세우듯 양일을 노려보았다.

"그렇게 마시고 싶거든 내 것도 가져가." 인호가 술잔을 앞으로 내밀면서 한술 더 떴다. 그러나 양일은 어색한 웃음을 흘릴 뿐 조금도 화를 내지 않았다.

"앞에 술잔이 없으니깐 괜히 허전해서 그래." 하긴 그렇다. 술좌석에서 술 떨어지면 일어날 시간인 것이다. 그런데 우리는 만난 지 고작 삼십분, 아직 할 얘기도 많고 약속한 만원 돈도 있는데, 술은 금방 떨어져버리고. 양일은 그것이 불안한 것이리라.

"좋아, 그럼 더 먹지. 제기랄, 감질나게 소주 반병이 뭐야." 인호는 이미 양일이 쪽으로 밀려가 있던 술잔을 도로 찾아들고 홀짝 비우더니 주모에게 소리쳤다.

"아줌마, 여기 쐬주 한병 더 가져오시오. 돼지갈비도 한대씩 구워주시고. 제기랄, 삼수갑산 가더라도 먹어야지." 저 자식이 오기가 작동하나보다. 제가 술값을 낼 리는 만무이고, 아마 나한테 뒤집어씌우든지 양일에게 줄 만원 돈에서 축낼 생각인 것 같았다.

돼지갈비 굽는 연기가 금세 술청 안을 꽉 메웠다. 소형 선풍기가 연기를 마구 휘저으면서 돌아갔다. 돼지기름 불이 벌겋게 솟아오를 때마다 상준은 나직한 탄성을 지르면서 소주를 아낌없이 불 위에 끼얹었다. 남방을 벗어버리자 끈끈한 돼지기름 냄새가 날아들어 맨살에 달라붙었다. 마침 저녁시간이라 시장기가 돋친 모양인지 인호와 상준은 아직 설익은 갈비를 입에 물고 식성 좋게 발라

먹기 시작했다. 자식들, 아주 여기서 저녁을 때울 셈이구나. 잠시 주저하던 나도, 안주 없이 빈속에 소주를 들면 또 위궤양이 도지지, 아마, 하는 핑계를 내세워 갈비를 뜯기 시작했다. 술이 또 들어오고 갈비가 또 추가되었다. 에라, 돈은 누가 낼값에 우선 먹고 보는 거야. 양일만 빼놓고 모두 손이 바빠졌다. 상준은 연방 잔술을 끼얹어 불길을 바로잡으며 시원스럽게 땀을 흘렸다. 돼지기름이 찐득이 묻은 인호의 입술에도 은근히 미소가 떠올라 있었다. 역시 술과 안주는 충분하고 볼 일이다. 처음 술 반병 때문에 각박하고 어색했던 분위기가 슬며시 풀어져가는 것이었다.

그런데 양일은 술잔만 빨아댈 뿐 안주는 손도 대지 않는다. 그러거나 말거나 불은 활활 잘도 타올랐다. 주위가 화끈 뜨거워졌다. 선풍기 바람에 기름불은 미친 듯 너풀거리고 지글거리며 들끓은 기름방울이 맨살에 따끔따끔 튀어올랐다. 선풍기를 마주 보고 있어서 연기가 온통 자기한테 몰려가는데도 양일은 요지부동이었다. 불 건너 바라보이는 그의 얼굴은 연기가 불그림자와 들끓는 기름소리와 뒤범벅이 되어 돼지갈비처럼 익어갔다. 그렇다. 양일은 결국 우리의 술맛을 돋우기 위한 안줏감으로 앉아 있는 셈이었다. 술맛이 나려면 안주도 푸짐해야 하겠지만 재미있는 얘깃거리도 무시못하는 법이다. 음담패설도 좋고 작부의 노래도 좋다. 자, 오늘은 우리의 옛 친구, 왕년의 수재, 양일에게서 한 많은 과거사를 들어볼거나. 어디 갔다 인제 왔나, 어서 들게, 어서 들어. 우리의 친구, 지금은 사귀지 않는 옛 친구. 오늘 만나 헤어지면 다시는 안 만날 옛 친구, 얼씨구. 구두는 어찌하고 슬리퍼를 신었나? 안경은 또 어쨌나? 햇볕에 까맣게 그을린 얼굴에 백묵으로 장난삼아 그려넣은 듯 안경테의 흰 궤적이 우습다. 안경을 어쨌냐고. 그 안경이란 놈이 네 얼굴에다 흰 허물을 벗어놓고 어디로 도망쳤니? 빌어먹을, 얘길 해야 할 거 아냐, 사정 얘길 들어야 뭘 도와주든지 말든지 하지, 이건 빌어먹을, 거꾸로 우리가 사정해야 하나, 자 곰아, 돈을 줄 테니 어서 재주를 피워라. 서툴게 굴면 돈 안 줄 테다, 알았지?

술집 안에 틀어박힌 무더위, 날이 저물어도, 주모가 연탄불을 옮겨가버려도 덥기는 마찬가지였다. 전기가 들어오자 탁자 주변은 여기저기 썩은 쓰레기 같은 그늘이 쌓이고 석쇠에 먹다 남은 돼지고기 두점이 그 썩은 그늘에 더럽혀져 있었다. 이 더러운 그늘은 또 돼지 냄새와 비지땀에 뒤범벅이 되어 맨살에 맥질치고 있었다. 몸에 눌어붙은 돼지 냄새가 급속도로 썩어갔다. 돼지 냄새는 손톱 사이, 잇새, 식탁의 금 간 틈서리, 식은 석쇠에서 사정없이 썩어갔다. 우리가 먹은 돼지고기는 썩어가고 우리는 거나하게 야만스러워지는 것이었다.

드디어 양일이 ROTC 장교로서 복무한 군대에서 불명예제대를 한 사실이 드러났다. 우리가 까맣게 모르고 있던 사실이었다. 당직사관 하던 날에 보급창고 퀀셋에 화재가 났던 것이다. 불명예제대, 이 치명적인 불명예를 우리 앞에 털어놓자 모든 것은 자명해졌다. 그때부터 줄곧 내리막길, 파면이란 결격사유 때문에 취직은 안되고 사업은 실패하고 결국 이백만원 빚을 지고 숨어 지내다보니 이 지경에 이른 것이다.

이 대목부터 양일은 갑자기 말이 많아지면서 변신하기 시작했다.

눈망울이 대담하게 커지고 눈뿌리에서 술기가 빨갛게 타올랐다.

실패의 연속이었지. 계속 떨어지다보니깐 그래도 견고한 바닥에 발이 닿더라. 제미, 그게 얼마나 다행이야. 나는 결국 더 실패하려야 할 수도 없는 단단한 노동판에 굴러떨어진 거지. 어디 이 밑바닥에서 더 실패할 건덕지가 있어야지. 그게 맨 밑바닥인데. 더 잃을 것도 없고 더 얻을 것도 없이 그냥 본전치긴 거라. 그런데 웬걸, 거기에도 실패가 있었어. 한달 전인데 도로 확장 공사에 쫓아다녔지. 연도의 집을 때려부수는 작업이었지. 참 신나게도 일했구나. 시멘트블록 벽에다 루핑 지붕 한 것들 있잖아, 그따위 판잣집은 나 혼자서 단 삼십분 내에 완전히 작살낼 수 있었지. 난 상체를 벌거벗고 망치를 휘둘렀어. 블록 벽은 참 허망하더라. 풀썩풀썩 매가리 없이 잘도 허물어지는 거야. 내가 하도 신바람 나게 일을 하니깐 근처에서 서성거리던 철거민들이 날 미친놈이라고 욕질했어. 나하고 한조가 되어 일하던 인부가 창피해할 지경이었다니깐. 그러거나 말거나 난 마구 때려부쉈어. 제미, 어디 집 같은 걸 갖고 얘길 해야지, 이건 코딱지 같은 게, 그것도 집이라고 헐린다니깐 아쉬워서 서성거리는 꼴이라니. 에잇 빌어먹을, 나는 핏대가 나서 더 기승을 부렸던 거야.

이제 우리 셋은 양일이 일으켜놓은 흥분의 소용돌이에 여차하면 말려들 아슬아슬한 위치에 놓여 있었다. 상준은 갑자기 위치가 뒤바뀌어 경청하는 입장이 된 것이 불안했던지 끙 하고 헛기침을 했다. 인호도 건성으로 얘기를 들어준다는 듯이 딴전을 보기 시작했다.

그런데 그 판자촌을 뚫고 나가서 이층 슬라브집을 만났을 때 그만 일이 나고 말았지. 그 정도면 변두리에 갖다놔도 칠팔백은 너끈히 나갈걸. 그건 진짜 집다운 집이었지. 해볼 만한 일거리였어. 시가 칠백만원, 그리고 거기에 상당하는 중류생활을 내 손으로 작살낸다고 생각해봐, 흥분 안될 리가 있나. 난 소 잡는 백정놈처럼 들떴지.

이때 양일의 재빠른 시선이 우리 앞을 스쳐갔다. 가슴이 섬뜩했다. 저게 은근슬쩍 우릴 씹는구나. 시가 칠팔백짜리 주택, 중류생활이라면 분명 우리 셋을 놓고 하는 말이었다. 나는 양일이 커다란 망치로 우리 집을 뚜들겨부수는 장면이 허황되게 떠올랐다.

그런데 제미, 그 슬라브 지붕의 철근콘크리트가 어찌나 단단했던지…… 요지부동이라. 이를 악물고 망치를 내리쪼았지만 허사라. 망치 쥔 손은 반동 때문에 아파 죽을 지경이지, 시멘트 조각은 얼굴에 탁탁 튀어올라 박히지, 정말 환장하겠더라. 제미, 팔백만원 지폐다발을 발기발기 찢는 게 그렇게 힘드나, 중류생활을 와장창 까부수는 게 그렇게 힘드나. 나는 울화통이 치밀어 더욱 미친놈처럼 망치를 휘둘러댔지. 내 망치에 스스로 발등을 찍히고 싶은 충동이 발끈발끈 일어났어. 제미, 나 자신의 골통을 후려까고 싶었다구. 그래서 더 실패하려야 할 수도 없는 이 노동판에서마저 실패를 당하고 싶었지. 양일의 주먹 쥔 손이 부르르 떨었다. 이때 이대로 놔두었다가는 안되겠다 싶었던지 상준이 얼른 제동을 걸었다.

"그래 실패했나?"

"그 집 부수다가 그만 허리를 비끗해먹었어. 한달 동안 돈을 까먹으면서 침 맞으러 다녔는데, 아직도 신통찮아. 된일 하긴 영 글러 먹은 거라." 그러나 병신 된 거는 아니라는 듯이 양일은 허리를 두어번 뒤로 젖혀 보였다. 나는 양일이 어떻게 말을 이끌고 가는 건지 도무지 종잡을 수가 없었다. 어쩌자고 저렇게 말을 함부로 할까? 돈을 얻어내야 할 처지에 인호와 상준의 비위를 건드려서 이로울 게 없을 텐데.

"실패하고 싶었다니 소원대로 됐네, 뭐. 그럼 앞으로 어떡헐 참이야?" 하고 상준은 기가 차다는 듯이 눈살을 찌푸렸다.

"물어보나 마나지. 그래서 이렇게 비럭질 나선 것 아냐?" 인호가 이렇게 오금을 박았지만, 양일은 아무렇지도 않은 듯 비슬비슬 웃었다.

"이젠 너희들처럼 취직이나 해야지."

"아깐 불명예제대라고 하고선……" 인호가 물었다.

"너네들이 다니는 큰 기업체는 몰라도, 조그만 직장에 기계 담당쯤이야 안 받아줄라구, 설마. 말만 잘하면 다 된다더라. 대학 동기들도 만나보고 교수도 찾아볼 생각이야. 그래서 꼭 만원이 필요한 거야."

그 말을 듣자 나는 여태 양일이 일류대 기계과 출신이라는 걸 까맣게 잊고 있던 것처럼 정신이 바짝 들었다. 술기가 싹 가시는 느낌이었다. 하긴 그래. 일류대 출신이 그까짓 결격사유 때문에 취직 못할라구. 이렇게 생각하고 보니 괜히 마음이 허전해졌다. 금방까지도 아등바등하던 일이 어이없게도 너무 쉽사리 결말난 것이다. 약이 오를 지경으로 양일의 논리는 쉽고 간단했다. 자, 실패를 거듭

하면서 밑바닥까지 왔으니, 이제는 더 떨어질 데도 없고, 까짓것 이제 슬슬 위로 부상해볼거나, 하는 식이었다. 나도 취직을 알아볼 하청업체가 몇군데 있었지만, 도무지 그 말을 꺼낼 기분이 아니었다. 인호와 상준도 허탈한 기분이었다.

"그럼 다 됐네, 뭐" 하고 상준은 맥없이 중얼거리며 시계를 들여다보았다. "벌써 아홉시 반이야." 그러자 양일은 별안간 화들짝 놀라면서 우리를 둘러보았다. 얼굴에는 아까처럼 비굴한 표정이 눌어붙어 있었다.

"가져온 돈 만원은 놓고 가. 밥집에 잡힌 안경하고 구두도 찾아야지만, 취직 부탁하러 갈 놈이 이런 꼴로 갈 수야 없잖아. 이발도 해야 하고 남방도 하나 사 입어야 하고……"

"그 돈도 아예 너의 대학 동창 녀석들한테 부탁해보지 그랬어?" 하고 인호가 빈정거렸다.

"자, 그만들 떠들고 돈 좀 꺼내. 시간이 늦어졌어"라고 말하면서 상준은 주머니에서 돈을 꺼내었다. "만원이 다 안되겠는데 좀 에누리하자, 양일아!"

만원에서 술값을 제하겠다는 것이다. 결국 에누리 흥정이 시작된 셈이다. 양일은 거의 애걸조로 나왔다.

"어떻게 꼭 만원 채워줘. 모자라면 안돼."

그러나 상준은 아무 대꾸도 않고 꺼낸 돈을 헤아렸다. 삼천원. 인호도 삼천원 내놨다. 내가 바지주머니에 손을 찌른 채 사천원을 낼까 오천원을 낼까 하고 망설이는데 상준이 득달같이 재촉하였다.

"제기랄, 뭘 꾸물거려. 삼천이백원이야, 택시비 팔백원 제하고."

나는 결국 상준이 말한 액수를 꺼냈다. 어찌할 도리가 없었다. 더 내놓고 싶었으나 이미 흥미진진한 에누리 흥정에 몰입된 인호와 상준을 방해할 수는 없었다. 내가 서툴게 굴면 게임이 당장 깨질 판이다. 인호가 술값을 알아봐가지고 오자 상준은 돈을 한데 모아 쥐더니 트럼프처럼 활짝 펼쳤다. 상준은 트럼프 너머로 양일을 노려보았다.

"할 수 없잖아. 술값 이천삼백원, 택시비가 팔백원이야. 깎자구" 하고 상준은 만원에서 육천구백원으로 깎아내린 것이다. 양일은 석쇠 위에 까맣게 타 돌멩이처럼 굳어진 돼지고깃점을 바라볼 뿐 아무 대답이 없었다. 찡그린 이마에 더러운 땀이 삘삘 흘러내리고 있었다. 화를 참는 게 분명했다. 육천구백원, 육천구백원. 잠시 무거운 침묵이 흘렀다. 나는 참다못해 만원권 한장을 꼬불쳐둔 비상금을 꺼내려고 도장주머니에 손가락을 찔러넣었다. 그러나 대번 꼬깃꼬깃 접힌 새 돈의 딱딱한 모서리가 손끝을 따끔 찌르자, 나는 주춤하지 않을 수 없었다.

"고깝게 생각은 마. 이 술을 네가 산다고 생각하면 간단한 거야. 자, 이 돈 받고 네 손으로 술값을 지불해" 하면서 상준은 돈을 양일의 앞에다 놓았다.

"자, 됐어. 그럼 양일의 재출발을 축복하는 뜻에서 마지막으로 한 잔씩 들자." 상준은 이렇게 호들갑 떨면서 자기 술잔을 들었으나 나머지 술잔 세개는 이미 비어 있었다. 우리 셋은 자리에서 일어났다.

"잠깐만 있어. 이 돈으로 술 조금 더 하자" 하고, 양일이 내 손목을 잡아당겼다. 땀이 끈적거리는 손바닥이 내 손목에 눌어붙자, 나는 순간적으로 진저리 치며 손을 뺐다. 감촉이 꺼림칙했던 것이다.

"너 정신 있어, 없어? 그 돈 가지고 술 먹겠다니. 나가자구, 다 끝났는데 왜 앉아갖구 그래?" 내가 이렇게 쏘아붙이자 양일은 무섭게 나를 노려보았다. 돈 만원에 친구를 팔아먹은 자식, 너는 유다야, 유다. 이렇게 말하는 것 같았다. 그러나 이왕 일이 이따위로 어긋난 바에야 내 나름의 핑계가 없을 수 없다. 나도 눈을 똑바로 뜨고 그를 노려보았다. 이 새끼야, 이게 무슨 꼬라지야. 넌 자존심도 수치감도 포기해버렸냐? 네가 오늘 분노를 느꼈다면 그거야말로 다행한 일인 줄 알아. 너의 죽은 감정을 일깨워준 것만 해도 무척 고맙게 생각하라구.

양일을 소줏집에 놔둔 채 먼저 나온 우리 셋은 택시를 타고 강 건너 마포 공덕동 네거리에 다다르자 한시간 동안 맥줏집에 들렀다. 단단히 곤욕을 치른 뒤라 맥주 맛은 각별히 좋았다. 거기서 우리는 양일이 틀림없이 알코올중독일 거라는 데 의견이 일치했다. 그러니 취직 얘기란 것도 다 엉터리이고 돈 떨어지면 또 나타날지 모르니 그땐 아주 매정하게 굴어야 한다고 서로서로에게 다짐하였다.

팁까지 합쳐 그 집 술값은 만이천원이었다.

겨울 앞에서

창가에 앉아 바둑책을 뒤적거리며 종일 누이를 기다리던 완주는 설핏 잠들었다 깬다. 꿈에 그는 어떤 흰 길을 곧장 걸어가서 막다른 골목의 벽에다 가슴팍을 부딪쳤는데 잠이 깬 다음에도 그 흰 길의 어슴푸레한 잔영이 눈앞에 얼찐거리면서 좀처럼 물러가지 않는다.

그새 혹시 누이가 오지나 않았을까? 부엌 쪽으로 바싹 귀를 기울인다. 차츰 잠기가 가시면서 귓속이 환히 밝아왔다. 그러나 부엌에서 그릇 부딪는 딸그락 소리는 들려오지 않는다. 부엌뿐만 아니라 이 순간 온 집 안은 쥐 죽은 듯 조용하다. 이 집 여자들이 모두 나처럼 낮잠이라도 자고 있는 것일까? 종일 물소리가 그치지 않던 수돗가도 인기척 없이 조용하기만 하다. 완주는 더 멀리, 집 바깥 골목 안쪽으로 귀를 기울여본다. 그러자 여기저기서 소음이 하나둘 들려오기 시작한다. 먼저 어느 집에선가 쿵 하고 마룻바닥 울리는 둔중한 소리가 들려왔다. 그리고 이어서 먼 비행기의 폭음. 그 소리의 파장에 실려, 역시 먼 데서 행상인 소리가 들쑥날쑥 자맥질한다. 거기다 휘파람 소리가 날카로운 금속조각처럼 박혀들어 반짝거린다. 두런거리는 말소리, 뭐라고 외치는 소리, 욕질하는 소리도 들려온다. 그러나 그 말소리들은 모두 한결같이 완주의 귀에 닿기도 전에 도중에 의미를 털려버리고 빈 껍질이 되어버리고 만다.

그때 문득 골목 안에 인기척이 났다. 시멘트 포석을 때리는 야무진 구두굽 소리. 똑똑똑. 숨을 바짝 죄면서 발소리의 궤적을 좇는다. 혹시 누이가 아닐까? 그러나 발소리는 조금 다가오다 말고 모퉁이를 돌아 홀연 사라져버리고, 뒤미처 자전거 지나가는 소리가 들려왔다. 치르륵, 자전거 체인 감기는 소리가 흐르는 물소리처럼 급히 일어났다가 사라진다.

이윽고 앞마당에서 수돗물 트는 소리가 시원스럽게 일어나고 빨래를 물에 휘휘 헹구는 소리가 들려오기 시작한다. 이 집에는 완주 말고도 방 한칸씩 세 든 가구가 셋이나 되어서 수돗가는 저렇게 하루 종일 붐빈다. 나도 빨래를 해야 할 텐데. 완주는 문득 가슴이 답답해온다. 누이는 오늘도 안 올 모양이구나. 완주는 방구석에 쌓여 눅눅한 냄새를 피우는 빨랫감을 바라보았다. 벗어놓은 속내의, 와이셔츠가 한짐이다. 일요일마다 와서 빨래를 해주고, 또 저녁밥까지 해놓고 가던 누이가 웬일인지 벌써 한달 보름째 소식이 없는 것이다. 그동안 더러워져서 벗어놓은 빨랫감이 저렇게 늘어났다. 물론 자주 갈아신어야 하는 양말은 완주 자신이 빨고 있지만.

사실 수돗가에 쪼그리고 앉아 비누거품투성이의 부드러운 양말을 주물럭거리고 있노라면 평소에 말수 적은 완주 자신이 만만하고 마음 맞는 말상대를 만나 갑자기 다변스러워지는 착각에 빠지곤 한다. 아마 이 집 아낙네들이 매일 별 군소리 없이 엄청난 빨래를 해치울 수 있는 것도 이 때문이리라. 그래서 완주는 양말을 빨다가 문득 방구석에 쌓여 누이를 기다리는 저 내의들마저 빨아버리고 싶은 충동이 치밀 때가 종종 있다. 사실 그렇다. 하루 종일 그 큰 궁둥이로 수돗가를 차지하고 좀처럼 자리를 비켜주지 않는 이 집 아낙네들이 부끄러워서 세탁을 못하는 것은 아니다. 한달 보름 동안이나 저렇게 빨랫감을 쌓아놓고 있는 것은 순전히 누이를 기다리기 때문이다. 이제나저제나 조바심 태우며 기다리는 누이 때문인 것이다. 빨래는 줄곧 누이가 도맡아 해오던 일이 아닌가. 심지어는 나와 약혼 사이던 인정이가 하겠다고 나서도, 결혼한 다음에 실컷 할 걸 뭐 벌써부터 그렇게 덤비느냐고 빈정거리면서 막무가내로 마다하던 누이가 아니던가. 그런 빨래인데 낸들 어떻게 손을 대랴. 누이를 기다리며 쌓아놓은 저 빨랫감을 만약 지금 새삼스럽게 들고 나가 빨아버린다면 그건 어쩐지 기다리다 못해 지쳐서 누이를 아주 포기하는 것처럼 불길하게 느껴지는 것이었다. 기다리기를 포기하다니, 말도 안되는 소리야.

완주는 창밖으로 눈을 돌려 바깥 풍경을 바라보았다. 풍경을 하나하나 눈으로 더듬어본다. 앞집 마당 위로 가파르게 솟아오른 구릉, 그 비탈에 서 있는 늙은 아카시아 세그루, 거기에 잇대어 영본

국민학교의 울타리가 시작된다. 워낙 높은 지대라 교사 건물들은 능선 저쪽 배후로 가라앉아 보이지 않는다. 거기서부터 구릉의 능선은 한번 꾸불텅 솟구쳤다가 다시 완만하게 뻗어가는데 시멘트 블록의 작은 집들이 대부분인 이 능선은 물매진 지붕과 추녀 끝으로 해서 톱날같이 날카롭게 서슬져 있고, 능선 밑 완만한 구릉지에도 역시 빼곡하게 들어찬 작은 집들의 수많은 각과 모서리로 뒤덮여 있어서 전체적으로 굴딱지가 다닥다닥 달라붙은 거대한 암괴 같은 인상이다. 사람 다니는 골목들은 뒷전에 숨겨져 보이지 않아 그런지 이 암괴 덩어리는 무뚝뚝하게 굳어 있을 뿐 움직이는 것이 별로 눈에 안 띈다.

그러나 자세히 보면 역시 스멀거리며 움직이는 것들이 있다. 집의 벽 모서리 안으로 힐끗거리며 빨려들어가는 행인의 옷자락, 보이지 않는 골목길을 달려나온 아이들이 모퉁이에서 잠시 드러났다가는 다시 미궁 속으로 사라져버린다. 그리고 능선 위 집과 집 사이 길쑴하게 터진 골목 입구가 갑자기 흰색, 노랑, 검정, 푸른색으로 채워지곤 하는데 그건 건너편 차도를 질주하는 차량들. 그 골목 입구들은 워낙 비좁은 공간이라 차체의 전장(全長)이 전부 드러나는 법이 없다.

부질없는 일이지만 혹시 누이가 저 골목 입구로 들어서지나 않나 하고 잠시 지켜본다. 저 골목길이 아까 꿈에 본 그 흰 길일까? 일요일이면 어김없이 찾아오던 누이. 이렇게 창가에 앉아 책을 읽다가 우연히 고개를 쳐들면 마침 저 골목 입구로 막 들어서는 누이가 눈에 띌 때가 있었다. 종종걸음 치면서 비탈길을 내려오곤 했지.

그런데 아무 소식 없이 누이의 발길이 끊긴 지 벌써 한달 보름이 되었다. 막내 완석이도 인정이도 오지 않는 저 골목길, 심지어는 완석이의 행방 때문에 극성맞게 찾아오던 정보과 최 형사도 발이 끊겼다. 설마 누이마저 잃어버리는 건 아닐 테지. 완주는 불길한 생각을 떨쳐내려고 머리를 흔들었다.

이때 문득 퍼덕거리는 날갯짓 소리, 눈앞의 무사한 공간에 순식간에 번졌다가 사라지는 빛이 있다. 무얼까? 창 위로 재빨리 스치고 지나간 그 그림자는 아마도 국민학교 처마 밑에 살고 있는 비둘기들이리라. 완주는 학교 울타리를 올려다보았다. 뛰어노는 아이들의 함성이 하나 가득 퍼져 있는 운동장 위 짙푸른 공간. 울타리 너머 보이는 포플러나무들이 퍼석 마른 잿기둥같이 서 있다. 한여름 푸른 분수처럼 세차게 솟아올라 윤택한 빛을 튕겨대며 술렁거리던 것들이 어느새 저렇게 잎을 다 털려버리고 말았나? 이때 학교 후문의 급경사진 돌계단에 아이들 넷이 홀짝 나타났다. 아이들은 계단 위에 여러 마디로 꺾인 자신의 그림자를 끌면서 급히 후문을 향해 올라갔다. 한 애가 축구공을 운동장 안으로 던져넣자 아이들은 일제히 문을 타고 넘어 짙푸른 하늘에 함빡 물들었다가는 문 안쪽, 능선의 지각(地殼) 속으로 가뭇없이 사라져버린다. 그 네가닥의 새까만 속력이 풍경을 뚫고 지나간 것은 아주 짧은 시간인데, 그런데도 풍경은 들쥐를 삼킨 뱀처럼 이상스럽게도 과장되게 부풀어올랐다. 돌계단과 후문이 한층 더 높이 솟아올라 흡사 바람과 햇빛이 가득한 노천무대같이 황량해 보인다. 어쩐지 그 쾌활한 아이들이 꼭 물에 빠져 죽은 것처럼 마음이 안쓰럽다.

그렇게 봐서 그런지 아이 넷을 삼킨 서편 하늘은 아까보다 더 불안스럽게 들떠 보인다. 바람이 불고 구름이 재빨리 흘러갔다. 유리창이 덜컹거리지 않는 걸로 보아 바람은 꽤 높은 공중을 치닫고 있는 모양이다. 강풍에 휩쓸려 언저리가 헤실헤실 풀어진 구름떼가 계속 동쪽으로 밀려간다. 빛이 정체되어 보이는 평상시와는 달리, 지금 햇빛은 재빨리 움직이면서 사물 위에 불안한 그림자를 던지고 있다. 구름떼가 내던진 그림자들이 여기저기 떨어져 뒹굴 때마다 창밖 풍경은 전체가 흔들거린다. 앞집의 벽은 무슨 질펀한 손바닥이 쓰다듬는 것처럼, 혹은 이상한 심호흡에 빠져 있는 것처럼 벽의 누런 페인트 색깔이 밝아올랐다가는 어두워지곤 한다. 창틀에 올려놓은 맨발을 따뜻하게 감싸고 있는 햇빛도 환하게 부풀어올랐다가는 갑자기 핼쑥 오므라들고 있다.

이렇게 부풀고 오므라드는 빛의 회전을 바라보는 동안 완주는 가벼운 현기증에 깜박깜박 떨어지곤 한다. 창밖은 시방 계절이 대이동 중, 하늘 가득히 겨울이 닥쳐오고 있는 것이다. 저 공중을 내달리는 바람이 곧 이 능선 아래로 덮쳐들 테지. 벌써 창가의 바람기가 을씨년스럽다. 발등을 감싸고 있는 햇빛은 미미한 바람결에도 쫓겨 덧없이 벗겨져내리고 발가락털이 바람에 하늘거린다. 엄지발가락의, 구두에 짓눌려 죽은 세포 퇴적이 더욱 검게 질려 보이고…… 오직 담배연기만 창가에서 따뜻하게 피어올랐다.

"너 어쩔 셈이니?" 완주는 무심중에 이렇게 중얼거리고는 제풀에 흠칫 놀란다. 양미간을 모으고 바라보던 누이의 찬찬한 표정이 떠오른다. 그래, 그건 저번 왔을 때 누이가 한 말이었지. "인정이하고 말이다. 그런 사이란 너무 오래 질질 끌면 안 좋다지 않니." 우리 막내 완석이 건 때문에 결혼을 미루어온 것을 뻔히 알고 있는 누이가 왜 하필이면 그날따라 그런 말을 했을까? 이젠 다 큰 동생의 세탁물 뒤치다꺼리가 지겨워졌다는 뜻일까? 혹시 인정이와의 관계가 이미 거덜나고 만 사실을 지레짐작하고서 슬쩍 넘겨짚어보느라고 한 말은 아닐까? 그게 끝장난 것도 지난 8월이었으니까 벌써 두 달이 다 되어간다.

낮게 뜬 구름떼가 능선을 넘어 계속 동쪽으로 흘러갔다. 능선 위에 엎드린 시멘트벽돌집들이 겁에 질린 듯 몹시 창백해졌다. 하늘이 낮게 내려와 날카로운 톱날 같은 능선을 질편하게 내리누르고 능선을 따라서 대기가 끊임없이 흘러간다. 배합수가 나쁜 시멘트 벽돌담과 추녀 끝을 사정없이 할퀴면서. 매끄러운 능선에 떨어지지 않으려고 아둥바둥 매달려 있는 저 초라한 집들은 얼마나 서툰 줄광대들일까.

이제 바람은 마침내 이 골짜기 밑까지 내려덮친 모양이다. 사방에서 줄에 널린 빨래들이 곤두박질치면서 미친 듯 펄럭거린다. 이 가난한 산동네의 누덕지고 빛바랜 빨래들은 바람만 불면 저렇게 제 분수를 훨씬 벗어난, 무슨 격정적인 깃발처럼 나부끼는 것이다. 유리창이 무시로 덜컹거리고 오싹오싹 추워진다.

앞집의 지붕 위에는 바람에 휘말린 미친 햇빛이 나뒹굴고 있다. 저 지붕 위에 폭양이 내리쬐던 지난 8월, 혼자 영흥도에서 이박하고 돌아온 그날이었지. 인정이의 엽서가 그를 기다리고 있었다. 한번만 더 만나요. 마지막으로 꼭 한번만. 그때 저 지붕은 기왓골마다 불아지랑이가 일어나 지붕 위로 내려뜨려진 푸른 하늘 자락이 너울거리고, 백탄같이 달궈진 기왓장 사이사이에 끼어든 콜타르빛 그림자들이 흐느적흐느적 독하게 녹아내리고 있었다. 햇빛이 들끓는 지붕, 누런 화염에 뒤덮인 모진 폐허. 분무기로 뿜어낸 듯 기왓골 군데군데 엷은 초록색 분말같이 밀생해 있던 이끼떼가 집을 비운 이틀 사이에 그만 허옇게 말라 죽고 만 것이었다. 서울에 도착하는 대로 전화해요. 한번만 더 만나요. 완주의 손에서 떨어진 엽서는 뜨거운 창틀에서 오그라붙고 있었다. 그런데 참 알 수 없는 일이었다. 엽서를 받고 나흘 후 사무실 수화기를 들고 다이얼을 돌리려는데 갑자기 전화번호가 떠오르지 않았다. 그럴 수도 있는 건지? 일년 가까이 줄곧 그의 손가락 끝에 매달려 있던 그 타성의 숫자를 까먹고 말다니, 정말 그럴 수도 있는 걸까?

한번만 더 만나자는 그녀에게 전화를 걸까 말까 머뭇거리는 사이에 가을장마는 시작되고, 그는 이 창가에서 주룩주룩 내리는 장맛비를 하릴없이 멀거니 바라보고만 있었다. 지붕 위의 죽은 이끼떼는 비가 와도 다시 회생하지 않았다. 낡은 필름이 영사된 스크린 위를 번쩍번쩍 흘러내리는 사선처럼 빗줄기들은 하루 종일 주룩주룩 흘러내리고, 앞집의 저 홈통 끝에선 흰 손수건 같은 물줄기가 나부꼈다. 균질한 명도로 흐려져 있는 하늘, 물 젖은 기와들의 정수리에 떠올라 있는 은은한 광택…… 한번만 더 만나요. 마지막으로 꼭 한번만. 때때로 바람이 불어와 빗줄기를 흔들어놓으면 비에 가린 저 지붕은 장막처럼 술렁거리기도 했다. 이렇게 그녀를 만나고 싶은 유혹을 물리치면서 그 지겨운 장마를 참아내니까 어느덧 가을은 깊숙해지고 그들의 이별도 확고한 기정사실이 되고 만 것이었다.

인정이, 또 겨울이 왔네. 남녀가 갑자기 가까워지는 계절이지. 사람 체온이 환장하게 그리운, 음탕하게 오슬오슬 추운 계절이야. 그래서 약혼한 사이들은 요즘 부쩍 결혼을 서둔다지 않아. 겨우내 꼭 붙어서 지내려고 말이지. 남들은 그런데 우리는 어쩌다 일이 거덜나고 말았나.

후배 소개로 두달 넘게 어물쩡 지내던 둘 사이가 그날 갑자기 가까워진 것도 실은 이 음탕한 계절 탓이었다. 작년 겨울 어느날 둘이는 무심코 하인천행 기차를 탔는데, 말하자면 그게 불찰이었던 것이다. 그때 차창으로 따뜻한 햇볕이 들어왔는데, 완주가 지금도 그 온기가 기억되는 것으로 미루어 아마 차내는 스팀이 꺼져 있었던 모양이었다. 하여간 서로가 갑자기 가까워져버린 것은 단지 그날 추위 때문이 아니었을까? 그녀는 추위를 별나게 타는 아이처럼 완주 곁에 바싹 다가앉아서 그 오죽잖은 햇빛을 손톱 끝으로 톡톡 튕겨대는 시늉을 하며 웃고 있었다. 우중충한 겨울 날씨를 꿰뚫고 뻗어 있는 레일의 흰빛과 수증기, 물이 얼어붙은 논 위를 곤두박질치며 굴러가는 겨울 태양, 가슴이 울렁거리도록 느닷없이 불거터지는 기적 소리, 이런 것들이 아마 그녀를 조금은 감상적으로 만들었나보다. 그날 그녀가 어디론가 멀리멀리 도망치고 있는 기분이 든다고 말한 걸 보면. 그러나 정작 어디론가 멀리멀리 도망치고 있던 것은 완석이었다. 그 무렵 녀석은 체포령이 떨어져 있었고, 완주는 완주대로 동생의 행방을 추궁받느라고 노상 최 형사에게 불려

다니고 있던 참이었다. 그런 사정을 진작 들려주었던들 그녀는 그날 그토록 밀착해오지는 않았으리라. 하여간 그후로도 두사람은 최 형사를 피해 도망치듯 서울역 안으로 숨어들어 하인천행 기차를 타길 잘했다. 봄에도 가고 여름에도 갔다. 푸른 경기평야가 기차를 향해 미친 듯이 달려들고 연도의 미루나무, 포도밭의 붉은 황토, 채석장의 흰 돌 따위가 모두 한데 어울려 창가에서 흐드러지게 무너지곤 했었다. 그건 한데 어울려 핀 풀꽃 무더기 같았다.

그러다가 별안간 최 형사의 발길이 뚝 끊어지고 말았다. 혹시 완석이가 잡힌 게 아닐까? 그렇지 않고서야 수사를 중단할 까닭이 없을 텐데. 이번엔 노상 피해 다니던 완주 쪽에서 오히려 안달나서 최 형사를 찾아갔다. 그런데 뜻밖의 사실은, 완석이가 처음 지목됐던 것처럼 주동자가 아니라는 것이 조사 결과 밝혀졌다는 것이었다. 그렇지만 자수 형식을 밟고 자진출두하지 않는 한 끝난 일이 아니므로 완석이가 돌아오거든 즉시 데리고 와달라는 부탁이었다. 완석이 놈이 직접 그 소요의 주동자가 아니라는 말에 완주는 안심이 되기는커녕 도리어 새로운 불안이 더럭 치미는 것이었다. 중벌이 두려워 도망 다니는 게 아니라면 도대체 녀석의 행방불명은 무엇으로 설명해야 하나? 단순한 실종? 어디서 뺑소니차에 치여서 한강물에 버려진 거나 아닐까? 아니, 그럴 리가 없어. 그렇게 선불리 죽을 놈이 아니야.

일년이 다 되어가는 지금도 완석이의 행방은 여전히 묘연하다. 게다가 이젠 완석이의 행방을 알려고 드는 사람도 없다. 최 형사도 이젠 그 일에 흥미없다는 표정이고, 그토록 완석이의 귀환을 고대하던 인정이도 이젠 지쳐서 떠나버렸다. 누이마저 막내 얘기가 입 밖으로 나올까봐 일부러 말수를 줄여버리고는, 그 대신 눈에 띄게 한숨이 늘었다. 완석이의 실종도 이젠 도무지 움직여볼 도리가 없는 기정사실로 붙박여버렸나?

일년 남짓 사귀어온 인정이와 헤어진 것은 지난여름이었다. 놈팡이를 한번 집에 데리고 오라는 부모의 득달같은 재촉에 인정이는 거의 신경과민이 되어 있었지. 이번엔 어쨌든지 가부간에 대답을 하지 않고는 못 배길 형편이었다. 그럴 수밖에. 연애한다는 핑계로 이리저리 중매쟁이를 따돌리면서 일년 반 넘게 끌어왔으니 그녀의 부모의 불같은 성화도 무리가 아니었다. 하지만 찾아가면 뭘 하나. 양친을 일찍 여의고 일가붙이도 별반 없는 집구석인데, 게다가 행방불명된 막내 놈을 기다린다는 말을 들으면 아마 두 어른은 아연실색하고 말 텐데. 나중에 알더라도 우선 당분간만 완석이 건을 숨겨두자는 게 인정이의 의견이었지만 그런 구차한 짓을 어떻게 하나. 아니, 이 모든 것에 앞서서 분명히 완주 자신의 입장이란 것이 있었다. 동생을 기다리는 일. 녀석이 살아서 돌아오건 죽어서 돌아오건 간에 기다려야 했다. 녀석을 데리고 최 형사한테 넘겨줄 때까지 말이다.

이렇게 마음을 정하고 나니까 완주는 한없이 가슴이 허전했다. 헤어지기는 싫고, 그렇다고 달리 무슨 뾰족한 수가 있는 것도 아니고…… 에라, 빌어먹을, 타개책도 없이 지지부진 끌 바에야 차라리 어서 후딱 끝장이 나버려라. 그는 결국 이렇게 자포자기 상태가 되어가지고 사사건건 짜증 내며 그녀를 성가시게 굴었다. 못 먹는 포도는 신 포도라던가. 신경질이 고슴도치처럼 뻗치고 스스로 피투성이가 되고 싶은 충동이 발끈발끈 치밀곤 했다. 그녀를 만난 날이면 꼭 꼬질꼬질한 창녀 하나 사고 싶은 욕망을 주체 못해 쩔쩔매었다. 아, 얼마나 너의 알몸을 원했더냐. 넝마가 벗겨져내린, 실오라기 하나 묻지 않은, 땀 흘리는 너의 맨몸을 말이다. 우리의 포옹 틈서리로 매번 끼어드는 추저운 옷, 너의 메마른 스웨터를 얼마나 저주했더냐. 기어오를 수 없는 절벽. 미친 짐승처럼 너를 때려누이고 파상풍균이 득실거리는 더러운 손톱으로 옷 입은 너를 갈기갈기 찢어놓고 싶어라! 그러나 나는 스스로 머리를 짓찧고 나가떨어진다. 나 자신을 좌절시킨다. 그렇다. 우리의 포옹 사이에 끼어든 것은 너의 옷이 아니었다. 그건 저 간 곳 모르는 완석이 녀석이었다. 그 빌어먹을 놈이 노상 사이에 들어서서 우리를 이간시켰던 거다.

결국 사랑은 스웨터 위로만 메마르게 비비적거리다 만 셈이었다. 화학섬유 스웨터끼리 비비적비비적 마른 전기만 일으키다 끝장난 것이었다.

마지막 석달은 이렇게 서로가 괴롭게 질질 이끌려다니는 형편이었다. 그러니 파국은 갑자기 온 게 아니었다. 다만 그 터부적인 말을 서로가 오래도록 참아왔을 뿐이었다. 아니, 그 말을 참았다기보다는 오히려 그 말을 먼저 하라고 서로 상대방에게 넌지시 미루어왔다고 하는 게 더 옳은 설명이리라. 왜냐하면 선수 치는 사람이 본의 아니게 가해자 입장이 되는 것을 어찌하랴. 그래서 늘 만나던 안국동 다방에서 막상 그녀가 먼저 그 말을 꺼냈을 때 완주는 별로 놀라지 않았다. 천번 만번 잘 생각한 거야. 애초부터 넌 나에게 과분한 상대였어. 나처럼 고민투성이고 재수없는 치하고 사귄다는 건 절대로 이성적인 행동이 아니지. 그건 살아가노라면 문득문득 일어나는 자학행위 같은 거지. 어차피 난 완석이를 기다려야 할 처지이고. 아마도 그는 헤어지는 마지막 말을 이렇게 담담한 투로 말할 생각이었으리라. 그런데 다리를 포개 앉으려고 몸을 좀 움직이는데 티 테이블이 무릎에 밀려나가면서 그만 쇠끝이 시멘트 바닥 긁는 날카로운 소리를 내고 말았다. 그 서슬에 그녀는 흠칫 놀라며 무릎을 비켰다. 그 날카로운 소리의 여운은 면도날에 베인 생채기같이 알알하게 오래갔다. 그녀는 완전히 겁먹은 똥그란 눈으로 완주를 살폈다. 저 비굴한 눈. 무엇이 무서워? 뭘 겁내? 완주는 그녀의 비굴한 눈을 보자 지금까지 둘 사이의 관계가 갑자기 천박해져버린 느낌이 들었다. 이게 무슨 꼬라지람. 이런 꼴로 헤어지다니. 완주는 화가 치밀어 턱이 부들부들 떨릴 지경이었다. 안돼! 헤어져도 이따위로 헤어질 순 없어.

완주는 거칠게 그녀의 손을 잡아끌고 기차에 올랐다. 혹시 하인천행 기차를 타면 옛 생각도 나고 기분전환이 안될까 생각했는데 그것도 허사였다. 피서객으로 만원인 찻간에서 죽도록 고생만 하고…… 덥기도 무척 더운 날이었다. 역 개찰구 앞에 전개된 하인천 시가는, 한시간 남짓한 시간과 그 시간이 먹어치운 공간을 제외하면 무더운 서울 거리 어느 구석하고 무엇 하나 다를 게 없었다. 중국인 거리도, 선창가도 재미없었다. 무척 덥고 끈적거리고 짜증만 생겼다. 둘은 결국 더이상 어쩌지 못하고 하인천 바닥에서 헤어지고 말았다. 그녀는 그길로 서울로 돌아와버리고 완주만이 영흥도로 떠났던 것이다.

영흥도에 도착하자 포구 가까운 곳에 이틀 밤의 민박을 정했다. 배 갑판에서 마신 소주 기운도 시들할 때였다. 방을 대강 쓸고 번듯이 드러누우니까 한여름인데도 장판 냉기가 몸 안으로 스며들어왔다. 약한 위장을 바들바들 떨게 하는 그 냉기가 마음마저 더욱 울적하게 해주었다. 그때쯤 서울역에 도착했을 인정이의 노랑 블라우스가 출찰구를 빠져나가 역 광장의 인파 속으로 섞여드는 짤막한 장면이 여러번 반복해서 떠올랐다. 그건 말하자면 그녀가 나로부터 떠나 영원히 비존재로 이사 가는 순간이었지.

하늘은 햇빛이 구름떼에 쫓겨 점점 어두워져갔다. 낮게 드리워져 음산하게 꿈틀거리는 구름떼, 아래쪽은 물 젖은 빨래처럼 축 처지고 위는 이상한 박명의 흰색이다. 군데군데 찢어진 구름 틈새로 주황빛 빛줄기가 뻗어내리는데 그 빛이 비낀 각도로 보아 해는 거의 저물녘이다. 색이 몹시 창백해진 빨래들이 미친 듯이 춤추고, 아카시아숲에서 나뭇잎과 부러진 잔가지들이 바람 탄 새떼처럼 공중을 급히 날아간다. 창이 더욱 덜컹거린다. 엇, 추워라. 완주는 스웨터 안에 손을 집어넣고 가슴팍에 닭살같이 잔뜩 끼쳐오른 소름들을 어루만진다. 그날 영흥도 바닷가의 태양은 참 뜨거웠지. 이 닭살 같은 소름들은 그때 살갗에 스며들어 이글거리는 수많은 여름 해들이었다. 햇볕은 벗은 살갗의 숨구멍과 모공마다 스며든 오존과 바닷물을 태우고 있었다. 하루 낮만 태웠는데 온몸이 알알할 지경으로 따가웠다.

한낮, 멀리까지 뻗어나간 개펄과 들쭉날쭉 만나고 있는 바다는 퍼렇게 자작자작 끓고 있었는데 거기서 갑자기 조개 캐는 아낙네들의 목소리가 터져나왔다. 들물이었다. 그는 낚싯대 끝을 바라본 채, 바닷가에서는 소리가 참 멀리까지 들리는구나 하고 중얼거리고 있었다. 아낙네들이 돌아오는 것이었다. 일렬종대로, 머리에 인 바구니 때문에 훨씬 커진 키가 시커먼 그림자가 되어 한없이 느리게 해변으로 다가오는 것이었다. 시꺼먼 개펄. 여기저기 웅덩이물이 번쩍거리고, 거무튀튀한 목선 한척이 진한 그림자를 개펄 바닥에 내리꽂고…… 진초록의 풀밭, 그 풀밭을 태우면서 터져나온 붉은 황토. 새까만 그늘이 끼어든 암벽의 틈서리. 들물이 오고 있었다. 그러나 그는 꼼짝도 하지 않았다. 햇빛에 희게 반사된 바닷물이 검정 개펄을 얇게 입히고 있었다. 뜨거운 한낮, 어느 틈엔가 들물은 노출이 심했던 사진처럼 온통 하얗게 완주를 에워쌌다. 바닷물은 점점 물높이를 키우면서 그가 앉은 바위 위로 기어올랐다. 헤엄칠 줄도 모르는 내가 왜 겁도 없이 그냥 거기에 눌러앉아 있었을까? 그때 마침 지나가던 똇마배가 아니었더라면 나는 어찌 되었을까? 한없이 넓은 캔버스처럼 흰 반사광을 입은 바닷물에 에워싸인 채 꼼짝도 않고 앉아서 낚싯줄을 응시하던 자신의 모습이 선명하게 떠오른다. 밀짚모자로 그늘진 옆얼굴, 네거필름 같은 얼굴, 살점이 벗겨져내린 희디흰 해골. 아마 그때 난 막연히 죽음 같은 걸 생각하고 있었던 것인지도 몰라. 생이별이란 생초목에 불난다더니, 하여간 지독한 거였지.

이제 해가 넘어간 모양이다. 밖이 어둑어둑해졌다. 언덕배기 주택지는 능선을 따라서 희끄무레한 잔광이 떠올라 있을 뿐 아래쪽은 꽤 어둡다. 모든 집들이 저 어둡고 질펀한 평면의 품 안으로 여며들고 있다. 능선 위 잎 털린 나무마저 아무렇게나 끄적거린 목탄화처럼 단순화되어버렸다. 어째서 사물은 저렇게 덧없이 제 모습을 잃어버리나? 왜 밤마다 어둠은 내려와 염하는 어두운 손길로 사물들을 조그맣게 싸서 빛과 운동이 빠져나간 가공의 의뭉한 뭉치로 만들어버리는가?

영홍도의 칠흑 같던 밤. 완주는 밖에 내다놓은 평상에 걸터앉아 있었다. 한쪽 다리는 평상 밑 어둠에다 담고 그 집 주인과 장기를 두었다. 문설주에 매단 석유등 불꽃이 투명한 곤충 날개처럼 떨고 주인 김씨의 콧날선을 따라 실낱같은 불빛이 미끄러지고 있었다. 그의 펼쳐진 오른손이 장기알을 잡기도 전에 짙은 그림자로 장기판을 온통 뒤덮곤 했지. 맨발 끝에 매달려 간당거리던 슬리퍼…… 그러나 초저녁잠을 자는 주인보고 밤늦도록까지 장기를 두자고 할 수는 없는 노릇이었다.

그날밤 그는 밤새도록 술에 취해 바닷가를 헤매다녔다. 사방은 지척을 분간 못하게 어두웠고 어둠속에서 비가 내렸다. 빗줄기는 보이지 않았으나 옷은 점점 젖어들고 있었다. 밤새도록 모래를 쓸어안고 이리 뒤척 저리 뒤척 불면을 달래던 밤바다. 검은 목선 세 척이 흔들거리고, 은은한 미광이 덮여 있는 수면…… 모래톱에 닿는 잔물결은 부드러운 바람에 주름 잡히는 커튼 자락 같았다. 한숨처럼 다가와 모래톱 위로 볼을 비비며 뒹굴고 있었다. 왜 밤이면 사물은 저렇게 덧없이 제 빛깔을 잃어버릴까?

그날밤 목구멍을 태우던 지독한 갈증, 그날밤부터 불면증을 얻고 말았다. 완주는 어두운 책상 위를 더듬어 홍합 조가비를 손에 움켜잡았다. 이건 밤마다 불면증을 달래주는 내 소주잔, 영흥도 바닷가에서 잔물결 타는 종이배처럼 비딱하게 기울어져 모래톱 위에 얹혀 있었지. 모래알의 세계, 그 마멸의 시간 속으로 이미 떠나 있는 이 조가비에 무심히 시선이 끌리어갔었다. 그 익명의 아름다움이 눈의 망막으로 옮아붙은 거였지. 그래서 그 조가비를 주운 것이지 별게 아니었다. 인정이를 만난 것도 말하자면 이런 식이 아니었을까? 그건 연분도 숙명도 아니었다. 순전히 우연일 뿐. 자, 그러니 인정이, 이젠 미련 없이 너를 저 익명의 시절로 돌려보내주마. 난 기다려야 하는 거야. 완석이 녀석이 죽어서 돌아오건 살아서 돌아오건 난 기다려야 해. 막무가내로 기다려야 해. 완석이도, 인정이너도, 완석이를 찾던 최 형사도 발이 끊긴 이 방구석에서 이렇게 미친놈처럼 혼잣말이나 중얼거리며 기다리는 거다. 이 긴 겨울 내내.

그런데 누이는 오늘도 안 오니 어찌 된 일일까? 이번엔 누이마저 발이 끊기나? 누이 차롄가? 완주는 불길한 생각에 가슴이 미어질 듯 답답하다. 정말 무슨 일이 일어나고 말았나? 새로 시작했다는 옷장사, 넓은 비닐천 위에 싸구려 옷을 가득 쌓아놓고 팔다가 단속반이 먼발치로 보이기만 해도 비닐천의 네 귀퉁이에 달린 끈을 끌어모아 등에 들쳐메고 냅다 도망치는 그런 장사, 그게 또 거덜나고 말았나? 아기침대를 만들어 팔다가 폭삭 망하고 나서 비옷장사, 과일행상, 채소장사, 포장마차 술장사, 매형이 손수레를 끌고 누이가 뒤에서 밀고, 나중에는 손수레마저 도둑맞고…… 이제 매형은 취중에 누이에게 손찌검까지 한단다. 한달 보름 전 일요일날 찾아와서 십오만원을 빌려가면서 이런 얘기를 들려주던 누이. 모기에 물린 흠집투성이의 여윈 종아리, 살피는 눈빛, 재빠른 입놀림으로 얘기하다가도 어느새 슬며시 맥이 빠지곤 했지. 그날 빨래를 다 해놓고는 저쪽 벽에 달라붙어 몸을 형편없이 오그라뜨리고 잠을 자다 간 누이. 어디선가 불도 안 켠 방에서 손으로 낯 가리고 숨죽여 울고 있다. 완주야, 완주야.

빨랫감이 잔뜩 쌓인 방구석을 한참 노려보던 완주는 입술을 모질게 깨물면서 자리에서 일어났다. 그는 스위치를 넣어 전깃불을 켜고, 맞은편 벽으로 걸어갔다. 그 벽에 걸린 곤색 점퍼. 그건 완석이가 즐겨 입던 겨울 점퍼로, 행방불명이 된 지금까지 줄곧 거기에 걸려 있던 것이다. 완주는 그 점퍼를 내려 옷솔로 먼지를 정성껏 털어준 다음 다시 벽에다 걸어놓았다. 이때 문득 오른쪽 손등에 초록색 반점이 하나 뚝 떨어졌다. 뭘까? 아주 조그만 풀벌레. 하도 작아서 발이 안 보일 지경이다. 여태 이런 여름것이 살아 있었다니. 완주는 별생각 없이 왼쪽 손가락으로 그 곤충을 부드럽게 누른 채 옆으로 칙 그어버린다. 그러자 벌레는 없어지고 대신 손등에 푸른 잔디 잎새 같은 흔적만 남았다. 순간 가슴이 뭉클해진다. 마치 그 벌레가 마지막 여름인 것처럼.

아버지

나는 열살 때 고향을 등진 후 여태껏 찾아가본 일이 없다. 게다가 어지간히 방심한 상태가 아니면 고향 추억에 잠기는 일도 퍽 드문 편이다.

죽어 있는 마을, 소등해버린 자정 이후의 먹칠 같은 어둠으로 지워진 마을, 노형리 함박이굴이라는 지리상의 대견한 장소에서 조그만 반점으로 응축되어 내 상상 속으로 옮아와버린 지금, 고향이란 게 대체 무얼까? 아이 시절의 그 여름밤같이 새깜깜한 망각이 고향의 윤곽을 헐고 안으로 함몰시킨 뒤 최후로 운동장의 흰 반점만을 나에게 남겨준 듯이 여겨진다. 오랜 방학으로 텅 비어 있던 운동장, 불타버린 마을을 벗어나며 마지막으로 본 그 희디희던 운동장 말이다.

마을은 온통 타버린 잿더미였는데 그 운동장만이 햇볕에 내다 넌 넓은 광목천같이 희게 표백되어 있었다. 잔모래알들이 햇살을 받자마자 낱낱이 수직으로 되쏘아서 해가 번들거리는 중천으로 돌려보내기 때문이었을까? 뜨겁고 바람기 한점 없는 정오. 고막에 달라붙은 매미 울음소리. 그림자들이 자기가 속해 있는 사물 안으로 빨려들어가는 시간. 그런데 운동장의 넓은 백색은 조용히 유동하며 복판의 흑점으로 몰리고 있었다. 그것은 불에 타 죽은 산폭도라고 했다. 미친 짓, 개죽음이라고 했다. 맹목적인 정열이라고 했다. 맹목적으로 타올랐던 끔찍한 불꽃, 그러나 이제 그는 검게 타버린 나뭇등걸처럼 꺼버덩 나둥그러져 있었다. 타버린 숯이었다. 그냥 숯이었다.

눈이 하도 부셔서 감으니까 시체는 운동장 복판을 비우고 내 눈속으로 툭 튀어들어오는 게 아닌가. 그건 눈 안에서 푸른 팥벌레처럼 꿈틀꿈틀 움직였다. 눈알이 맵고 시렸다. 눈을 비비면서 뒤를 돌아다보니까 저만치 앞서가던 할머니가 이삿짐 실은 달구지를 세워놓고 나를 기다리고 있었다. 나는 또 꾸중을 들을까봐서 얼른 교문앞을 떠났지만, 그 불탄 송장은 그때 나의 눈 망막에 아주 철인(鐵印)으로 새겨져버렸던 거였다.

사람들은 그 송장이 너무 타버려서 누군지 통 알아낼 수가 없다고 말했다. 그게 내 아버지라고 귀띔해주는 사람도 물론 없었다. 그런데도 나는 왜 그게 아버지라고 생각하게 돼버렸나?

이렇게 맨 먼저 마을 어귀의 운동장을 생각하고 아버지를 생각한 다음이라야 어떻게 겨우겨우 추억에 빠져들면서 나는 운동장 옆 돌담길을 걸어서 성씨도 없고 자랄 줄도 모르는 옛 동무 소년 완실이가 홀로 사는 동네 깊숙이 들어가게 된다.

물속에 들어온 것이 금방 후회스러워졌다. 물은 뜨뜻무레해서 전혀 시원한 맛이 없을뿐더러 다리의 맨살에 부딪쳐 밀려날 때마다 밀가루 반죽같이 육중하고 끈끈하다. 정말 물속은 흐느적거리는 무성한 물풀 때문인지 아주 빽빽하게 느껴졌다. 비린 물 냄새를 맡지 않으려고 입을 벌려 숨을 쉬었다. 들이마신 숨을 길게 내뿜어 물고랑을 파면서 가운데로 헤엄쳐갔다. 다리는 앞질러 있는 팔의 리듬을 능숙하게 쫓아오고 물발이 손가락과 발가락 사이로 국수 가락처럼 길게 빠져나간다. 가슴은 맞닿은 평평한 물을 능히 지탱했다가는 다음 순간 그걸 으깨버리고 있다. 가느다란 물가락들이 헝클어지고 부서지면서 어지러이 온몸에 감겨오고, 몸이 그럭저럭 밍근한 물 온도에 익숙해져갔다. 맷방석만 한 개구리밥떼가 올망졸망 물결 타며 뒤로 물러갔다.

물 가운데로 오자 나는 어깨에 달라붙은 개구리밥을 떼어내면서 호흡을 가다듬었다. 머리 위 어느 뜨거운 허공 일점을 후벼대는 풍뎅이 날개 진동 소리가 들려온다. 한낮. 수면에 흰 막을 친 듯 엉겨 있던 수증기가 조금씩 흔들거리며 피어오른다.

연못은 그다지 이지러지지 않은 원꼴이다. 게다가 가장자리를 싸고 있는 바위들이 그늘진 안쪽을 보이며 수그리고 있어서 어딘가 깊숙한 맛을 준다. 무슨 따뜻한 손바닥이 두 귀를 폭 감싸 닫아주는 것처럼 포근하다. 할머니의 손바닥이다. 한밤중 잠이 깨면 꺼두었던 석유 등잔불이 타고 있고 모로 누운 내 한쪽 귀를 말을 듣지 못하게 부드럽게 눌러 닫아주던 할머니의 땀 밴 손바닥. 다른 귀마저 베개에 눌려 닫혀버리고 나는 번번이 숨죽인 아버지의 말소리를 듣지 못하고 만다. 어쩌다 한밤중에나 찾아오는 아버지……

보름 전 여기에 처음 왔을 때는 수량이 꽤 푸짐하고 차가울 정도로 싱싱한 물이 아니던가. 그때 벌써 두달째 접어든 가뭄으로 마을 근처의 웅덩이물들은 죄다 썩어버렸지. 어린 조잎사귀가 뱅뱅 말리며 붉게 타들어갔다. 밭매는 할머니의 호미 끝에서 쩡쩡 불똥이 튀었다. 소에게 물을 먹이려면 물속으로 걸어들어가 고삐를 잡아끌며 한참 싱갱이하지 않으면 안되었다. 번번이 손바닥은 쇠고삐에 스쳐 지렁이처럼 부풀어올랐다. 손아귀에서 놓친 고삐는 풀숲을 휘갈기며 우쭐우쭐 뱀처럼 도망쳤다. 어디 새 물이 없을까? 소를 이끌고서 하상(河床)에 뜨거운 모래와 자갈, 바위들이 죽은 짐승의 흰 뼈다귀처럼 뒹구는 시내를 끼고 자꾸자꾸 상류로 올라갔다.

하늘타리덩굴을 쇠뿔에다 걸어 그늘을 만들어주고 가다가 찔레순도 따 먹었다. 학교 팽나무에서 시끌시끌 우는 매미 소리가 멀어지더니 끝내 들리지 않았다. 먼 밭에서 혼자 김매는 아낙네의 머리에 쓴 흰 수건을 본 것도 한참 되었다. 차츰 풀숲은 우거지고 질긴 억새잎이 검게 탄 맨종아리를 훑어 날카로운 흰 줄을 그어대고 있었다. 짙푸른 풀섶에서 열기에 휩싸인 독한 풀 냄새가 물컥거리고 풀무치들이 처음 듣는 낱말처럼 툭툭 튀어올랐다. 한밤중 불쑥불쑥 들려오던 아버지의 낯설고 이상한 말들…… 풀무더기에 덮인 토벌대 초소 앞으로 왔다. 아기무덤만 한 그 움막 안은 시꺼먼 그늘이 틀어박혀 있을 뿐 아무도 없었다. 조마조마하게 가슴 졸이며 좀더 걸어갔다. 마을서부터 따라온 소등에떼가 윙윙 머리 위에 떠돌고 있었다.

그러다가 나는 이 연못과 딱 마주쳤던 거였다. 쇠고삐 쥔 손을 얼른 뒤로 돌리며 주춤 물러섰다. 풀숲에서 뱀을 만날 때처럼 온몸에 소름이 돋아났다. 연못이, 이쪽 방심상태를 얕잡고 홀연 틈입해 온 부정한 길짐승같이 느껴졌던 거였다. 맞았어, 맞았어. 나는 너무 멀리 와버렸던 거야. 마을에서 너무 멀리 나가면 산사람들이 나타나서 잡아간다고 했지. 정말 산은 한걸음 성큼 앞으로 다가선 듯했다. 연못을 내 소유로 결정한 그날부터 나에게 이러한 낯선 소심증이 들쑤시고 일어나고 말았다.

다른 아이들은 아무도 이 연못을 몰랐다. 연못은 닳아빠진 말굽쇠 한짝이나 허리띠 고리, 송진 덩어리, 속돌〔浮石〕 따위보다 몇배나 값진 거였다. 완실이가 토벌대 형한테서 얻은 샛노란 탄피와도 사뭇 달랐다. 그건 참으로 내게 처음 찾아온 비밀다운 비밀이었다. 생고무신발로 동네 안길을 터벅터벅 걸어다니면서도 노상 연못을 생각하고 있었다. 차라리 두개골 안쪽에 연못의 둥근 테두리가 빵 둘러 있어 머리 겉은 땡볕에 익고 있었지만 머리 안은 항상 그 수면이 찰랑거렸다. 비밀을 지닌다는 건 얼마나 대견한 일인가. 예사로운 얘기 도중 비밀이 입 밖에 새어나올까봐 말수까지 적게 했다.

아이들이 눈치 못 채도록 한낮에 연못 오는 일도 무척 삼갔다. "풀은 아침 이슬이 촉촉할 때 뜯겨야 되는 거다. 낮엔 풀이 뜨거워지니까!" 할머니가 이렇게 새벽같이 재촉하기도 했지만 나는 아이들의 눈을 피하려고 아침 일찍 소를 몰고 이 연못으로 나오곤 했다.

풀을 뜯기고 물을 양껏 먹이고 나면 점심 전에 아이들한테로 돌아갈 수 있었다. 우리는 말잠자리 수놈 꽁지에 황토를 발라 띄워서 다른 수놈을 유혹하기도 하고, 아카시아 젖은 그늘에서 나온 누렁뱀 한마리는 우리가 던진 돌무더기에 파묻혀 죽었다. 그동안 시내 건넛마을 아이들과 팔맷돌 싸움도 한번 있었다. 나는 전보다 더 아이들 놀이에 열성을 보였는데 그럴수록 비밀은 남몰래 빛나고 뿌듯한 우월감을 안겨주는 거였다.

그런데도 과연 이 비밀을 어린아이의 조그만 가슴속 어둠에다 가두고 묵힐 수 있을까 하는 걱정이 항상 나를 따라다녔다. 반바지 주머니에 넣고 다니면서 가끔 손으로 확인해보곤 하는 허리띠 고리나 속돌 두낱처럼 외부로부터 완전히 보호할 방법이 없었다. 연못은 내가 감당하기에는 크기가 너무 엄청났다.

나는 조용히 물장난을 치기 시작한다. 몸을 조금 움직였을 뿐인데 주위에 여러겹의 둥근 파문이 생겨서 물가로 밀려간다. 밀려간 물은 물때가 허옇게 말라붙은 바위 기슭을 핥으며 찰싹거렸다. 몸을 좀 거세게 뒤치니까 금방 물결이 험해지고 연못 안이 아주 소란스러워졌다.

바위 밑 후미진 데서 급격히 밀어닥친 물을 받아 억눌리고 코 막힌 소리가 났다. 물뱀이 이 가는 소리처럼 께름칙하다. 밑바닥에서 흙탕물이 뭉게뭉게 피어오르면서 탁하고 비린 냄새를 풍겼다. 물이 너무 썩었어. 나는 물장난을 그만두고 가쁜 숨을 몰아쉬었다. 물가 뻘에 자란 잡초들이 우쭐우쭐 춤추면서 강렬한 햇빛과 뒤섞인 독한 냄새를 퍼뜨렸다. 나는 헐떡거리면서 아직도 출렁거리는 물결하고 내기를 건다. 누가 먼저 흥분이 가라앉을까. 물에 빠진 잠자리 한마리가 물결 타고 그늘 쪽으로 밀려가고 있다.

닷새 전 한밤중에 아버지가 찾아왔었다. 그렇다. 두어달에 한번쯤 몰래 찾아오는 아버지. 아버지는 내가 잠든 여름밤 그 칠흑 같은 오밤중을 쉴 새 없이 걸어서 집에 당도하였고, 설핏 잠이 깨었을 때는 이미 내 머리맡을 등지고 앉아 있던 거였다. 그날밤도 밤중에 잠이 깨었는데 아버지가 와 있었다. 아버지의 그늘진 등 뒤에서 자는 척하고 귀를 바싹 기울였다. (할머니는 뾰족 세워진 내 한쪽 귀를 여느 때처럼 손바닥으로 닫아주지도 않았다.) 아버지의 몸에선 쉬어빠진 땀 냄새가 지독하게 났다. 할머니도 아버지도 한참 동안 말이 없었다. 등잔불이 뿌지직뿌지직 타들어갔다.

불그림자가 천장에 가득 차 너울거리고 등잔불의 긴 그을음이 담배연기와 어울려 점착성 유체처럼 흐느적거리고 있었다. 그런데 이런, 할머니가 소리 없이 울고 있지 않은가. 주먹이 몰래 부르르 떨렸다. 할머니, 왜 울어, 왜? 나는 아버지의 시커먼 등을 노려보았다. 그때 아버지가 오금뼈를 우두둑거리며 일어났다. 온통 그림자 투성이인 그 큰 키가 천장에 닿았다. 신경질적으로 담뱃갑에서 마지막 궐련을 꺼내 물었다. 다음 순간 나는 깜짝 놀라고 말았다. 매듭지고 큼직한 손아귀에서 빈 담뱃갑이 아삭거리며 무참히 눌려 찌그러지는 게 아닌가. 육면체 규격을 갖춘 담뱃갑은 어느새 날카로운 주름살투성이가 되어 밤새처럼 홱 방구석으로 날아가 부딪치는 거였다.

"당장 읍내 형님한테로 이살 가야 한다니깐요. 내 참, 동네가 온통 불 질러진다니깐 그러네."

마술에 걸린 듯 불끈거리던 악력, 아버지는 빈 담뱃갑을 찌그러뜨리는 대신 다른 뭐를 찌그러뜨리는 게 아닐까? 아버지, 아버지, 왜 이사를 가야 해요?

하지만 아침에 막상 토끼눈같이 눈이 빨개진 할머니를 보자, 나는 아무 말도 물어보지 못하고 말았다.

검은콩 낱알만 하게 생긴 상상의 점이 자라나기 시작한 건, 그러니까 아버지가 다녀간 후의 일이다. 떠난 지 하루도 채 못되었는데 나는 벌써 아버지를 기다리기 시작한 거였다. 아버지는 어디 가 있을까? 한밤중에 어디서 오는 걸까? 우리와 같이 이사하려고 곧 올 테지. 이번에 오면 다시는 못 가게 할머니랑 같이 떼쓰고 막아야지. 그렇지만 나는 아버지가 무섭다. 소리 없이 울기만 하는 걸 보면 할머니도 아버지가 무서운 게다. 어떻게 할까? 어떻게 할까?

그러나 나는 아버지를 기다렸다. 위장병 앓는 할머니의 등을 두드리고 나서 초저녁부터 잠자리에 들었다. 그믐이 가까워진 여름 초저녁은 숯막처럼 어둡고 더웠다. 아이들이 도깨비불을 만들려고 사금파리 마주치는 소리가 멀리서 들리고 반딧불이 희끗거리며 용마루를 넘고 있었다. 낮 동안 뜨거웠던 몸뚱이가 어둠에 에워싸여 점점 진정되어갔다. 이따금 할머니가 신트림 섞인 긴 한숨을 토해내고 있었다. 좀체 잠이 오지 않는다. 자정쯤 컴컴한 어둠에 견딜 수 없게 염증을 느끼게 되었을 때 설핏 잠이 든다. 방 안 어둠이 썩은 노폐물같이 묵직하게 아래로 처져, 맨장판에 퍼드러진 내 몸을 두껍게 내리눌렀다.

몸이 압착되어 점점 종이 한장 두께로 얄팍해지는 느낌이 아주 절실하다. 점점 증가되는 무게, 몹시 숨이 가쁘다. 간신히 손을 뻗어 옆을 더듬는다. 항상 그만한 거리에서 할머니의 깔깔한 베적삼이 만져졌다. 나는 안심이 되어 숨을 한껏 몰아쉬었다. 아버지를 생각하면서 다시 눈을 감고 몸을 잔뜩 오그린다.

이제는 그 새까만 점이 자라는 시간이다. 무척 먼 곳, 분명 산사람들이 산다는 산기슭에서부터 점은 구르기 시작했다. 어둠 위를 부드럽게 뒹군다. 고무공같이 가볍게 튀어오른다. 풀썩 물크러지기도 하고 다시 어둠을 뭉치면서 떼굴떼굴 뒹굴어 왔다. 때는 대개 자정 무렵이었는데 밤이 거듭할수록 그 점은 매일 조금씩 커졌다.

또 그만큼 동네와 거리도 가까워진 듯하였다. 그것은 소리로 치면, 둥둥 커져가는 북소리라고 할까. 오밤중을 뭉쳐 먹으며 매일 자라나는 이놈은 대체 무얼까? 순전히 자연발생적으로 생겨나 내 상상력을 먹고 살찌는 걸까? 아버지는 좀처럼 오지 않았다.

"호미를 가져오라구 했잖니?"

할머니는 밭에 나갈 채비를 하다가 낫을 들고 온 나를 종종 나무랐다. 낮에도 오줌을 너무 참아서 바지에 오줌방울을 떨구곤 했다.

다른 아이들이 보기에도 나는 어딘가 수상쩍게 달라져가는 모양이었다. 여름 햇볕을 피해 돌담 그늘을 옮아다니며 조용히 장난치는 아이들을 멀찌감치서 바라보게 된 그 새롭고도 동떨어진 거리감으로 해서 나는 그렇게 느꼈다. 그러니까 언제부터 아이들로부터 떨어져나가 마치 일정한 거리 밖으로 따돌린 떠돌이별처럼 뱅뱅 돌게 되었는지는 분명치 않았다. 다만 어느날 문득 돌아다보니까 아이들 틈에 내가 끼여 있지 않더라는 식으로 깨달았을 뿐이다. (아이들 가운데서 뛰어났던 내 위치를 완실이가 차지하고 있었다.)

나는 하루 종일 뙤약볕에 땀 흘리며 하릴없이 동네 안팎을 터벅터벅 걸어다녔다. 길 복판이나 돌담 그늘 같은 데서 아이들과 마주친다. 녀석들은 언제나 머리를 맞대고 쑥덕거리고 있었다. 서로 맞붙어서 한낮의 시커먼 그림자를 깔고 앉아 있는 게 마치 단단히 뭉쳐진 바윗돌이었다. 그 바윗덩어리가 내가 다가가는 눈치면 힘차게 무너져 사방으로 튀는 거였다. 공깃돌을 내던지고 된 코를 손으로 풀면서 햇빛 속에 뿌려진 그 공깃돌처럼 새까만 점들이 되어 눈부신 길 복판에서 아이들은 뿔뿔이 흩어져 멀어갔다. 그러면 내 앞길은 더 뜨겁고 적막해버린다. 길가에 질긴 질경이풀이 뜨거운 흙먼지를 뒤집어쓰고 있었다.

발을 내디딜 때마다 한낮을 울리며 흙먼지가 풀썩풀썩 일어나 숨이 헉헉 막혔다. 몸이 뜨거운 공기를 가르며 앞으로 나가는 뿌듯한 속력이 팔다리로 느껴졌다. 구슬이 되라고 그늘진 데 묻어두었던 나뭇진 덩어리를 파내고, 터진 나무 울타리로 들어가 교실 유리창 너머 먼지 쌓인 내 책상을 훔쳐보았다. 방학은 언제 끝날까? 나는 또 동네 구석구석 찾아다니며 내가 쓴 낙서를 골라내어 사금파리로 아주 꼼꼼하게 지워버리고 있었다. 아이들이 몰래 와서 뜬숯으로 내 낙서를 새까맣게 지우기 전에, 아이들이 나를 내쫓기 전에 나 스스로 떨어져나가는 거다. 공회당 뒷벽이 낙서가 제일 많았다.

그 백회벽은 아이들의 손이 닿는 높이까지 빈틈없이 낙서로 채워져 있었다. 울긋불긋한 크레용 글씨가 열기로 끈적거렸다. 63÷9=7, 머리 긴 사람의 얼굴, 때 묻은 성기를 지웠다. 이렇게 한낮을 구석구석 허비하면서 나는 밤을 기다리고 있었다. 밤에 그 까만 점이 자라는 것이다!

연못 물 위로 말잠자리 두마리가 날아다닌다. 나는 살며시 두 다리를 앞으로 떠올려서 머리를 물 위에 뉘었다. 밑의 물이 등을 평평하게 지탱해주어서 앞가슴이 활짝 펴진다. 젖혀진 얼굴 위로 눈부신 햇빛이 쏟아졌다. 눈을 감고 두 다리를 꺾어 가슴께로 오므렸다가 길게 물을 내찼다.

사마귀점만 하던 게 호박 크기가 되자, 그 어둠 덩어리는 요 며칠 사이에 아주 성급하게 자라났다. 장독만큼 커지고도 멈출 기세가 아니었다. 전혀 감당 못할 어떤 엄청난 결과를 향해서 막무가내로 커가는 거였다. 두려웠다. 아버지를 기다리는 게 이제는 두려웠다. 열살 나이에는 도시 어울리지 않는 엄청난 질문으로 추궁당하는 기분이었다. 마침내 어둠 덩어리는 동구 앞 늙은 팽나무 밑을 지나자 길쭉한 원통이 되어 굴러왔다. 제재소 앞에 쌓인 굵은 통나무들 중 하나가 떨어져 떼굴떼굴 뒹구는 모양과 흡사했다.

어떻게 보면 누군가 낯이 컴컴한 사람이 골목에 쌓인 어둠을 멍석 말듯이 굴려오는 것 같기도 했다. 양옆 돌담으로 에워진 골목길을 가득 채우고 구르면서 멍석은 점점 통이 굵어졌다. 나는 할머니 등 쪽으로 바싹 달라붙었다. 갑자기 방 안 어둠이 액체로 풀리면서 옆구리 곁으로 좔좔 흘러가는 듯했다. 멍석은 집 앞까지 와서 빗장지른 대문에 꽝 부딪치더니 지붕 위로 훌쩍 날아올랐다. 용마루에서 멍석이 뚜르르 아래로 길게 내려뜨려졌다. 다음 순간 위로부터 뱅뱅 말리면서 마당 한가운데로 쿵 떨어졌다. 나는 무심결에 할머니의 허리를 붙잡고 흔들고 있었다. 뜰 한가운데 기둥같이 굵은 두 다리를 벌리고 버텨 서 있는 굴뚝도깨비. 할머니, 아버지가 왔어. 상체는 치솟아올라 깜깜한 공중에 풀려 보이지 않고 양다리 사이에서 시꺼먼 검댕이 흩날리고 있었다.

산에서 아버지가 왔어. 설핏 잠들었던 할머니가 왜 그러냐고 물었지만, 목이 바싹 말라붙어서 도저히 대답할 수 없었다. 할머니는 나쁜 꿈을 꾼 모양이라고 중얼거리면서 자리에서 푸슬거리며 일어나더니 마당으로 나갔다. 외양간에서 소 되새김질 소리가 들렸다. 마당을 가로질러 찍찍 고무신 끄는 소리, 뜰 한 귀퉁이에서 소변 보는 눈치더니 곧 돌아왔다. 그런데 저것 봐, 저기 빨간 게 뭐야? 문밖에 아버지가 와서 담배 피우고 있잖아. 무서워, 무서워. 할머니가 방금 들어온 문밖 어둠속에 뱀딸기같이 붉은 점이 타고 있지 않은가.

그러나 그건 기다리던 아버지가 아니었다. 담뱃불이 아니었다. 멀리 컴컴한 산에 찍혀 있는 산불이었다. 그날밤부터 산불이 타기 시작했다.

비밀은 이제 부풀 대로 부풀어버렸다. 비밀은 나를 억지로 앞에 몰아세웠다. 정말 어떻게 할 수 없었다. 결국 완실이는 내 팔맷돌을 맞고 머리가 깨졌다. 마른 말똥으로 터진 상처를 눌러주며 완실이를 부축해 물러간 패거리들은 다시 눈에 띄지 않았다. 아니, 내가 피하고 있었다. 녀석들은 여태 완실이 집에 모여 있을까? 솜불로 상처 부근을 지질 때마다 완실이는 얼굴을 찡그릴 테고 다른 녀석들도 그 고통에 동정해서 얼굴을 찡그리고 있을 거다. 아니다. 벌써 녀석들은 나를 찾으려고 길거리로 뛰어나왔을지 몰라. 대장간 완실이 형이 무거운 망치를 질질 끌면서 다가온다. 우리 형은 토벌대야. 산폭도를 두마리나 죽였대. 위험은 바로 뒷덜미에 다가와 손아귀를 내밀었다. 아이들의 노랫소리가 먼 데서 들려왔다.

자식 자식 못난 자식
담뱃불에 덴 자식
오줌독에 담근 자식

나는 아이들이 다가오기를 기다린다. 막다른 골목길에서 눈 깜짝할 사이에 나를 에워싸버릴 그때를 기다린다. 내게로 막중하게 쏠려 기울어지는 이 힘을 내가 어쩌란 말인가. 이제 비밀은 푹푹 썩어 냄새를 피우기 시작했는데.

그때였다. 바로 곁에서 첨벙 물 튀는 소리가 났다. 누가 숨어서 돌멩이를 던진 게 분명했다. 들켰구나. 주위를 둘러보았으나 아무도 보이지 않는다. 큰일 났다. 물속에 너무 오래 있었구나.

후회가 바늘끝처럼 날카롭게 일어났다. 두번째 돌멩이가 날아들었다. 물살에 세차게 박히는 것으로 보아 힘껏 팔매 친 모양이다. 적은 보이지 않고 나는 완전히 겁을 집어먹었다. 호흡을 멈춘 채 돌이 날아온 곳과 반대 방향으로 황망히 헤엄쳐갔다. 물가에 손이 닿자 얼른 고개를 쳐들었다. 그러나 내가 늦었다. 바위 모서리를 붙잡고 있는 물 묻은 내 오른손을 지그시 밟아 누르는 맨발이 보였다. 발등에 뿌옇게 흙먼지가 올라앉아 있다.

"도루 들어가!"

더러운 발의 명령에 나는 순순히 복종했다. 미끄러지듯 물속으로 물러가면서 완실이를 치어다본다. 머리 위로 힘차게 굽혀 치켜올린 오른 손아귀에서 조약돌 한개가 반짝거렸다. 움켜쥔 그 손도 아슬아슬한 정점에서 부르르 떨고 있었다. 금방이라도 내 이마로 달려들고 싶은 듯이 돌멩이는 손아귀에서 바둥거린다.

돌멩이로부터 눈을 떼지 않은 채 머무적거리며 물 가운데로 다시 헤엄쳐 들어갔다. 돌멩이는 나를 완전히 물 가운데로 몰아넣을 때까지 동작 하나하나를 확실하게 포착하면서 쫓아왔다.

저 돌멩이로부터 눈을 돌릴 수가 없다. 위로 비스듬히 치켜진 나의 시선은 이제 별수 없이 악랄하게 움켜쥔 저 손아귀와 팽팽한 직선으로 연결된 것이다. 언제든 녀석이 선택한 순간에 조약돌은 번개처럼 그 직선을 타고 날아들 것이다.

그런데 잠시 후 완실이는 치켰던 팔을 내려뜨렸다. 조약돌을 다른 손에 옮겨 쥐더니 땀이 밴 손바닥을 바지에다 쓱쓱 문지른다. 다시 바른손에 쥐고서 무게를 가늠해보듯 조약돌을 흔들흔들해 보인다. 조약돌의 표면이 둥글고 매끈한 게 아주 여물어 보인다.

"넌 독 안에 든 쥐야!"

그 음성은 정말 쥐 한마리 든 빈 독 안에다 대고 말하는 것처럼 이상스럽게 웅덩이 안에 휭휭 울려퍼졌다.

"기어나오기만 해봐라, 마빡을 까줄 테니까."

그는 바른팔을 길게 내린 채 나를 노려보았다. 눈치를 보니 당장 공격할 기색이 아니다. 공격을 늦추어서 나를 물속에서 완전히 녹초로 만들려는 것이리라. 이쪽에서도 녀석에게 팽팽하게 이어진 시선을 좀 늦추고 오래 견뎌나갈 채비를 한다. 쓸데없이 힘을 소모해서는 안되니까. 우선 몸의 긴장을 약간 풀어놓았다. 그러자 무거워진 몸뚱이가 약간 기우뚱 가라앉으며 턱이 물에 잠긴다. 잠시 물속 비중에 착 맞아들어간 듯 편안스럽다. 그러나 그것은 잠깐일 뿐, 몸뚱이는 점점 아래 물바닥으로 끌려 입술이 물에 파묻힌다. 다시 몸을 긴장시키고 머리를 뒤로 젖혔다. 다시 몸이 궁싯 떠올랐다.

완실이는 벌써 이쪽을 잊어버린 척 슬슬 딴전 부리기 시작했다. 이쪽으로 등을 돌린 채 매끈한 바위면에다 공깃돌을 둥글게 갈았다. 그렇지만 등 뒤에서 일어나는 일 하나하나에 충분히 신경 쓰고 있음이 틀림없다. 문득 녀석의 뒤통수에 머리칼 사이로 대추만 한 뻘건 살점이 눈에 띄었다. 가슴이 철렁했다. 저번에 내가 돌멩이로 까준 흠집이다. 이젠 글렀어. 녀석은 이 순간을 벼르고 별렀을 텐데. 동네서부터 뒤를 밟아온 것이다. 뒤좇아오면서 할딱할딱 젖혀지는 나의 쇠똥 밟은 맨발바닥을 보고 비웃었을 테지.

원 안에 나는 옴짝달싹 못하고 갇혀버렸다. (원의 주인은 나였는데……) 물 가운데를 벗어날 수 없는 나는 옛날 죄수처럼 원형의 커다란 칼을 써버린 셈이다. 몸은 굳게 닫혀 썩은 물과 싸우고 있다. 구멍이란 구멍, 수없이 열려 있던 땀구멍 같은 것들이 입을 오므리고 굳게 닫혔다. 그렇지만 얼마나 견뎌낼 수 있을 건가? 물에 뜬 나무토막처럼 점점 썩어가리라. 닫힌 구멍들이 물에 영합하여 열리게 될 때가 반드시 오고 마는 거다. 문덩문덩 썩어가리라. 벌써 연못들은 썩어서 악취를 풍기는데. 이제 비밀은 푹푹 썩은 냄새가 났다.

공중에서 여전히 그 풍뎅이 날개 진동 소리가 꿈결처럼 잉잉거리며 들려왔다. 대기는 바람기 한점 없이 늘어져 붙은 옻칠 같아서 풍뎅이가 거기에 빠져 죽어가는 것처럼 생각된다. 나처럼 말이다. 날갯짓 소리가 그렇게 허약하고 덧없어 보인다. 완실이는 공깃돌을 갈면서 휘파람을 휙휙 불어젖혔다. 나는 막연히 녀석의 휘파람 소리에 이끌리며 가사를 중얼거려본다.

무명지 깨물어서
붉은 피를 흘려서

정말 이럴 때가 아니다. 어떻게 해봐야지, 힘 빠지기 전에. 물 가운데를 헤엄쳐 돌면서 녀석의 동정을 살폈다. 등을 돌리고 있어서 완실이의 표정을 전혀 알아볼 수가 없다. 빨리 헤엄쳐가서 저놈과 반대편에 가서 돌을 잡고 덤비면 어떨까? 재빨리 말이다! 나는 속으로 이렇게 부르짖었다. 그러나 실상 생각한 것처럼 빠르지 못하리라. 아마 물가에 닿기도 전에 돌에 맞을걸. 가만있자, 자맥질하면 어떨까? 돌을 한개 찾아 쥐고 물속을 횡단해서 저쪽에서 불쑥 나타나면? 물속은 어두우니까 밖에서는 못 보겠지. 이런 생각에 빠져 전전긍긍하다가 거의 무의식중에 나는 물 밖에다 첨벙 소리를 남기고 자맥질하고 말았다. 텅 빈 수면, 텅 빈 수면은 불안하다.

완실이는 빈 수면을 두리번거리며 당황하고 있으리라. 고함지르며 이 바위 저 바위로 길길이 날뛰고 있으리라. 그렇지만 물속에선 아무것도 보이지도 들리지도 않는다. 가슴이 몹시 뛰고, 비슷한 속도로 귓속에서 쌕쌕거리는 소리가 조급하게 일어났다. 기다란 물풀이 허벅다리에 흐느적 스쳐갔다. 어두운 물바닥을 더듬어 돌멩이를 찾았다. 멀렁한 진흙이 만져지고 손끝에 차인 자갈이 탁하고 음산한 소리를 냈다. 물때가 묻어 미끌미끌한 돌멩이 두개를 움켜쥐자 가슴이 터질 듯이 뛰기 시작했다.

금방 벌어질 일들이 눈앞에 환하다. 물가에 닿자마자 돌을 쥔 오른손을 쳐들고 녀석을 찾는다. 그렇지만, 안돼. 아무래도 내가 늦어. 녀석은 이미 내 머리가 나타날 곳에 와 있을걸. 쌕쌕거리는 귓속 맥박 소리가 조급한 시간을 잘라내는 시계 소리처럼 들렸다. 숨이 가쁘다. 안되겠어. 정말 못하겠어. 부지중에 나는 돌을 떨어뜨리고 별수 없이 미광이 뽀얀 물 위로 올라와버렸다. 완실이는 여전히 그 자리에서 조금도 움직인 기색이 아니다. 가쁜 숨을 몰아쉬면서 완실이를 올려다보았다. 숨을 오래 참아서 그런지 몸뚱이가 아주 뚱뚱해진 느낌이다. 살 속까지 묵은 공기가 비집고 들어간 성싶다.

"너 금방, 도망치려고 그랬지?"

어찌된 셈인지 목소리가 귀가 의심스러울 지경으로 너그러웠다. 저 자식, 저 자식이…… 목소리가 공연히 원망스럽고 오해스럽다. 나는 대번에 한풀 꺾이며 눈물이 슴슴 맺혀나오는 거였다. 울긴, 입술을 깨물고 안간힘을 썼으나, 일단 자극된 누선은 부들부들 떨리고 눈물이 하염없이 솟아났다. 방금까지도 같이 맞서서 탐욕으로 가슴 졸이던 일에서 쫓겨나는 순간이다. 이때 아이들은 턱놓고 빨간 목젖을 내보이며 속수무책으로 울지 않던가. 그러면 이긴 아이는 당장 주먹을 풀어버리는 법이었다. 나는 마신 물을 뱉어내며 정말 서럽게 엉엉 우는 거였다.

그러나 완실이는 아랑곳하지 않았다. 오히려 아까 질문에 대답을 기다리고 있었다.

"인마, 아까 도망치려고 했지?"

이번에는 목소리가 날카롭다.

"아니야, 그런 게 아냐."

나는 헐떡거리며 고개를 흔들었다.

"그럼 무어야, 이 새꺄!"

"신발을 찾으려구 했어. 고무신이 벗겨졌어."

이 거짓말은 울음에 섞여나와서 나 자신 듣기에도 그럴듯했다. 그러나 녀석은 비웃는 눈치가 완연했다.

"신 신구 헤엄치는 새끼가 어딨어."

"정말이야. 물속에 사금파리가 얼마나 많다구."

"동네도 아닌데 무슨 사금파리가 있어. 병신 같은 게."

나는 완전히 맥이 빠져버렸다. 얼결에 생겼던 울음도 사라져버렸다. 가라앉지 않으려고 바둥거리는 팔다리가 점점 주체스러워졌다. 멍청한 게으름이 연못 위로 퍼져갔다. 풍뎅이는 여전히 허공 한 점에 빠져 붕붕거리고 있었다. 해가 중천을 벗어나 비껴졌다. 해를 등진 완실이는 이제 온몸이 그늘져서 불탄 나뭇등걸처럼 아주 새까매졌다. 공깃돌도 갈지 않았다. 휘파람도 불지 않았다. 점점 완실이 몸은 독한 산(酸)처럼 푸른 공중에 까맣게 먹혀들어갔다.

저건 영락없이 밤에 본 굴뚝도깨비야. 사타구니 밑으로 시꺼먼 검댕을 흩날리던 그 굴뚝도깨비가 저놈일지도 몰라. 아니다, 아니다. 그건 밤에 먼 산에서 걸어내려오던 아버지였어. 두어달에 한 번쯤 찾아오는 아버지. 내가 잠든 여름밤, 참 먼 곳에서 칠흑 같은 오밤중을 쉴 새 없이 걸어서 자꾸자꾸 커지면서 집 앞에 당도했던 거다. 덩덩 북소리처럼 커지던 굴뚝도깨비, 다락같이 큰 키. 사마귀 같은 점이 굴뚝도깨비로 다 자라버렸는데도 아버지는 종내 오지 않았다. 그렇다. 이젠 들켜버린 거다. 비밀은 그 부정한 몸을 노출시켰다. 아버지는 머리가 긴 산폭도였다! 읍내 순경 세명이 차를 타고 와 할머니를 만나고 간 저녁에 나는 벽에 머리를 짓찧으며 소리 없이 울었다.

산불이 타고 있었다. 그것은 굴뚝도깨비를 만난 요전날 밤에 깜깜한 문밖 어둠속에 담뱃불똥처럼 찍혀 있던 붉은 점이었다. 이번에는 붉은 점이 자란다고 할까. 아니, 자란다기보다도 그것은 아주 빠른 속도로 옴같이 번져갔다. 불은 이틀 사이 손바닥 크기로 넓어졌다. 큰 산불이었다. 산은 하도 멀어서 푸른 이끼로 덮인 바위처럼 보였는데, 그 뾰송뾰송한 표면에 불이 댕겨진 것이다. (그 이끼 같은 게 사실은 참나무 밀림이라고 할머니는 말했다.) 밤에 나는 댓돌을 타고 앉아 산불이 옴의 번식력으로 번져가는 것을 불안하게 지켜보았다.

산불은 끈기 있게 먹어들며 거침없이 붉은 자기 터전을 넓혔다.

뻘갱이 산폭도들이 습격해온단다. 낮에도 산불이 타는 것을 알 수 있었다. 낮에 보면 서편 산등성이에 시꺼멓게 불탄 자리가 소 잔등에 생긴 버짐같이 흉스러웠다. 산불의 열도를 돋우며 여름 해가 이글이글 타올랐다. 산불이 탄다. 산은 아득하게 멀었지만, 살갗 태우는 낮의 열풍 속에 산불 냄새가 분명 섞여 있는 듯했다. 매캐한 냄새. 거기다가 웬 몸집 큰 산짐승이 불에 그슬린 노린내가 코를 찔렀다. 타 죽는다. 타 죽는다. 해는 아예 그 둥근 윤곽이 허물어져 완실이네 풀뭇집 쇳물 같은 게 너울거리며 중천을 태웠다.

말라붙은 냇바닥에 임시로 만든 대장간에서 보릿짚불이 활활 타오르고 있었다. 보릿대가 탁탁 터지는 소리, 불꽃을 힘찬 소용돌이로 휘감아올리는 우렁우렁 불바람 소리, 달궈진 달구지 바퀴의 질기고 독한 쇠 냄새, 사방에 보릿짚 재가 깜장벌레처럼 뚝뚝 떨어지고 있었다. 불아지랑이에 휩쓸리며 우쭐우쭐 흔들리던 완실이 형이 무거운 망치를 질질 끌면서 나왔다. 우리 형은 토벌대야. 산폭도를 두마리나 죽였대. 다른 두 인부가 집게로 뻘겋게 달궈진 쇠 테두리를 마주 들고 나온다. 햇빛을 쏘이자 금세 푸르딩딩해진 그 둥근 바퀴테는 나무바퀴의 가장자리에 놓기가 무섭게 나무 타는 연기를 뽀얗게 일으켰다. 이때 완실이 형이 미친 듯이 달려들어 망치로 두들겨서 참 눈 깜짝할 새에 바퀴테두리를 씌워놓고 타는 연기에 눈살을 무섭게 찌푸리며 바퀴의 굴대 구멍을 휘어잡더니 후닥닥 굴려서 웅덩이물로 빠뜨려버렸다. 썩은 웅덩이물은 뽀글뽀글 들끓으면서 흰 수증기를 내뿜었다. 우리 형은 토벌대야. 불길 곁에 뜨거운 돌팍을 깔고 앉고서 완실이가 말했다.

완실이네 풀무간에서 만든 새 바퀴를 단 구루마에 이삿짐을 싣고서 대식이네가 맨 먼저 동네를 떠났다. 산사람들이 내려와서 불을 놓는단다. 동네가 몽땅 불탈 거란다.

솔개동산에 소나무 두그루가 빨갛게 타들어갔다. 물은 썩어서 악취를 풍기고 목 탄 소들이 뿔로 무덤을 빨갛게 헤쳐놓았다. 쇠고삐에 스쳐 지렁이처럼 부푼 손바닥이 하루 종일 뜨겁다. 기둥에 세워놓은 괭잇날에 말라붙은 황토흙이 벌겋게 타고 있었다. 끈끈한 옻칠이 집 기둥을 타고 흘러내렸다. 댓돌에 벗어놓은 생고무신이 꾸불텅 오그라들고 열린 장독 운두에 허연 소금더께가 번쩍거렸다. 메리야스에 뚫린 구멍 가생이가 조이파리처럼 뱅뱅 말려들었다. 할머니, 이런 날씨엔 씨앗보리를 내다 널지 말아요.

모든 게 폭양을 빨아들여 뜨겁게 반영하고 있었다. 여름 해는 내 머릿속에도 주리 틀고 앉아 이글거리면서 땀을 뻘뻘 흘리게 했다. 밤에는 으레 이런 폭염으로 타버린 울퉁불퉁한 숯더미만 남았는데 이제 그 숯더미 속에서 빨갛게 불씨가 타고 있던 거였다. 숯불이 아니었다. 산불이었다. 말하자면 밤에도 낮해가 이글거리는 셈이었다. 산불은 그저께 밤부터 산으로 모여든 구름으로 번져 더욱 붉었다. 지게창문은 언제나 붉게 물들어 있고 할머니의 얼굴에도 조금도 흔들리지 않는 불그림자가 액운처럼 드리워져 있었다. 산불은 이제 걷잡을 수 없는 세력으로 큼직하게 군림해버린 것이다. 아, 이제는 참을 수가 없다. 낮이건 밤이건 모든 게 더 참을 수 없는 융해점까지 백열되어버렸다.

마을이 불 질러진다는데, 불 질러진다는데. 어서 비가 와야지. 더 못 참겠어. 비가 와야 해. 낮의 폭염에도 나는 오히려 불안으로 바들바들 떨고 있었다.

완실이는 여전히 푸른 공중에 까맣게 걸려 있다. 완실아, 이젠 더 못 참겠어. 벗어둔 마른 옷가지들이, 광택이 눈부시게 흐르는 바위 아래로 금세 미끄러져내릴 것만 같다. 그늘에 벗어놓을걸. 나는 점점 게을러졌다. 더 못 참겠어. 두 다리는 무거운 돌멩이로 채워진 자루처럼 바닥으로 늘어지고 몸 구석구석에 쥐가 생기려는지 응어리가 딱딱하게 불거졌다. 물 온도를 전혀 감각할 수 없다. 몸뚱어리가 물에 부풀려 퉁퉁해지고 탁한 물의 농도 안으로 허물어져가는 느낌이 더욱 절실해진다. 물의 부력 속은 빼끔하게 구멍 뚫린 느낌이다. 그 매끄러운 틈새로 몸이 조금씩 빠져들어가는 거다.

번쩍거리는 바윗날. 바위틈새의 시꺼먼 그림자. 햇빛은 벗어놓은 옷을 지속적인 파장으로 짓눌러댔다. 그런데도 바지의 구겨진 주름살 갈피마다 짙은 그늘이 우글거린다. 아버지가 꾸겨뜨린 담뱃갑 같구나. 머릿속이 점점 혼미해진다. 허벅다리 살집에 달라붙어 팽팽하게 부풀어 있던 바짓가랑이가 저렇게 볼품없이 찌그러져 있다니. 저 바지를 일으켜세우고 그 텅 빈 공동을 양다리로 팽팽하게 채우는 일이 그렇게도 어려운가. 이러다간 정말 죽을지도 몰라. 공회당 앞마당에서 본 산폭도 송장의 흰 아랫도리가 생생하게 떠올랐다. 비에 젖은 가마니턱 밑으로 핏기 가신 허벅다리가 비어져 나와 있었지. 무성하게 피어오른 흐린 날씨가 흰 허벅다리를 파먹고 있었지. 누가 송장의 아랫도리를 벗겨놓았나? 사람이 죽으면 바지를 벗겨버리나? 옷이 벗겨졌으니 나도 송장이 되는 걸까? 아침에 할머니에게 떠밀려 일어나 반쯤 졸면서 바지를 꿰어입던 무관심이 지금 와서 후회스럽다.

바지를 입는 그 예사롭고 습관적인 일이 왜 이렇게 어려울까? 생각이 점점 헛갈렸다. 앞물을 헤치려고 내미는 두 팔이 작대기로 뻣뻣해지고 두 다리는 동체를 끌어내리는 무게가 되어 아래로 축 처졌다. 나는 숫제 눈을 감고 물속에다 얼굴을 파묻었다. 물속에다 얼굴을 비비며, 내맡기며, 납추처럼 떨어지는 낙담(落膽)을 좇아간다. 내려간다, 내려간다. 더 깊이, 더. 그러나 몸은 다시 안달하면서 물위로 떠올랐다. 더 못 참겠어. 옷을 입어야지. 어서 옷을 입자.

완실아, 이젠 그만해. 더 참을 수 없어. 이젠 다 끝난 거야. 비가 와야 해. 이젠 비가 올 차례야. 저 산불을 꺼야지. 비가 억수로 쏟아져야지. 그래, 완실아, 비가 오는 거야. 자, 봐. 사물의 맨 말미에서 비가 내리기 시작하는 거야. 노여운 죽창처럼 빗줄기가 무섭게 내리꽂히는 거야. 타버린 잿가루가 풀썩풀썩 튀어오르고 사방이 빗소리로 가득하다. 창호지에 번지는 시원한 누기. 완실아, 우리는 밤새도록 물이 시내를 타고 먼 산에서 마을까지 천천히 걸어오는 꿈을 꾸었지. 아침에 깨어나서 산골짝마다 번쩍거리는 흰 물줄기를 보고 말리라. 고운 물을 한아름 덩실 안고 흘러가는 시내를 보고 말리라. 산사람들이 살기 때문에 가뭄 타던 산. 그 사람들이 산불까지 놓았어. 산불을 끄고 산에서 물이 내려온다. 산에서 물이 내려온다! 아침에 아이들은 길에 괸 물을 튀기며 냇가로 내달을 거야.

그런데 완실아, 이상도 하다. 마을 하늘은 멀쩡한데 물이 내려오네. 어디서 저렇게 더러운 물이…… 텅 빈 시내의 상류에 지독히 더러운 흙탕물이 흘러오지 않나. 흙탕물은 끈적거리는 찰기로 바위를 에워싸며 앙상하게 마른 냇바닥을 채우며 구름떼처럼 몰려온다. 뜨거운 하상은 수증기와 흙탕물이 범벅이 되어 뭉게뭉게 부풀어오른다. 물은 점점 수역을 넓히면서 사방으로 질펀한 공간을 터놓는다. 백발의 수로(水路)노인은 어디 있나? 내가 터지면 수로노인이 선두에서 물의 진행을 이끈다던데. 그런데 저게 뭐야? 더러운 흙탕물의 선두에 아버지가 걸어오고 있지 않은가! 폭도 대장이 되어 무리를 이끌고 내려온다!

아버지는 천천히 걸음을 옮기면서 손에 쥔 피 묻은 죽창으로 앞물을 두들겨 갈래갈래 찢어놓고 있다. 갈라진 물무리들은 왈칵왈칵 사방으로 퍼져 메마른 모래와 자갈을 빈틈없이 먹어치운다. 죽인다, 약탈한다! 아버지! 오지 마! 오지 말란 말이야! 나는 필사적으로 손을 내저었다. 그러나 아버지는 죽창을 흔들면서 막무가내로 걸어온다. 물의 후방은 앞으로 이동할수록 점점 통이 살쪄가고 군데군데 부스럼 같은 소용돌이를 띄운 뻘건 황톳빛 등허리가 징그럽게 번쩍거린다. 뱀 혓바닥같이 갈래난 앞물은 날름거리며 점점 다가온다. 아버지, 오지 마! 오지 마! 가까이서 물컹거리는 비릿한 흙탕물 냄새, 누렁뱀 냄새. 산폭도들이다! 완실아, 도망쳐! 빨리!

나는 어느새 죽을힘을 다해서 물가로 헤엄쳐가고 있었다. 고막은 내가 일으키는 물소리에 뒤덮여 아무것도 듣지 못했다. 이때 머리 정수리에 짧고 강한 충격이 왔다. 완실이의 팔맷돌이었다. 대번에 나의 동작은 꺾이고 긴장이 썰물처럼 시원하게 빠져나갔다. 향긋한 피 냄새.

그러나 그건 환각이었을 뿐 비는 끝내 오지 않았다. 시냇물도 흐르지 않았다. 산불도 꺼지지 않았다. 한밤중 불붙은 그 산에서 산폭도들이 산불을 옮겨왔다. 마을은 불타고 그 이튿날 학교 운동장에 불에 탄 공비의 시체 하나가 전시되었다.

| 해설 |

제주도적인 역사적 삶의 조감도
— 현기영의 작품 세계

임규찬

1

소설가 '현기영' 하면 아마 '제주도, 4·3의 작가'라는 말이 가장 먼저 떠오를 것이다. 현기영은 실제로 제주도 출신으로서 1975년 『동아일보』 신춘문예로 등단한 이후 지금까지 제주도, 특히 1948년에 일어난 4·3사건의 문학적 형상화에 집중해왔다. 그 노정은 작가가 펼쳐 놓은 세 권의 작품집 『순이 삼촌』(1979), 『아스팔트』(1986), 『마지막 테우리』(1994)에서 돌올하게 드러난다. 『순이 삼촌』 속의 「순이 삼촌」「도령마루의 까마귀」「해룡 이야기」, 『아스팔트』 속의 「잃어버린 시절」「길」「아스팔트」, 『마지막 테우리』 속의 「마지막 테우리」「거룩한 생애」「목마른 신들」「쇠와 살」 등의 면면을 보라. 더군다나 세 작품집이 1970년, 1980년, 1990년대라는 시대적

흐름과 함께함으로써 자연스럽게 현기영의 문학세계는 '제주도, 4·3'을 중심으로, 어떻게 시대별로 변화해왔을까가 궁금하다. 물론 현기영은 이상의 중단편 말고도 네권의 장편소설을 출간했다. 그러나 장편소설 역시 대개 중단편 중심의 해석에 부가된다. 이를테면 방성칠란(1898)과 이재수란(1901)을 다룬 『변방에 우짖는 새』(1983)와 1932년의 잠녀항일투쟁을 소재로 한 『바람 타는 섬』(1989)은 본격적인 4·3문학과 제주도를 위한 전사(前史) 격의 작품이라는 식이다. 그만큼 현기영의 소설은 4·3문학의 시발지로서 역사화되었으며, 작가는 이후에도 계속 이 문제에 집중함으로써 4·3문학 전체를 대변하는 대명사로서 명성을 누려 왔다.

그런데 현기영의 사십년간 작품 활동 가운데 4·3사건에 대한 소설화는 3분의 1 정도이다. 나머지는 4·3 이외의 이야기인데도 현기영의 소설을 언급하자면 으레 4·3사건을 맨 처음 떠올릴 만큼 현기영과 4·3 이야기는 한덩어리이다. 이것은 곧 4·3문학 전반을 놓고 볼 때 현기영이 가장 독보적이었으며, 또한 작가 자신에게도 4·3문학이 고갱이이자 기반임을 말해주는 것이다. 여기에는 1978년에 발표한 중편소설 「순이 삼촌」이 자침(磁針)이다. 그냥 현기영이 아니라 '「순이 삼촌」의 현기영'이라 할 정도로 「순이 삼촌」은 획기적이다. 발표 당시부터 큰 화제와 충격을 불러일으켰지만 시대가 흘러가도 이 점은 달라지지 않았다. 「순이 삼촌」 이후에 작가 자신을 포함해서 많은 작가들이 4·3을 형상화했고, 주목할 만한 작품 또한 내놓았지만 딱히 「순이 삼촌」과 견줄 작품이 쉬 내세워지지 않는다. 적어도 『마지막 테우리』 속의 「마지막 테우리」 「쇠와 살」 등의 몇몇 작품, 그리고 장편 『지상에 숟가락 하나』(1999)가 나오기 전까지는 그러했다. 첫 작품집에서 「순이 삼촌」은 확실히 한라산처럼 우뚝하다. 또한 여타 작품을 두루 거두면서도 새로운 서사의 모태가 되는 설문대할망같이 듬직한 작품이다.

일반적으로 현기영 문학의 출발이나 4·3문학을 이야기할 때 등단작 「아버지」 대신 「순이 삼촌」을 앞세운다. 그런데 사실 「아버지」도 4·3사건의 와중에서 심리적 갈등을 겪는 소년이 주인공이다. 현기영의 문학 세계에서 마주하는 첫번째 관문은 「아버지」에서 「순이 삼촌」에 이르는 짧지만 복잡한 문학의 길을 어떻게 이해하느냐에 있다. 과작의 작가로 잘 알려진 현기영의 문학 인생에서, 짧은 시기인데도 가장 많은 작품을 발표한 때가 이 시기이다. 또한 4·3 이외의 이야기가 주류를 이룬 것도 이때이다. 비교적 일찍부터 문학에 깊은 관심을 가져왔던 작가의 학창 시절 등을 감안하면 서른다섯의 늦깎이 등단을 참작할 필요가 있다. 아마도 이 시기에 습작기에 써놓은 작품들을 일시에 많이 발표했을 것으로 짐작된다. 발표된 작품을 시간순으로 놓고 보면 현기영은 초기에 다양한 사회적 삶과 예술적 실험에 관심을 보이다가 곧바로 4·3사건과 제주도를 파고들면서 일반적인 작가의 길과는 반대로 고집스런 외곬의 벽(癖)을 향해 나아갔다.

「아버지」에서 「순이 삼촌」 이전까지 작품의 전반적 특징은 인간의 황폐한 내면의식을 파헤친 심리소설 경향이었다. 물론 당대의 사회 현실을 비판하고, 소시민의식을 반성하는 작품들과 물신에 사로잡힌 군상들을 형상화한 풍자소설 유형도 보인다. 또한 교직생활에서 얻은 체험적 소재들을 작품화하기도 하였다. 가령 「아버지」는 4·3사건을 겪은 어린 소년의 개인적 심리에 초점을 맞추고 있어 사건이 주관적으로 파편화되어 있다. 두편의 소품으로 이루어진 「초혼굿」은 모두 자살 이야기이다. 군인과 교사가 스스로 목숨을 끊기까지 이들이 벌이는 심리적 사투가 핵심인데 정작 자살로 내모는 불안감의 정체는 모호하다. 그것은 알 수 없는 공포에 가깝다. 그외에 낙태에 대한 공포와 자책감에 시달리는 「꽃샘바람」, 불면증과 실어증을 앓는 「플라타너스 시민」, 피해의식과 소외감에 시달리는 「겨울 앞에서」, 그리고 군대의 폭력성과 권력의 폭력성 등 정체를 알 수 없는 무차별적 폭력 앞에 피해의식으로 괴로워하는 「아리랑」과 「심야의 메모」 등 모두 공포에 떠는 인물의 내면세계와 심리현상에 골몰한다.

현기영의 초기 소설에서는 이처럼 등장인물들이 모두 정신적외상이나 피해의식에 붙들려 있다. 그런데 신기하게도 이들 작품에서 파편화된 형태로 산재할 때에는 불투명하던 세계가 「순이 삼촌」과 긴밀히 연관됨으로써 이들 작품의 배후가 눈에 잡힌다. 예술적 성취에서는 전반적으로 미진한 감이 있지만, 결국 초기 작품을 지배하는 문제의식은 제주도에서 벌어진 엄청난 사건으로 제주도민이 겪어야 했던 정신적 상처에 대한 조명이라는 것을 알 수 있다.

이렇게 보면 파편화되고 분열된 심리의 표출은 4·3사건에 대한 직접적 형상화를 요청하고 있는 셈이다. 작가가 「순이 삼촌」의 길로 나서지 않을 수 없는 내적 필연성이 여기에 있다. 그런 점에서 작가 자신도 주저하며 주변만을 맴돌다 드디어 중심 소용돌이로 파고든 용기의 산물이 「순이 삼촌」이다. 처음엔 사적 기억을 사회화하는 과정이 두드러졌지만, 이내 집단적 기억을 전형화하는 과정을 통해 작가 자신도 더불어 성장하는 민중적 삶의 역사를 실천한 것이다.

2

1948년 제주도에서 벌어진 4·3사건은 공식 역사에서 오랫동안 '공산폭동'으로 왜곡되었다. 엄청난 희생자를 양산하고 긴 세월을 이어오던 섬 공동체를 일거에 파괴시킨 4·3사건의 진실은 반공 이데올로기로 철저하게 은폐되어왔을 뿐만 아니라 도리어 사건 이후 제주도는 '붉은 섬'으로 낙인찍혀 레드콤플렉스에 시달려야 했다. 제주도 사람들에게 4·3사건은 "수많은 사람들의 떼죽음과 행방불명, 되새기고 싶지 않은 온갖 고통과 오욕의 체험, 사건 종결 후에도 따라다닌 정치적 핍박과 소외, 그로부터 입게 된 크나큰 심리적 상처"(김영범 「기억 투쟁으로서의 4·3문화운동 서설」)였다.

따라서 「순이 삼촌」이 발표될 당시만 해도 4·3사건은 논의 자체가 금기시되었다. 4·3사건과 관련해서는 피해자들의 어떠한 신세한탄도 공개적으로 허용되지 않았다. 그나마 사람들은 제사나 굿마당에서 4·3사건을 이야기하고 울음을 터뜨릴 수 있었다. 이렇게 구전되던 4·3의 이야기를 기록으로 전환시킨 최초의 소설이 바로 「순이 삼촌」이다. 문학에서만이 아니라 공식화된 문헌으로서도 최초였다.

「순이 삼촌」의 변함없는 기본 가치는 역사적 진실 복원의 첫 시발점이라는 데 있다. 현실이 문학을 비롯한 모든 예술행위를 압도하는 경우가 있다. 우리의 현대사도 그러했다. 우리의 현대문학이 수행해온 가장 큰 기능의 하나가 실제 역사가 하지 못하는 일을 대신하는, 대체역사의 역할이었다. 이 점에서 「순이 삼촌」은 꽤 모범적인 사례라 할 수 있다. 2003년 제주 MBC에서 제작한 다큐멘터리 제목이 '순이 삼촌, 그리고 4·3 진상보고서'였던 것에서 알 수 있듯이 「순이 삼촌」은 4·3 그 자체였다고 해도 과언이 아니다. 작가적 실천에서 「순이 삼촌」이 갖는 중요성도 여기에 있다. 하지만 엄청난 금기를 깨뜨린 용기의 댓가로 작가 자신은 군기관에 끌려가 모진 고문을 당했고, 작품이 수록된 『순이 삼촌』은 판금조치되었다.

「순이 삼촌」을 정점으로 「도령마루의 까마귀」 「해룡이야기」 등 초기 3부작은 4·3문학의 계보를 열었다는 점에서 중요한 의미를 지닐 뿐만 아니라 1970년대 분단소설의 영역을 확장시키고 그것의 현실적 의미를 공유하는 역사적 계기를 만들었다. 한결같이 4·3사건의 피해를 증언하는 데 주력하지만, 작가가 4·3사건의 비극성을 드러내는 방법은 두가지였다. 「도령마루의 까마귀」처럼 그때의 현장으로 거슬러올라가 피해자의 목소리로 사건 현장을 재구성하는 경우와, 「순이 삼촌」이나 「해룡이야기」처럼 4·3사건을 이미 종료된 과거의 역사가 아니라 피해자에게 지속적으로 고통을 가하는 현재적 사건으로 증언하는 경우이다. 이때 기억은 과거 자체라기보다 현재와의 관계 속에서 재구성되는 오늘의 전사(前史)이다. 그러므로 그것은 과거를 '되살리는 일'에서 그치는 것이 아니라 오늘을 과거로 '되돌리는 일'이기도 하다. 세 작품이 모두 여성을 피해자로 내세운 점도 의미심장하다. 거대한 폭력 앞에서 무방비로 속수무책 당할 수밖에 없는 여성과 제주도민을 동일시함으로써 여성 인물에게 가한 성폭력은 그 자체로 당대 폭력적 현실의 사실적 반영이자 제주도민들이 당한 온갖 수난에 대한 시대적 은유로 다가온다.

「순이 삼촌」이 이룩한 예술적 형상화의 뛰어난 면모도 일찍부터 주목받았다. 「순이 삼촌」은 제주도라는 섬 공동체를 강력히 환기하는 인물과 제목 '순이 삼촌'의 상징성부터 시작해서, '귀향'과 '제사'라는 모티프 장치를 적절히 동원하여 4·3 당시와 1970년대 당대의 시점을 연결시킨 탁월한 구성, 표준어와 사투리 등 다양한 언어와 맞물린 화법의 활용, 그리고 같은 사건을 여러 인물의 심리를 통해 바라보는 다중초점화의 구사 등 예술적으로도 다양한 문학적 수완을 잘 살려나간 수작이라는 것이 대체적인 평가였다.

그러나 무엇보다도 이 작품의 위대성은 소설의 근원적인 힘, 즉 인물형상의 성공에 있다. 우리 소설에서, 특히 중단편에서 '순이 삼촌'만큼 선명한 인물이 쉽게 떠오르는지, 한번 생각해 보라. '순이 삼촌'은 소용돌이 속에 있는 사람과 같다. 그런데 뜻밖에도 작품 속에서 4·3사건의 기억 앞에 가장 무기력하고 침묵에 가까운 형상을 보인 사람 역시 순이 삼촌이다. 묘한 역설이자 반전의 미학이 거기 숨어 있다. 「순이 삼촌」은 무엇보다 산문적인 확산 방식을 다양하게 활용하면서도 핵심에서 구현되는 시적 구심과 응집이 종요롭다. 마치 모네의 점묘화처럼 멀찌감치 물러서서 감상할 때에야 대상의 윤곽이 뚜렷이 다가오듯이 다양한 화자들이 펼치는 순이 삼촌에 관한 산문화도 마찬가지다. 순이 삼촌과 관련된 정보는 최소화되었지만 매우 상징적이고 강력하다.

소설의 배경인 제주 '북촌 너븐숭이'는 4·3 유적지 가운데 모슬포 대정의 '백조일손지묘'와 함께 가장 널리 알려져 있다. 작가의 고향인 노형리가 더 많은 희생자를 낳았음에도 작가가 굳이 북촌을 선택한 것은 한날한시에 양민 사백여명이 군인들에게 처참하게 살해된 집단 학살의 상징성 때문이다. 소개(疏開) 당시 도피한 남편 때문에 입산자 가족으로 분류되어 모진 고문 끝에 집단 학살의 현장으로 끌려갔던 순이 삼촌. 그녀는 군인들의 무차별 총격에 까무러쳐 시체더미에 깔려 있다가 기적적으로 살아나왔지만, 사태 때 남편과 남매를 잃은 커다란 상흔을 안고서 한평생 피해의식과 결벽증, 환청, 신경쇠약 등에 시달리며 살아왔다. 그런 그녀가 돌연 삼십년이 지난 시점에서 자신이 살아나왔던 그 '옴팡밭'의 시체더미 속으로 다시 자진해서 걸어들어가 목숨을 끊고 만다.

그리고 거기, 순이 삼촌이 만들어내는 시적 포에지, '슬픔'에 대한 최고도의 형상화가 오롯하다. 몽떼뉴는 "그녀는 슬픔에 젖어 화석(化石)이 되었노라"라는 오비디우스의 시구를 예로 들어 하나의 참변이 인간이 견뎌낼 수 있는 선을 넘는 충격을 주어 그저 멍하여 말문이 막히고 귀가 멀도록 넋이 나간 상태를 묘사한 것이라 하였다. 슬픔은 대개 눈물이나 하소연으로 마음의 구구절절을 드러내지만, 슬픔의 극한치는 온갖 한계를 초월함으로써 화석처럼 말을 한다는 사실이다. 순이 삼촌의 화석과도 같은 삶과 자살이 환기하는 바가 그러하다.

3

1986년에 간행된 두번째 작품집 『아스팔트』를 생각하자면 우리는 먼저 '불의 연대' 1980년대를 떠올리지 않을 수 없다. 그래서 문학의 시대적 성격으로 자연스럽게 '항쟁'이라는 말을 내세운다. 특히 과거의 역사적 소재를 다룬 작품일수록 당대 현실의 투사(投射)로서 항쟁의 역사를 즐겨 그려왔던 것이 1980년대 문학의 한 특징이었다. 제주도의 4·3사건도 그래서 '4·3항쟁'으로 불리기 시작했다. 그런데 현기영이 집요하게 추적했던 것은 항쟁의 비장함이나 숭고함이 아니라 무고한 죽음 그 자체였다. 이 점은 1980년대가 와도, 그 이후에도 기본적으로 변하지 않았다.

물론 수난의 현장을 생생하게 재현하여 사건의 폭력성과 참상을 고발했던 이전 시기 작품에 견줄 때 4·3사건을 향한 분노나 증언의 열정은 전보다 약화되었다. 그런 고발의 자리를 대신 채우고 있는 것은 뜻밖에도 화해와 용서이다. 이전 시기가 사태의 전체적인 양상과 그 결과로서 죽은 자를 위한 진혼의 서사였다면 1980년대 작품들은 사태의 보다 구체적이고 개인적인 양상과 그 결과로서 살아남은 자를 위한 위로의 서사라 할 것이다.

태어나자마자 죽을 고비를 겪으며 살아난 사대독자 소년 종수의 심난한 인생 초행길을 다룬 「잃어버린 시절」에서는 일제 말부터 4·3사건 때까지, 역사적으로 '제주'라는 공간이 처했던 특수한 국면을 보여준다. 수난자로서 개인의 삶을 조명하기보다 섬 공동체의 수난사가 개인의 삶에 어떤 영향을 미쳤는지에 관심을 기울인다. 그리하여 4·3사건은 한 소년의 성장에서 일종의 입사의식으로 그려진다. 그런 점에서 이 작품이 작가의 대표 장편 『지상에 숟가락 하나』의 모태라 할 수 있다.

「아스팔트」에는 산사람들에게 끌려가 두달간 동굴생활을 해야 했던 주민들의 입산생활이 생생하다. 이전 4·3소설에서는 토벌대가 가해자였는데, 여기서는 산사람들이 가해자로 묘사되어 색다르다. 물론 작품 후반부에서는 토벌대의 만행까지 그리고 있어 산사람들과 토벌대 사이에 끼여서 이중으로 피해를 겪어야 했던 무고한 주민들을 향한 연민이 작품의 토대이다. 무엇보다 낙관적인 결말에 이 작품의 특징이 있다. 이전까지 현기영의 4·3소설이 사건의 비극성에 맞춰 작품의 분위기가 전체적으로 어두울 수밖에 없었던 것과 달리 「아스팔트」는 가해자와 피해자 간의 화해를 엿보이며 마무리된다. 「길」에서도 '뜨거운 분노' 대신 4·3사건의 상흔을 숙명처럼 안고 살아가는 이들의 정서가 애잔하다.

그런데 「순이 삼촌」 등의 작품에서 등장인물이 피해자 집단을 대표하는 전형성을 띠는 데 반해 『아스팔트』에 수록된 4·3소설에서는 집단적이기보다는 개인적이고, 보편적이기보다는 특별한 차원의 양상에 관심을 기울인다. 피해의 현장도 은밀하고, 가해자를 향한 감정도 개인적 원한에 가까워서 해결책을 찾아가는 과정 역시 개인적이다. '빨갱이'보다는 낫겠지만 '피해자'라는 꼬리표에도 수동성의 그림자가 짙다. 살아남은 자들이 4·3사건을 기억하고는 마침내 '화해'를 소망하는 까닭은 '피해자'로서의 정체성을 넘어서 역사와 사회 앞에 능동적인 존재로 함께 서고자 하는 연대적 의지의 반영으로 보인다.

「잃어버린 시절」에서 서술의 초점을 재앙 자체에 두지 않고, 그 속에서 살아남는 소년의 성장에 둔 이유를 생각해보자. 소년으로 상징되는 봄의 순환적 생명력 덕분에 제주도는 아픈 역사를 안고 오늘로 이어질 수 있다. 이렇게 본다면 이 시기의 작품들에서 현기영이 지향하는 바는 결국 섬 공동체이다. 상처를 안고 살아가는 개인들이지만, 내막을 알고 보면 상처를 준 자나 받은 자나 결국 역사의 동일한 피해자라는 사실, 따라서 그들이 4·3사건의 상처를 극복하고 살아남는 길은 공동체 본연의 생명력을 회복하는 일임을 작가는 말하고자 했던 것이다.

4

세번째 작품집 『마지막 테우리』에는 총 일곱편의 단편과 한편의 희곡이 실려 있다. 이 중에서 4·3사건과 관련된 작품은 「마지막 테우리」「거룩한 생애」「목마른 신들」「쇠와 살」「고향」 등 다섯편으로, 이전 작품집들에서보다 훨씬 비중이 커졌다. 무엇보다 4·3사건의 발발과 관련하여 민중항쟁의 측면까지 끌어안아 더욱 적극적이고 포괄적인 시선을 보여줌으로써 좀더 구조적인 맥락에서 4·3사건을 파악하려는 경향도 눈에 띈다.

우선 『마지막 테우리』에는 제주도라는 특수한 공간이 빚어낸 특별한 인생사가 다양하게 펼쳐진다. 제주도의 삶을 상징하는 테우리, 심방, 해녀, 실향민의 기구한 삶과 함께 4·3사건에 관한 르뽀르

따주를 자연스럽게 마주한다. 한마디로 『마지막 테우리』는 작가가 말하고자 하는 제주도적인 역사적 삶의 조감도이다. 역사에 대한 이해나 인물 형상에서 한결 넓어지고 깊어진 『마지막 테우리』는 우리가 자랑할 만한, 가장 완성도와 집중도가 높은 작품집 가운데 하나일 것이다.

간결하고 서정적이며 생동감 있는 문체로 4·3사건의 피해자로서 살아온 삶을 곡진하게 그린 「마지막 테우리」는 작가의 깊어진 세계관을 바탕으로 한 한라산의 풍광 묘사가 빛을 발한다. 시적 울림이 있는 문장 안에서 마치 땅속 깊이 꾹꾹 쟁여놓은 회한이 아스라이 번지는 듯한 문체의 힘은 마치 뛰어난 예술이 자연이듯이 물상이 살아 움직이는 것 같다. 그뿐만 아니라 노인의 관점으로 제시되는 인생의 성찰도 눈부시다. 현기영의 다른 4·3소설의 주인공처럼 노인도 폭도와 토벌대 사이에서 애매한 이중의 피해자가 되고 만 경우이다. 다른 작품의 주인공과 구별되는 점은 노인이 피해자이면서 동시에 가해자이기도 하다는 것이다. 일가족의 생명을 본의 아니게 토벌대의 손에 내주면서 마주하게 된 비극적인 모습은 노인에게 평생의 한으로 응어리져 있다. 살아남은 자로서 자신에게 남겨진 인생을 고해의 시간으로 승화시킨 생명의 대지적 발현이 여기에 있다. 괴테의 말대로 밖에서만 움직인다면 신이 무엇이겠는가? 세계를 내부로부터 움직여야 진짜 신이다. 자연을 자신의 내부에 깃들게 하고 자연 속에서 생동하는 존재가 일체를 이루면서, 노인과 소떼와 4·3은 비로소 하나가 된다. 구상화된 진리가 아니라 무언의 빛과 같은 지혜가 바람 소리처럼 소설 전편을 휘감는다.

「거룩한 생애」의 '간난이'는 잠수질로 생계를 꾸려가는, 제주도 어디에서나 보게 되는 여인네의 표상이다. 평범한 여인이 역사의 격랑에 휩쓸려 기구한 운명을 살 수밖에 없던 삶을 형상화하면서, 작가는 간난이의 생애에 '거룩한'이라는 말을 헌사했다. 정작 간난이의 삶을 수난으로 점철시킨 것은 개인이나 가족 간의 갈등이 아니다. 가난한 해녀 출신의 간난이가 명망가 집안에서 겪는 신분상의 갈등이나 고부간의 대립은 그녀의 적극적이고 성실한 성정과 특유의 생명력으로 모두 극복된다. 문제는 간난이의 생명력으로 일궈놓은 단란한 가족공동체가 4·3사건의 참화를 겪으며 맥없이 깨지고 사라졌다는 사실이다. 간난이의 삶으로 상징되는 섬 공동체, 그리고 그것을 관류하는 토박이 정신과 성정이 마음을 적신다. 작가는 미화하는 방법이 아니라 심화하는 방법으로 평범한 인물들에게서 특별한 영혼을 추출해냈다. 일대기의 장편적 성격을 짧은 단편적 서사로 증류하고, 평범함 속에 깃든 비범함을 서사화하는 작가의 능력이 장엄하다.

가장 비소설적인 요소들로 짜인 조각보와 같은 소설이지만, 어떤 소설보다 미학적 위력이 대단한, 역시 작은 것들로 큰 것을 만드는 「쇠와 살」도 특별하다. 이 작품은 마치 현기영의 취재수첩과도 같다. 4·3사건의 참상을 고발한 스물세개의 장면들은 우화나 부조리극의 일면처럼 그려지기도 하고, 소름 끼치게 사실적인 장면으로 재현되기도 하고, 촌철살인 같은 단평으로 내달리기도 한다. 니체는 '조감도(鳥瞰圖)'라는 말 그대로의 묘미를 살려 "개울물이 여러 방향에서 모여들어 맹렬한 기세로 깊은 계곡을 향해 돌진

한다. 그것을 확실하게 파악할 수 있는 위치는 새가 날아오르는 그 높이뿐이다"라고 하면서, 이것이야말로 "예술의 임의적인 성격이 아니라 확실하고도 유일한 가능성"이라고 했다. 「쇠와 살」은 제주도 하늘을 나는 매의 눈에 포착된 스냅사진처럼, 복잡하게 펼쳐지는 현상을 조감하는 본질적인 어떤 높이, 그런 시선이 매혹적이다. 현기영에게 아름다움이란 확실히 진실이다.

『마지막 테우리』에 수록된 4·3 관련 작품에서 주인공은 대개 죽음의 문제를 직접적으로 체감하는 노인들이다. 그래서 역사가 만든 죽음을 자연이 주는 죽음으로 극복하려는 혜안이 도처에 숨 쉰다. 우리는 이제 『마지막 테우리』에서 '노경(老境)'이라는 말을 손에 쥔다. '늙는다〔老〕'는 말은 인생의 쇠락과 퇴조를 지시하는 동시에, 인생의 성숙과 완성을 말해주는 양손잡이 낱말이다. 최상의 경지로서 노경은 따뜻하고 부드럽고 고즈넉하고 깊은 세계, 무욕무심(無慾無心)의 대혜(大慧)가 펼치는 인자와 관용의 세계이다.

현기영이 걸어온 길을 가만히 들여다보면 '억압과 저항'이라는 특정한 시대적 소용돌이를 걷어내고 마주하는, 궁극적인 더 근원의 마음자리를 향해 왔다. 그가 마지막으로 찾아든 것은 제주도민 스스로 키워온 자연, 역사, 생활공동체였다. 그것은 마치 불교의 돈오점수(頓悟漸修)를 연상케 하는 삶의 철학이다. 무명(無明)과 인간 정신의 탐욕과 심상과 사고들로 야기된 인위적 껍데기를 뚫고 원래의 청정성을 회복했으면 하는 강렬한 그리움, '오(悟)'는 햇빛과 같이 갑자기 만법이 밝아지고, '수(修)'는 거울을 닦는 것과 같이 점차 밝아지는 것처럼…… 혜(慧)라는 말도 마찬가지다. '마음을 깨끗이 쓸어냄'을 나타내는 문자로 단순히 깨달았다는 것이 아니요, 부정을 통한 씻음이며 그 결과로서 나타난 깨달음이라는 것, 마음에서 절로 솟아난 것이 아니라 여기에 있는 마음의 더러움 씻이로 주어진다는 것. 이러한 마음의 변증법을 누구보다도 분명하게 보여준 작가가 현기영이다.

5

「목마른 신들」은 작품의 독자적 가치도 가치지만 현기영의 작가적 삶 전체와 관련하여 아주 의미심장하다. 4·3사건으로 어머니와 고향을 잃고, 죽을 고비를 숱하게 넘겼지만 수많은 학살의 현장에 동원된 탓으로 숱한 원혼들과 인연을 맺을 수밖에 없었고, 결국 스무살 이른 나이에 심방(무당)의 길로 들어서 사십년 무업(巫業)을 4·3사건의 원혼을 위로하는 데 헌신했던 한 인물의 삶이 신실하다. 늙은 심방은 4·3사건을 개인적인 피해의식의 차원에서 기억할 것이 아니라 제주도 전체 공동체의 문제로 함께 해결해 나갈 때만이 지역적 수난이 오히려 지역적인 축복으로 자리 잡을 수 있다고 말한다. 실제로 이 작품이 발표된 이후 1993년부터 본격적으로 4·3사건의 피해에 대한 진상조사가 진행되고 '백조일손 묘비'까지 건립된 것을 보면, 「목마른 신들」이 제주도민과 함께한 호응력이 지대했음을 알 수 있다.

작가는 「순이 삼촌」 이후 작가의 사명이나 역할을 이야기할 때 빠짐없이 '심방'을 내세웠다. 실제로 「순이 삼촌」은 작가에게 신들림 같다. 작가의 회고에 따르면, 1970년대 말 필화사건으로 거의 일년 반 동안 펜대를 꺾은 채 술로 허송하고 있었는데, 어느날 한 여인이 나타나서 어서 일어나라고 무섭게 야단쳤던 꿈이 너무도 생생했다고 한다. 그 여인이 바로 '순이 삼촌', 그제야 작가의 분신으로서 그녀가 항상 내면에 살아 있음을 깨달았다는 것이다.

심방의 역할과 관련하여 우리는 일반적으로 원혼을 위로하는 일 자체에 의미를 두지만, 이렇게 작가의 존재와도 유비해볼 필요가 있다. 뛰어난 작품을 만날 때 우리는 그것을 예술가 개인의 천재적 표현으로 보고자 하는 것이 일반적이다. 그러나 수많은 작품 가운데 뛰어난 작품은 극히 소수라는 불균등성을 생각할 때 작품을 뛰어나게 만드는 것을 그저 천재 예술가가 지닌 감정, 의지, 정서, 사상 등의 자동적인 발현이라고만 볼 수는 없을 것이다. 오히려 예술가라는 매개체를 통해 예술이 스스로 세계에 나타난다고 봐야 할 터이다. 시인이나 작가란 단순한 창조자가 아니라 세계에 나타나려는 어떤 말이 드러날 수 있도록 하는 매개자와 가깝다. 그리하여 이들에게 가장 중요한 것은 무엇보다 매개자로서 특정한 존재 상태에 들어가는 일이다. 신과 소통하려는 심방이 특별한 존재 상태에 들어가듯 작가 역시 그러한 상태에서 진정한 작품이 나온다는 것이 정확한 진실일 듯하다.

예술에 의하는 것만큼 확실하게 세계에서 도피하는 방법은 없고, 또 예술에 의하는 것만큼 세계와 확실하게 묶이는 길도 없다. 그 점에서 현기영은 확실히 후자의 길이다. 스스로가 더 단단하게 역사와 현실과 묶이길 원했다. 따라서 현기영을 '제주도, 4·3의 작가'라고 하는 것은 단순히 그가 제주도 태생의 작가라서, 4·3사건을 어려서 경험했던 작가라서가 아니다. 오히려 그것은 원죄에 가까운 죄의식, 갈등, 도피와 탈주, 분열, 강박, 심리적 실어증 등을 신열처럼 앓고 나서야 새롭게 주어진 심방의 숙명과 같기 때문일 것이다.

현기영이 산출해놓은 작품을 발표순으로 따라 읽어보면 초기와 후기 작품의 분위기가 사뭇 다르다. 대체적으로 여성을 중심대상으로 삼은 경우가 많은데 초기작들이 여성의 수난에 초점을 맞추어 다소 분위기가 어둡다면, 후기로 올수록 여성보다는 모성이 더 근본적이며 생명과 재생이라는 이미지와 함께 분위기가 한결 밝아진다. 과거를 반추하는 데 기억의 어두운 면에만 집중했던 초기에 비해, 그것을 놓치지 않으면서도 기억의 밝은 면이 키우는 재생의 능력까지 끌어안을 정도로 작가의 마음이 깊고 넓어졌다는 뜻이리라.

그러므로 현기영의 소설에 깃든 '상실'의 감수성은 독특하다. 단순한 과거의 문제가 아니라 '과거부터 현재까지', 즉 총체적인 전체성의 문제이다. 과거 속에 은닉된 파괴와 죽음의 문화는 오늘날에도 여전히 지속됨으로써 역사의 조화와 공동체의 연대를 파괴하고 있다는 더욱 근본적이고 적극적인 인식이 깔려 있다. 민족 전체를 뒤흔든 재앙은 공동의 기억에 큰 상처를 입혀 역사를 분열시키고 정체성에도 강력한 그늘을 드리우는 만큼 이에 대해서는 남달리 예민한 문화적 감각이 필요하다. 집단 기억은 공간의식에 의해 매개된 '생생한 기억'으로 그 집단 구성원들에게 구체적 정체성을 제공하는 능동적 과거이기 때문이다.

그래서 자연의 오랜 공동체가 무엇보다 중요하다는 것이 작가의 생각이다. “인위적인 종교는 음모, 반역, 강도, 기습, 마을 습격, 약탈, 학살 같은 잔학행위를 권장한다. 각기 성자(聖者)의 깃발을 들고 죄악을 저지르기 위해 진군한다.” 볼떼르의 말이다. 그래서 어느 시대나 도처에서 모인 모든 죄악도 전쟁이 한번에 빚어내는 해악과 비할 바가 아니라고 비판한다. 더 나쁜 짓은 전쟁을 ‘불가피한 재난’이라며 망각의 정치를 강요하는 것이다. 현기영이 걸어온 길과 작품의 실천이 그러했다. 모든 정치와 이념의 독재와 독선, 폭력과 억압 등 인위적인 것을 싫어하는 작가의 체질 역시 이런 자연의 종교, 풀뿌리 민중의식에 깃든 영혼의 표정일 터이다. 작품 제목 속의 ‘아스팔트’와 ‘길’, 그리고 ‘쇠’와 ‘살’의 대비에서도 이러한 면모는 확연하다. 「아내와 개오동」 「겨우살이」 「망원동 일기」 「야만의 시간」 「고향」 「위기의 사내」 등 당대 현실을 다룬 작품들에서도 마찬가지로 선연하게 드러난다. “나쁜 놈들, 남북통일은 안하구서리 불쌍한 백성 짓밟는 게 너희들 법이네? 엉?” 하는 「고향」의 결말처럼.

니체는 사람의 정신을 그 가치 목표에 따라 용기, 정의, 절제, 지혜의 발달 단계로 설정한 바 있다. 작품들과 닮은 현기영의 길도 그러했다. 현기영은 쉽게 성공한 재사형 작가의 길을 타지 않았다. 그는 자신이 선택한 외길 숙명을 독행(獨行)한, 강직한 일꾼의 길을 걸어왔다. 그것은 평범함을 비범함으로 바꾼 사려 깊은 문학적 삶이었다.

林奎燦 | 문학평론가

진실에의 치열성

김원일

내가 기영 형을 만난 것은 1975년, 아직도 겨울의 냉기가 밤이면 이 입 닫긴 도시의 썩은 골목골목에다 알알한 심을 박아놓고 있던 2월 초순이 아니었나 생각된다. 청진동의, 지금은 없어진 '가락지'란 생맥줏집에서 우연히 만났는데 그때 형은 동향 출신 김광협 형과 함께였다. 기영 형보다 문단 진출이 십여년 빨랐던 광협 형의 호방하고 느긋한 태도와는 대조적으로 형은 문단 풋내기답게 어딘가 얼떨떨하고 어수룩해 보였다. 빗질을 하지 않은 고수머리에다 구레나룻이 시커먼 형은 첫눈에 보아도 세련미나 별 붙임성은 없어 보였다. 형은 침침한 불빛 아래 큰 눈을 끔벅이며 촌닭같이 뚱한 얼굴로 띄엄띄엄 자기의 짤막한 이력을 밝혔다. 그해 '아버지'란 별 특징 없는 촌스러운 제목으로 『동아일보』 신춘문예에 당선하여 34세의 빼도 박도 못할 어중간한 나이에 문단에 첫선을 보였는데, 하도 낙방 끝에 얻은 요행이라 무딘 칼로 이 난세에 무꼬랑지 하나 제대로 벨 수 있을지 없을지 모르겠다는 그런 어눌한 표정이었다.

사실 나도 그런 견해에는 별다른 첨삭 없이 동감이었다. 칠십년대도 이미 중반, 몇 신인들이 상업주의의 폭넓은 성과에 도취되어 매스미디어가 그들의 기호에 조미료를 치기가 바빴고, 도시 변두리 근로자의 찌든 삶이나 계절노동자의 부랑도 탄탄한 문학적 성과 아래 지반을 든든히 구축하고 있을 무렵이었다. 그래서 철늦은 형의 등장은 산뜻한 여성 취향의 감수성을 기대하기도, 그렇다고 삶의 척박한 땅에 삽과 곡괭이로 뛰어들 질박한 투혼도 이미 난감해 보였다.

저 남쪽 매운 해풍에 익은 듯 검은 피부에 큰 턱주가리가 도회풍의 간지러운 서정을 살려내기에는 오히려 미련해 보였고, 처자식이 딸린 고리타분한 접장 신분에 영어를 가르친다니 전시 때 미군부대 노무자 통역관으로 입이나 살면 제격일까, 발 벗고 나서서 민중과 함께 쓰러지고 일어설 현장성의 문학과도 또 얼마만큼의 거리를 두고 있어 보였다. 한쪽 귀가 먹어 상대의 말을 새겨듣는 데 안타까울 정도로 경계를 게을리하지 않는, 머리를 45도로 꺾는 버릇에다, 제주도 억양이 쑥 빠져버린 세련된 서울말씨에서, 이제 누가 뽑아내도 안 뽑힐 만큼의 뿌리를 이 날도둑 같은 서울의 콘크리트 바닥에 붙박는 데 물심양면으로 고투한 흔적이 역력했다. 백수건달로 서울에 올라와 가정교사로 전전하며 대학을 다닌 「해룡 이야기」의 문중호처럼 말이다. 그런데 그날 술판이 끝나갈 무렵에, 마분지같이 빳빳한 바바리코트 자락을 펄럭이며 변소를 다녀오던 형이 은근슬쩍 술값 계산을 먼저 해버리는 선수치기의 솜씨를 내가 훔쳐보게 되었다. 「동냥꾼」의 주인공 '나'처럼 허리띠 밑의 도장 넣는 작은 주머니에 비상금으로 꼬불쳐두었음이 분명한 고액권을 치르고 잔돈으로 거스름해 받을 때, 나는 대충 형의 의중을 짐작할 수 있었다. 이제부터 슬슬 소설가 말석에 끼어들어 섬놈 기질로다 여기저기 작살질이나 해볼거나, 운이 좋으면 황도미가 찍힐 테고 그도 아니면 코생이 정도야 잡아올리겠지, 하는 의뭉한 뜻이 형의 흉중에 숨겨져 있음을.

그날 형의 첫 간판 작품인 「아버지」의 이야기가 화제에 오르자 형은 옴츠려넣었던 자라목을 비로소 좀 뽑아올리며 그 작품의 내용을 주섬주섬 주워섬기기 시작했다. 당시로서는 그런 내용이 상투적으로 다뤄지지 않으면 섣불리 건드렸다가 혼쭐이나 싸게 되는 좀 진부하면서도 따끔한 주제였다. 1948년 제주도 좌익폭동 때 폭도로 입산한 아버지를 둔 소년의 의식세계를 영문학 전공자답게 심미적으로 그린 줄거리였다. 그런 쪽 주제에는 나도 관심이 많던 터라 거기서부터 우리는 공연히 점잖은 체하려는 구차스러운 필생의 격식을 벗고 마치 자별한 지우나 만난 듯 화제의 매듭을 쉽게 풀 수 있었다. 그때부터 우리는 가끔 어울려 소주를 마시며 닫힌 세태와 한국문학의 비위생적인 면을 입질하는 데 꼬솜한 재미를 붙였다. 평소에 과묵한 형이 술기운이 얼굴에 번지면 갑자기 다변스러워지고 입이 험해지면서 고집스러운 섬놈 근성을 내보였는데, 한국소설에 대한 그의 불만은 가히 동분서주 좌충우돌이었다. 그럴 때 이 해병대 졸병 출신의 텁석부리를 바라보노라면 문득 삼십년 전의 한라산 산폭도나, 저 육십년 전 멕시코 혁명운동 당시의 무지막지하게 생긴 빤초 비야의 민병대 모습을 연상시켰다.

나는 차츰 형의 고향을 이해하게 되고, 1948년도의 그 비극을 함께 사랑하게 되었다. 우리는 마치 그 처형의 장소에서 유일하게 살아남은 유복자의 입장으로 돌아간 듯 폭도를 응징하고 토벌군을 지탄하며, 폭도와 토벌군 사이에서 피를 됫박으로 쏟으며 고꾸라진 양민이 되기도 하면서 휴머니즘을 앞세워 이데올로기란 우상을 매도하였다.

그럴 때 형의 표정은 자못 진지하고 위엄의 기상이 서려 나는 '아, 이 친구가 속으로 남모를 가슴앓이를 하고 있구나' 하고 생각했다. 남모를 비밀, 비밀이라기엔 너무나 잘 알려진, 잘 알려졌다기엔 그것이 거짓의 꺼풀로 위장되어 있음을 아는 자의 말 못함, 그러나 말하지 않으면 안되는 양심의 절규를 누르고 눌러온 자에게서 느낄 수 있는 진실에의 치열성이 그의 짙은 눈썹과 큰 눈망울에 응집되어 있었다. '이 친구가 소설을 쓰기로 작심한 동기가 그 환부를 헤집어 암을 도려내고 싶어하는 괴로움 때문이 아니었을까' 하는 데 생각이 미치자, 형이 자신의 구원은 물론 씨를 뿌릴 대지와 생존의 터마저 상실한 자의 고통, 스스로 누릴 권리가 있는 생명력조차 마멸되는 조악한 현실에 강한 응전력을 보임으로써 인간에의 사랑과 더없는 평화의 갈망에 이르는 원대한 구원에 뜻을 두고 있음을 깨달을 수 있었다. 그래서 그의 뒤늦은 출발이 어떤 시류도 뛰어넘을 수 있는 보편적이고 확실한 성과로서 한국문학의 앞날에 한 모퉁잇돌이 될 것임을 실감했다. 그래서 그가 나를 사랑하지 않더라도 나는 그의 문학을 사랑하기로 작심했다.

너무 조심성 있게 매만져 묘사나 수사력은 우수한 대신 긴장감의 탄력성이 마모되어 지루한 느낌을 어쩔 수 없는 「아버지」에 이어 형은 마치 저 베트남전쟁의 밀라이 학살사건의 참혹한 현장을 고발하듯 삼십년 전 제주도 4·3사건을 소재로 하여 그후 역작 중편 「순이 삼촌」「도령마루의 까마귀」「해룡 이야기」를 연달아 발표했다.

제주도, 그곳은 우리가 알고 있는 말 많고 바람 많고 돌 많은 삼다(三多)의 아름다운 섬이다. 그러나 한편 그 땅은 이 나라의 역사 속에서 버림받은 불귀의 박토이기도 하다.

> 육지 중앙정부가 돌보지 않던 머나먼 벽지, 귀양을 떠난 적객(謫客)들이 수륙 이천리를 가며 천신만고 끝에 도착하던 유배지. 목민(牧民)에는 뜻이 전혀 없고 오로지 국마(國馬)를 살찌우는 목마(牧馬)에만 신경 썼던 역대 육지 목사(牧使)들. 가뭄이 들어 목장의 초지가 마르면 지체 없이 말을 보리밭으로 몰아 백성의 일년 양식을 먹어치우게 하던 마정(馬政). 백성을 위한 행정은 없고 말을 위한 행정만이 있던 천더기의 땅. 저주받은 땅, 천형의 땅(…)
>
> —「해룡 이야기」 159면

이 천형의 땅에 삼십년 전 4·3사건이 일어나 온 섬이 싸그리 초토화되어버렸다. 이 비극의 자초지종은 특히 「순이 삼촌」과 「도령마루의 까마귀」 두 중편에서 극명하게 진술되어 있다. 「순이 삼촌」에서는 주인공이 삼십년 전의 그 사건으로 입은 깊은 정신적 충격을 지니고 살면서 그 상처를 극복하기 위해 온갖 노력을 다 기울이나 끝내 스스로의 죽음으로 내몰려가는 과정을 매우 치밀하게 추구하고 있고, 「도령마루의 까마귀」에서는 역사적 현재의 수법으로 그 사건을 다루고 있는데, 극한상황에 놓인 주인공 귀리집의 의식세계를 통해 육지서 온 절대자로서의 토벌군과 생존의 바닥에 버려진 섬사람들의 갈등을 토속적인 질박한 언어로 절실하게 펼쳐내고 있다.

이 두 작품은, 어느 평론가의 지적처럼, 양민의 떼죽음이 거대한 범죄적 리바이어던의 구조, 즉 정치적 구조의 모순에 의해 자행된 민중의 희생을 고발한 점에서 특히 주목할 만하다. 같은 주제를 담고 있는 「해룡 이야기」는 구성상의 처리가 좀 미흡하나 역시 작가의 정직한 고발정신은 전편을 압도하고 있다.

조선 후기의 지배계급을 거대한 범죄집단으로 보고 풍자한 「소드방놀이」는 그 탁월한 상상력과 상징성에 힘입어 오늘의 세태 한 면을 정곡으로 찌른 수작(秀作)이다.

> 부정이란 것도 좀스럽고 쩨쩨한 구석이 있어야 진짜 부정이지, 쥐가슴 태우며 훔쳐내는 쌀 한톨, 실 한가닥은 부정이지만 환곡미 이백석 횡령은 이미 부정이 아니었다. 그건 (…) 지체 높은 권세였다. 큰 부정일수록 이렇게 모두 환골하고 탈태하여 나라 경영의 대종을 이루었던 것이다.
>
> —「소드방놀이」 28면

당시 지배계급을 정확히 겨냥한 이 통쾌한 야유는, 그러나 거기에만 국한되지 않고 나아가 사회비평의 고전적 의장을 갖추고 있어 강한 설득력을 준다.

「아내와 개오동」도 이 계열의 작품으로서, 당대가 앓고 있는 이념적 환부를 비교적 정면에서 조명해 보이고 있다. 이 작품은 주제의 치열성과 묘사의 우수성에도 불구하고 전반부의 차분한 전개와 후반부의 급변하는 높은 목청이 별개의 작품처럼 이질감을 주는 결점을 안고 있어 아쉬운 느낌이다.

데모로 행방불명된 동생을 기다리는 형 이야기인 「겨울 앞에서」와 한 여공의 정신적 공황상태의 의식세계를 그린 「꽃샘바람」은 형이 한때 천착했던 심미주의적 경향이 짙은 작품들이다. 문학 '이즘'으로서 리얼리즘이 득세하고 있는 오늘의 시대지만 이 시정(詩情)이 넘치는 소설도 형의 문학정신에 자리 잡고 있는 한 마당이 아닐까 여겨진다. 그러나 지나치게 조탁된 언어로 풍경과 사물 묘사, 또 심리묘사에만 골몰해 있는 점이 데뷔작 「아버지」의 분위기에서 크게 벗어나지 못해 보인다.

아무튼 나는, 형의 초기 작품이 보여준 감각적인 경향이 차츰 건강한 리얼리즘의 문학으로 옮아온 것을 퍽 바람직하게 생각하나, 그 두 면을 조화시키는 또다른 노력 속에서 형이 자기의 세계를 더욱 확고하게 확산하기를 기대하며 발문의 채무를 벗는다.

金源一 | 소설가

| 작가의 말 |

벌써 등단 40년이라니! 세월의 흐름에 무심한 나에게 창비가 그 숫자를 알려줬을 때 나는 "아니, 벌써!" 하면서 눈이 휘둥그레졌는데, 그 말에 이어 그 40주년을 기념해서 세권의 중단편전집을 동시에 만들어주겠다고 했을 때, 나는 얼마나 놀라고 기뻤던지! 그동안 나의 문학은 창비가 베풀어준 과분한 우정에 격려받은 바 크다. 참 고마운 일이다. 기쁘긴 한데, 가뭄에 콩 나듯 생산이 드물었던 지난 세월이 새삼스럽게 아쉽고 후회스러워진다. 하지만 천성이 게으른 걸 어찌하랴.

중단편전집을 계기로 다시 돌아본 이 세권의 책은 앨범 속 과거의 자기 초상을 보는 것처럼, 남의 글을 읽는 것처럼, 다소 낯설게 느껴진다. 문학작품에는 그것이 소설이라고 해도 어떤 식으로든 작가 자신이 투영되어 있게 마련인데, 나의 이 작품들에 나타난 과거의 나는 그 젊음 때문에 지금의 나와는 어쩐지 별개의 인간처럼 느껴진다. 지금의 내가 젊은 나의 잔해처럼 여겨지는 것이다. 젊은 날의 그 생생한 열정, 분노, 두려움, 우울증이 부럽다. 군사독재의 공포정치 속에서 두려움에 떨면서, 자기검열에 찌들면서, 어떻게든 '아니다'라고 말해보려고 부심하는 모습들……

지금의 나는 늙었지만, 그 젊음의 잔해가 아니라 그 젊음이 낳은 자식이고 싶다.

2015년 이른 봄날에

현기영

| 초판 작가의 말 |

오년 전 등단하던 해에 얻어걸린 십이지장궤양은 나에게 퍽 상징적인 뜻이 있다. 공복 때마다 고양이 발톱으로 위벽을 살살 긁어대는 듯한 통증이 오는데, 나는 항상 이 공복상태가 두렵다. 하다못해 물배라도 채워야 그럭저럭 견뎌낸다.

이 공복에 대한 공포는 창작 작업에도 나타난다. 글 쓰고 있지 않은 시간은 나에게 굶주린 공복상태처럼 느껴져 공연히 괴롭고 안절부절 스스로를 주체 못한다. 써야지, 써야지 하고 항상 맘속으로 벼르면서도 글 한줄 쓰기가 어렵다. 아니, 글 쓰는 것 자체가 두렵다. 백지에 대한 공포. 쓰는 게 두려운 나머지, 스스로 군색한 핑계를 둘러대며 허구한 날 술 마시기가 일쑤다. 자연히 술은 궤양을 헐어뜨려 공복의 통증을 더욱 심하게 만들 뿐이다.

이렇게 백지에 대한 공포랄지, 결벽증이랄지, 아니면 어쭙잖은 핑계랄지 하는 것 때문에 그동안 쓴 글이 스무편도 못 넘는 과작이 되어버렸다. 작품의 질은 둘째치고 우선 수가 너무 적은 데 낯부끄럽기 짝이 없다.

이제 첫 창작집의 출간을 계기로 좀더 분발하여야 하겠다는 결심이다. 노력 부족으로 잠깐 명멸하다가 스러져버리는 미완의 작가로 전락하지는 말아야 하겠다.

그리고 아직 미지수인 나를 격려하는 뜻에서 첫 창작집의 출간을 선선히 맡아준 창작과비평사에 진심으로 감사드린다.

1979년 10월 24일

현기영

| 수록작품 발표지면 |

소드방놀이 『현대문학』 1976년 11월호

순이 삼촌 『창작과비평』 1978년 가을호

도령마루의 까마귀 『문학과지성』 1979년 가을호

해룡 이야기 『문예중앙』 1979년 가을호

아내와 개오동 『作壇』 1집, 1979년

꽃샘바람 『신동아』 1975년 3월호

초혼굿 『동아일보』 1975년 12월

동냥꾼 『한국문학』 1976년 5월호

겨울 앞에서 『현대문학』 1978년 1월호

아버지 『동아일보』 1975년 1월 1일(신춘문예 당선작)

| 연보 |

1941년	1월 16일 제주시 노형리에서 부친 연주 현씨 규호와 모친 제주 양씨 순완의 3남 1녀 중 장남으로 출생.
1947년(6세)	노형국민학교 입학. '3·1사건'으로 제주 읍내를 제외한 모든 학교가 문을 닫게 되면서 이듬해에 북국민학교에 다시 입학함.
1948년(7세)	'4·3사건'이 일어남. 이때 토벌대의 초토화작전으로 고향 마을이 송두리째 불타 잿더미로 변하는 참혹한 광경을 목격함.
1954년(13세)	오현중학교 입학. 이때부터 문학에 대한 꿈과 동경이 형성됨. 제주도 학생문예대회에서 소설 「어머니와 어머니」가 1등으로 당선됨.
1955년(14세)	전국학도호국단 중앙위원회 주최 현상모집에서 소설 「행군 소리」로 2등을 차지함.
1957년(16세)	오현고등학교 입학. 고교생 문학 서클 '석좌(石座)' 동인으로 활동. 동인 중 소설가 현길언이 있었음.

1960년(19세) 오현고등학교 졸업. 가정형편으로 대학 진학을 포기하고 실의의 나날을 보내다가 밤바다에 뛰어들어 자살을 기도하기도 함.

1961년(20세) 서울대학교 사범대학 불어교육과 입학.

1962년(21세) 해병대에 자원입대.

1964년(23세) 제대 후 영어교육과로 전과하여 2학년으로 복학. 『대학신문』 문예현상모집에 단편 「산정을 향하여」로 가작 입선.

1967년(26세) 서울대학교 사범대학 영어교육과 졸업. 서울 광신중학교 영어교사로 발령.

1969년(28세) 대학의 같은 과 동창인 시인 양정자와 결혼.

1970년(29세) 서울대사대부속중학교로 전근.

1975년(34세) 서울대사대부속고등학교로 전근. 『동아일보』 신춘문예에 단편 「아버지」가 당선되어 등단. 「꽃샘바람」(『신동아』 3월호), 「아우에게」(『소설문예』 9월호, 「아리랑」으로 개제·개고해 『아스팔트』에 수록), 「실어증」(『문학사상』 11월호), 「초혼굿」(『동아일보』 12월) 발표.

1976년(35세) 「동냥꾼」(『한국문학』 5월호), 「소드방놀이」(『현대문학』 11월호) 발표.

1977년(36세) 「어떤 챔피언」(『동아일보』) 발표. 위장병으로 창작활동을 거의 못함.

1978년(37세) 「겨울 앞에서」(『현대문학』 1월호), 「플라타너스 시민」(『문예중앙』 겨울호) 발표. '4·3사건'을 소재로 발표한 중편 「순이 삼촌」(『창작과비평』 가을호)으로 문단에 파장을 일으키며 문제작가로서 주목을 받음.

1979년(38세) 「도령마루의 까마귀」(『문학과지성』 가을호), 「해룡 이야기」(『문예중앙』 가을호), 「아내와 개오동」(『작단』 1집), 「발병」(『작단』 2집) 발표. 첫 소설집 『순이 삼촌』(창작과비평사) 출간. 「순이 삼촌」이 문제가 되어 군 수사기관에 끌려가 삼일 동안 고문을 받고 감옥에 구치되는 등 1개월간 고초를 겪음.

1980년(39세) 「어떤 철야」(『한국문학』 2월호), 「가해자」(『한국문학』) 발표. 『순이 삼촌』이 다시 문제가 되어 종로서에 끌려가 일주일간 취조 받은 끝에 책이 판매금지 당함.

1981년(40세) 「길」(『실천문학』 2집) 발표.

1983년(42세) 「어떤 생애」(『문예중앙』 가을호, 「잃어버린 시절」로 개제해 『아스팔트』에 수록) 발표. 장편 『변방에 우짖는 새』(창작과비평사) 출간.

1984년(43세) 「아스팔트」(신작소설집 『지 알고 내 알고 하늘이 알건만』), 「귀환선」(『시인』 2집) 발표.

1985년(44세) 「난민일기」(『창작과비평』 57호, 「망원동 일기」로 개제해 『아스팔트』에 수록), 「겨우살이」(신작소설집 『슬픈 해후』), 희곡 「일식풀이」(『오늘의 책』) 발표. 희곡 「일식풀이」가 극단 '한올레'에 의해 공연됨. 서울 고척고등학교로 전근.

1986년(45세) 희곡 「변방에 우짖는 새」(『외국문학』 가을호) 발표. 소설집 『아스팔트』(창작과비평사) 출간. 제5회 신동엽창작기금(신동엽문학상) 수혜.

1987년(46세) 고척고등학교를 마지막으로 이십여년간의 교직생활을 마감함. 희곡 「변방에 우짖는 새」(극단 연우무대 각색, 김석만 연출)가 문예회관 소극장에서 공연됨.

1988년(47세) 「위기의 사내」(『문예중앙』 봄호) 발표. 『한겨레신문』 창간 기념으로 『바람 타는 섬』 연재.

1989년(48세) 3월 27일 남북작가회담을 개최하기 위해 남쪽 대표단으로 참석했으나 통일로에서 체포·구속되었다가 29일 불구속입건으로 석방됨. 장편 『바람 타는 섬』(창작과비평사) 출간. 산문집 『젊은 대지를 위하여』(청사) 출간. 제주4·3연구소 창립(초대 소장).

1990년(49세) 제5회 만해문학상 수상. 제민일보 선정 제1회 '올해의 제주인' 수상.

1991년(50세) 「거룩한 생애」(신작소설집 『우정 반세기』) 발표. 소설집 『위기의 사내』(청맥) 출간.

1992년(51세) 「목마른 신들」(『실천문학』 봄호), 「야만의 시간」(『노둣돌』 창간호), 「쇠와 살」(『창작과비평』 가을호) 발표.

1994년(53세) 「고향」(『창작과비평』 봄호), 「마지막 테우리」(『문예중앙』 봄호) 발표. 『실천문학』 겨울호부터 1996년 겨울호까지 『지상에 숟가락 하나』 연재. 소설집 『마지막 테우리』(창작과비평사) 출간. 일본 시민운동단체 '중심21'의 초청으로 '치마저고리 사건' 심포지엄 참가. 제2회 오영수문학상 수상.

1995년(54세) 일본 쿄오또에서 열린 종전 50주년 기념 심포지엄 초청 강연. 「목마른 신들」이 놀이패 '한라산'에 의해 마당극으로 공연됨.

1996년(55세) 『아스팔트』 개정판(창작과비평사) 출간.

1998년(57세) 민족문학작가회의 부이사장.

1999년(58세) 장편 『지상에 숟가락 하나』(실천문학사) 출간. 제32회 한국일보문학상 수상. 『변방에 우짖는 새』가 각색되어 「이재수의 난」(감독 박광수)으로 영화화.

2001년(60세) 민족문학작가회의 이사장 취임. '박정희기념관 반대' 1인 시위 참여. 「순이 삼촌」이 일본 신깐샤(新幹社)에서 번역 출간됨. 일본 토오꾜오에서 열린 '제주 4·3사건 53주년 기념 집회' 초청 강연.

2002년(61세) 산문집 『바다와 술잔』(화남출판사) 출간. 『지상에 숟가락 하나』가 일본 헤이본샤(平凡社)에서 번역 출간됨.

2003년(62세) 한국문화예술진흥원 원장 취임. 『지상에 숟가락 하나』가 MBC '느낌표' 추천도서로 선정됨.

2004년(63세) 산문집 『젊은 대지를 위하여』(화남출판사) 재출간. 일본 국제교류기금 초청으로 일본 문화계 탐방.

2005년(64세) '남북민족작가대회' 대표단으로 북한 방문. 『지상에 숟가락 하나』가 스페인 베르붐 출판사(Editorial Verbum)에서 번역 출간됨.

2006년(65세) 『순이 삼촌』 『마지막 테우리』 개정판(창비) 출간.

2008년(67세) 『지상에 숟가락 하나』가 국방부의 '불온서적'으로 지정됨. 오끼나와에서 열린 '제주 4·3사건을 생각하는 오끼나와 집회' 초청 강연.

2009년(68세) 『똥깅이』(실천문학사) 출간. 장편 『누란』(창비) 출간. 「순이 삼촌」「도령마루의 까마귀」 등 9편의 중단편이 '도령마루의 까마귀'라는 제목으로 타이완 윈천원화(允晨文化)에서 번역 출간됨.

2012년(71세) 『순이 삼촌』 일본 신깐샤 재판 발간. 콜롬비아 보고타 국제도서전에 참가해 문학 강연.

2013년(72세) 『변방에 우짖는 새』 개정판(창비) 출간. 한국작가회의 산하 젊은작가포럼의 제12회 '아름다운 작가상' 수상. 「지상에 숟가락 하나」가 미국 달키 아카이브 출판사(Dalkey Archive Press)에서 번역 출간. 미국 캘리포니아주 싼타로사 시의 소노마카운티 뮤지엄(Sonoma County Museum)이 주최한 제주 4·3사건 주제 예술작품 전시·상연 모임 초청 강연.

2014년(73세) 동화 『테우리 할아버지』(현북스) 출간. 일본 토오꾜오에서 열린 '제주 4·3사건 66주년 기념 집회' 초청 강연.

2015년(74세) 현기영 중단편전집(전3권, 창비) 출간.